NOIR SANCTUAIRE

DES MÊMES AUTEURS

CHEZ LE MÊME ÉDITEUR

A comme apocalypse, 2016.
Mortel Sabbat, 2016.
Labyrinthe fatal, 2015.
S comme survivre, 2014.
Descente en enfer, 2013.
Tempête blanche, 2014.
C comme cadavre, 2013.
R pour revanche, 2012.
Vengeance à froid, 2012.
Les Sortilèges de la cité perdue, 2012.
Fièvre mutante, 2011.
Cauchemar génétique, rééd. 2011.
Valse macabre, 2010.
Le Piège de l'architecte, rééd. 2010.
Croisière maudite, 2009.
Le Grenier des enfers, rééd. 2009.
Le Livre des trépassés, 2008.
Relic, rééd. 2008.
Danse de mort, 2007.
Le Violon du diable, 2006.
Les Croassements de la nuit, 2005.
La Chambre des curiosités, 2003.
Ice Limit, 2002.

DE DOUGLAS PRESTON

Le Projet K, 2015.
Impact, 2011.
Credo, le dernier secret, 2009.
T-Rex, 2008.
Le Codex, 2007.
Jennie, 1998 ; rééd. 2017.

DE DOUGLAS PRESTON

& MARIO SPEZI

Le Monstre de Florence, 2010.

DOUGLAS PRESTON
& LINCOLN CHILD

NOIR SANCTUAIRE

traduit de l'américain
par Sebastian Danchin

l'Archipel

Ce livre a été publié sous le titre
The Obsidian Chamber
par Grand Central Publishing, New York, 2016.

Notre catalogue est consultable à l'adresse suivante :
www.editionsarchipel.com

Éditions de l'Archipel
34, rue des Bourdonnais
75001 Paris

ISBN 978-2-8098-2227-4

Jusque dans le sommeil
Le souvenir de la douleur
Pleut sur nos cœurs
Quand, à notre grand désespoir
Et malgré nous,
S'impose la sagesse
Par la grâce terrible de Dieu.

Agamemnon d'Eschyle,
paraphrasé par Robert F. Kennedy
au soir de la mort de Martin Luther King Jr.

Prologue

8 novembre

Proctor ouvrit silencieusement la double porte de la bibliothèque et s'effaça devant Mme Trask, chargée d'un plateau d'argent sur lequel était placé un service à thé.

Les restes d'un feu mourant jetaient de faibles lueurs à travers la pièce plongée dans la pénombre et le silence. Face à la cheminée, une silhouette immobile était recroquevillée dans une bergère. Mme Trask s'approcha et déposa le plateau sur une table basse.

— J'ai pensé qu'un peu de thé vous ferait du bien, mademoiselle Greene, dit-elle avec sollicitude.

— Non merci, madame Trask, répondit Constance d'une voix sourde.

— C'est votre préféré. Du thé au jasmin. Je vous ai également apporté des madeleines qui sortent tout juste du four. Je sais combien vous les aimez.

— Je n'ai pas vraiment faim. Merci de vous être donné tant de mal.

— Je vous les laisse tout de même, au cas où vous changeriez d'avis.

La gouvernante, un sourire maternel aux lèvres, quitta la pièce. Son sourire s'effaça aussitôt et elle adressa à Proctor un regard inquiet.

— Je ne m'absente que quelques jours, déclara-t-elle à mi-voix. Ma sœur doit sortir de l'hôpital ce week-end au plus tard. Vous êtes certain que ça ira?

Proctor hocha la tête et la suivit des yeux tandis qu'elle regagnait la cuisine, puis il tourna la tête en direction de l'occupante de la bergère.

Deux semaines s'étaient écoulées depuis que Constance avait regagné la vieille demeure du 891 Riverside Drive. Elle était rentrée la mine grave, sans une explication, et sans l'inspecteur Pendergast. Proctor, en sa qualité de chauffeur et de garde du corps de ce dernier depuis qu'il avait quitté l'armée avec lui, estimait qu'il était de son devoir de l'aider à surmonter les épreuves qu'elle traversait en l'absence de l'inspecteur. Il lui avait fallu beaucoup de temps et de patience pour lui soutirer des informations. À ce jour, le récit qu'elle lui avait fait n'avait ni queue ni tête, de sorte que l'homme de main de Pendergast ne savait que penser. Le quotidien de la grande maison avait changé du tout au tout depuis la disparition de l'inspecteur, de même que le comportement de Constance.

À son retour d'Exmouth, dans le Massachusetts, où elle avait assisté Pendergast dans une enquête privée[1], elle s'était enfermée dans sa chambre des jours entiers, ne mangeant que du bout des dents. Elle avait fini par émerger de cette période de crise profondément transformée. Proctor l'avait toujours connue à la fois réservée et maîtresse d'elle-même. Mais à mesure que s'écoulaient les jours, il découvrait une Constance entre indolence et agitation, passant des heures à arpenter sans but les couloirs de la vieille maison. Elle avait perdu tout intérêt pour ses passe-temps habituels, qu'il s'agisse de ses recherches sur le clan Pendergast, de sa passion pour l'archéologie, la lecture, ou le clavecin. Après avoir

---

1. Voir *Mortel Sabbat* (L'Archipel, 2016). *(Toutes les notes sont du traducteur.)*

reçu les visites inquiètes du lieutenant D'Agosta, de la capitaine Laura Hayward et de Margo Green, elle avait définitivement choisi de s'isoler. Elle semblait même sur ses gardes, une méfiance que Proctor ne s'expliquait pas. Les très rares fois où le téléphone sonnait, ou bien lorsque Proctor lui apportait le courrier à son retour de la poste, Constance s'animait brièvement. Il ne faisait guère de doute qu'elle attendait des nouvelles de Pendergast, mais ses espoirs étaient vains.

Un haut responsable du FBI avait veillé à ce que les recherches consacrées à Pendergast, de même que l'enquête afférente, se poursuivent loin de l'attention des médias. Proctor avait ainsi appris que les autorités avaient recherché le corps de l'inspecteur cinq jours durant, sans lésiner sur les moyens puisque le disparu était un agent fédéral. Les gardes-côtes avaient envoyé plusieurs bateaux à sa recherche au large d'Exmouth, pendant que la police d'État et les gardes nationaux écumaient la côte depuis la frontière du New Hampshire jusqu'à Cape Ann, sans même retrouver un lambeau de vêtement. Les plongeurs avaient longuement exploré les rochers derrière lesquels un corps aurait pu demeurer accroché sous l'effet des courants, et on était allé jusqu'à sonder les fonds marins à l'aide de sonars. Sans résultat. Le dossier restait officiellement ouvert, mais la conclusion officieuse voulait que Pendergast, grièvement blessé lors d'un combat avec un être mystérieux, affaibli par le ressac et entraîné vers le large par de mauvais courants dans une eau à dix degrés, avait péri noyé, son corps avalé par les profondeurs. Deux jours plus tôt, l'avocat de Pendergast, membre de l'un des cabinets les plus vénérables et discrets de New York, avait pris contact avec Tristram, le fils survivant de Pendergast, afin de lui annoncer la triste nouvelle.

Proctor s'approcha doucement de Constance. Elle leva les yeux en le voyant s'asseoir, esquissa un sourire, et reprit sa contemplation du feu. Les flammes vacillantes éclairaient d'un éclat sombre son regard violet et ses cheveux coupés au carré.

Proctor ressentait d'autant plus le besoin de la protéger qu'il la voyait défaite. Une situation étrange, sachant à quel point Constance fuyait toute protection en temps ordinaire. Pourtant, sans l'exprimer jamais, elle semblait heureuse de cette attention.

Elle se redressa sur son siège.

— Proctor, j'ai résolu de retourner vivre dans les souterrains.

Cette décision, annoncée de façon brutale, le prit par surprise.

— Vous voulez dire… dans le réduit où vous résidiez auparavant?

Elle ne répondit pas.

— Pourquoi?

— Pour… pour me résoudre à l'inéluctable.

— Pourquoi pas ici, avec nous? Vous ne pouvez pas retourner vous enfermer là-bas.

Elle fixa sur lui un regard si déterminé qu'il en fut troublé. Inutile d'espérer l'ébranler dans sa décision. Du moins semblait-elle accepter enfin la mort de Pendergast. Sans doute était-ce un progrès.

Elle se leva.

— Je laisserai des instructions écrites à Mme Trask, en lui dressant la liste des objets de première nécessité qu'elle devra placer dans l'ascenseur de service. Je prendrai un repas chaud par jour, tous les soirs à 20 heures. Mme Trask sera absente et je ne voudrais pour rien au monde vous déranger.

Proctor se leva à son tour et lui prit le bras.

— Constance, écoutez-moi…

Elle posa les yeux sur sa main, puis sur son visage, avec une expression telle qu'il s'empressa de la libérer.

— Proctor, je vous prie de respecter ma décision.

Alors, elle se haussa sur la pointe des pieds et effleura la joue de l'ancien militaire d'un baiser, au grand étonnement de l'intéressé. L'instant d'après, elle se dirigeait d'un pas de somnambule vers le fond de la bibliothèque où se dissimulait l'ascenseur de service, derrière de faux rayonnages. Elle tira à elle le pan de bibliothèque concerné, se glissa à l'intérieur de la cabine, referma la porte, et disparut dans les profondeurs de la vieille demeure.

Proctor resta planté là une éternité avant de secouer la tête d'un air perplexe. L'absence de Pendergast pesait, telle une ombre, sur la maison. Sur lui en particulier.

Il quitta la pièce, franchit la porte d'un grand hall au sol recouvert de moquette et s'engagea dans le vieil escalier conduisant au quartier des domestiques. Arrivé au deuxième, il emprunta un nouveau couloir jusqu'à l'entrée de ses propres appartements dont il referma soigneusement la porte derrière lui.

Il aurait dû protester avec davantage de virulence lorsque Constance lui avait fait part de ses intentions. Il se sentait responsable d'elle depuis la disparition de Pendergast. Il savait aussi que rien ni personne n'aurait pu ébranler la jeune femme dans sa décision. Proctor ne craignait personne, mais elle formait un cas à part. Il fallait espérer que Constance, à force d'encouragements, finisse par accepter la réalité et rejoigne le monde des vivants…

Une main gantée jaillit en un éclair derrière lui et un bras lui enserra la poitrine avec une force inouïe.

Pris par surprise, Proctor réagit en se baissant instinctivement dans l'espoir d'échapper à son agresseur, mais celui-ci avait anticipé sa réaction. Au même instant, il sentit la pointe d'une aiguille s'enfoncer dans son cou. Il se tétanisa.

— Je vous déconseille tout mouvement, s'éleva une voix douceâtre que Proctor, stupéfait, reconnut instantanément.

Parfaitement immobile, il n'en revenait pas de s'être laissé surprendre aussi aisément. Comment était-ce possible? Ses préoccupations avaient émoussé son attention. Il ne se le pardonnerait jamais, sachant que cet homme était le pire ennemi de Pendergast.

— Vous êtes infiniment mieux versé que moi dans la science des sports de combat, poursuivit suavement la voix. J'ai donc pris la liberté d'équilibrer les forces. La piqûre que vous avez ressentie au niveau du cou a été provoquée par l'aiguille d'une seringue hypodermique dont je n'ai pas encore enfoncé le piston. Ladite seringue contient une dose de penthotal. Une très forte dose. Je vous poserai une fois la question, et une fois seulement. Faites-moi connaître votre réponse en relâchant vos muscles. De votre réaction dépendra la quantité que je vous injecterai : une simple dose anesthésiante, ou bien une piqûre mortelle.

Proctor, comprenant qu'il n'avait pas le choix, obtempéra.

— Excellent, réagit la voix. Je crois me souvenir que vous vous appelez Proctor, c'est bien cela ?

Proctor ne répondit pas. Il attendait son heure, sachant qu'une occasion se présenterait invariablement.

— J'observe le manoir familial depuis quelque temps. Il semble que le maître de maison soit absent. De façon définitive, apparemment. Cet endroit est aussi déprimant qu'une tombe. Je suis surpris de ne pas tous vous voir avec un crêpe en signe de deuil.

Proctor passa en revue tous les scénarios possibles dans sa tête. Il lui fallait en choisir un, mais il avait besoin de temps. De quelques secondes, au moins…

— Je vous sens peu enclin à bavarder, mais tant pis. Bien des tâches m'attendent, aussi vous dirai-je *bonsoir*.

Proctor, sentant le liquide envahir son cou sous la pression du piston, comprit que la poignée de secondes dont il avait besoin ne lui serait pas accordée. À cet instant précis, il sut qu'il avait échoué.

1

Proctor sortit lentement de l'abîme dans lequel il s'était enfoncé et reprit progressivement connaissance. Cette remontée interminable lui fit l'effet d'une éternité. Enfin, il ouvrit les yeux. Ses paupières étaient en plomb et il dut lutter pour ne pas les laisser retomber. Que s'était-il passé ? Il resta un temps allongé sur le sol en balayant du regard le décor de la pièce. Il reconnut son salon privé.

Bien des tâches m'attendent…

Soudain, tout lui revint en un éclair. Il tenta douloureusement de se relever, en vain, rassembla ses forces et réussit cette fois à se mettre en position assise. Il se sentait aussi pesant qu'un sac de farine.

Il consulta sa montre. 11 h 15. Son évanouissement n'avait duré qu'une demi-heure.

Une demi-heure. Dieu seul savait ce qu'il avait pu advenir dans l'intervalle.

Bien des tâches m'attendent…

Au prix d'un effort héroïque, Proctor se releva en titubant. La pièce se mit à tourner autour de lui et il s'appuya contre une table en secouant violemment la tête, dans l'espoir de s'éclaircir les idées. Il demeura immobile quelques instants, le temps de reprendre des forces, puis il ouvrit le tiroir de la table et en tira un Glock 22 qu'il glissa dans sa ceinture.

La porte de l'appartement était ouverte, laissant entrevoir le couloir qui donnait sur les chambres du personnel.

Il s'arrêta sur le seuil, s'appuya contre le chambranle, et s'avança de la démarche mal assurée d'un homme ivre. Parvenu en haut de l'étroit escalier de service, il s'agrippa à la rampe et descendit péniblement jusqu'au rez-de-chaussée. Cet effort tout comme le sentiment de danger qui l'étreignait contribuèrent à aiguiser ses sens. Il remonta un corridor et poussa la porte conduisant aux parties communes de la vieille demeure.

Là, il marqua une pause. Il s'apprêtait à appeler Mme Trask lorsqu'il se reprit. Signaler sa présence de la sorte n'était pas souhaitable. En outre, Mme Trask était probablement déjà partie pour Albany, au chevet de sa sœur malade. Quoi qu'il en soit, ce n'était pas elle qui courait le plus grand danger, mais Constance.

Proctor traversa le vestibule dallé de marbre en direction de la bibliothèque, avec l'intention d'emprunter l'ascenseur permettant d'accéder au sous-sol afin d'assurer la protection de Constance. Il se figea à l'entrée de la pièce en constatant qu'une table avait été retournée, les ouvrages et les documents qui s'y trouvaient éparpillés sur la moquette.

Il évalua la situation d'un rapide coup d'œil. À sa droite, le salon de réception, ses vitrines remplies d'objets insolites, était sens dessus dessous. Le socle sur lequel était posée une ancienne urne funéraire étrusque avait été renversé, l'urne en miettes par terre. L'énorme vase qui trônait en temps ordinaire au centre du vestibule, rempli des fleurs coupées que Mme Trask renouvelait quotidiennement, gisait en mille morceaux sur les dalles de marbre, ses deux douzaines de roses et de lis dispersées au milieu d'une flaque d'eau. À l'autre extrémité du hall, l'une des portes du placard, grande ouverte, était à moitié arrachée de ses gonds, comme si quelqu'un s'y était raccroché alors qu'on l'emmenait de force.

Tout indiquait qu'une lutte terrible s'était déroulée là. Une lutte conduisant de la bibliothèque à la porte d'entrée. Et au monde extérieur.

Proctor traversa précipitamment le vestibule et s'aventura dans la pièce voisine. Sur l'immense table de réfectoire, qui servait jusqu'à récemment aux recherches que consacrait Constance à l'histoire familiale des Pendergast, régnait un désordre indescriptible. Livres et papiers avaient volé dans tous les sens, l'ordinateur était renversé, les chaises pattes en l'air.

Horrifié par ce qu'il découvrait, Proctor perçut alors, venant du dehors, des cris féminins étouffés.

Oubliant son vertige, il se rua, le Glock au poing. Il franchit à toute allure le passage voûté menant au vestibule, écarta la porte d'entrée d'un coup de pied et s'immobilisa sous le porche.

Un Lincoln Navigator aux vitres teintées, moteur au ralenti, stationnait sur l'allée traversant la propriété, le capot tourné vers Riverside Drive. Près de la portière arrière ouverte, il découvrit la silhouette de Constance Greene, les poignets entravés dans le dos. Elle se débattait avec l'énergie du désespoir. Elle lui tournait le dos, mais il reconnut sans peine sa coupe au carré et son imperméable Burberry vert olive. Un homme, également de dos, la poussa sans ménagement sur la banquette arrière avant de claquer la portière.

Proctor leva le canon de son arme et fit feu, mais l'homme bondit au-dessus du capot de la voiture et s'engouffra à la place du conducteur sans être touché. La balle suivante ricocha contre les vitres blindées, l'auto démarra sur les chapeaux de roue et s'engagea à toute allure sur Riverside Drive avant de disparaître dans le grondement de son moteur. Proctor eut tout juste le temps de voir la silhouette de Constance se démener à travers la vitre arrière.

Avant de sauter derrière le volant, l'agresseur de Constance s'était retourné le temps d'un éclair. Ces traits fins et marqués, ces yeux de deux couleurs, cette barbe courte, ces cheveux d'un brun tirant sur le roux, ce regard d'une cruauté froide… Le doute n'était pas permis, il s'agissait bien de Diogène, le frère de Pendergast dont il était l'ennemi le plus implacable. Diogène que tout le monde croyait mort, tué par Constance trois ans auparavant.

Et voilà qu'il refaisait surface, *en enlevant Constance.*

Diogène affichait une expression si féroce, un air triomphal si terrible que Proctor, en dépit de tout son stoïcisme, en resta un instant désarçonné. Son trouble dura l'espace d'une seconde. Repoussant sa peur, il se lança à la poursuite du 4×4 au pas de course avant de franchir d'un bond la haie de la propriété.

2

Proctor avait été un coureur d'exception dans sa jeunesse. Le record d'endurance établi lorsqu'il effectuait ses classes à Fort Benning n'avait jamais été battu, et il avait toujours veillé à se maintenir en excellente forme physique depuis lors, si bien qu'il volait littéralement dans le sillage du Navigator. Le lourd véhicule était arrêté à un feu rouge, à un pâté de maisons de là, et Proctor parcourut la distance en moins de quinze secondes. Au moment où il allait rejoindre le 4×4, le feu passa au vert et la voiture démarra vivement.

Les jambes solidement plantées sur le macadam, Proctor tira à deux reprises, en direction de la roue arrière gauche, puis de la droite. Il fit mouche et les pneus des deux roues faseyèrent sous le choc. Incrédule, il les vit se regonfler instantanément avec un sifflement sec. *Des pneus à regonflage automatique !* Le 4×4, piloté par Diogène, se faufila à côté du véhicule qui le précédait et accéléra sur Riverside Drive avant de se perdre au milieu de la circulation.

Proctor rebroussa chemin et reprit le chemin de la vieille demeure en courant, son Glock coincé dans la ceinture de son pantalon, un portable à la main. Il possédait une connaissance limitée des contacts de Pendergast au sein du FBI et d'autres agences fédérales ; sans compter que s'adresser au Bureau risquait de prendre du temps. Le mieux était encore d'appeler à la police et il composa le 911.

— Police-secours, lui répondit posément une voix féminine.

Proctor, qui rejoignait la vieille demeure au même instant, s'engouffra à l'intérieur, traversa les parties communes et rejoignit l'arrière du bâtiment. Pour des raisons de sécurité et de confidentialité, le numéro de son téléphone portable était enregistré sous un faux nom et une fausse adresse qui ne manqueraient pas d'apparaître sur l'écran de la standardiste.

— Roger Lomax à l'appareil, se présenta-t-il en usant de son pseudonyme. Je viens d'assister à un enlèvement.

Tout en parlant, il sortit d'un panneau de bois secret, dans le couloir de service, un sac prévu pour les situations d'urgence.

— Où s'est déroulé l'enlèvement?

Proctor lui indiqua l'adresse de Riverside Drive tout en fourrant le Glock dans le sac avec plusieurs chargeurs de rechange.

— J'ai vu un homme sortir une femme par les cheveux de cette maison, elle hurlait tout ce qu'elle savait. Il l'a poussée dans sa voiture avant de démarrer.

— Description du véhicule.

— Un Navigator noir équipé de vitres teintées, il a remonté Riverside Drive vers le nord.

Il indiqua à sa correspondante le numéro de la plaque minéralogique, ramassa le sac et traversa la cuisine d'un bond en direction du garage où l'attendait la Rolls-Royce Silver Wraith 1959 de Pendergast.

— Ne quittez pas, monsieur. Je vous envoie du secours.

Proctor mit le contact, remonta l'allée à toute vitesse et s'engagea sur Riverside Drive en direction du nord en laissant de longues traces de gomme sur la chaussée avant de brûler successivement deux feux rouges. La circulation n'était guère dense à cette heure, si bien qu'il voyait loin devant lui. À force de plisser les yeux, il crut pouvoir identifier le Navigator à une dizaine de pâtés de maisons de là.

Il enfonça la pédale d'accélérateur en zigzaguant entre les taxis et brûla un troisième feu au milieu d'un concert de coups de klaxon rageurs. Il savait déjà que la procédure d'urgence, en cas d'enlèvement, consistait à prévenir le bureau des inspecteurs après avoir alerté les véhicules de patrouille les plus proches. Il mit en route le scanner de police dissimulé sous le tableau de bord.

Les façades des immeubles défilaient à toute vitesse à travers le pare-brise. Alors qu'il approchait de Washington Heights, il perdit de vue le Navigator. Le plus sûr moyen de s'échapper, pour le ravisseur, consistait à prendre le West Side Highway, mais aucune bretelle ne permettait d'y accéder sur cette portion de Riverside Drive. Les premières sirènes hululèrent derrière la Rolls. La police n'avait pas perdu de temps.

Soudain, Proctor vit dans son rétroviseur le Navigator débouler de la 147e Rue et s'engager sur Riverside *dans l'autre sens*. Diogène avait dû prendre la rue en sens interdit avant d'effectuer un demi-tour.

Proctor serra les dents. Il vérifia l'état de la circulation autour de lui, puis donna un violent coup de volant à gauche tout en serrant le frein à main. La Rolls dérapa brutalement et se retrouva dans la direction opposée. Sa manœuvre fut accueillie par un tonnerre de klaxons et de crissements de freins. Il attendit que la voiture ait achevé sa cascade, relâcha la poignée du frein à main, et fonça vers le sud. Aux hurlements des sirènes de police s'ajoutait le clignotement des gyrophares dans le lointain.

À quelques rues de là, le Navigator bifurqua sur la 145e Rue Ouest, ce qui était absurde puisque la rue s'arrêtait en cul-de-sac au niveau du parking de Riverbank State Park, un espace vert curieusement érigé au-dessus de la station d'épuration coincée entre les eaux de l'Hudson et le West Side Highway. Diogène avait-il prévu d'emprunter un hors-bord?

Moins de trente secondes plus tard, Proctor s'engageait à son tour sur la 145e Rue Ouest. Il lui fallait impérativement percer la stratégie de Diogène. Il immobilisa brusquement la Rolls, tira de son sac une paire de jumelles et scruta longuement la rue elle-même avant de s'intéresser au parking et à ses diverses voies d'accès. Pas de Navigator en vue. Où diable Diogène se cachait-il?

Proctor remisait les jumelles dans son sac lorsqu'il remarqua du coin de l'œil une trouée dans les buissons situés sur sa droite. De l'autre côté des bosquets, un talus descendait en pente raide jusqu'au West Side Highway. Des branchages cassés signalaient le passage d'un véhicule, ce que confirmaient des traces de pneu récentes dans la terre.

Proctor porta aussitôt les jumelles à ses yeux. Il ne tarda pas à découvrir le Navigator, remontant le West Side Highway en direction du nord à toute allure. Il laissa échapper un juron. La manœuvre de Diogène lui avait permis de prendre une avance de près d'un kilomètre.

Il traversa le buisson et s'engagea à son tour sur le talus dans un rugissement de moteur et s'inséra tant bien que mal au milieu de la circulation tout en récupérant son téléphone portable.

— Roger Lomax à l'appareil. Le véhicule du suspect remonte le West Side Highway en direction du nord, il approche du pont George Washington.

— Comment pouvez-vous avoir autant d'éléments d'information, monsieur? s'étonna la standardiste.

— Je me suis lancé à sa poursuite.

— Ce n'est pas votre rôle, monsieur. Laissez agir la police.

Proctor élevait rarement la voix, mais ce jour-là fut une exception.

— Dans ce cas, arrangez-vous pour que vos flics coincent cette vacherie de véhicule, et vite!

Il jeta rageusement le portable sur le siège passager sans s'inquiéter des cris de la standardiste.

Il s'élança à vive allure sur le West Side Highway qui suivait la courbe de l'Hudson à cet endroit. L'aiguille du compteur franchit la barre du 160, mais Proctor pouvait être certain que Diogène roulait tout aussi vite. La bretelle de l'I-95 conduisant au pont George Washington se profila dans le lointain. Le Navigator avait disparu. Diogène avait-il emprunté l'échangeur permettant de rejoindre le New Jersey, ou bien se dirigeait-il vers Long Island, ou encore vers le Connecticut? À moins qu'il n'ait poursuivi sa route sur le West Side Highway en direction du comté de Westchester.

Proctor jura à nouveau. Grâce au scanner de police, il sut que l'on demandait aux voitures de patrouille de rechercher un Lincoln Navigator noir remontant le West Side Highway vers le nord. À ceci près que le Navigator, où qu'il soit, avait disparu.

Proctor avait perdu la partie.

3

Il n'était pas dans la nature de Proctor de s'avouer vaincu.

Au tout dernier moment, se fiant à son instinct, il s'engagea sur la bretelle du pont en coupant les trois voies de circulation. C'est tout juste s'il réusit à garder le contrôle de la Rolls. Il opta pour les voies inférieures du pont à deux niveaux, constatant que la circulation y était plus fluide. Sur le haut-parleur du scanner grésillaient les comptes rendus négatifs des différentes patrouilles de police. La voix de la standardiste de police-secours s'échappa du portable posé sur le siège passager. À présent que les flics avaient perdu la trace du ravisseur, la police voulait se retourner vers lui. Il n'avait pas de temps à perdre en vaines questions et ne pouvait se permettre de courir le risque d'être placé en garde à vue. Il baissa sa vitre et jeta le portable par la fenêtre, sachant qu'il disposait de plusieurs appareils prépayés dans son sac de secours.

Arrivé dans le New Jersey, de l'autre côté du pont, il ralentit en franchissant le péage. Inutile d'être arrêté pour excès de vitesse. Quelques instants plus tard, il s'engageait sur l'I-80 Express et empruntait la sortie 65 après un quart d'heure de route, en direction de l'aéroport de Teterboro.

Proctor était parvenu à la conclusion que Diogène n'avait que deux possibilités s'il entendait s'évanouir dans la nature : se terrer dans une cachette aménagée à cet effet, ou bien emmener Constance loin de New York en empruntant un moyen de transport privé. Dans le premier cas, il était trop tard pour agir. Dans le second, Diogène ne pouvait courir le risque de garder le Navigator dont l'immatriculation était connue de la police : et faute de pouvoir emprunter un vol commercial en compagnie de sa victime, le plus simple était encore de gagner l'aéroport privé le plus proche, à Teterboro. Sachant que celui-ci disposait de pistes capables d'accueillir des vols long-courriers.

Il s'engagea sur Industrial Avenue et rangea la Rolls le long du trottoir à l'entrée de l'aéroport dont il observa longuement les bâtiments. La tour de contrôle, la caserne de pompiers, les locaux des différents opérateurs privés attachés à Teterboro. Nulle part il ne voyait le Navigator, mais cela ne signifiait rien. Diogène pouvait fort bien l'avoir abandonné dans l'un des hangars que l'on apercevait. Proctor descendit de la Rolls et leva les yeux. Un jet privé s'éloignait dans le ciel en rentrant son train d'atterrissage. Comment savoir si Diogène se trouvait à bord? Ce n'étaient pas les avions qui manquaient au-dessus de la mégalopole.

Il y avait peut-être un moyen.

Proctor remonta dans la Rolls, sortit l'ordinateur de bord, se connecta sur le Net et entama des recherches. Armé du code de l'aéroport de Teterboro, il se rendit sur le site de l'aviation civile et consulta les informations susceptibles de l'intéresser : latitude, longitude, dimensions des pistes. Les deux que possédait Teterboro, longues de plus de deux kilomètres, pouvaient accueillir à peu près tous les types d'appareils. L'aéroport traitait une moyenne de quatre cent cinquante vols par jour, dont 60 % étaient réservés au trafic passager.

Proctor fit défiler la page du site jusqu'à ce qu'il trouve les coordonnées de la seule société de location attachée à Teterboro.

Il démarra, pénétra dans l'enceinte de l'aéroport et longea les bâtiments jusqu'à une construction située à l'entrée de la piste 1/19. Il s'agissait d'un hangar gigantesque identifié par une immense pancarte : *École de pilotage du Nord Jersey.* Il récupéra son sac de secours, descendit de voiture et traversa le bâtiment avant de rejoindre l'entrée de la piste. L'école de pilotage possédait une demi-douzaine de vieux Cessna 152 alignés sur le tarmac. Deux personnes avaient pris place à bord de l'appareil le plus proche, de toute évidence un instructeur et son élève, à en juger par leur façon d'étudier le plan de vol.

Proctor afficha une mine inquiète et se précipita en multipliant les grands gestes. Les occupants de l'avion se tournèrent vers lui.

— Pourriez-vous m'aider? demanda Proctor d'une voix autoritaire. Vous n'auriez pas vu un homme et une femme monter à bord d'un avion il y a quelques minutes?

Les deux occupants du Cessna se regardèrent.

— Une femme jeune, la vingtaine, avec des cheveux foncés. Un grand type avec une barbe courte et une balafre sur la joue.

— Monsieur, vous n'avez pas le droit de venir ici sans autorisation, répliqua le pilote.

Proctor se tourna vers l'élève, un homme d'âge mûr que ravissait le simple fait de se trouver dans un cockpit d'avion.

— C'est mon patron, expliqua Proctor, essoufflé, en agitant le sac qu'il tenait à la main. Il a oublié de le prendre et je n'arrive pas à le joindre sur son portable. Ce sac contient des documents de première importance.

— Je les ai vus, répondit l'apprenti pilote. Ils sont montés à bord d'un avion il y a cinq minutes. L'appareil les attendait sur la piste, prêt à décoller. La femme paraissait malade, elle avançait d'un pas hésitant. Ou alors elle avait bu.

— Quel type d'avion ? l'interrogea Proctor.

Le pilote fronça les sourcils.

— Nous n'avons pas le droit de fournir de telles…

Son élève, emporté par son enthousiasme, le coupa :

— Un jet bimoteur. Un Lear. Je ne pourrais pas vous préciser le modèle exact.

— Un Lear, c'est bien ça, approuva Proctor. Je vous remercie infiniment, je vais essayer de le contacter.

Le pilote n'eut pas le temps de réagir, Proctor s'éloignait déjà en courant en direction de la Rolls.

À peine installé au volant, il se connecta au site de l'aviation civile grâce à l'ordinateur de bord et entra le code de Teterboro, KTEB, dans l'espace de recherche. Une nouvelle page apparut et il cliqua sur l'onglet « Vols en cours ». Une carte de l'activité aérienne au-dessus de la partie septentrionale du New Jersey s'afficha à l'écran, parsemée de petits pictogrammes blancs figurant les appareils en vol. Sous la carte se trouvaient deux encadrés, intitulés *Départs* et *Arrivées.*

Proctor s'intéressa à la liste des départs et constata que chaque ligne, rangée par ordre chronologique, correspondait à un appareil ayant récemment décollé de Teterboro, identifié par son immatriculation, sa marque, sa destination, l'heure de départ et l'heure d'arrivée estimée.

Un coup d'œil à sa montre lui indiqua qu'il était 12 h 45. À la lecture des informations qui s'affichaient sur l'écran, les vols les plus récents avaient décollé à 12 h 41, 12 h 32, et 12 h 29. Un seul avion s'était donc envolé au cours des cinq minutes écoulées.

Il consulta les éléments relatifs au vol de 12 h 41 et constata qu'il était identifié sous le code LJ45. Un Learjet 45, tout concordait. L'appareil faisait route à destination de KOMA. Une recherche rapide permit à Proctor de découvrir qu'il s'agissait de l'aéroport Eppley à Omaha, dans le Nebraska.

Proctor cliqua sur le numéro d'immatriculation de l'appareil, LN303P, et une nouvelle fenêtre apparut, sur laquelle s'afficha le plan de vol de l'avion. Le petit pictogramme blanc figurant le Learjet, suivi d'une ligne blanche continue le rattachant à Teterboro, était précédé d'un tracé en pointillé qui se dirigeait vers l'ouest en zigzaguant légèrement à deux endroits. Les chiffres affichés en colonne le long de la carte précisaient que l'appareil atteindrait une vitesse de croisière de 420 nœuds une fois parvenu à une altitude de 5800 mètres. Pour l'heure, il se trouvait à 1830 mètres et s'élevait rapidement.

Proctor disposait désormais de deux informations cruciales : Diogène et Constance avaient pris place à bord de ce Learjet, et le premier avait enregistré un plan de vol à destination du Nebraska auprès de l'aviation civile, conformément à la règle. Prendre l'air sans déposer de plan de vol ne pouvait qu'attirer l'attention des autorités, ce que ne souhaitait certainement pas Diogène.

En s'intéressant à la liste des arrivées, Proctor constata que le Learjet LN303P avait atterri à Teterboro une demi-heure plus tôt seulement. Il ne s'agissait donc pas d'un appareil loué sur place, Diogène avait préféré se procurer l'avion ailleurs afin de brouiller les pistes.

Voilà qui est malin, mais il n'a pas pensé à tout.

Faute d'y avoir réfléchi ou de le savoir, Diogène avait négligé de bloquer l'immatriculation de l'appareil des sites de vol aisément consultables sur le Net. En conséquence de quoi Proctor connaissait à présent sa destination.

Mais savoir qu'il se rendait dans le Nebraska ne résolvait rien, car Diogène s'éloignait rapidement vers l'ouest.

4

À en croire le site spécialisé que Proctor avait consulté quelques minutes plus tôt, la société d'aviation DebonAir était la seule compagnie de location basée à Teterboro. Installé au volant de la Rolls, il longea les bâtiments des entreprises privées attachées à l'aéroport jusqu'à ce qu'il repère ce qu'il recherchait. Il se rangea sur une place de parking près de la porte de verre dépoli, coupa le contact, récupéra son sac après y avoir fourré l'ordinateur, et descendit de la Rolls.

Les bureaux de la compagnie charter ressemblaient à tous ceux qu'il avait pu voir au cours de son existence, des locaux fonctionnels et pratiques plus que confortables. Un seul des trois bureaux que contenait la pièce était occupé. Des affiches d'avion encadrées étaient accrochées aux murs. Une porte ouverte laissait deviner une pièce réservée aux archives à l'arrière du bâtiment.

Proctor jaugea d'un coup d'œil l'homme assis derrière le bureau. La cinquantaine, des cheveux poivre et sel coupés très court, une silhouette musclée. Un petit écriteau posé sur sa table de travail indiquait son nom : Bowman. Celui-ci observa à son tour son visiteur.

Proctor hésita avant de se lancer. Sa requête sortait clairement du cadre des demandes ordinaires et il lui faudrait du temps s'il entendait convaincre son interlocuteur. Du temps qu'il n'avait pas. Il pesa rapidement le pour et le contre. Il finit par prendre place en face de son interlocuteur, posa l'ordinateur portable à côté de lui et conserva précieusement son sac sur ses genoux.

— J'aurais besoin de louer un avion immédiatement, se lança-t-il.

L'autre papillota des paupières.

— Immédiatement, répéta-t-il.

Proctor acquiesça.

— Qu'y a-t-il de si pressé ? insista Bowman en affichant une moue méfiante.

De toute évidence, il soupçonnait son visiteur de vouloir se livrer à une opération illégale.

— Rien de répréhensible, le rassura ce dernier en devinant ses pensées.

Il était arrivé à la conclusion qu'un minimum d'honnêteté l'aiderait à parvenir à ses fins. De l'honnêteté, ainsi que des arguments financiers.

— Je veux me lancer à la poursuite de quelqu'un.

Bowman considéra brusquement Proctor d'un autre œil. Son passé militaire lui soufflait qu'il était en présence d'un ancien frère d'armes.

— Vous avez été ranger ? demanda-t-il.

Proctor fit non de la tête.

— Forces spéciales.

Il posa les yeux sur le cadre accroché derrière Bowman.

— Et vous ? Troupes aéroportées ?

L'autre hocha la tête. Sa méfiance commençait à se dissiper.

— Pourquoi ne pas vous adresser à la police ?

— Il y a eu un enlèvement. Contacter la police serait une menace pour l'otage. Le kidnappeur est à la fois intelligent et d'une grande brutalité. Au-delà de ces éléments, il s'agit d'une affaire sensible et le temps m'est compté. Je connais le numéro d'immatriculation et la destination de l'appareil du ravisseur. Je dois impérativement m'y rendre avant qu'il se soit évanoui dans la nature.

Bowman hocha à nouveau la tête, plus lentement cette fois.

— Quelle destination ?
— L'aéroport Eppley, à Omaha.
— Omaha, répéta Bowman. Ça va vous coûter cher en kérosène, mon vieux. Combien de temps comptez-vous rester sur place ?
— Pas d'escale. J'ai besoin d'un aller simple.
— Vous devrez quand même payer le carburant du voyage retour.
— Compris.
— Combien de passagers ?
— Vous l'avez en face de vous.
Sa réponse fut accueillie par un court silence.
— Vous devez comprendre qu'un voyage de dernière minute vous coûtera cher. Il faudra des autorisations spéciales.
— L'argent n'est pas un problème.
Bowman prit le temps de réfléchir, puis il se tourna vers son ordinateur de bureau et s'activa sur le clavier. Proctor en profita pour ouvrir son propre ordinateur afin de voir où se trouvait l'avion de Diogène. Le pictogramme blanc figurant le LN303P poursuivait sa route vers l'ouest. Il volait à 3600 mètres et ne tarderait pas à atteindre sa vitesse de croisière.
— Vous avez de la chance, fit Bowman. Nous avons un appareil disponible, un Pilatus PC-12. Je dispose également d'un pilote sur place. Il est parti déjeuner.
Il s'empara d'une calculatrice.
— En comptant le kérosène, les frais de décollage et d'atterrissage, l'indemnité de repas forfaitaire, le prix d'un aller simple et le supplément de 15 %... euh, d'usage, j'arrive à 1200...
— Impossible, l'interrompit Proctor.
Son interlocuteur releva la tête.
— Pour quelle raison ?
— Le PC-12 est un appareil à turbopropulseur. Il me faut un jet.
— Un jet.

— L'homme que je poursuis vole à bord d'un Learjet 45. J'ai besoin d'un appareil aussi rapide, sinon plus.

Un nouvel éclair de méfiance s'alluma dans les yeux de Bowman, qui finit par reporter son attention sur son écran.

— J'aurais bien un jet disponible. Un Gulfstream Aerospace IV, mais il ne pourra pas décoller tout de suite.

— Pourquoi?

— Je vous ai dit que j'avais un pilote sous la main, mais je n'ai jamais parlé de *deux* pilotes. On ne manœuvre pas un jet comme celui-là tout seul.

Il s'activa sur son clavier.

— J'ai quelqu'un en standby. Il peut arriver tôt demain matin. Si vous acceptez de prendre en charge le surcoût du Gulfstream...

— Non.

Bowman écarquilla les yeux.

— Je dois partir tout de suite, poursuivit Proctor d'une voix calme.

— Puisque je vous dis que je n'ai personne sous la main avant demain matin!

Proctor s'accorda un délai de réflexion. En cas de blocage, il avait pour habitude de recourir à la force, mais une mesure aussi radicale n'était pas indiquée dans les circonstances présentes. L'endroit était trop sécurisé. Surtout, il aurait besoin d'aide pour réussir, et ne parviendrait jamais à convaincre son interlocuteur sous la contrainte.

— Combien coûterait un aller-retour pour Omaha à bord de ce Gulfstream IV en temps ordinaire?

L'autre se pencha sur sa calculatrice.

— Il faut compter 3800 dollars de l'heure.

— Arrêtez-moi si je me trompe, mais en calculant trois heures de vol par trajet plus les frais, ça fera dans les 25000 dollars.

— Dans ces eaux-là, approuva Bowman.

Il se tut en voyant Proctor sortir de son sac plusieurs liasses de billets de cent dollars. Il les posa sur le bureau.

— En voici 30000. Allons-y.

Bowman ouvrit de grands yeux, hypnotisé par les liasses de billets soigneusement empilées devant lui.

— Je viens de vous l'expliquer, je n'ai pas de copilote…

— Vous avez bien une licence de pilote, non? le coupa Proctor en montrant du menton un document encadré au mur.

— Oui, mais…

Sans un mot, Proctor sortit du sac une nouvelle liasse de 5 000 dollars qu'il déposa à côté des précédentes, veillant soigneusement à laisser le sac ouvert de façon que son interlocuteur voie le reste de la somme en liquide dont il disposait, près d'un demi-million de dollars au total, ainsi que plusieurs Glock 22.

Le regard de Bowman navigua de la pile de billets au contenu du sac avant d'opérer le chemin inverse. Alors, il saisit son téléphone et composa un numéro.

— Ray? On a une urgence. Oui, tout de suite. Un client à déposer à Omaha. Non, pas de retour. C'est moi qui prends les commandes. J'ai besoin de toi. Tout de suite.

Il écouta longuement son interlocuteur.

— Putain, tu n'as qu'à lui dire que ça peut attendre demain, à ta chérie.

Proctor avait profité de cet échange pour surveiller le vol de Diogène sur Internet. À son étonnement, il constata que l'avion avait changé de cap quelques minutes plus tôt et s'éloignait en direction du nord-est. Un coup d'œil à la fenêtre recueillant les informations de vol, à la droite de l'écran, lui confirma un changement de destination. Il n'était plus question de KOMA, mais de CYQX. Le temps de vérifier, il sut que ces quatre lettres correspondaient à l'aéroport international de Gander, sur l'île canadienne de Terre-Neuve.

Diogène ne s'était pas contenté de louer un avion ailleurs lorsqu'il avait organisé sa fuite depuis Teterboro. Il avait également changé son plan de vol auprès de l'aviation civile. En renonçant à Omaha pour gagner Gander, il brouillait les pistes.

Tandis que Proctor continuait de consulter son ordinateur, Bowman passa plusieurs coups de téléphone rapides.

— Très bien, déclara-t-il enfin en ramassant les liasses de billets. Mon pilote ne va pas tarder, on fait actuellement le plein de l'avion. Le temps de valider mon plan de vol auprès des autorités, nous pouvons prendre l'air sans…

— Il y a un changement de destination, l'interrompit Proctor. Nous n'allons plus à Omaha, mais à Gander, sur l'île de Terre-Neuve.

— Terre-Neuve ? répéta Bowman, le front soucieux. Attendez une minute, ça nous oblige à franchir la frontière et…

— Aucune importance. C'est même moins loin, et je suis prêt à payer le nécessaire.

Proctor préleva une nouvelle liasse de 5 000 dollars dans son trésor de guerre et la brandit sous le nez de son interlocuteur avant de la remiser dans le sac.

— Je vous laisse régler les détails, mais il est temps de se casser de ce putain de trou à rats.

L'usage inattendu d'une formule aussi fleurie, prononcée par Proctor d'une voix monotone, acheva de convaincre Bowman de l'urgence de la situation. Le loueur d'avions soupira en hochant lentement la tête.

— Donnez-moi un instant pour achever les préparatifs, répondit-il sur un ton à la fois satisfait et découragé. On décolle dans dix minutes.

5

Le vol entre Teterboro et Gander, d'une distance légèrement inférieure à mille huit cents kilomètres, passait au-dessus de Cape Ann, dans le Massachusetts, et de la Nouvelle-Écosse, au Canada, avant l'arrivée à Terre-Neuve. Entre le délai nécessaire pour gagner la piste, le décollage, la montée, la descente et l'atterrissage, le temps de vol prévu était d'une heure cinquante et une minutes. Une heure s'était écoulée lorsque Proctor put entrer en contact avec les contrôleurs aériens de Gander.

Les indications données sur Internet avaient rassuré Proctor sur le fait que Gander était bien la destination finale de sa proie. Son appareil n'avait plus changé de cap, il entamait même son approche. La manœuvre de diversion de Diogène lui avait fait perdre du temps et le Gulfstream volant approximativement à la même vitesse que le Learjet, le frère de Pendergast n'avait plus qu'une demi-heure d'avance sur son poursuivant.

Les deux pilotes du Gulfstream, Bowman et son collègue Ray Krisp, s'étaient montrés très à cheval sur le règlement, à l'image de beaucoup d'aviateurs professionnels. Proctor avait eu beau les tenter à coups de dollars, ils avaient refusé catégoriquement de le laisser utiliser la radio du bord.

Tandis que l'appareil entamait sa descente, Bowman entra en contact avec la tour de contrôle de Gander.

— Novembre 397 Bravo à tour de contrôle de Gander, dit-il dans son micro. Demandons l'autorisation d'atterrir sur la piste 4/22.

— Tour de contrôle de Gander pour vol 397, grésilla la réponse du contrôleur aérien. Vous avez le feu vert pour la descente. Virez à droite en prenant le cap 195, descente 2500 pieds par minute.

— Compris, Gander, répliqua Bowman en raccrochant son micro.

Proctor, vif comme l'éclair, s'en empara et s'éloigna des deux pilotes sanglés sur leur siège. Il enfonça le bouton d'émission.

— Vol 397 à tour de contrôle de Gander, prononça-t-il. Un LJ45, je répète, un Learjet 45, immatriculation LN303P, atterrit actuellement sur la piste 4/22. Merci de lui demander de patienter en voie de circulation.

Un court silence accueillit sa requête.

— Ici tour de contrôle de Gander. Pouvez-vous répéter?

— Nous vous demandons de retenir le Learjet immatriculé LN303P et d'empêcher les passagers de débarquer. Il y a un otage à bord.

Bowman et Krisp, furieux, retirèrent leurs harnais.

— Qui parle? s'enquit le contrôleur aérien. Vous n'êtes pas sur une fréquence de police.

— Je répète: *il y a un otage à bord de cet appareil.* Prévenez les autorités.

— Ce genre de demande doit obligatoirement passer par les canaux officiels. Vous m'entendez, Novembre 397 Bravo?

Bowman se planta devant Proctor, le visage sombre. Sans un mot, il tendit la main.

Proctor, qui s'apprêtait à insister, comprit qu'il avait échoué. Il s'était heurté à la bureaucratie canadienne, ainsi qu'il aurait pu s'en douter.

— Donnez-moi cette radio, exigea Bowman.

Au même moment, la voix du contrôleur aérien crépita.

— Novembre 397 Bravo, répondez.

— Continuez comme ça, et ce n'est pas l'avion que vous poursuivez qui sera saisi, mais celui-ci, dit Bowman. Et nous qui ferons l'objet d'un interrogatoire.

Proctor hésita un instant. Son regard se posa sur le sac, accroché au dossier de l'un des sièges passager.

— Vous comptez nous tirer dessus, c'est ça ? ajouta Bowman. En courant le risque de nous écraser au sol ? Allons, donnez-moi ce micro.

Proctor le lui tendit muettement.

Bowman le porta aussitôt à ses lèvres.

— Ici Novembre 397 Bravo. Ne tenez aucun compte de cette requête. Un passager s'est introduit dans le cockpit.

— Compris, répliqua la voix du contrôleur aérien. Avez-vous besoin d'assistance au moment de l'atterrissage ?

Bowman formula sa réponse sans quitter Proctor des yeux.

— Négatif. Un passager légèrement ivre, rien de plus. Nous l'avons chassé avant de sécuriser le cockpit.

Bowman raccrocha la radio sans cesser de fixer Proctor et reprit sa place au poste de pilotage.

— Cette petite plaisanterie va vous coûter 40 000 dollars, si vous ne voulez pas qu'on vous livre aux flics pour votre petit numéro.

Proctor le fusilla du regard, puis lui tourna le dos et regagna son siège. Il avait tout tenté, mais cette dernière tentative avait été une erreur. Il n'avait pas les idées claires. À défaut d'être flic ou agent fédéral, il ne pouvait pas contraindre les autorités à agir, surtout en territoire étranger. Il avait eu tort d'essayer. Il allait devoir s'occuper de Diogène lui-même, une fois sur la terre ferme.

Au terme d'un tel périple, il s'en sentait capable. Gander était l'aéroport international le plus à l'est du continent nord-américain, au bord de l'Atlantique. Restait à répondre à une question : l'île de Terre-Neuve était-elle la véritable destination de Diogène, ou bien une simple étape ? L'intuition de Proctor lui soufflait que la première réponse était la bonne. Terre-Neuve constituait un refuge idéal pour disparaître, l'île était aussi désolée que vaste. L'autonomie du Learjet, limitée, aurait rendu hasardeuse toute idée de vol transatlantique.

Une fois sur place, Proctor reprendrait le rôle pour lequel il était le mieux taillé : celui de limier. L'opération prendrait peut-être un peu de temps, mais Diogène se trouvait acculé à Terre-Neuve, dans l'impossibilité de procéder à de nouveaux arrangements. Proctor y veillerait. Son adversaire avait en outre sur les bras une otage aussi rebelle que dangereuse. Non, la poursuite ne durerait pas longtemps, mais il lui fallait déterminer quel était le meilleur moyen de s'y prendre.

En outre, il n'avait aucune certitude que Diogène et Constance se trouvent bien à bord du Learjet, puisqu'il s'était fié uniquement au témoignage de l'apprenti pilote croisé à Teterboro. Plusieurs indices le laissaient penser qu'il ne se trompait pas : le fait que l'avion avait été loué ailleurs, son brusque changement de cap, autant d'indices qui pointaient en direction de Diogène. L'instinct de Proctor le lui confirmait. D'ailleurs, il ne disposait d'aucune autre piste.

Plongé dans ses pensées, il suivit machinalement la descente du Gulfstream vers la piste 4/22. À travers le hublot, le paysage désolé de l'île céda la place au tarmac. Les pneus crissèrent en touchant le sol et les réacteurs rugirent. L'appareil décéléra et Proctor, le nez collé à la vitre, chercha le Learjet parmi les avions roulant sur les voies de circulation ou rangés devant le bâtiment. En vain.

Soudain, il sursauta. De l'autre côté de la piste où venait d'atterrir le Gulfstream, il vit deux silhouettes émerger d'un hangar et se diriger vers un jet garé à l'écart. Il crut reconnaître un Bombardier Challenger, un appareil parfaitement capable de parcourir de grandes distances, ce que lui-même ne pouvait s'autoriser avec le Gulfstream. La première silhouette était celle d'une jeune femme en imperméable vert olive qui avançait, tête baissée. *Constance.* À un pas derrière elle, une main posée sur son épaule et l'autre dans son dos, avançait un individu de sexe masculin. Il se retourna, jeta un regard à droite et à gauche, et Proctor reconnut la silhouette élancée de Diogène, sa barbe soigneusement taillée, ses cheveux brun-roux.

Constance avançait d'une démarche étrange et forcée. Proctor devina que Diogène la menaçait d'une arme dissimulée dans la main posée sur son dos.

Il sentit monter en lui une bouffée d'adrénaline et se détourna du hublot. Le Gulfstream continuait de ralentir, il allait encore perdre de précieuses minutes avant de sortir de l'appareil.

Il se força à regarder de nouveau. Diogène et sa prisonnière montaient à la suite l'un de l'autre les marches de l'échelle de coupée du Bombardier. Au moment de disparaître à l'intérieur de la cabine, Constance voulut se dégager, mais Diogène, tel l'éclair, sortit de sa poche un sac de toile qu'il lui enfonça sur la tête. La porte de l'appareil se referma, mettant un terme à la scène.

Le temps que le Gulfstream s'immobilise devant le terminal, le Bombardier s'était envolé.

6

Proctor avait mis à profit le trajet depuis Teterboro pour se renseigner sur l'aéroport et la ville de Gander. Dans les années 1940, Gander International avait servi de point de ravitaillement aux vols à destination des îles Britanniques et du reste de l'Europe. À cause de la modernisation de la flotte commerciale et de l'augmentation du rayon d'action des gros porteurs, Gander avait perdu sa fonction initiale et ne servait plus guère qu'aux atterrissages d'urgence, en cas de problèmes mécaniques ou de passagers malades. Le 11 Septembre, lorsque l'espace aérien des États-Unis avait été fermé à la suite de la chute des tours jumelles, Gander avait joué un rôle crucial lors de l'opération Yellow Ribbon en accueillant plus d'une trentaine de vols déroutés en l'espace de vingt-quatre heures. Depuis, l'aéroport de Gander sommeillait et ne servait plus guère qu'aux vols militaires et aux transports de marchandises à destination de l'Islande. La ville elle-même n'était qu'une vaste étendue froide et désolée, battue par les vents, écrasée sous un ciel bas porteur de neige.

Proctor, en s'interrogeant sur la conduite à tenir, eut une idée. Du fait de son isolement et de sa proximité relative avec l'Europe, Gander accueillait sans doute des pilotes en rupture de ban. Des anciens de l'Air Force et d'autres pilotes licenciés par les compagnies d'aviation, susceptibles d'accepter des missions inhabituelles, voire discutables.

Proctor avait élu domicile au bar Crosswinds, dans l'un des édifices délabrés qui avaient trouvé refuge près des pistes, au-delà du terminal et des bâtiments réservés aux services aéroportuaires. Il s'y trouvait seul avec le barman. Il regarda sa montre : bientôt 16 h 30. Diogène avait décollé un peu plus d'une demi-heure plus tôt. Il tenta de chasser ce souvenir de son esprit en avalant une gorgée de Heineken. Il avait passé cette demi-heure à tourner autour de l'aérogare, à la recherche d'un pilote qui n'aurait pas froid aux yeux, et sa quête l'avait conduit dans cet établissement.

Une fois de plus, Diogène avait une longueur d'avance sur lui, sinon deux. Anticipant le fait d'être suivi, il disposait à son arrivée à Gander d'un jet prêt à décoller, cette fois un appareil capable de franchir l'Atlantique. Diogène avait toutefois négligé de bloquer l'immatriculation du Learjet sur les sites Internet d'aviation ; si bien convaincu d'être intouchable, il n'en avait tout simplement pas pris la peine. Ou alors il se réjouissait d'être pris en chasse ; c'était bien dans le caractère de Diogène de préférer une opération complexe à une fuite moins risquée. Pour quelle autre raison aurait-il laissé la vie sauve à Proctor ? La précaution la plus élémentaire eût été de lui administrer une dose mortelle de thiopental, mais cela se serait révélé nettement moins amusant. À cette heure, Diogène se savait poursuivi, peut-être même à cause de cet appel radio à la tour de contrôle de Gander. Proctor avait conscience à présent de la stupidité de son geste. Il avait réagi de manière totalement inepte, jamais il n'avait connu un tel échec jusque-là. S'il entendait se reprendre, il lui fallait tenter de l'oublier, museler les émotions et la rage qui affectaient son jugement.

Concentré sur son ordinateur, il découvrit que le Bombardier avait enregistré un plan de vol à destination de Shannon, en Irlande. Comme l'appareil volait depuis un moment au-dessus de l'Atlantique sans dévier de sa course, Proctor en avait déduit qu'il se rendait bien à

Shannon. Les pilotes de DebonAir, sans grande surprise, avaient refusé de continuer la traque, d'autant que leur jet ne disposait pas d'un rayon d'action suffisant. C'est tout juste si les deux hommes n'avaient pas débarqué Proctor de force, le menaçant d'alerter les autorités s'il ne quittait pas le bord au plus vite, après les avoir payés.

Proctor avait besoin d'un pilote d'une autre trempe pour la suite. Un individu capable de fermer les yeux sur le règlement. On lui avait fourni le nom d'un type susceptible de lui convenir, il l'attendait d'une minute à l'autre.

Il revit l'image de Constance, se débattant violemment au moment où son ravisseur lui passait un sac sur la tête. Il but une nouvelle gorgée de bière afin de ne plus y penser.

Au même instant, la porte du bar s'ouvrit et un homme fit son entrée. Plutôt petit avec son mètre soixante-dix, il émanait de lui l'assurance de quelqu'un qui est souvent sorti vainqueur des bagarres auxquelles il a pris part. La quarantaine, coiffé d'une banane noire luisante de brillantine, il portait un blouson d'aviateur marqué par des décennies de bons et loyaux services. Une fine cicatrice reliait le coin de son œil gauche à un favori fourni. Il salua le barman en se perchant sur un tabouret.

Proctor l'examina de la tête aux pieds. Aucun doute, il s'agissait de l'homme dont on lui avait parlé. Il prit sa bouteille de Heineken, récupéra son ordinateur portable et son sac, rejoignit le bar et s'installa à côté du nouveau venu à qui le barman venait de servir un whisky avec des glaçons. Proctor posa un billet de vingt dollars sur le comptoir.

— C'est ma tournée, annonça-t-il.

Tandis que le barman hochait la tête et s'éloignait afin de chercher la monnaie, le type en blouson de cuir posa sur lui un regard inquisiteur.

— Merci, vieux, déclara-t-il avec l'accent caractéristique des classes laborieuses anglaises.

— Roger Shapely? demanda Proctor en vidant sa bière.

— Exact. Et vous?

— Je m'appelle Proctor.

Le barman était de retour avec la monnaie et Proctor lui désigna sa bouteille vide.

— J'ai cru comprendre que vous pouviez organiser certains déplacements.

Le regard de l'homme s'aiguisa.

— Ça dépend.

— De quoi?

— De qui j'emmène, et où.

— C'est moi que vous emmèneriez. En Irlande.

Le dénommé Shapely haussa les sourcils.

— En Irlande?

Le barman posa une bouteille de Heineken glacée devant Proctor qui en avala une lampée.

— J'aurais bien voulu vous rendre service, mais mon coucou est un Cessna Citation A/SP. Pas idéal pour franchir la mare aux canards, s'excusa Shapely avec un sourire contrit.

— On m'a parlé de votre avion. Il est équipé de deux réacteurs Pratt & Whitney JT15-D, et modifié de façon à se suffire d'un seul pilote, au lieu des deux habituels. Il a également été trafiqué, par vos soins, de façon à embarquer davantage de carburant et moins de passagers. Assez de carburant pour parcourir six mille kilomètres.

Shapely plissa les paupières.

— Vos interlocuteurs se sont montrés bien bavards.

Proctor haussa les épaules.

— Ça reste entre nous.

Shapely porta son verre de scotch à ses lèvres en silence. Il était clair qu'il réfléchissait, tout en essayant de jauger son interlocuteur.

— En quoi consiste le boulot, exactement?

— Je m'intéresse à quelqu'un qui a décollé d'ici il y a quarante minutes à destination de Shannon. Il est en possession d'un objet que je voudrais récupérer. Je dois le suivre.

— Le poursuivre, vous voulez dire?

— Oui.

— Vous rigolez, ou quoi? Si c'est une histoire de dope, ne comptez pas sur moi.

— Rien de tel.

Shapely médita la réponse de Proctor.

— Avec quel type d'oiseau s'est envolé votre gars?

— Un Bombardier Challenger 300.

Shapely secoua la tête.

— Ça n'ira pas. Le Challenger est nettement plus rapide que mon Citation. Pas loin de cent kilomètres/heure supplémentaires.

— Raison de plus pour ne pas traîner.

— Je ne peux pas vous conduire à Shannon.

En relevant la tête, Proctor constata que son interlocuteur affichait un sourire roué.

— Mais je peux vous rapprocher. À condition de voler vent arrière. Dans le cas contraire, on n'atteindrait même pas la côte irlandaise. Vous pesez combien?

— Soixante-dix-neuf kilos.

— Des bagages?

Proctor montra du pouce l'ordinateur portable et le sac.

— On ne pourra rien prendre d'autre. Il faudra déjà embarquer un maximum de coco pour aller aussi loin.

Shapely se gratta la tête, signe qu'il effectuait un rapide calcul mental. Il se tourna vers la fenêtre du bar et fixa son regard sur la manche à air que l'on apercevait au loin.

— On dirait que le vent est de notre côté. Il ne reste plus qu'à parler de fric.

— Je ne tiens pas à ce que le vol soit enregistré, au cas où notre destination finale ne serait pas l'Irlande.

— Vous voulez tenter le tour du monde en quatre-vingts jours, c'est ça? Alors c'est plus une question de fric, mais de combien de fric en plus.

— Je vous propose cinq dollars du kilomètre, aller-retour. À condition de partir immédiatement.

Shapely prit le temps de réfléchir à la proposition.

— Si jamais vous êtes un flic quelconque, je suis piégé. J'imagine que ça ne vous a pas échappé.

— Je ne suis pas flic. Rien qu'un quidam à la recherche d'un avion. Et d'un pilote qui ne pose pas de question.

Shapely vida son verre.

— 20 000 tout de suite. Dix de plus à l'arrivée.

Proctor, voyant du coin de l'œil que le barman leur tournait le dos, ouvrit son sac et sortit plusieurs liasses de billets de cent dollars qu'il tendit au pilote.

— En voilà 30 000.

Le pilote feuilleta rapidement les liasses, puis il les enfourna dans son blouson.

— Bagage ou non, j'imagine que vous préférez éviter les douanes ?

— Oui.

Shapely acquiesça, puis tapota les poches de son blouson.

— Laissez-moi le temps de mettre mon petit pécule au frais et de passer deux ou trois coups de fil pour arranger le coup à l'arrivée. Retrouvez-moi dans les locaux de North Gander Aviation d'ici un quart d'heure. À côté du hangar numéro 4.

Sur ce, il se leva, leva le pouce en direction de Proctor, et quitta rapidement le bar désert.

7

Shapely n'avait en rien exagéré l'importance du poids embarqué. L'intérieur de son Cessna avait été entièrement dépouillé, à l'exception des deux sièges réservés aux pilotes, et la cabine passager modifiée de façon à accueillir des réservoirs supplémentaires. Voler dans de telles conditions, sans le souci des règles ordinaires de l'aviation civile, était nettement moins coûteux que ne l'avait été le vol de Proctor sur DebonAir, mais le confort s'en ressentait.

Il était un peu plus de 17 heures lorsque les deux hommes décollèrent. Shapely avait prévenu les autorités aéroportuaires qu'il effectuait un simple vol touristique à destination de Twillingate, de façon à ne pas enregistrer de plan de vol. À peine Gander International avait-il disparu dans le sillage de l'avion qu'il mettait le cap plein est. Moins de quinze minutes plus tard, l'avion survolait les eaux de l'Atlantique. L'appareil perdit aussitôt de l'altitude et Shapely poursuivit sa course à quelques dizaines de mètres au-dessus des vagues. Malgré le danger, il ne faisait aucun doute aux yeux de Proctor qu'il était en présence d'un excellent pilote, dépourvu de scrupules quant à leur destination finale, tant qu'il y trouvait son compte financièrement. Proctor ne voulait même pas savoir à quel type de trafic se livrait son compagnon pour que ce dernier modifie son appareil de la sorte. Un vieux jet d'affaires doté d'un réacteur à double flux, au cockpit minuscule et inconfortable. Shapely attendit de se trouver hors de portée des radars de Gander pour grimper à 10 000 mètres d'altitude. Il s'agissait « d'économiser le carburant », avait-il expliqué à Proctor en mentionnant rapidement des questions de pression atmosphérique. Le soleil se coucha derrière eux et le ciel vira lentement à l'indigo, puis au noir, tandis qu'ils s'enfonçaient dans la nuit.

Proctor procéda à un rapide calcul dans sa tête. Le Cessna volait à une vitesse de croisière légèrement supérieure à 700 km/heure. Le Bombardier de Diogène, ainsi que l'avait fait remarquer Shapely, pouvait atteindre les 800 à l'heure. En revanche, les deux appareils possédaient un rayon d'action similaire, grâce aux aménagements effectués par Shapely. Porté par son avantage, Diogène pouvait espérer atteindre Shannon au terme de sept heures de vol, alors qu'il en faudrait huit et demie à ses poursuivants pour atteindre la côte irlandaise. Shapely n'avait pas pris la peine de préciser à Proctor les raisons qui les empêchaient d'atterrir à Shannon. Sans doute était-ce dû à la clandestinité de leur expédition, et à la nécessité d'éviter les douanes. En vérité, cela n'avait aucune importance. Grâce à son avance, Diogène atterrirait en Irlande une heure et demie avant eux.

Proctor surveilla une nouvelle fois la trajectoire du Bombardier sur son ordinateur, puis il referma le capot, s'installa le plus confortablement possible, ferma les yeux et bloqua de son esprit, avec une rigueur toute militaire, les airs de musique celtique que Shapely diffusait sur le haut-parleur du cockpit. Il s'efforça d'oublier les eaux agitées de l'Atlantique sous le ventre de l'appareil, le souvenir cuisant de Constance poussée de force dans le jet qui l'attendait. Plus encore, il évita de s'interroger sur le sort que Diogène réservait à sa captive, sachant d'avance qu'il n'aurait rien d'enviable.

Il était 5 heures passées lorsque le Cessna arriva en vue des côtes irlandaises. Quelques minutes plus tard, l'appareil se posait sur la piste de l'aérodrome Connasheer, un terrain privé situé sur la plus grande des îles d'Aran, dont la piste était tout juste assez longue pour accueillir le Citation. Tandis que Proctor interrogeait une nouvelle fois son ordinateur, Shapely descendit de l'avion et se dirigea vers l'unique bâtiment du petit aérodrome où l'attendait un solitaire occupant. Les deux hommes s'étreignirent avant de se lancer dans une conversation animée, preuve que Shapely fréquentait régulièrement l'endroit. Il regagna le Cessna quelques minutes plus tard, un large sourire aux lèvres.

— Le frère de mon copain possède une compagnie de taxis. À condition d'attraper un ferry à Rossaveal, vous serez à Shannon d'ici…

— Je ne vais plus à Shannon, le coupa Proctor.

Voyant que Shapely restait coi, Proctor lui désigna son ordinateur portable.

— Le Bombardier a fait le plein à Shannon avant de redécoller.

— Pour quelle destination?

Proctor hésita avant de lui répondre.

— La Mauritanie. Apparemment.

Shapely, le front barré d'un pli, restait planté près de la portière ouverte de l'appareil.

— La Mauritanie? Putain, mec, ça se trouve… en Afrique de l'Ouest, c'est ça?

— Dans le nord-ouest de l'Afrique, plus exactement. À trois mille cinq cents kilomètres d'ici.

Shapely passa une main sur sa mèche.

— Et vous voudriez que…?

Il haussa ses sourcils broussailleux en guise d'interrogation.

— Oui.

— Je ne sais pas. Putain d'Afrique… Il m'est arrivé pas mal d'histoires là-bas, je ne suis pas vraiment pressé d'y remettre les pieds.

— Il s'agit uniquement de faire le plein et de repartir. Je suis convaincu que la Mauritanie n'est qu'une escale de plus pour le Challenger.

Shapely ne semblait pas rassuré pour autant.

— Quel aéroport?

— Akjoujt. Un trou, à l'écart des lignes commerciales. Le genre d'endroit où personne ne pose de question. À peu près cinq heures et demie de vol.

Comme Shapely demeurait silencieux, Proctor préleva de nouvelles liasses dans son sac.

— Je vous ai donné 30 000 pour venir ici depuis Gander.

Il agita l'argent sous les yeux du pilote.

— En voici 35 000 de plus. Largement de quoi couvrir le déplacement en Mauritanie. Sans parler de la suite s'il faut continuer au-delà.

Shapely posa sur les liasses un regard appuyé : 65 000 dollars. Davantage qu'il ne devait en gagner en l'espace d'un an de trafics divers.

Il finit par laisser échapper un soupir.

— Et puis merde, grommela-t-il en tendant la main. C'est bon, c'est bon. Laissez-moi faire le plein de kérosène, vérifier les moteurs, et jeter un œil sur la carte.

Vingt minutes plus tard, le Cessna reprenait l'air et longeait la côte occidentale de l'Irlande, direction plein sud, en survolant les eaux internationales. Shapely avait prélevé deux petits comprimés blancs dans un flacon en plastique avant de les avaler avec un grand mug de café.

Proctor rouvrit son ordinateur. Malgré tout, pensa-t-il, la chance les servait pour deux raisons. Tout d'abord, l'escale de Shannon avait coûté à Diogène un temps précieux. Il lui avait fallu franchir les douanes et se réapprovisionner en carburant, avec toutes les lourdeurs qu'implique le recours à un grand aéroport. Probablement aussi changer d'équipage, autant d'obstacles qui avaient réduit son avance d'une demi-heure en le mettant à tout juste une heure d'avance sur ses poursuivants. Ensuite, le vol en direction de la Mauritanie s'effectuait essentiellement au-dessus de l'Atlantique. Le chemin le plus direct pour Akjoujt frôlait à peine la pointe ouest du Portugal en évitant l'Europe. Le Cessna se contenterait de survoler le Sahara occidental, une zone de conflit revendiquée par plusieurs États, aux populations trop occupées par leurs problèmes pour s'inquiéter d'un avion non identifié. À condition, évidemment, qu'aucun souci mécanique ne les oblige à atterrir.

Proctor ne savait quasiment rien de la Mauritanie, sinon qu'il s'agissait d'une zone désertique gangrenée par la misère, où se pratiquait couramment le travail des enfants, et même l'esclavage. Il ne voyait pas ce qui aurait pu inciter Diogène à faire une escale dans un aéroport aussi insignifiant, sinon remplir les réservoirs du Challenger. Son escale à Shannon n'avait pas eu d'autre utilité, après la traversée de l'Atlantique. Tout indiquait que Diogène se trouvait encore loin de sa destination finale, seule l'autonomie limitée de son avion lui dictait ses escales. Le site que consultait Proctor lui confirma d'ailleurs qu'un CL-30, le nom de code du Challenger 300, se dirigeait vers Akjoujt sans dévier de sa course depuis son départ d'Irlande.

Proctor savait cependant qu'une fois à l'aéroport d'Akjoujt, il ne lui serait plus possible de suivre les déplacements de Diogène sur Internet. Un aéroport aussi petit était un arrêt idéal pour quelqu'un de pressé et discret, peu désireux d'enregistrer un plan de vol en bonne et due forme. Proctor allait donc devoir imaginer d'autres moyens de découvrir la destination finale de son adversaire, convaincu qu'Akjoujt constituait sa dernière escale. En l'espace de quatre étapes, un Bombardier ou un Learjet pouvait rallier n'importe quel point de la planète, et Diogène s'était déjà arrêté à deux reprises.

*

Le Cessna atterrit à Akjoujt peu après 11 heures. Un lieu aussi plat que poussiéreux, brûlé par un soleil impitoyable. Proctor se mit aussitôt en quête d'un employé de l'aéroport pratiquant l'anglais. En échange d'un généreux pourboire, l'intéressé fut trop heureux de lui parler du gros Bombardier à la carlingue rutilante qui avait fait le plein le matin même avant de repartir. L'employé savait où il se rendait, pour avoir entendu l'un des pilotes en parler : l'avion s'était envolé pour l'aéroport Hosea Kutako de Windhoek, en Namibie.

Eu égard à son avance, comme à son avion plus rapide, Diogène aurait dû avoir deux heures d'avance sur Proctor... à un détail près dont l'employé s'était fait l'écho. Le décollage du Bombardier avait été retardé pour une raison dont il ne connaissait pas la nature exacte. Il savait juste qu'il s'agissait d'un problème lié à l'un des passagers. En fin de compte, l'appareil loué par Diogène avait pris l'air à destination de la Namibie tout juste quatre-vingt-dix minutes plus tôt.

Proctor se demanda si son adversaire ne s'était pas efforcé d'acheter son informateur, ou bien de lui fournir des indications erronées. Après tout, Proctor n'avait aucun moyen fiable de suivre la course de sa proie. Son instinct, auquel il s'était toujours fié, lui dictait toutefois que son interlocuteur était sincère. D'ailleurs, si Diogène avait payé l'employé de l'aéroport pour propager de fausses informations, celui-ci n'aurait jamais exigé de Proctor une telle somme en échange d'un renseignement aussi maigre.

Il regagna le Citation et prit place à bord.

— Nous allons en Namibie, annonça-t-il à Shapely.

Le pilote posa sur lui deux yeux rougis par la fatigue.

— Vous déconnez, pas vrai ?

— Non.

— Vous avez idée de la distance qui nous sépare de la Namibie ?

— Oui. Nous nous trouvons à cinq mille huit cents kilomètres de notre destination.

Shapely gratta longuement l'un de ses favoris.

— Soit neuf heures de vol supplémentaires. Je vais être lessivé.

— Il s'agit de la dernière étape. Vous pourrez dormir toute une semaine en arrivant si ça vous chante.

— Vous avez idée du nombre légal d'heures de vol auquel nous autorise l'aviation civile, mec?

— Je n'avais pas cru comprendre que le règlement de l'aviation civile vous concernait outre mesure, rétorqua Proctor en tapotant de façon significative son sac rempli de billets.

— Putain de merde, marmonna Shapely en secouant la tête. Après tout, à vos risques et périls. Crevé comme je suis, je suis capable de nous envoyer dans une montagne.

Il conclut sa sentence en ingurgitant une poignée de petites pilules blanches.

*

Non seulement l'aéroport international Hosea Kutako était grand, mais il ressemblait à une ruche lorsque le Cessna se posa sur la piste à 20 h 45, heure locale. Sans se montrer aussi inquisiteurs que leurs collègues américains ou européens, les contrôleurs aériens s'étaient étonnés de l'absence de plan de vol. Shapely s'en était tiré en inventant une fable compliquée où se mêlaient fuite de carburant, difficultés avec les instruments de communication, et rencontre avec un vautour qui avait bien failli être aspiré par l'un des réacteurs. Proctor avait été le premier surpris que son compagnon fasse preuve d'autant d'imagination après avoir volé pendant près de vingt-quatre heures d'affilée.

— Je suis mort, vieux frère, avoua-t-il à Proctor au moment où l'avion quittait la piste 08/26 et rejoignait l'unique terminal de l'aéroport par l'une des voies de circulation. Si vous voulez continuer, vous n'aurez qu'à vous greffer des ailes.

— Bon boulot, le félicita Proctor en observant les alentours.

Il eut un haut-le-corps en voyant soudain le Bombardier de Diogène rangé sur le tarmac.

— Arrêtez, ordonna-t-il à Shapely.

— Mais…

— Arrêtez, je vous dis.

Tandis que le pilote ralentissait l'appareil tant bien que mal en bordure de piste, Diogène plongea la main dans son sac et compta rapidement 40 000 dollars en liasses de cent qu'il lança à son compagnon avant de le remercier hâtivement. L'instant suivant, il descendait de l'appareil et s'éloignait à grandes enjambées en direction du Bombardier avant même que le Citation se soit immobilisé.

Deux heures, se dit-il intérieurement. *Il n'a que deux heures d'avance sur moi.*

Jouer ainsi au chat et à la souris, passer d'un avion à l'autre en enchaînant les continents sans jamais perdre la trace de Diogène, en dépit de tous ses stratagèmes, s'était révélé épuisant. Le Bombardier était arrivé à destination, le capot de l'un de ses réacteurs relevé, la porte de sa cabine ouverte, son échelle déployée. Diogène et Constance ne pouvaient être loin. Avec un peu de chance, peut-être se trouvaient-ils encore à Windhoek.

Voire dans le hall d'arrivée de l'aéroport.

Proctor grimpa quatre à quatre les marches permettant d'accéder à la cabine du Bombardier. Elle était inoccupée, mais il aperçut, à travers la porte entrouverte du cockpit, un homme en uniforme de pilote installé sur le siège de gauche. Il était occupé à remplir un formulaire.

Proctor s'engouffra dans le cockpit, l'attrapa par le revers de sa veste et le souleva brutalement de son siège.

— C'est vous qui avez repris les commandes à Shannon ? s'enquit-il.

Le pilote battit des paupières d'un air hébété.

— De quoi…

Proctor le serra à la gorge.

— Répondez.

— Je… je fais partie de l'équipage, concéda-t-il.

— L'autre pilote?

— Il est parti il y a une heure, après avoir fourni son témoignage. Comme moi.

— Un témoignage? Quel témoignage?

— Au sujet de la tragédie.

Le pilote, de nationalité américaine d'après son accent, recouvrait peu à peu son sang-froid.

— Qui êtes-vous? exigea-t-il de savoir.

— C'est moi qui pose les questions, répliqua Proctor. De quelle tragédie parlez-vous? Qui étaient vos passagers?

— Ils étaient deux. Un homme et une femme.

— Leurs noms?

— Ils ne nous ont rien dit.

— Décrivez-les-moi.

— L'homme avait à peu près votre taille. Grand et mince, avec une barbe courte. Un regard étrange, avec des yeux de deux couleurs différentes.

Il marqua une courte pause avant d'ajouter:

— Et une balafre sur la joue.

— La femme?

— Jeune, la vingtaine. Cheveux foncés, jolie. Je ne l'ai pas bien vue, à vrai dire. Elle était soûle.

— C'est tout? Deux passagers uniquement?

— Oui. Au début...

Proctor serra encore plus fort le col du pilote.

— Comment ça, *au début*? C'est quoi, cette histoire de tragédie?

Le pilote fut pris d'une hésitation.

— Eh bien... c'est au sujet de la jeune femme.

— Que lui est-il arrivé? gronda Proctor. *Qu'est-il arrivé à la jeune femme?*

Le pilote baissa un instant les yeux avant de relever la tête et de croiser le regard de Proctor.

— Elle est morte pendant le voyage.

8

— Morte? s'écria Proctor. Elle est *morte*?

Un voile rouge l'aveugla soudain, accompagné d'un besoin quasiment irrépressible de provoquer chez son interlocuteur une souffrance extrême. Il n'avait éprouvé un tel sentiment qu'une ou deux fois dans sa vie, face à une menace ou un danger majeurs. Il lui fallut une volonté peu commune pour ne pas broyer la trachée du pilote.

Il parvint à se maîtriser à grand-peine. Le pilote ne lui avait rien fait, sinon lui annoncer la nouvelle. Et puis, il lui serait plus utile vivant que mort, car il pouvait lui fournir des renseignements.

— Racontez-moi ce qui est arrivé, demanda-t-il d'une voix rauque.

Le pilote avala péniblement sa salive. Le teint cireux, le front couvert de sueur, il semblait avoir compris que sa vie ne tenait qu'à un fil.

— Je ne sais presque rien, se défendit-il. Je voudrais bien.

— Contentez-vous de me dire ce que vous *savez*.

— Il a refusé de nous laisser sortir du cockpit.

— Qui ça, *il*?

— Le type. Celui qui avait loué l'avion.

— L'homme au visage balafré?

Le pilote acquiesça.

— Quoi d'autre?

Le malheureux avala de nouveau sa salive.

— Tout a commencé après notre atterrissage à Akjoujt. Je m'étais accordé une sieste dans le cockpit quand Mark, l'autre pilote, m'a réveillé. J'ai vu une autre femme, une blonde, monter à bord. Ensuite, j'ai entendu des cris, suivis d'un bruit sourd. À ce moment-là...

Il reprit son souffle avant de poursuivre :

— Il est arrivé à ce moment-là et nous a donné l'ordre de décoller en nous interdisant de quitter le cockpit avant l'atterrissage en Namibie. Il nous a même fourni des urinoirs en plastique en cas de besoin.

Sans doute le pilote crut-il voir s'allumer une lueur inquiétante dans les yeux de Proctor car il acheva son récit précipitamment.

— Écoutez, je n'ai rien vu. Elle tenait debout quand elle est montée à bord à Shannon. Arrivée ici, elle était morte et il a fallu l'évacuer sur une civière.

Il marqua une pause.

— Au moment d'atterrir... il nous a donné des instructions. Sur la version à fournir aux autorités. Il nous a expliqué qu'elle souffrait depuis toujours de problèmes cardiaques. Ce genre d'incident survient parfois, à cause de l'altitude.

— Et la blonde ? Qui était la blonde ?

— Je ne sais pas.

Le pilote voulut remuer la tête.

— Vous ne voulez pas desserrer un peu votre étreinte ?

Proctor obtempéra.

Le pilote montra du menton un petit homme en uniforme d'une soixantaine d'années, de l'autre côté du pare-brise.

— Là, c'est lui qui nous attendait à l'arrivée et qui a interrogé le passager.

L'individu en question discutait au milieu d'un petit groupe de personnes à l'entrée du terminal, sous un réverbère.

— Si quelqu'un peut vous renseigner, c'est lui, insista le pilote.

Proctor le regarda d'un air mauvais, puis il le repoussa brutalement sur son siège et quitta l'appareil.

*

L'officiel en uniforme le vit s'approcher. Il avait un regard fatigué, mais bienveillant, des cheveux blancs et drus coupés très court. Le petit groupe s'écarta en voyant s'avancer Proctor.

— *Goeienaand*, dit-il.

— *Goeienaand*, répondit Proctor. *My naam is Proctor.*

Tout en ayant conscience que la langue officielle de la Namibie était l'anglais, il savait que la plupart des autochtones préféraient s'exprimer en afrikaans, une langue dont plusieurs mercenaires, croisés lors d'opérations spéciales, lui avaient enseigné les rudiments.

— *Praat Meneer Afrikaans?* s'étonna le fonctionnaire.

— *Ja, 'n bietjie. Praat Meneer Engels?*

— Oui, répliqua l'homme dans un anglais teinté d'un fort accent.

— *Baie dankie.*

Proctor désigna le Bombardier, stationné derrière lui.

— Je souhaitais obtenir des informations au sujet de la jeune femme qui a été évacuée.

— Je me présente, Masozi Shona. Je suis le responsable de l'aéroport. Une bien triste affaire, ajouta-t-il en secouant la tête.

— Que s'est-il passé? l'interrogea Proctor.

Shona fronça les sourcils.

— Si ça ne vous ennuie pas, en quoi cela vous concerne-t-il?

Proctor hésita brièvement.

— La jeune femme qui se trouvait à bord était ma fille.

Le visage grave de son interlocuteur s'assombrit encore.

— Je suis sincèrement désolé. Elle est décédée. Elle est morte au cours du vol.

Proctor n'avait quasiment pas fermé l'œil depuis trente-six heures. Il était à cran, pétri d'angoisse, depuis son départ en trombe du 891 Riverside Drive. Il sentit ses nerfs le lâcher. Il ne pleurait jamais. Il n'avait pas pleuré depuis l'âge de six ans, mais il sentit sa voix se briser et ses yeux se noyèrent de larmes. Il décida de se laisser aller, conscient que sa réaction renforçait sa couverture.

— Je vous en prie, aidez-moi. Je… je les suivais, et voilà que j'arrive trop tard. *Asseblief.* J'ai besoin de comprendre ce qui a pu se passer. Vous m'entendez? *J'ai besoin de savoir.*

Le dénommé Shona lui prit le bras.

— Je suis désolé. Je veux bien vous dire tout ce que je sais, c'est-à-dire peu de chose.

— Que… qu'a-t-on fait de son corps?

— Une ambulance privée l'a emporté.

— Il n'y aura pas d'enquête? Pas de médecin légiste? Comment se fait-il qu'on ne l'ait pas emmenée à l'hôpital? Ou à la morgue?

Shona secoua la tête.

— Tout était déjà réglé à l'arrivée de l'avion. Un médecin attendait au pied de l'avion. C'est lui qui a procédé aux constatations d'usage avant de signer les documents nécessaires.

Proctor resta sans réaction.

L'officiel haussa les épaules en lui adressant un regard compatissant.

— Comprenez-moi. Je suis le directeur de cet aéroport… mais je ne décide rien.

Proctor comprit. Il ne se trouvait pas en Amérique. Avec de l'argent, il était aisé de contourner le règlement.

— Ma fille, s'entendit déclarer Proctor. Ma petite fille… Vous êtes certain qu'elle est morte? Comment savoir si c'était bien elle? Il pourrait s'agir d'une méprise.

Le visage de son interlocuteur s'éclaira.

— J'ai le moyen de vous en apporter la preuve.

— Dites-moi, je suis prêt à tout.

L'autre hésita.

— Ce ne sera pas facile pour vous.

Proctor balaya l'argument d'un revers de la main.

— Dans ce cas, venez avec moi.

Shona lui fit signe de le suivre à l'intérieur du terminal, franchit plusieurs portes et l'entraîna dans un couloir miteux au milieu d'un dédale de bureaux. Tout au bout du couloir, il poussa une porte et invita Proctor à entrer dans une pièce. Ce dernier découvrit plusieurs postes de travail équipés d'ordinateurs et d'écrans. Deux employés en manches de chemise relevèrent la tête. Shona leur adressa quelques mots en afrikaans et ils s'éclipsèrent.

Le directeur de l'aéroport adressa un coup d'œil gêné à Proctor.

— Je crains de devoir vous demander votre… appui. Pas pour moi, bien entendu, mais pour…

Il n'acheva pas sa phrase, se contentant de montrer du menton la porte par laquelle venaient de sortir les deux hommes des services de sécurité.

— Je comprends très bien, répondit Proctor qui préleva dans son sac une poignée de billets.

Shona empocha l'argent et montra à son visiteur l'écran le plus proche.

— Nous n'avons que quelques images, s'excusa-t-il.

Il prit place devant le poste de travail et Proctor se plaça derrière lui. En dépit de l'exiguïté de la pièce et du désordre qui y régnait, le système de vidéosurveillance de l'aéroport était relativement moderne. Shona entra une série de commandes sur un clavier, retira le DVD inséré dans le lecteur et en glissa à la place un autre, identifié au feutre rouge.

Ses doigts coururent sur les touches et une image de mauvaise qualité s'afficha à l'écran, au bas duquel défilait l'heure de l'enregistrement. Proctor reconnut le Bombardier de Diogène. La porte de la cabine était ouverte, les marches déployées. Un homme vêtu d'un costume de lin gravit les degrés et pénétra à l'intérieur de l'habitacle.

La présence derrière lui de deux brancardiers en uniforme confirma à Proctor qu'il s'agissait d'un médecin. Plusieurs minutes s'écoulèrent, incitant Shona à passer la séquence en accéléré, puis le médecin ressortit, des documents à la main. Il était escorté par une jeune femme blonde que Proctor n'avait jamais vue. Malgré la piètre qualité de la vidéo, il devina qu'elle avait les yeux très clairs et un visage aux traits fins, marqué par des pommettes saillantes. Les deux brancardiers parurent à leur tour, encombrés par une civière sur laquelle reposait une silhouette recouverte d'un drap. Proctor retint son souffle en voyant les deux hommes descendre la civière. Le brancardier de tête glissa sur la dernière marche. En voulant retrouver son équilibre, le corps tressauta et le drap qui le recouvrait laissa entrevoir le visage de la victime.

— Arrêtez la vidéo ! s'écria Proctor.

L'image se figea et il se pencha vers l'écran. Il ouvrit de grands yeux, refusant de croire ce qu'il voyait. Son monde venait de s'écrouler.

La vidéo, parcourue de traits horizontaux noirs qui défilaient lentement vers le haut de l'écran, ne pouvait laisser aucun doute sur l'identité de la morte. Ces cheveux noirs, ces lèvres charnues, ces yeux violets grands ouverts... ce visage qu'il avait connu si beau portait désormais un rictus de mort.

Il se laissa tomber sur le siège le plus proche. Inutile de se mentir en niant la vérité. Constance était morte. Elle n'avait jamais souffert de la moindre alerte cardiaque. Elle n'avait tout simplement pas pu mourir en plein vol de causes naturelles. Elle avait donc été assassinée. *Assassinée.* Et son meurtrier n'était autre que Diogène.

Comme dans un brouillard, il s'aperçut que Shona s'adressait à lui.

— Je suis désolé, déclara le directeur de l'aéroport en se tordant les mains, très ému. Sincèrement désolé, mais... vous souhaitiez avoir la certitude.

— Oui, répondit Proctor sans le regarder. Je vous remercie. Je… je vais m'efforcer de les retrouver afin de prendre possession de la dépouille de ma fille. Ces gens sont dangereux. Avez-vous une idée de l'endroit où ils ont pu emporter le corps?

Shona hésita.

— Ils n'ont pas quitté l'aéroport avec le docteur auquel ils avaient fait appel. Je le sais, pour avoir vu ce médecin repartir de son côté. Ce genre d'incident est rare, vous comprenez. Même ici. Ils se sont rendus chez un loueur de voitures spécialisé dans les véhicules adaptés aux régions désertiques, Jeep et autres camionnettes. Ses bureaux se trouvent tout près de l'aéroport, en face du Millenium Business Park. Il est le seul à rester ouvert le soir. Ils ont chargé la civière dans une camionnette qui les attendait avant de traverser la rue.

Proctor bondit sur ses jambes.

— Il est sûrement trop tard, insista Shona. Leurs bureaux seront certainement fermés et…

Il s'exprimait dans le vide. Proctor avait déjà quitté la pièce.

9

L'agence de location automobile Windhoek-Detmonk et le nom de son propriétaire, Lazrus Keronda, étaient signalés par deux pancartes, l'une en afrikaans et l'autre en anglais. Elle se résumait essentiellement à un hectare de terrain goudronné, au cœur d'une zone industrielle sinistre longeant la route de l'aéroport. Si les enseignes étaient vieillissantes, le parking de l'agence était brillamment éclairé par une litanie de lampes à vapeur de sodium qui éclairaient d'une lumière crue la douzaine de véhicules alignés de l'autre côté du grillage.

L'agence était la seule à garder ses portes ouvertes à une heure aussi tardive, et Proctor traversait la route à quatre voies, déserte à cette heure, lorsqu'il vit les lampes s'éteindre une à une.

La température extérieure frisait les quarante degrés et l'*oosweer*, un vent brûlant venu du large que les autochtones connaissaient bien en pareille saison, l'enveloppa d'une pluie de sable fin. Les collines voisines, transformées en fantômes par les lumières de la ville, étaient à peine visibles dans le lointain. Proctor consulta sa montre : il était un peu plus de 22 heures.

Un homme bedonnant et court sur pattes, vêtu d'un short kaki et d'une chemise à poches boutonnées de la même teinte, était occupé à tirer le grillage condamnant l'entrée de l'agence. Proctor lui tapota sèchement l'épaule et l'homme se retourna en clignant des yeux, à cause du sable qui flottait dans l'air.

— *Hoe gaan dit met jou?* demanda-t-il en détaillant son visiteur, comme le font les commerciaux du monde entier.

— *Baie goed, dankie*, répondit Proctor. Mais parlons anglais, si ça ne vous ennuie pas.

Proctor s'enorgueillissait de savoir lire les individus. En dépit de la fatigue, du profond chagrin et du sentiment de culpabilité qui l'étreignaient, il détecta immédiatement un malaise chez le loueur de voitures. Sa façon de passer nerveusement la main dans ses cheveux en bataille, son incapacité à regarder Proctor en face, sa voix trop aiguë, tout signalait chez lui le mensonge et la dissimulation.

— *Ek vertaan nie*, se défendit le loueur de voitures.

— Mais si, monsieur Keronda. Vous me comprenez très bien, réagit Proctor en ouvrant son sac de façon à laisser entrevoir des liasses de billets.

— L'agence est fermée, déclara l'homme dans un anglais sans accent.

— Cet endroit sera parfait pour discuter, suggéra Proctor en lui désignant le petit cabanon chichement éclairé, érigé au centre du site, qui devait servir de bureau.

— Nous sommes…

Il n'eut pas l'occasion d'achever sa phrase, sous l'effet d'une poussée brutale. Le grillage lui échappa des doigts et il tituba en direction du cabanon, bousculé par Proctor.

Les deux hommes franchirent le seuil du cabanon et Proctor guida Keronda d'une main ferme jusqu'au fauteuil qui l'attendait derrière un bureau usé avant de s'installer en face de lui.

— Je ne vous le dirai pas deux fois, gronda-t-il. Inutile de jouer au plus fin avec moi. Je n'ai ni le temps, ni la patience. Vous possédez des informations dont j'ai besoin. Donnez-les-moi et vous ne le regretterez pas.

L'homme se caressa les cheveux une nouvelle fois et chassa le voile de sable qui lui maculait le front.

— Je ne sais rien.

— Vous avez reçu la visite d'un client il y a à peu près une heure et demie, le contredit Proctor.

L'homme fit non de la tête.

— Personne n'est venu, s'entêta-t-il.

Proctor prit longuement sa respiration.

— Je vous ai posé la question poliment. Je me montrerai nettement moins conciliant la prochaine fois.

— L'agence est fermée depuis longtemps, se justifia Keronda. Je suis resté tard parce que j'avais de la paperasse à...

La frustration de s'être laissé entraîner par Diogène dans cette course-poursuite absurde, sa honte de n'avoir pas su assurer la protection de Constance, le chagrin ressenti à l'annonce de sa mort... le torrent des émotions qui s'étaient accumulées chez Proctor se transforma soudain en une explosion de rage. Tout en conservant un calme apparent, il se leva brusquement, s'empara du grand coupe-papier posé sur le bureau et le planta dans la main gauche de son interlocuteur. La lame fracassa l'os trapézoïde et s'enfonça d'un bon centimètre dans le bois usé du plateau.

Le regard de Keronda se révulsa. Il ouvrit la bouche pour hurler, mais Proctor lui fourra entre les dents un vieux chiffon imbibé d'huile ramassé par terre avant de le museler en lui maintenant les mâchoires.

L'homme se tordit de douleur et un gémissement s'échappa du bâillon. Un filet de sang coula de la plaie, autour de la lame du coupe-papier, et se fraya un chemin jusqu'au plateau de la table à travers les doigts écartés. Proctor maintint la mâchoire de sa victime pendant une bonne minute avant de reprendre la parole.

— Je vais vous enlever ce bâillon et vous allez répondre à mes questions. Si vous mentez, j'en tirerai les conséquences.

L'homme hocha la tête et Proctor retira de sa bouche le chiffon huileux.

— Dieu m'est témoin, se défendit Keronda. Je n'ai vu personne de la…

Proctor choisit un poinçon rouillé parmi les outils posés sur l'établi voisin, puis il agrippa d'une main ferme le bras indemne du loueur de voiture, lui posa la main sur la table et la cloua au plateau à l'aide du poinçon.

Keronda poussa un hurlement déchirant.

— *Laat my met rus! Polisie!*

— Personne ne peut vous entendre, le tempéra Proctor.

Sans attendre, il fit voler d'un coup de pied le fauteuil dans lequel était assise sa victime qui tomba à genoux, les mains clouées au bureau par le coupe-papier et le poinçon. Un son indescriptible monta de sa gorge.

Proctor tira de son sac un couteau de combat à lame crantée. De deux coups de lame habiles, il trancha la ceinture de l'homme et entailla son short au niveau de l'entrejambe, puis il récupéra sur l'établi une lourde pince.

— Je vous laisse une dernière chance, déclara-t-il en soupesant la pince. Sinon, je m'occupe de vos couilles.

— *Non!* hurla le type en posant un regard terrifié sur la pince. *Oui!* pleurnicha-t-il.

— Qui est venu ce soir?

Keronda, sous l'effet de la panique, avait toutes les peines du monde à s'exprimer de façon cohérente.

— Un homme. Et… une femme.

— Décrivez-les-moi.

— L'homme était grand. Il avait une barbe et des yeux… des yeux de deux couleurs différentes.

— La femme?

— Jeune, cheveux clairs, hoqueta Keronda. Je vous en supplie, j'ai mal!

— Vous êtes sûr qu'elle était blonde? Elle n'était pas brune?

— Non, non… Ahhhh!

Le sang qui coulait de ses blessures formait une mare sur le bureau.

— Qui d'autre?

— Personne. Ils étaient deux... avec leur chargement.
— Quel chargement?
— Un..., bredouilla Keronda. Un cercueil.
— Un cercueil?
Il hocha vigoureusement la tête.
— Un grand cercueil. Réfrigéré.
Un cercueil réfrigéré.
— Que voulaient-ils?
— Ils m'ont loué un Land Rover.
— Quoi d'autre?
— Ils m'ont demandé des fixations. Pour arrimer le cercueil sur le plateau arrière du Land Rover.
— Quoi d'autre?
Les gouttes de sueur qui dégoulinaient du front de Keronda roulaient le long de son nez avant de s'écraser sur la table où elles se mêlaient au sang.
— Rien d'autre. Ils ont chargé le reste en même temps que le cercueil.
— Quel reste?
— De l'eau, de l'essence, du matériel de camping.
— Quelle quantité d'essence?
Keronda avala sa salive.
— Une douzaine de jerrycans, peut-être davantage.
— D'où provenait cet équipement?
Keronda secoua la tête.
— Ils l'ont apporté dans la camionnette à bord de laquelle ils sont arrivés.
La camionnette. Shona avait également fait allusion à une camionnette qui attendait à l'aéroport. Probablement contenait-elle le cercueil réfrigéré, en plus de l'eau et de l'essence. Diogène avait donc tout prévu depuis l'avion. Peut-être même avant. Rien que d'y penser, Proctor fut parcouru d'un frisson.
À ceci près qu'une camionnette ne conviendrait pas pour traverser le désert. Contrairement à un Land Rover.
— Dans quelle direction sont-ils partis?
Le loueur de voitures releva la tête.

— Vers l'est, par la B6.

Vers l'est. En direction du Botswana. Et du désert du Kalahari.

Proctor serra dans son poing le manche du coupe-papier dont il dégagea la lame d'un mouvement sec, libérant la main de Keronda. Il fit de même avec le poinçon, puis il déchira le chiffon huileux en deux et banda sommairement les plaies de sa victime.

— Je vais avoir besoin d'un véhicule tout-terrain, décida-t-il.

Il se tourna vers la fenêtre, de l'autre côté de laquelle brillaient les carrosseries des voitures sous le seul projecteur encore allumé. Son regard s'arrêta sur un Land Cruiser tout équipé.

— Combien pour le Cruiser? s'enquit-il.

— Prenez-le, geignit Keronda en serrant contre lui ses mains mutilées et sanguinolentes. Prenez-le!

— J'ai l'intention de vous le louer, se défendit Proctor qui n'avait aucunement l'intention d'être accusé de vol de voiture. Combien?

— 9000 dollars namibiens par semaine.

Le loueur de voitures se releva péniblement et reprit place dans son fauteuil en se balançant douloureusement d'avant en arrière, les bras croisés sur son ventre.

Proctor compta 1500 dollars américains et les jeta sur le bureau.

— Voici deux semaines de location. Faites-moi signer les documents et préparez mon reçu. Veillez à ce que tout soit en ordre.

Il lança un billet de cent dollars supplémentaire.

— Et voilà pour aller vous soigner. Remettez un peu d'ordre ici et pas un mot à quiconque. Personne ne doit savoir que je suis venu vous voir. Si jamais la police ou l'armée viennent me poser la moindre question, je saurai où vous retrouver. Ce jour-là…

Proctor laissa sa phrase en suspens en posant un regard entendu sur la pince.

— Non, geignit Keronda.

Proctor remarqua la présence d'une fontaine à eau dans un coin.

— Je l'emporte. Vous avez des réserves?

— … le placard.

— Des cartes?

— Sur l'étagère.

— Des jerrycans de secours?

Keronda détacha maladroitement une clé qu'il portait autour du cou.

— Dans la remise, au fond du parking.

Dix minutes plus tard, Proctor filait à toute allure sur la B6 en direction de la frontière du Botswana, équipé de plusieurs cartes de la région, de soixante litres d'eau et de deux cents litres d'essence.

10

Proctor avait roulé de toute la puissance de son moteur sur la B6 en laissant successivement Witvlei et Gobabis derrière lui, parcourant en trois heures les trois cent vingt kilomètres qui le séparaient du Botswana. Lors de son passage au poste-frontière de Mamuno, un pourboire habilement distribué lui avait apporté la confirmation qu'un véhicule transportant un cercueil réfrigéré était entré au Botswana moins de deux heures auparavant. Quelques dollars de plus lui avaient permis d'obtenir un visa d'entrée. L'opération s'était déroulée sans anicroche, de sorte qu'il reprenait la route moins de dix minutes plus tard.

À compter de cet instant, la traque continua au ralenti.

La B6 s'arrêtait au croisement de l'A3, un axe nord-sud. L'embranchement entre les deux routes, situé aux confins du Kalahari, était parfaitement désert, de sorte qu'il n'avait aucun moyen de savoir dans quelle direction Diogène avait poursuivi son voyage. Proctor opta pour le nord et la ville de Ghanzi, essentiellement parce qu'il s'agissait de la route la moins empruntée. Il était peu probable que Diogène ait pris l'A3 en direction de l'Afrique du Sud où la corruption était moindre que dans les États voisins, les lois mieux respectées, et où il lui serait difficile de soudoyer les douaniers qui ne manqueraient pas de l'interroger sur la présence du cercueil. Surtout, la logique voulait que Diogène s'enfonce dans le Kalahari au lieu de s'en éloigner.

Restait à savoir quel but il visait.

Dès son arrivée à Ghanzi, une ville de désert particulièrement animée, Proctor comprit son erreur. Faute de parler la langue locale, il lui fallut interroger de nombreuses personnes avant d'avoir la confirmation que le Land Rover n'était pas passé par là. Il rebroussa chemin et reprit l'A3 vers le sud, à vitesse réduite, en s'interrogeant sur l'erreur d'appréciation qu'il avait pu commettre. Il restait persuadé que Diogène et sa compagne étaient partis vers le nord. En clair, cela signifiait que sa proie avait bifurqué sur l'une des rares routes s'enfonçant dans le désert du Kalahari. Il lui fallait déterminer laquelle.

Il tenta sa chance sur plusieurs pistes successives, sans découvrir de traces de pneus. Il finit par s'arrêter en désespoir de cause afin d'examiner la carte. L'aube était encore loin, mais la chaleur accumulée la veille par le macadam était palpable. L'immensité du Kalahari s'étendait vers l'ouest, peuplée de rares broussards et de camps de base isolés réservés aux touristes. Aucune ville, aucune route digne de ce nom ne traversait ce désert de près d'un million de kilomètres carrés. Il releva le nez de sa carte afin d'observer les plaines de sable d'où émergeaient de rares buissons et acacias sous le regard de la lune.

La carte mentionnait toutefois l'existence d'une petite bourgade. Une colonie baptisée New Xade, à une centaine de kilomètres à l'ouest, reliée à la route principale par un chemin de terre. Proctor eut l'intuition que Diogène était passé par là, les autres pistes qu'il avait pu voir ne figurant pas sur la carte.

Il rejoignit le chemin conduisant à New Xade, une piste sablonneuse qui s'enfonçait tout droit dans l'obscurité. Avant de s'y engager, il arrêta le Land Cruiser sur le bas-côté et descendit du véhicule. À l'aide d'une lampe de poche, il examina les traces laissées par ses propres pneus, des Michelin XP dont il mémorisa le dessin. Il se lança sur la piste et ne tarda pas à découvrir, à la lueur des phares, des traces similaires qui se dirigeaient vers le couchant. Les empreintes de pneus étaient récentes, aucun autre véhicule n'était passé par là depuis.

La mine grave, il prit à son tour la direction de New Xade, sans avoir le moyen de déterminer s'il s'agissait de la destination finale de Diogène, ou d'une simple étape au milieu du désert. À en juger par la quantité d'eau et d'essence emportée par Diogène, il était probable que ce dernier comptait s'enfoncer dans le Kalahari pendant plusieurs jours en emportant le corps de Constance.

Le corps de Constance. Cette seule pensée ranima ses états d'âme. Pourquoi emporter le cadavre ? Que Diogène souhaite la mort de Constance n'avait rien de surprenant en soi. Après tout, elle avait tenté de le tuer ; tout le monde avait même cru qu'elle avait réussi. Le meurtre de Constance était le meilleur moyen pour lui de se venger de son frère qu'il exécrait. Mais de là à s'embarrasser de son corps… Pourquoi mettre au point un plan aussi compliqué ? Pourquoi se charger d'un corps dans un cercueil réfrigéré et l'emmener au bout du monde ? Le mystère était d'autant plus épais que l'opération avait été organisée jusque dans ses moindres détails. Pourquoi ? Diogène avait le goût pervers des jeux cruels, mais celui-ci n'avait aucun sens.

Proctor accéléra en laissant derrière lui d'épais tourbillons de poussière. La nuit le servait car elle rendrait le Land Rover visible de loin. En outre, Diogène ne se hasarderait jamais à quitter la piste dans l'obscurité. Du moins, pas avant d'avoir atteint New Xade. Proctor était fermement décidé à s'enfoncer dans le Kalahari si tel était le but de Diogène. Il passa en revue dans sa tête le contenu du sac, histoire de s'assurer qu'il disposait de tout ce dont il avait besoin :

deux Glock 9 mm équipés de chargeurs de rechange
un couteau de combat
un Leatherman Mut multifonctions
300 000 dollars en cash

une boussole
un GPS alimenté par un panneau solaire miniature
une torche
des jumelles
un téléphone jetable
une radio à manivelle
plusieurs passeports
une couverture de survie
un sac de bivouac
un briquet
une trousse de secours spéciale
des comprimés purificateurs d'eau
des rations alimentaires de campagne
une ligne de pêche équipée d'un hameçon
un miroir de signalisation
une lampe LED stroboscopique
du fil et des aiguilles
une corde de parachute de type 550
un réchaud de camping au GPL

Autant d'accessoires qui lui permettraient de survivre au moins une semaine dans un milieu aussi hostile. Sa réserve d'essence étendait le rayon d'action du Cruiser à près de mille six cents kilomètres. Diogène ne pouvait pas lui échapper, et Proctor entendait bien lui réclamer des comptes.

11

Proctor fit une nouvelle halte afin de consulter la carte au milieu d'une chaleur étouffante. Malgré sa longue expérience des opérations spéciales dans le désert, l'immensité du Kalahari le déroutait. L'endroit n'était pas aussi désert qu'il y paraissait. Il avait croisé la route d'un certain nombre d'animaux sauvages, notamment des oryx, des gnous, et même une famille de girafes. Des herbes sauvages, des épineux et de rares arbres venaient rythmer le paysage, mais l'infini de l'horizon pesait sur ses nerfs.

Il descendit du véhicule et déplia la carte sur le sable chauffé à blanc en la lestant de pierres aux quatre coins. Il n'y avait pas un souffle de vent et l'air vibrait sous l'effet de la chaleur. Il sortit son GPS, l'alluma et le posa sur la carte en attendant qu'il capte un satellite et lui donne sa position exacte. Il reporta celle-ci sur la carte, perplexe.

New Xade se trouvait à près de deux cents kilomètres en arrière, et le désert s'étendait encore sur quatre cents kilomètres. Il était sur la bonne piste, quelques minutes avaient suffi pour lui en apporter la confirmation. Le Land Rover de Diogène avait traversé New Xade à vive allure, sous le nez de ses habitants. À la sortie de la bourgade, alors que la piste s'effaçait dans le sable, les empreintes de pneus restaient parfaitement lisibles. En dépit des quelques arrêts nécessaires pour consulter la carte, Proctor semblait gagner du terrain. Sans doute la présence du lourd cercueil réfrigéré limitait-elle la vitesse du Land Rover.

Les traces de Diogène s'enfonçaient sur des chemins empruntés par des troupeaux, des sentes de gibier, ou encore des lits de rivière desséchés. En l'absence de vent, le sable conservait intactes les traces du 4×4, bien visibles dans le soleil rasant du matin. Le Rover de Diogène avait viré lentement au nord-est, en direction du cœur du désert, ainsi que l'avait pensé Proctor. La poursuite avait entraîné les deux véhicules à l'intérieur de la Réserve naturelle du Kalahari, mais loin du théâtre d'opération des safaris, sur des étendues plates et arides.

En étudiant la carte, Proctor crut deviner où se rendait Diogène : un lieu baptisé vallée des Dupes. La carte le décrivait comme une gorge étroite et incertaine, parcourue en son centre par un lit de rivière asséché et débouchant à son extrémité sur un immense lac mort, le réservoir des Dupes. Restait à savoir en quoi consistait la duperie, et ce que recelait un tel endroit.

Constance avait-elle pu être tuée accidentellement en essayant de se débattre ? Une telle explication n'était pas impossible, connaissant sa haine de Diogène et son caractère explosif. Et puis, il y avait aussi ce retard causé par l'un des passagers, dont on lui avait fait part lors de son enquête à l'aéroport d'Akjoujt.

La vallée des Dupes s'étendait à une trentaine de kilomètres au nord-est. Le soleil était haut à l'horizon, mais Proctor ne souffrait nullement de la chaleur, la climatisation du Land Cruiser fonctionnant parfaitement.

Il reprit place au volant, enclencha une vitesse et redémarra en suivant lentement les traces de pneus. Une heure plus tard, il arrivait en vue d'un bouquet d'acacias et ne tarda pas à découvrir un vallonnement dans le lointain : l'entrée de la vallée des Dupes. Le véhicule précédent avait suivi le lit de rivière asséché en laissant dans son sillage des marques bien dessinées sur le sable, sous le soleil de ce début d'après-midi. Il enfonça la pédale d'accélérateur et se lança à la poursuite du Land Rover aussi vite que possible, en multipliant les dérapages.

L'étroite vallée s'élargit soudain et il déboucha sur la surface, dure comme le roc, d'un lac évaporé. Le réservoir des Dupes ressemblait à un parking désert, étendu sur des kilomètres.

Les empreintes de pneus avaient disparu.

Proctor lâcha un juron, freina brutalement et descendit du Cruiser. À force de scruter le sol, il distingua de rares signes indiquant le passage du Land Rover. La dureté du sol, en rendant quasiment invisibles les traces de pneus, allait lui compliquer la tâche et retarder la poursuite.

Il ne faisait aucun doute à ses yeux que la manœuvre était voulue.

Il remonta à bord du Cruiser et avança au ralenti en guettant le moindre signe sur le lit de l'ancien lac. Il ne pouvait se permettre de dépasser la vitesse de 8 km/h, de peur de perdre la piste, et dut même s'arrêter à plusieurs reprises afin d'explorer le sol. Le Land Rover n'avait pas tracé sa route en ligne droite. Il avait multiplié les zigzags et les virages, allant jusqu'à tourner en rond à certains endroits.

Proctor fit une halte peu avant la tombée du jour. Il étala une nouvelle fois la carte sur le sol et sortit son GPS. Il s'aperçut qu'il se trouvait très exactement au centre du réservoir des Dupes. Le GPS lui confirma que Diogène l'avait entraîné dans une suite sans fin de cercles et de zigzags.

Soudain, le moteur du Land Cruiser qui tournait au ralenti à quelques mètres de lui hoqueta une première fois, puis une seconde, avant de s'éteindre.

Il fut pris d'un mauvais pressentiment. Il avait soigneusement veillé à ce que le moteur ne chauffe pas de toute la journée, et la température baissait de minute en minute. Il s'installa derrière le volant et tourna la clé de contact.

Le démarreur laissa échapper un cliquetis.

Très inquiet, il s'efforça de conserver son calme. Avec la poussière et la chaleur, les cosses de la batterie avaient probablement besoin d'un bon décrassage.

Il ouvrit le capot et se pencha au-dessus du moteur. Les deux pôles de la batterie étaient sales, sans plus. Il entreprit de les nettoyer, ainsi que les extrémités des câbles. Il vérifia alors l'état de la batterie en provoquant un court-circuit entre les deux pôles à l'aide d'un tournevis. Une gerbe d'étincelles lui confirma que la batterie n'était pas déchargée.

Le Cruiser n'en refusait pas moins de repartir.

Le levier de vitesse au point mort, il court-circuita le solénoïde du démarreur avec le tournevis et tenta sa chance.

Rien.

Cette panne était absurde. Comment le démarreur avait-il pu tomber en rade en même temps que le moteur?

Il fit courir le faisceau de sa lampe électrique tout autour du bloc-moteur. Tout paraissait en ordre, nulle part il ne détectait de fuite, ne voyait de fil débranché, ne découvrait de signes de sabotage.

Un sabotage...

Proctor regarda sa montre. Le véhicule était tombé en panne à 18 heures précises. Si c'était une coïncidence, elle était troublante.

Proctor s'y connaissait en mécanique. Un moteur ne s'arrêtait pas sans raison. Il ne lui restait plus qu'à détecter l'origine de la panne.

*

Quatre heures plus tard, épuisé et furieux, Proctor s'assit sur le sol en s'adossant contre l'une des roues du Cruiser, se calma et prit la mesure de la situation. L'inspection minutieuse du moteur l'avait mené à une conclusion imparable : l'ordinateur du véhicule avait été programmé pour tomber en panne à 18 heures.

C'est-à-dire à la tombée de la nuit. Une panne impossible à réparer. Quand bien même il aurait disposé de la valise électronique appropriée, il n'aurait pas sur le code source nécessaire, jalousement gardé par le constructeur.

Proctor évalua ses chances. L'incident lui avait enfin ouvert les yeux. Le doute n'était plus permis, la poursuite avait été orchestrée de main de maître de façon à l'attirer à l'autre bout du monde, dans un désert oublié des dieux dont il ne pouvait espérer s'échapper.

Le Cruiser ne lui était plus d'aucune utilité, il allait devoir regagner New Xade à pied, à deux cent quatre-vingts kilomètres de là. Il disposait d'un peu de nourriture et d'eau en quantité largement suffisante. Le mieux était de marcher la nuit. Il effectua un rapide calcul mental. Il disposait de vingt-huit litres d'eau, assez pour tenir sept jours. Il allait devoir parcourir quarante kilomètres quotidiennement pour rallier New Xade.

Ses chances de survie étaient bonnes, il pouvait sortir vivant de cet enfer. À n'en pas douter, Diogène avait fait le même calcul.

Restait à comprendre pourquoi Diogène avait mis au point un stratagème aussi élaboré, impliquant plusieurs avions privés, plusieurs fausses pistes et une longue poursuite en voiture. Certains de ceux qui avaient croisé sa route avaient eux aussi été dupés ; d'autres, en revanche, avaient participé à l'opération en échange d'argent, mais comment démêler le vrai du faux ? Qui lui avait sciemment menti ? La plupart avaient vu ce que Diogène souhaitait leur montrer et faisaient partie du plan à ce titre. Ce n'était pas le cas du pilote du Bombardier et du loueur de voitures. Ceux-là avaient accepté de tromper Proctor, sachant qu'un danger mortel les menaçait. Keronda avait-il pu s'en tenir au scénario que lui avait soufflé Diogène, même après ce que Proctor lui avait fait endurer ?

Il y avait aussi la question de Constance. Proctor n'avait vraiment vu son visage qu'une seule fois, sur la vidéo du système de surveillance de l'aéroport namibien. Si

Diogène s'était montré capable de duper Proctor d'un bout à l'autre, il n'aurait eu aucun mal à l'induire en erreur, là aussi. L'hypothèse était peu probable, mais plausible. Constance était-elle encore en vie?

Pourquoi? *Pourquoi?* Proctor enrageait de ne pas comprendre.

Il prit une longue respiration et s'aperçut qu'il était à la limite dépassée de l'épuisement. Il manquait gravement de sommeil. Il n'avait pas fermé l'œil depuis plus de soixante heures. Il ne serait bon à rien tant qu'il n'aurait pas pris un minimum de repos.

Allongé par terre dans la fraîcheur de la nuit, il entendit dans le lointain un grondement qui allait crescendo. Un rugissement de lion, suivi de plusieurs autres. De jeunes mâles agressifs dialoguant entre eux, pas assez âgés pour s'isoler dans la fierté. De jeunes mâles prêts à en découdre.

Prêts à chasser ensemble.

Il serait toujours temps de s'en occuper plus tard. En attendant, il ferma les yeux et tomba dans un sommeil profond dépeuplé de rêves.

12

Alors qu'un soleil de fin d'automne caressait d'une lueur dorée les façades des immeubles de Manhattan tournés vers les eaux de l'Hudson, la bibliothèque de la vieille demeure du 891 Riverside Drive restait plongée dans la pénombre qui ne la quittait jamais. Les hautes fenêtres de la pièce restaient soigneusement calfeutrées, dissimulées à la vue par de lourdes draperies richement brodées. Ce jour-là, pourtant, aucun feu ne crépitait dans l'immense cheminée, pas une des lampes Tiffany anciennes ne venait chasser l'obscurité.

L'après-midi céda la place à la soirée, puis à la nuit, sans qu'un craquement vienne troubler le silence qui enveloppait la maison. Aucun bruit de pas ne résonnait sur les dalles de marbre du grand salon de réception, le virginal flamand restait muet, son clavier intouché. Pas un mouvement ne venait troubler la quiétude de la demeure. Tout du moins, pas dans sa partie supérieure.

Dissimulé derrière un double pan de la bibliothèque, un ascenseur privé permettait d'accéder aux sous-sols. Là, un labyrinthe de corridors humides et poussiéreux s'enfonçait au milieu de caves inutilisées depuis longtemps, parmi lesquelles une pièce transformée en salle d'opération. Cette suite de couloirs débouchait sur une salle voûtée de petite taille, basse de plafond. Les armes de la famille Pendergast, sculptées à même la pierre, ornaient l'un des murs : un œil dépourvu de paupières au-dessus de deux lunes, la première en croissant et sa jumelle pleine, ainsi qu'un lion couchant, le tout accompagné par la devise des Pendergast : LUCRUM, SANGUINEM. « L'honneur par le sang. » Une pesée adroite sur un point précis de l'écusson faisait basculer le mur de pierre, révélant un escalier en colimaçon, taillé à même la roche, qui s'enfonçait dans l'obscurité. Parvenu au pied des marches, on découvrait une longue succession de souterrains. Cette ancienne nécropole, datant de l'époque où le bâtiment abritait une abbaye, occupait désormais une tout autre fonction. Une allée centrale en brique, couronnée d'une voûte romane, circulait de salle en salle. Aux catacombes succédaient des pièces de rangement accueillant des collections de toutes sortes : des produits chimiques dans des flacons anciens ; des minéraux rares ; des insectes de tailles diverses aux abdomens nacrés, leurs antennes desséchées ; de vieux tableaux de maître et des tapisseries médiévales ; des manuscrits enluminés et des incunables ; des uniformes militaires et des armes hétéroclites, ainsi qu'une abondante collection d'instruments de torture. Cette cache, aussi insondable qu'indescriptible, formait le cabinet de curiosités constitué autrefois à grands frais par Antoine Pendergast, l'arrière-grand-oncle de l'inspecteur Pendergast, plus connu sous son pseudonyme d'Enoch Leng.

À mi-chemin du long couloir central, une pièce isolée, à peine plus vaste qu'une alcôve, servait de refuge à une collection inestimable d'art japonais *ukiyo-e* : des estampes gravées sur bois de paysages marins ; le mont Fuji au milieu d'une couronne de nuages ; des courtisanes jouant du koto. Le mur du fond de la niche était recouvert par une grande gravure sur papier de riz du pont Okazaki, tiré des *Cinquante-trois Stations du Tôkaidô* de Hiroshige. L'œuvre dissimulait à la vue l'épais mur de pierre qui constituait l'une des fondations de la maison.

Un affleurement à peine perceptible dans la pierre jouait un rôle comparable à celui de l'écusson Pendergast, quelques mètres plus haut. À condition de le tourner selon un angle précis, un ressort faisait pivoter une partie du mur, dessinant une porte secrète. Cette dernière donnait sur un étroit passage qui débouchait sur une pièce circulaire, faiblement éclairée par des chandelles, d'où partaient trois chambres disposées en feuille de trèfle. La première, une petite bibliothèque, était meublée d'un bureau en chêne encadré de rayonnages anciens garnis de volumes reliés plein cuir. La pièce voisine, réservée à la réflexion et à la méditation, n'abritait qu'une chaise, tournée vers une œuvre d'art solitaire. Enfin, la porte la plus éloignée permettait d'accéder, depuis l'antichambre circulaire, à un petit appartement souterrain, meublé sobrement, mais avec un goût recherché.

La chambre, à l'image des pièces voisines, brillait par son élégance ascétique. Le grand lit était recouvert d'un couvre-lit de satin du même pourpre que celui des deux oreillers. Sur la première des tables de nuit était posée une cuvette en porcelaine ayant servi à la cour du Roi-Soleil, tandis qu'un cierge dans un bougeoir d'étain anglais dressait sa silhouette allongée sur la seconde.

Dans cet appartement secret régnait un calme comparable à celui de la vieille demeure, si l'on voulait oublier le souffle à peine audible de la personne qui reposait sous le couvre-lit de satin.

La personne en question n'était autre que Constance Greene.

Elle se réveilla. Habituée de longue date à dormir d'un sommeil léger, elle reprit instantanément ses esprits. Elle alluma une veilleuse électrique, souffla la bougie qui se consumait sur la table de nuit, et consulta sa montre. Presque 20 heures. Elle se fit la réflexion que le temps s'écoulait différemment sous terre, loin des rumeurs de la ville. À moins de rester vigilante, elle risquait de perdre rapidement le compte des jours.

Elle sortit ses jambes du lit, se leva, attrapa la robe de chambre en soie accrochée à une patère, et s'en enveloppa. Elle demeura un instant immobile, plongée dans ses pensées, sondant son être et son esprit au réveil, ainsi que le lui avaient enseigné les moines tibétains du monastère de Gsalrig Chongg.

Elle ressentait essentiellement une impression de vide. Un vide dont elle savait déjà qu'il ne se comblerait jamais. Aloysius Pendergast avait disparu. Elle avait fini par l'accepter, et sa décision de se retirer dans cet appartement souterrain, au prix de tout contact avec le monde des vivants, traduisait son acceptation de cette triste réalité. Chaque fois qu'elle était tombée sous le coup du stress, du danger, ou d'un grand chagrin, elle s'était retirée dans ce lieu inconnu de presque tous. Pendergast, fort de la réserve bienveillante dont il faisait preuve à son endroit, l'avait guérie de la tentation du repli. Il lui avait dévoilé les secrets de la beauté du monde par-delà les murs de la demeure de Riverside Drive, lui avait enseigné l'art de tolérer l'existence de ses congénères. Mais Pendergast n'était plus là, et il ne lui restait guère que deux solutions : s'enfermer sous terre, ou bien avoir recours aux pilules de cyanure qu'elle conservait dans un petit flacon en guise d'assurance face à la dureté du monde. Elle avait choisi la première solution. Non parce qu'elle craignait la mort, bien au contraire, mais parce qu'elle savait combien elle aurait déçu Aloysius en prenant sa propre vie.

Elle quitta la chambre et gagna sa petite bibliothèque privée. Les plats du dîner de la veille, son premier repas depuis le début de sa retraite quelques jours plus tôt, patientaient sur un coin de table. Sans doute Mme Trask était-elle rentrée de chez sa sœur puisque Constance avait trouvé son dîner dans l'ascenseur. Jusque-là, Mme Trask lui avait toujours confectionné des plats simples, composés de produits frais. Le dîner laissé la veille dans la cabine d'ascenseur s'en démarquait fortement, puisqu'il était composé d'une selle de veau aux chanterelles sur un lit d'asperges blanches rôties, le tout servi avec un coulis de truffe. En guise de dessert, Constance avait eu droit à une part généreuse de clafoutis aux cerises. Tout en connaissant les talents culinaires de Mme Trask, Constance s'était étonnée d'une telle opulence. Ce traitement cadrait mal avec les raisons qui l'avaient poussée vers l'existence souterraine solitaire, douloureuse et ascétique, qu'elle entendait s'imposer. Mme Trask ne l'avait-elle pas compris? Un tel repas, d'une richesse confinant à la décadence, était pour le moins déplacé. Peut-être était-ce une façon pour la gouvernante de lui annoncer affectueusement son retour. Constance en était restée d'autant plus chiffonnée qu'elle avait pris le plus grand plaisir à déguster ces plats, à son corps défendant.

Elle rassembla les assiettes, se munit d'une lampe, quitta ses appartements et remonta l'étroit couloir jusqu'à la porte secrète. À peine éclairée, elle avançait d'un pas sûr dans le décor familier de ces pièces dont elle connaissait par cœur les collections.

Elle traversa d'un pas plus mesuré les dernières salles conduisant à l'escalier en colimaçon permettant d'accéder au sous-sol de la maison. Arrivée en haut des marches, elle emprunta le dédale de couloirs jusqu'à l'ascenseur secret. Elle n'avait plus qu'à déposer dans la cabine les restes du dîner de la veille et à emporter le repas que Mme Trask lui aurait préparé.

Elle ouvrit la grille en laiton, tira la porte à elle, déposa son fardeau et s'empara du repas qui l'attendait, joliment arrangé sur un plateau d'argent avec une nappe propre amidonnée et d'élégants couverts. Le plat se dissimulait sous une cloche d'argent. Cela n'avait rien de surprenant en soi, Mme Trask ayant le souci de lui servir des aliments chauds. Plus inattendue était la présence d'une bouteille de vin et d'un verre en cristal.

À la lecture de l'étiquette, Constance vit qu'il s'agissait d'un pauillac. Un château lynch-bages 2006. Elle pensa à la dernière fois qu'elle avait bu du vin, dans la chambre de Pendergast à l'Auberge du Capitaine Hull, dans le petit port d'Exmouth. Le souvenir de ce moment la fit rougir.

Mme Trask pouvait-elle être au courant des circonstances malheureuses de cet épisode déroutant ?

Non, c'était impossible. La présence d'un cru aussi recherché, après les agapes de la veille, n'en était pas moins troublante. Cela ne ressemblait guère à Mme Trask, qui ne s'autorisait jamais à choisir la moindre bouteille dans la somptueuse cave de Pendergast. Il lui était plus naturel de servir de l'eau minérale ou même une tisane de cynorhodon en accompagnement du dîner. S'agissait-il d'un moyen de l'inciter à remonter dans la grande maison ?

Constance n'y était nullement prête. Pas encore, du moins. Tout en étant reconnaissante à Mme Trask de s'inquiéter d'elle, elle trouvait la mesure un peu radicale. Si cela continuait, elle se verrait dans l'obligation de mettre un frein aux attentions de la gouvernante.

Elle prit le plateau d'argent, redescendit les marches et refit tout le chemin en sens inverse jusqu'à son refuge.

Elle pénétra dans la petite bibliothèque, posa sur sa table de travail la bouteille et le verre, et retira la cloche en argent. Elle écarquilla les yeux. Son dîner, plus simple que celui de la veille, était plus extravagant encore puisqu'il s'agissait d'un foie gras poêlé accompagné de pelures de truffes blanches. Le tout était servi avec deux minuscules carottes entières parsemées de persil frais. Une telle sophistication ne ressemblait en rien aux habitudes de Mme Trask, accoutumée à servir de généreuses portions de légumes.

Constance demeura longtemps perplexe devant ce plat, puis saisit la bouteille de vin dont elle examina attentivement l'étiquette.

Elle la reposait sur la table lorsqu'un autre détail insolite la frappa. Plus tôt ce jour-là, avant de s'accorder une sieste dans sa chambre, elle avait noirci quelques pages de son journal intime, une habitude solidement ancrée depuis des années, à laquelle elle ne dérogeait jamais. Or, une main anonyme avait déposé un livre sur la couverture orange de son carnet Rhodia.

L'intention était savamment calculée, l'ouvrage n'avait pas pu tomber d'une étagère. Il ne faisait d'ailleurs pas partie des titres soigneusement sélectionnés par ses soins.

Elle le tourna et le retourna entre ses doigts. Le titre du petit ouvrage, gravé en lettres d'or sur la tranche, lui indiqua qu'il s'agissait d'une édition en latin des poèmes de Catulle.

Elle ne se trouvait pas au bout de ses surprises. Glissée entre deux feuilles, à la façon d'un marque-page, il y avait une plume. Elle ouvrit le livre à la page indiquée, saisit la plume et l'inspecta de près. Ce n'était pas une plume ordinaire, et de beaucoup. Sauf erreur de sa part, il s'agissait d'une plume de nestor de Norfolk, une espèce de perroquet disparue depuis le début du XIXe siècle, dont l'habitat naturel se limitait aux arbres et aux rochers de l'île de Norfolk et de l'île Phillip, deux territoires minuscules administrés par l'Australie, et perdus dans les eaux du Pacifique. La plume de gorge irisée de couleur cannelle qu'elle tenait entre ses doigts, identifiable entre toutes, ne pouvait appartenir qu'à cette espèce rarissime.

Elle devina instantanément la provenance de la plume. Des spécimens empaillés du nestor de Norfolk étaient répertoriés dans une douzaine de collections au monde seulement, notamment celles du musée zoologique d'Amsterdam et de l'Académie des sciences naturelles de Philadelphie. Il en existait également un exemplaire dans le cabinet de curiosités d'Enoch Leng, un oiseau mâle d'un rouge particulièrement prononcé. L'oiseau empaillé avait subi des dommages lors de la terrible poursuite qui s'était déroulée dans les souterrains deux ans plus tôt. Constance s'était efforcée de réparer les dégâts survenus à l'époque, mais plusieurs plumes avaient disparu.

Armée de sa lampe torche, elle quitta son asile et emprunta le couloir central en sens inverse, s'éloignant de l'escalier en colimaçon, jusqu'à la pièce consacrée aux animaux empaillés. Elle s'approcha du nestor de Norfolk, posé sur un piédestal dans l'une des armoires vitrées en acajou.

La plume trouva tout naturellement sa place sur la gorge de l'oiseau.

De retour dans sa bibliothèque, Constance s'intéressa au recueil de poèmes lui-même. La plume avait été insérée à hauteur du poème 50.

Hesterno, Licini, die otiosi
Multum lusimus in meis tabellis

Elle traduisit les vers dans sa tête :

Hier, Licinius, jour de liberté,
Nous avons abondamment joué dans mes petits carnets…

Elle remarqua, au bas de la page, une brève annotation rédigée d'une écriture élégante. L'encre violette en était encore fraîche.

Mon amour, je t'offre ce poème.

Elle identifia sans peine une traduction libre du vers 16 extrait de ce même poème : *hoc, iucunde, tibi poema feci.*

Elle tourna et retourna le recueil entre ses mains, à la fois surprise et perturbée. Qui avait bien pu le poser là ? Proctor, peut-être ? Non, jamais il ne se serait autorisé une telle liberté, quand bien même il aurait pensé agir pour son bien. En outre, elle doutait que Proctor ait lu une ligne de poésie de sa vie, encore moins en latin. D'ailleurs, il ne connaissait pas l'emplacement exact de cet appartement souterrain.

À présent que Pendergast était mort, personne n'en connaissait l'existence.

Elle secoua la tête, perplexe. Quelqu'un avait pourtant déposé ce livre sur sa table. Ou alors perdait-elle la tête ? Après tout, le chagrin avait fort bien pu prendre le dessus.

Elle déboucha la bouteille et se versa un verre avant d'y tremper les lèvres. Sans posséder de connaissances œnologiques poussées, elle trouva le vin complexe et intéressant. Elle en but une nouvelle gorgée et s'installa pour manger, sans pouvoir s'empêcher de relire le poème. Elle le connaissait déjà, bien sûr, mais cela faisait des années qu'elle ne s'y était pas plongée et elle lui trouvait soudain une beauté et une finesse dont elle n'avait pas gardé le souvenir. Comme malgré elle, elle le relut alors du premier au dernier vers, lentement, avec un plaisir non dissimulé.

13

Constance fut réveillée par des notes de musique. Elle se dressa dans son lit et repoussa les draps. Elle avait fait un rêve musical. De quelle œuvre s'agissait-il ? Elle gardait le souvenir d'une partition débordant de nostalgie, d'émotions et de vaine passion.

Elle se leva et rejoignit sa petite bibliothèque. Elle allait devoir se passer de ces siestes vespérales. Cette langueur ne lui ressemblait guère, il n'était pas question que cela devienne une habitude. Dormir autant était à n'en pas douter une manifestation de son chagrin.

Pourtant, ce n'était pas précisément du chagrin qu'elle ressentait à cet instant précis. Elle aurait été bien incapable de déterminer la nature exacte des émotions qui l'étreignaient, sauf à reconnaître qu'elles étaient complexes et contradictoires.

Elle avait voulu consacrer sa matinée à la rédaction de son journal. Au lieu de quoi elle avait traduit plusieurs des poèmes de Catulle avant de se lancer, pour des raisons qui lui échappaient, dans l'adaptation de vers tirés des *Poésies* de Mallarmé. Le style de ce dernier était reconnu comme particulièrement difficile à traduire en anglais, si bien que, fatiguée, elle avait fini par se laisser bercer par la musique.

Depuis qu'elle avait « pris le maquis » – expression dont elle usait dans sa tête lorsqu'elle évoquait sa retraite –, elle écoutait les quatuors à cordes de Chostakovitch, en particulier le troisième. Les derniers mouvements lui faisaient invariablement penser à Madeline Usher et l'étrange catalepsie dans laquelle elle se trouvait plongée à la fin de la nouvelle de Poe. À bien des égards, Constance se trouvait enterrée vivante, à l'image de Madeline, en s'imposant un tel exil dans les entrailles de Manhattan. Les dissonances angoissées de Chostakovitch lui parlaient, le chagrin dont elles étaient porteuses reflétait le sien.

Cet après-midi-là, elle avait pourtant délaissé Chostakovitch au profit de Brahms et de ses trios pour piano. S'ils étaient également dotés d'une grande profondeur philosophique, leur beauté luxuriante contrastait avec la tristesse infinie de Chostakovitch.

Tout en savourant chaque note, elle avait été prise d'une étrange somnolence qui l'avait conduite dans sa chambre où elle s'était allongée avec l'intention de s'assoupir une dizaine de minutes. Lorsqu'elle s'était réveillée, trois heures plus tard, il était 20 heures et son repas quotidien devait l'attendre dans l'ascenseur. Ce jour-là, loin de tancer Mme Trask pour l'opulence des repas précédents, elle n'avait pu s'empêcher de s'interroger sur le menu du soir.

Elle rassembla la vaisselle sale de la veille, y ajouta la bouteille de vin entamée, et se dirigea vers l'entrée de son refuge secret, munie d'une lampe électrique. Elle enfonça la pierre qui débloquait le ressort de la porte dérobée et se tétanisa sur le seuil de la salle des estampes japonaises.

Là, au pied du battant de pierre, l'attendait une fleur dans un vase de cristal taillé.

Constance lâcha le plateau en argent. Assiettes, verre et bouteille se brisèrent sur le sol avec fracas. L'accident n'était nullement la conséquence de la surprise, mais le résultat d'un réflexe de défense. Son seul but, en libérant ses mains, avait été de saisir le stylet italien qui ne la quittait jamais. Lame en avant, elle fit courir le faisceau de sa torche autour d'elle en scrutant le moindre recoin.

Sans résultat. Sa perplexité se mua rapidement en un flot de questions. *Quelqu'un* était venu là. Quelqu'un avait pénétré dans ce qui était son saint des saints.

Restait à savoir qui. Qui connaissait assez son intimité pour s'introduire dans cet asile aussi secret qu'inaccessible ? Et quel sens pouvait avoir cette fleur ?

Elle hésita à s'élancer vers l'escalier en colimaçon, à remonter précipitamment en laissant derrière elle ces souterrains obscurs avec leurs innombrables salles voûtées, leurs collections grotesques et leur réservoir inépuisable de cachettes, à retrouver au plus vite la bibliothèque de la vieille demeure avec sa cheminée rassurante, à rejoindre Mme Trask et Proctor et, plus généralement, le monde des vivants. Cette envie se dissipa aussi vite qu'elle était venue. Jamais, de toute son existence, Constance n'avait pris la fuite. Elle avait également le sentiment de ne courir aucun danger immédiat. Ce recueil de poèmes, cette plume, cette fleur n'étaient pas les offrandes d'un ennemi. Quiconque aurait voulu attenter à sa vie aurait pu la tuer aisément pendant son sommeil. Ou empoisonner sa nourriture. Ou la poignarder lorsqu'elle parcourait le labyrinthe des souterrains pour rejoindre l'ascenseur.

Elle pensa à la plume servant de marque-page au poème amoureux, à l'annotation en bas de page. L'inconnu s'était déjà aventuré dans son asile secret. Le recueil, la plume, la fleur formaient les divers éléments d'un même message. Un message inhabituel, sans doute, mais un message qui n'avait rien de menaçant, même si elle n'en percevait pas la nature précise.

Constance demeura plantée là une dizaine de minutes. La surprise et la peur s'étaient rapidement effacées, mais il lui fallut nettement plus longtemps pour surmonter le sentiment que l'on avait violé son intimité.

Encore ce sentiment ne disparut-il pas entièrement.

Enfin, abandonnant les débris de vaisselle à ses pieds, elle quitta la salle des estampes japonaises et entama une fouille en règle des souterrains, explorant collection après collection, pièce après pièce. Elle procédait à ses recherches dans le plus grand silence, à l'affût du moindre bruit, de la plus petite étincelle de lumière.

Elle ne trouva rien. Le sol, de terre battue ou de pierre, était trop dur pour garder les empreintes des semelles. Quant aux endroits où s'était accumulée la poussière, ils paraissaient intouchés. Aucun objet n'avait changé de place, l'immense labyrinthe obscur des galeries souterraines conservait son apparence coutumière.

Elle s'arrêta au pied de l'escalier permettant d'accéder aux sous-sols de la maison. Si le ou les intrus avaient quitté les souterrains, rien ne servait de les chercher en vain.

Elle regagna la salle des estampes où se trouvait la fleur dans son vase de cristal taillé. Il s'agissait d'une orchidée de toute beauté, d'une espèce qui lui était inconnue. La surface extérieure du labelle, de forme allongée, était d'un blanc virginal, alors que l'intérieur se teintait d'un rose proche du rouge au niveau de l'étamine.

Constance examina longuement la fleur tout en réfléchissant à différentes hypothèses, sans qu'aucune d'entre elles lui semble probable, ni même possible. Elle secoua la tête, ramassa les morceaux de porcelaine et de verre qu'elle plaça sur le plateau en argent, puis emporta celui-ci jusqu'à l'ascenseur où elle le déposa à l'intention de Mme Trask. Elle procéda à l'échange avec le plateau du soir dont l'assiette, recouverte d'une cloche en argent, exhalait un parfum divin. Dans un seau rempli de glace pilée reposait une bouteille de Fleur de Champagne de la maison Perrier-Jouët, une serviette blanche autour du col. Elle descendit le tout dans les souterrains, mais au lieu de regagner ses appartements privés, elle fit halte dans la salle contenant l'impressionnante collection de fleurs séchées d'Enoch Leng. Après s'être déchargée du plateau et du seau à champagne sur un vieux bureau, elle consulta plusieurs encyclopédies de botanique, ainsi que les quelques ouvrages consacrés aux orchidées. Tout en effectuant ses recherches, son regard s'arrêta sur la bouteille de champagne. Elle s'en empara instinctivement, en fit sauter le bouchon, et s'en servit quelques gouttes dans une flûte.

En dépit de tous ses efforts, Constance ne parvint pas à identifier avec précision la fleur laissée devant sa porte. Il est vrai que les ouvrages qu'elle consultait étaient tous vieux de plus d'un demi-siècle et que de nouvelles espèces d'orchidées avaient pu être découvertes depuis.

Elle retourna dans son refuge dont elle referma soigneusement la porte de pierre. Une fois dans la bibliothèque, elle s'assit à sa table de travail, se versa une autre flûte de champagne et alluma son ordinateur portable grâce auquel elle avait la possibilité de se connecter à Internet par l'intermédiaire d'un routeur installé dans le sous-sol de la vieille demeure.

En l'espace d'un quart d'heure, elle avait trouvé ce qu'elle cherchait. La fleur appartenait à une espèce récemment mise au jour dans l'Himalaya, près de la frontière entre l'Inde et le Tibet.

Elle avait été baptisée *Cattleya constanciana.*

Constance ouvrit de grands yeux. Cette histoire était complètement folle. Cette fleur pouvait-elle avoir été nommée à son intention ? Impossible. Il s'agissait forcément d'une coïncidence. Et pourtant, la région dans laquelle on l'avait découverte... s'agissait-il aussi d'une coïncidence ? L'endroit était tout proche du monastère tibétain où vivait en cachette son enfant. La découverte de cette orchidée était toute récente puisqu'elle datait de six mois. L'article oubliait de préciser *qui* l'avait faite.

En poursuivant ses recherches, elle tomba enfin sur l'annonce initialement publiée dans *The Orchid Review*, la revue de la Royal Horticultural Society. Là où aurait dû se trouver le nom de celui qui avait découvert la fleur figurait le mot « anonyme ».

Constance ne croyait pas aux coïncidences lorsqu'elles s'accumulaient. Cette fleur avait bien été nommée en son honneur. C'était la seule explication possible.

Elle éteignit l'ordinateur et se figea sur son siège. Il lui fallait parler de cette intrusion à Proctor. Pourtant, aussi curieusement que cela puisse paraître, elle n'en avait pas envie. Proctor réagirait à cette invasion avec brutalité. La situation, quelle qu'elle soit, appelait à davantage de finesse. Elle se sentait de taille à gérer la suite. Elle ne manquait pas de moyens de se défendre. Sa tendance naturelle à réagir violemment constituait sa meilleure protection. Si seulement Aloysius avait pu se trouver à ses côtés, il aurait trouvé une explication à ce qui se passait.

Aloysius. Elle s'aperçut qu'une heure s'était écoulée sans qu'elle pense à son tuteur. Et, à présent que son souvenir s'imposait à elle, elle ne ressentait pas le même chagrin que d'habitude. Qui sait si elle ne finissait pas par s'habituer à l'idée de sa mort ?

Sa décision était prise. Elle ne parlerait de rien à Proctor. Pas jusqu'à nouvel ordre, du moins. Elle se trouvait dans son élément au cœur de ces souterrains. Elle connaissait une bonne dizaine de cachettes encore plus discrètes dans lesquelles il lui serait possible de se réfugier. Son sixième sens lui soufflait cependant que ce ne serait pas nécessaire. Elle était en présence d'une simple intrusion… et non d'un viol de son intimité. Il s'agissait d'autre chose, sans qu'elle puisse en déterminer la nature. Paradoxalement, en ces temps de solitude et de trouble, elle avait le sentiment de partager son exil volontaire avec une âme sœur.

Ce soir-là, à l'heure de se coucher, elle veilla à placer la barre de fer le long du mur de pierre qui s'ouvrait sur la salle des estampes japonaises, de même qu'elle s'enferma à clé dans sa propre chambre, son stylet Maniago à portée de main. Mais avant même de se barricader de la sorte, elle avait pris soin de rapatrier dans la bibliothèque l'orchidée dans son ravissant vase de cristal.

14

Constance leva le nez de son journal intime, inquiète de savoir ce qui avait pu attirer son attention.

Un bruit ? Elle tendit l'oreille, mais il régnait un silence de mort dans l'ancienne nécropole. Un courant d'air ? L'hypothèse était ridicule, pas un souffle ne traversait les souterrains, enterrés profondément sous les rues de Manhattan.

Elle poussa un soupir. Ce n'était rien. Sans doute l'effet de la distraction et de l'anxiété. Elle jeta un coup d'œil à sa montre : 2 h 10. Son regard s'attarda tristement sur la Rolex, offerte par Pendergast le Noël précédent. Le pendant féminin de la montre qu'il portait lui-même au poignet.

Elle referma son journal d'un geste sec. Elle ne parvenait pas à échapper au souvenir d'Aloysius.

Son sommeil était troublé depuis quelque temps, elle se réveillait en pleine nuit sans réussir à se rendormir. Peut-être était-ce la raison de la fatigue qui la terrassait l'après-midi, la poussant à de longues siestes.

Le phénomène remontait à son séjour dans le Massachusetts. Si l'absence de sommeil avait permis à l'enquête qu'elle menait avec Pendergast de progresser, l'insomnie représentait désormais une gêne.

En se réveillant une demi-heure plus tôt, elle s'était rendue dans sa bibliothèque afin de poursuivre la rédaction de son journal. Cette occupation, apaisante en temps ordinaire, s'était révélée frustrante, tant elle peinait à trouver ses mots.

Ses yeux naviguèrent du journal refermé aux restes du dîner de la veille, empilés sur le plateau d'argent. Mme Trask avait préparé un repas froid, comme si elle avait deviné que Constance serait trop préoccupée pour manger à l'heure normale. Le menu se composait de queues de homard sauce rémoulade et d'œufs de caille à la diable, arrosés d'une bouteille de champagne dont elle avait abusé. Le léger bourdonnement qui lui martelait les tempes était là pour le lui rappeler.

Comme si Mme Trask avait deviné qu'elle serait trop préoccupée pour manger à l'heure normale...

Une pensée dérangeante s'imposa à l'esprit de Constance : était-ce bien Mme Trask qui préparait ses repas ? Qui d'autre, en vérité ? Jamais elle ne se serait autorisée, de sa seule autorité, à engager un cuisinier. En outre, la gouvernante protégeait jalousement sa cuisine et n'aurait confié à personne le soin de materner la maisonnée à sa place.

Constance reposa son stylo à encre. Elle n'était décidément pas dans son assiette. Sans doute était-ce le vin, dont elle buvait rarement, ou bien les plats trop riches de ces derniers jours. Mettre un terme à ce régime lui était aisé. Elle parvint à la conclusion qu'il serait peut-être bon de parler à Proctor des incidents survenus récemment dans les souterrains.

Elle reprit son stylo et sortit d'un tiroir une feuille de papier vergé crème sur laquelle elle traça ces mots :

> Chère Madame Trask,
>
> Je vous sais gré de vos attentions récentes. Je vous suis très reconnaissante de ce souci de mon bien-être. Toutefois, je vous prie de bien vouloir me servir dorénavant des repas plus simples, sans vin. Les plats que vous avez préparés depuis votre retour d'Albany étaient délicieux, mais trop riches à mon goût, je le crains.

Puis-je également compter sur vous pour dire à Proctor que je souhaiterais m'entretenir avec lui? Je vous en remercie. Il lui suffira de déposer un mot dans l'ascenseur afin de me dire quand cela lui sera loisible.

Bien cordialement,

Constance

Elle plia la feuille en deux, se leva de son bureau et enfila sa robe de chambre en soie. Puis, une torche électrique à la main, elle ramassa le plateau, déposa la note sur les assiettes sales et gagna l'antichambre.

Elle fit pivoter la porte secrète et s'arrêta net. Sans laisser échapper son fardeau, cette fois. Ni sortir son stylet. Elle posa délicatement le plateau à ses pieds et tâta la poche de sa robe de chambre afin de s'assurer que le couteau se trouvait à portée de main, puis elle braqua le rayon de sa lampe sur l'objet déposé devant la porte.

Il s'agissait d'un carré de soie jauni et sale, orné de caractères tibétains et d'une empreinte de main rouge. Elle reconnut un *thangka*, une peinture bouddhiste tibétaine.

Elle le prit et l'emporta dans la bibliothèque où elle l'étala sur le bureau. Elle laissa échapper un hoquet en découvrant un paysage de toute beauté, un lever de soleil dans un dégradé de rouge, d'or et d'azur, d'une pureté exquise dans le détail des ombres et des lumières. Elle identifia sans peine une représentation mystique d'Avalokiteśvara, le bodhisattva de la compassion, installé sur un trône de lotus placé sur le disque lunaire. Avalokiteśvara était la déité la plus révérée du Tibet, pour avoir renoncé à son propre salut en acceptant sa réincarnation perpétuelle sur terre, afin d'offrir l'illumination à tous les êtres de vie et de souffrance du monde.

À ceci près qu'Avalokiteśvara n'était pas représenté sous la forme d'un homme, mais d'un jeune garçon.

Les traits de l'enfant, dessinés avec la plus grande délicatesse, étaient ceux de son propre fils, avec ses fines boucles de cheveux et ses paupières légèrement tombantes.

Constance n'avait pas vu son enfant, conçu avec Diogène Pendergast, depuis un an. Les Tibétains lui avaient officiellement donné le titre de Rinpoche, dix-neuvième réincarnation d'un moine tibétain adulé. Le garçonnet vivait reclus dans un monastère proche de Dharamsala, en Inde, à l'abri des regards du pouvoir chinois. Le portrait le montrait plus âgé que la dernière fois où Constance l'avait vu, preuve que l'œuvre était récente.

Constance, parfaitement immobile, contempla longuement le portrait. En dépit de la haine qu'elle éprouvait à l'endroit du père, elle ne pouvait s'empêcher de ressentir un amour maternel féroce, exacerbé par le fait qu'elle voyait rarement son fils. *Comme il a grandi*, pensa-t-elle en le dévorant des yeux.

Le propriétaire de cette peinture connaît donc mes secrets les plus intimes. L'existence de mon enfant, comme son identité. Les soupçons qui avaient pris corps dans son esprit depuis la découverte de cette orchidée inconnue, la *Cattleya constanciana*, se confirmaient.

Il ne faisait pas davantage de doute que l'individu concerné lui faisait la cour. De là à deviner son identité… Qui pouvait la connaître aussi bien? L'inconnu était-il également au courant de ses autres secrets, à commencer par celui de son âge réel? Connaissait-il la nature de ses relations avec Enoch Leng?

Elle en avait la conviction.

Le temps de quelques instants, elle hésita à se lancer dans une nouvelle battue à travers les souterrains, avant d'y renoncer. Cette fouille ne donnerait pas plus de résultats que la précédente.

Elle se baissa pour saisir le petit mot rédigé à l'intention de Mme Trask et le déchira en deux avant de le glisser dans la poche de sa robe de chambre. À quoi bon l'envoyer? Elle détenait désormais la preuve que ces mets et ces vins délicats n'avaient aucun rapport avec la gouvernante.

Mais alors, qui?

Diogène.

Elle s'empressa de chasser cette idée de son esprit. L'hypothèse ne tenait pas debout. Certes, Diogène Pendergast aurait été capable de se lancer dans une cour aussi assidue et fantasque. Mais il était mort.

Et si ce n'était pas le cas?

Constance secoua machinalement la tête. Bien sûr, qu'il était mort. Il était tombé dans la sinistre *Sciara del fuoco*, sur les pentes du volcan Stromboli. Elle était bien placée pour le savoir, puisqu'elle avait lutté avec lui jusqu'à la dernière minute au bord de la coulée de lave. C'était elle qui avait finalement remporté la bataille et qui l'avait poussé. Elle avait assisté à sa chute, le visage fouetté par les remous des fumées brûlantes qui s'échappaient du magma en fusion. Ce jour-là, elle avait enfin tenu sa vengeance.

De son vivant, le frère d'Aloysius n'avait affiché que mépris pour elle, et le lui avait bien fait comprendre. *Tu n'auras été qu'un jouet*, avait-il été jusqu'à lui écrire. *Un mystère facile à percer, un coffre-fort désespérément vide.*

À l'évocation de ce souvenir, elle serra les poings.

Il ne pouvait s'agir de Diogène. C'était impossible. Quelqu'un d'autre était au courant de ses secrets les mieux gardés.

Elle eut un éclair. *Il est vivant*, pensa-t-elle. *Il n'est finalement pas mort noyé, et il me revient.*

Elle se sentit submergée par un trop-plein d'émotion, brusquement folle d'espoir et d'impatience, son cœur près d'exploser dans sa poitrine.

— Aloysius? s'écria-t-elle d'une voix dont elle n'aurait pu dire si elle se brisait sous l'effet du rire ou des larmes.

Aloysius, montrez-vous ! Je ne sais à quoi attribuer votre réserve, mais laissez-moi vous voir, pour l'amour du ciel !

L'écho de sa voix se répercuta en vain entre les murs de pierre des souterrains.

15

Rocky Filipov, le capitaine du *Moneyball*, tourna la tête et envoya sur le pont un long jet de jus de tabac brun qui atterrit dans l'épaisse couche de graisse, de gazole et de restes de poissons pourris à ses pieds.

— C'est simple, lui expliqua Martin DeJesus, l'un des marins du bord. Ça dure depuis trop longtemps. Il suffit de le buter, de le fourrer dans un sac lesté et de le balancer par-dessus bord.

Un vent glacial balayait le pont du *Moneyball*. La nuit était d'encre, pas une étoile ne brillait dans le ciel et le chalutier de vingt mètres était bien à l'abri dans la crique de Bailey's Hole, tout près de la frontière avec le Canada. L'équipage était réuni sur le pont du bateau et Filipov ne voyait dans le noir que l'extrémité incandescente de leurs cigarettes. Le *Moneyball*, tous feux éteints, dessinait une masse sombre invisible dans la nuit. Même la lumière rouge du poste de pilotage était éteinte.

— Je suis d'accord avec Martin, fit la grosse voix de Carl Miller.

Le bout de sa cigarette rougeoya dans la nuit et il souffla un nuage de fumée invisible.

— Pas question de le garder à bord plus longtemps, ils nous prennent pour des caves. Tant pis pour l'échange. C'est trop risqué.

— Je vois pas où est le risque, le contredit le cuistot du bord. En cas de pépin, on peut filer dans les eaux internationales en moins d'une heure. Le prochain chargement n'arrive pas avant plusieurs semaines. Arsenault est un copain, il ne dira rien.

— Peut-être bien. Mais alors pourquoi est-ce que les Fédéraux refusent de jouer le jeu ?

Filipov suivait l'échange attentivement. Ses hommes avaient besoin de vider leur sac. La tension était montée de plusieurs crans au cours des jours précédents. Tous les membres d'équipage, à l'exception de la vigie, s'étaient retrouvés afin de crever l'abcès une fois pour toutes. Adossé contre la paroi métallique du poste de pilotage, Filipov se recroquevilla sur lui-même, transi.

— À mon avis, ils nous tendent un piège, avança Juan Abreu, le mécanicien du bord.

— Aucune importance, répliqua le cuistot. Si jamais on voit que l'histoire tourne au vinaigre, on se barre en balançant le type par-dessus bord. On pourra toujours se rattraper en vendant sa montre.

Constatant que la conversation s'enlisait, Filipov s'avança en crachant un nouveau jus de chique.

— Ça fait bientôt trois semaines qu'on a ce connard à bord. C'est un bon plan, pas question d'en changer. On s'était mis d'accord pour attendre trois jours de plus. Si l'échange n'a pas eu lieu à ce moment-là, on l'envoie nourrir les poissons, comme le propose DeJesus.

Il attendit les réactions de ses hommes. Contrairement à ce qu'on voyait dans toutes ces séries de merde à la télé, le consensus était de rigueur chez les trafiquants de dope.

— Ça se tient, décréta le cuistot.

— Carl ? sonda Filipov.

— OK. Encore trois jours.

— Martin ?

— Putain, je veux bien attendre encore quelques jours. Après ça, terminé.

Les autres donnèrent leur accord de mauvaise grâce et le petit groupe se sépara.

Filipov arrêta le cuistot au moment où il rentrait dans sa cambuse.

— Tant qu'à se mouiller, autant maintenir en vie l'autre enfoiré. Il te reste un peu de ragoût de bœuf du dîner?

— Bien sûr.

Filipov, chargé d'un bol de ragoût et d'une bouteille d'eau, gagna le réduit situé à l'avant du chalutier. L'écoutille avait été remplacée par un grillage. Il fit courir le faisceau de sa lampe à l'intérieur du local et constata que l'homme n'avait pas bougé depuis son dernier passage, le poignet menotté à un taquet. Il portait le même costume noir déchiré et crasseux que le jour où ils l'avaient repêché. Les joues creusées, le visage couvert d'égratignures, ses cheveux d'un blond presque blanc collés sur son crâne, il n'avait que la peau sur les os.

Filipov ouvrit le grillage, s'avança dans le réduit et posa la bouteille d'eau devant l'inconnu décharné. Il s'accroupit face à lui. Les paupières du prisonnier, fermées, s'écartèrent sur des yeux argentés au fond desquels brillait une lueur intérieure.

— Je t'ai apporté à manger, déclara Filipov en tendant le bol.

L'homme resta sans réaction.

— À quoi jouent tes copains? insista Filipov. Ils arrêtent pas de repousser l'échange.

À sa grande surprise, le regard de son interlocuteur croisa enfin le sien, ajoutant à son malaise.

— Vous vous plaignez du silence de mes amis?

— Ben oui.

— Dans ce cas, acceptez mes excuses de leur part. Sachez qu'ils seront ravis de vous rencontrer, le moment venu, mais je crains fort que vous ne regrettiez d'avoir croisé leur route.

Filipov ouvrit des yeux étonnés.

— Pour une épave couverte de merde repêchée dans la baille, t'as une sacrée grande gueule.

Les lèvres de l'homme dessinèrent un sourire jaune inquiétant.

— OK, poursuivit Filipov en posant le bol par terre. Voilà ton dîner.

Il s'apprêtait à quitter le réduit lorsqu'il s'arrêta.

— J'oubliais ton dessert, se ravisa-t-il en envoyant un méchant coup de pied dans le ventre du prisonnier.

L'instant suivant, il remontait les quelques marches et claquait le grillage derrière lui.

Dix-neuf jours plus tôt

16

25 octobre

Rocky Filipov tenait la barre du *Moneyball* sur une mer agitée lorsque le soleil troua le voile de nuages gris qui barrait l'horizon à l'est, seul souvenir de la tempête qui avait fait rage toute la nuit. Le chalutier longea la silhouette sombre de l'île de Crow à bâbord et Filipov découvrit le faisceau intermittent du phare d'Exmouth qui montait la garde en haut d'une falaise dans la lumière dorée du matin, formant un tableau magnifique. Tous les membres d'équipage dormaient dans la cabine, à l'exception de Martin DeJesus. Ce dernier, debout à côté de Filipov dans le poste de pilotage, buvait un café et grignotait un doughnut rassis tout en jouant sur son téléphone.

Filipov était d'humeur sombre. Ils avaient effectué une livraison cette nuit-là dans le Maine. Leur virée au Canada s'achevait sans encombre, ils se trouvaient désormais à la tête d'une petite fortune en cash, soigneusement enfermée dans la cale. Ils avaient un mois à tuer avant la prochaine livraison. En toute logique, Filipov aurait dû être aux anges, s'il n'y avait pas eu cette histoire avec Arsenault.

Les Fédéraux avaient taupé ce dernier avec une valise pleine de fric une semaine plus tôt. Les 100 000 dollars engrangés lors de leur traversée précédente au Canada, de quoi attiser la curiosité des keufs. Pas un gramme de drogue et pas la moindre preuve, mais les Fédéraux se doutaient bien de la provenance du pognon. Ils avaient arrêté Arsenault avec l'intention de lui délier la langue. Arsenault n'était pas du genre à craquer facilement, mais sa femme et ses deux gosses constituaient son point faible. Il était très con d'avoir gardé ce fric sur lui, au lieu de le blanchir conformément aux recommandations de Filipov.

Les emmerdements ne s'arrêtaient pas là. Les gars de l'équipage avaient décidé de rallier Boston et de laisser le chalutier au port pendant un mois, le temps de s'amuser un peu avec leur butin, et cette perspective n'enchantait pas Filipov. Il n'avait aucune envie de voir ses gars se balader en ville avec de l'argent plein les poches, se soûler et courir les putes, au risque de trop parler. Il suffisait de voir ce qui était arrivé à Arsenault, mais Filipov devait bien se rendre à l'évidence. Il ne pouvait pas leur refuser de s'amuser après tout le boulot qu'ils avaient fourni et tous les risques qu'ils avaient pris. Ils avaient bossé comme des chefs. Après tout, ils n'étaient pas complètement idiots, il allait devoir leur faire confiance.

De son côté, il avait prévu de passer le mois suivant à blanchir discrètement sa part dans les boutiques d'antiquités qu'il possédait sur Newbury Street. Il comptait se payer les meilleurs restaus avec ses petites amies, assister aux matchs de hockey des Bruins, et enrichir sa cave de quelques bonnes bouteilles.

— Holà ! s'exclama-t-il soudain en scrutant les eaux agitées de l'Atlantique. T'as vu ça?

DeJesus leva les yeux de son jeu.

— Putain de merde, un macchabée.

Filipov inversa les moteurs afin de ralentir la course du chalutier. Le corps flottait sur le dos, bras écartés.

— Va chercher une gaffe, ordonna-t-il à DeJesus.

Ce dernier quitta la cabine de pilotage, récupéra la gaffe et se dirigea vers la proue du bateau tandis que Filipov manœuvrait le *Moneyball* de façon à le stopper à hauteur du corps. À peine DeJesus avait-il croché celui-ci qu'il mettait les moteurs au point mort et rejoignait le marin à bâbord.

Filipov examina le corps. Il s'agissait d'un homme d'une quarantaine d'années en costume noir, le teint cireux, ses cheveux cendrés plaqués sur la tête. Il portait une grosse montre au poignet gauche.

— Traîne-le jusqu'à l'arrière et monte-le à bord, décida-t-il.

— Tu déconnes ou quoi? Si on a le malheur de le signaler, on va se retrouver avec une enquête sur le dos.

— Qui t'a parlé de signaler quoi que ce soit? T'as pas vu sa montre? On dirait une Rolex.

DeJesus émit un petit ricanement.

— Décidément, Rocky, tu perds jamais le nord.

— Amène-le doucement et tire-le sur la plate-forme arrière.

Le chalutier immobile était ballotté par les vagues, ce qui n'empêcha pas DeJesus de s'acquitter de sa mission en crochant le noyé par la ceinture à l'aide de la gaffe avant de le hisser, dégouttant d'eau, sur la plate-forme. Filipov, un genou à terre, saisit le poignet du noyé et le retourna.

— Regarde-moi ça. Une Rolex Président Sant Blanc en platine. Ce truc-là vaut dans les quarante mille boules, au bas mot.

Il dégrafa le bracelet, glissa la montre autour du poignet du noyé et la tendit à son compagnon.

DeJesus l'étudia en la tournant dans tous les sens.

— C'est top, capitaine! Elle marche encore.

— Voyons ce qu'il a dans les poches.

Filipov procéda à une fouille rapide du corps sans découvrir de portefeuille ou de clés. Le noyé portait autour du cou un étrange médaillon sans grande valeur apparente, ainsi qu'une chevalière en or sur laquelle était gravé un écusson. Il eut toutes les peines du monde à la retirer et finit par y parvenir au prix d'une phalange brisée.

Il laissa retomber la main afin d'examiner la chevalière. Au poids de l'or, elle devait valoir dans les trois ou quatre cents dollars.

— Qu'est-ce qu'on fait? s'inquiéta DeJesus. On le refout à la mer? Ce serait trop con de se faire choper avec un macchabée à bord.

Filipov observa longuement le corps. Il lui saisit à nouveau le poignet qu'il ne trouva pas aussi froid qu'il l'aurait cru. Il était même tiède. Il enfonça son pouce dans la chair sans repérer de pouls. Il tâta le cou du noyé afin de vérifier la carotide. La tiédeur de la peau était surprenante. En appuyant avec l'index et le majeur, il détecta un faible battement. Il s'aperçut alors que l'inconnu respirait de façon à peine perceptible. Il posa son oreille contre la poitrine du noyé et distingua un petit chuintement, ainsi qu'un battement cardiaque fragile.

— Il est vivant, déclara-t-il.

— Raison de plus pour le balancer à la flotte.

— Certainement pas.

Filipov étudia le visage dénué d'expression de DeJesus, la montre serrée dans son énorme poing. DeJesus était un gars fiable, mais il était doté de l'intelligence d'un bifteck.

— Réfléchis, Martin. Ce type porte au poignet une montre de 40 000 dollars, et on vient de lui sauver la vie. Tu crois pas qu'il y a moyen de lui soutirer du fric?

— Comment?

— Va réveiller les autres.

DeJesus descendit dans la cabine en secouant la tête tandis que Filipov récupérait dans un placard une épaisse couverture de laine. Il s'assura d'un coup d'œil que la mer était vide autour du chalutier, puis il acheva de hisser l'inconnu sur le pont et l'enveloppa dans la couverture. Il devait le réchauffer au plus vite s'il ne voulait pas le voir mourir d'hypothermie. L'eau était à treize degrés et Filipov connaissait suffisamment les tables de calcul de survie pour savoir qu'un individu en bonne santé pouvait résister une heure et demie à ce régime sans perdre connaissance, et tenir ensuite une heure de plus, à condition de ne pas mourir noyé.

Mort, ce type-là ne vaudrait pas un clou, alors que Filipov pouvait espérer en tirer un bon prix s'il lui sauvait la mise.

L'inconnu enveloppé dans la couverture, Filipov s'interrogea sur la suite. Le type serait perdu s'il revenait à lui. Il pouvait même leur créer des ennuis. Le mieux était encore de l'enfermer dans la cale. Le réduit de l'avant était idéal pour ça, il disposait d'un éclairage et de prises dans lesquelles brancher un petit chauffage électrique.

Les hommes d'équipage arrivaient les uns après les autres, les yeux bouffis de sommeil. Ils se regroupèrent autour de l'inconnu et Filipov les dévisagea l'un après l'autre.

— Martin, montre-leur la Rolex.

La vue de la montre provoqua des murmures et des hochements de tête.

— Cette montre vaut plus cher qu'une Cadillac, expliqua Filipov. Ce type-là est blindé de thunes.

Il balaya des yeux le petit groupe.

— Ça veut dire oublier votre virée à Boston, mais j'ai dans l'idée qu'il y a du fric à se faire.

— Du fric? répéta Dwayne Smith, le second du bord. Une récompense, tu veux dire?

— Je te parle pas d'une putain de récompense. On peut s'en tirer avec bien plus si on s'y prend correctement.

— Comment ça? demanda Smith.

— On exige une rançon.

17

Filipov, debout devant l'écoutille ouverte, observait le rescapé enchaîné au fond du réduit. L'inconnu se trouvait à bord depuis dix jours, mais ils n'en savaient pas plus sur son compte que le matin où ils l'avaient sorti de l'eau. C'est-à-dire rien du tout. Le type semblait dormir, mais Filipov n'en était pas certain. Les premiers jours, il était resté plongé dans un état de profonde stupeur, ce qui n'était pas surprenant, sachant qu'il avait failli mourir d'hypothermie. Ils avaient pris soin de lui, l'avaient réchauffé en le nourrissant de bouillon les rares fois où il parvenait à avaler un peu de nourriture. Ils avaient soigné ses blessures, tout fait pour qu'il se remette, et puis la fièvre s'était installée. Rien d'anormal à ça. Trois jours durant, il s'était tourné et retourné sur son matelas en marmonnant des phrases absurdes où il était question de monstres et de sorcières. L'équipage avait commencé à s'inquiéter, conscient que tout était fini pour eux si le chalutier se faisait arraisonner et fouiller par les gardes-côtes.

Soucieux de limiter les risques, Filipov avait conduit le *Moneyball* jusqu'à la péninsule de Schoodic, l'une des côtes les plus sauvages des États-Unis dans la partie inférieure du Maine. Un dédale d'îlots inhabités, d'estuaires et de petites anses que Filipov connaissait bien. Il connaissait également les habitudes des gardes-côtes, ce qui l'avait poussé à se déplacer de crique en crique chaque nuit, en se tenant soigneusement à l'écart des routes fréquentées.

L'atmosphère à bord avait néanmoins continué à se détériorer, en particulier lorsque l'inconnu, enfin guéri de sa fièvre et apparemment tiré d'affaire, s'était entêté dans le mutisme. Il ne disait pas un mot, à se demander s'il ne gardait pas des séquelles de sa mésaventure. Les rares fois où Filipov avait réussi à sonder son regard argenté, il y avait découvert une vive intelligence. Il était convaincu que ce type-là était parfaitement conscient. Mais alors, pourquoi refusait-il de parler? Que fabriquait-il en pleine mer? D'où venaient ses blessures? On aurait pu croire qu'il avait été attaqué par un ours, à la vue des lacérations et des morsures qu'il portait sur le corps.

Les occupants du bord y perdaient leur latin.

L'inconnu était de nouveau allongé dans sa position habituelle, les yeux fermés. Filipov l'observa longuement en triturant machinalement entre ses doigts la chevalière en or du noyé, conservée au fond de sa poche. Il était convaincu que la clé du mystère se trouvait là, dans l'étrange symbole gravé sur la bague. Un emblème étrange, constitué d'un curieux nuage vertical renfermant une étoile à cinq branches; un éclair s'échappait du nuage et venait frapper un œil de chat dont la pupille avait été remplacée par le chiffre 9. Filipov croyait y voir un symbole militaire. Smith, le spécialiste d'Internet du bord, avait passé des heures à écumer des sites spécialisés à la recherche de l'écusson, sans succès. Il en était de même du médaillon que l'inconnu portait autour du cou, même si le symbole qui s'y trouvait ressemblait davantage à un blason familial, ou bien à des armoiries médiévales. Smith s'était évertué à retrouver le visage de l'inconnu sur le Net, sans plus de résultat. Il fallait bien reconnaître qu'après avoir failli mourir, son visage hagard ne devait plus vraiment ressembler à ce qu'il était auparavant.

Cette chevalière restait encore le meilleur moyen d'identifier l'inconnu.

Une bouffée de colère monta en lui. Pourquoi ce connard refusait-il de leur révéler son identité?

Il pénétra dans le réduit et s'approcha de l'homme qui feignait de dormir, enchaîné au taquet. Filipov scrutait les traits de son prisonnier lorsque celui-ci écarta lentement les paupières, révélant l'éclat argenté de deux yeux aux pupilles grosses comme des têtes d'épingle. Il ressemblait plus à un fantôme qu'à un être humain.

— Qui es-tu? demanda Filipov.

Le regard argenté sonda le sien avec une insolence déroutante. L'inconnu avait récupéré plus qu'il ne voulait le montrer.

— T'as envie que je te refoute à la baille?

À sa grande surprise, l'inconnu lui répondit. C'était la première fois qu'il entendait le son de sa voix, réduite à un murmure.

— Vous commencez à m'ennuyer, à force de répéter inlassablement les mêmes menaces.

Filipov fut désarçonné par la douceur de la voix de son interlocuteur, par son accent sudiste et son arrogance.

— T'es donc capable de parler? Je me disais bien que tu te foutais de notre gueule. Maintenant que t'as retrouvé ta langue, tu vas pouvoir me dire qui t'es.

— Ce serait plutôt à moi de vous retourner la question, mais je m'en abstiendrai: je connais déjà la réponse.

— Ah ouais? Alors qui je suis, espèce de petit con?

— L'homme le moins chanceux de la terre.

Filipov lui envoya un coup de pied dans les côtes en jurant.

18

Le capitaine Filipov, planté devant la table des cartes, regardait l'écran d'ordinateur par-dessus l'épaule de Smith. Le second du bord afficha sa perplexité.

— Je ne trouve rien, ni sur les sites officiels, ni sur les autres. Je me suis pourtant servi des meilleurs logiciels de reconnaissance d'image sur le marché. Ce blason est inconnu au bataillon.

Filipov hocha la tête gravement, les yeux rivés sur la photo de la chevalière qui s'affichait sur l'écran. Le chalutier s'était réfugié au fond de l'anse de Bunker, au sud de l'île de Great Spruce, afin d'échapper à un méchant vent de nord-est. Un épais rideau de pluie fouettait les fenêtres du poste de pilotage.

— Une bière ? s'enquit Smith.

— Pas tout de suite.

Smith recula sa chaise et descendit dans la cabine. Il en revint quelques minutes plus tard, une bière à la main. Il en but une longue gorgée.

— Je ne sais pas qui est ce connard, remarqua Filipov en s'installant devant l'ordinateur, mais il tient à son anonymat. Pourquoi refuser de nous donner son nom ?

— C'est à se demander.

Filipov examina longuement le blason. Le nuage, l'éclair, l'œil de chat, ce chiffre 9… tout était bizarre. Il lui vint soudain une idée. Comment n'y avait-il pas pensé plus tôt ?

— Tout le monde sait que les chats ont neuf vies.
— Et alors?
— Les gens qui ont choisi cet écusson, quels qu'ils soient, sont des survivants. D'où les neuf vies.
— D'accord, approuva Smith en portant la bière à ses lèvres.
— Sans parler du nuage. T'as déjà vu un nuage comme ça, toi?
— Ouais, il est bizarre. On dirait un cumulo-machin.
— Et si c'était pas un nuage?
— Ce serait quoi, à ton avis?
— Un fantôme.
Smith plissa les paupières afin d'observer la photo de la chevalière qui s'affichait à l'écran.
— Peut-être bien, grommela-t-il.
Filipov pêcha la vraie bague au fond de sa poche et l'examina sous toutes les coutures dans la maigre lumière du poste de pilotage.
— Un fantôme, une étoile, neuf vies, un éclair. Bon, si l'écusson est introuvable sur le Net, on peut essayer avec une *description*.

Filipov tapa les mots «fantôme», «étoile», «neuf vies» et «éclair» sur Google et obtint aussitôt une réponse. Il s'agissait d'un court article publié dans un bulletin du FBI, «Hall of Honor». Publié trois ou quatre ans plus tôt, il relatait les funérailles d'un inspecteur nommé Michael Decker, mort « en service commandé ». Les noms de plusieurs agents présents aux obsèques étaient mentionnés. Filipov s'attarda sur un paragraphe en particulier:

> Recouvert du drapeau américain, le cercueil portait l'emblème de l'unité d'élite, la division Fantôme, à laquelle avait appartenu Decker: un fantôme sur fond bleu, décoré d'une étoile frappant d'un éclair un œil de chat dont le chiffre 9 formait la pupille. Cet emblème symbolise les neuf vies dont bénéficient les membres de la division Fantôme du fait de

> leur entraînement, de leur détermination et de leur expérience. La division Fantôme est une émanation de l'ancien détachement Blue Light de l'US Army. Elle fut créée afin de procéder à des opérations secrètes particulièrement dangereuses, voire officieuses. La division Fantôme est restée brièvement en activité. Le détachement Blue Light a par la suite donné naissance aux 1res Forces spéciales opérationnelles, plus connues sous le nom de Delta Force. Au sein du FBI, l'inspecteur Decker était l'un des rares agents ayant servi dans les rangs de la division Fantôme.

— Notre mystérieux noyé est un ancien de l'armée. Il a fait partie des Forces spéciales, déclara Filipov.

Smith, qui regardait l'écran par-dessus son épaule, sentit son pouls s'accélérer.

— Putain ! s'écria-t-il en tendant l'index. Regarde ça !

L'article était illustré par une petite photo de plusieurs agents du FBI, alignés le long de la sépulture. Parmi eux se tenait un homme élancé en costume noir. Son visage, très pâle, était trop flou pour être reconnaissable, mais la ressemblance était frappante avec le prisonnier du bord : mêmes yeux clairs, mêmes cheveux cendrés, même stature.

La légende l'identifiait comme l'inspecteur A. X. L. Pendergast.

— Saloperie, souffla Filipov. Un Fédéral !

Un silence s'installa, que seul vint troubler le crépitement de la pluie sur les vitres.

— Cette fois, y'a plus à hésiter, décréta Smith. On balance cet enfoiré par-dessus bord.

— Tu comptes vraiment le tuer ? lui demanda Filipov.

— On le tue pas, se défendit le second. On le remet là où on l'a trouvé. La nature se chargera du reste. Qui le saura jamais ? Quand on retrouvera son corps dans plusieurs semaines, personne ne pourra établir de lien avec nous. On va tout de même pas garder un Fédéral à bord.

Filipov garda le silence. La proposition était diablement tentante. Ce connard lui courait sur le haricot depuis trop longtemps. Il ouvrit la porte d'un petit placard et prit une bouteille de scotch dont il dévissa le bouchon avant d'en aspirer une lampée. Le liquide lui brûla agréablement la gorge. Il en avala une seconde gorgée.

— Le mieux est de retourner à l'île de Crow et de l'abandonner là-bas, poursuivit Smith. Pas trop loin de l'endroit où il devait se trouver au moment de sa disparition. Personne ne saura que c'est nous.

Il prit la bouteille des mains du capitaine.

— Tu permets?

— Fais gaffe, c'est pas recommandé pour un mormon, l'avertit Filipov.

— Un *ancien* mormon, ricana Smith en buvant au goulot. On lui remet sa montre et sa chevalière, ni vu ni connu je t'embrouille.

Grâce au whisky, Filipov avait soudainement les idées claires. Le mieux était de laisser parler Smith.

— Rien à foutre de sa montre, enchaîna le second. La garder serait trop risqué, surtout au moment où Arsenault risque de passer à table.

— Arsenault, répéta Filipov.

— Parfaitement, Arsenault. S'il cause aux Fédéraux, ils vont nous tomber dessus à bras raccourcis. Et si jamais ils découvrent un des leurs à bord, les histoires de dope seront le cadet de nos soucis…

— Arsenault! répéta Filipov.

Smith s'arrêta net.

— Qu'est-ce qu'il y a, Arsenault?

— Les Fédéraux le tiennent…

— C'est ce que je viens de dire.

— Et nous, on tient un Fédéral.

Smith en resta coi. Filipov le regarda droit dans les yeux.

— On leur propose un échange. Ce Pendergast contre Arsenault.

— T'es complètement cinglé? Si on joue aux Feds un tour de cochon comme celui-là, on sera morts avant d'avoir eu le temps de pisser.

— Pas si on se planque. Et je sais où. Écoute-moi. Les Feds n'ont pas la plus petite idée de l'endroit où il se trouve. Les journaux en ont pas parlé. Ils savent pas qu'il est à bord d'un chalutier. En plus, jamais ils penseront à le chercher ici. En guise de preuve, on leur envoie la chevalière et le médaillon.

— T'es cinglé?

— Si Arsenault craque, on est fichus. On passera le restant de nos jours derrière les barreaux.

— Tu crois vraiment qu'il peut craquer?

— Va savoir. Depuis combien de temps ils le tiennent? Un mois?

— De là à enlever un Fédéral pour leur proposer un échange...

Smith se mura dans le silence.

— L'idée est tellement simple qu'elle fonctionnera, insista Filipov. On a déjà fait la moitié du boulot, puisqu'on a ce mec. On dépose un des gars à terre avec la bague et le médaillon, il aura plus qu'à les envoyer par la poste depuis New York, par exemple. Notre demande est simple: vous relâchez Arsenault et vous lui fournissez un aller simple pour le Venezuela. Dès qu'il nous appelle, on relâche ce Pendergast. Sinon, on le tue.

— Le relâcher? Alors qu'il a vu nos visages?

— Bonne remarque. Alors, dès qu'ils ont libéré Arsenault, on remet le Fed à la mer. Là où on l'a trouvé.

— Saloperie, gronda Smith, le front barré d'un pli. Je sais pas. Ils nous poursuivront jusqu'en enfer si on bute un des leurs. Ce type-là fait partie de la crème du Bureau. Il doit avoir des copains haut placés.

— Nous, on a du fric. Et un bateau. Ils mettront du temps à reconstituer le puzzle. Quand bien même ils y parviendraient un jour, on sera loin. Alors que si Arsenault se met à table, on tombe tous.

Filipov avait gardé l'argument le plus imparable pour la fin.

— C'est un miracle que ce type nous soit tombé du ciel de cette façon-là. On aurait tort de laisser passer une occase pareille.

Smith secoua la tête.

— Le pire, c'est que ça peut marcher.

— Ça marchera, tu veux dire. Réunis les gars, je vais leur causer.

19

Par ce matin calme d'automne, ensoleillé et froid, le chalutier se balançait lentement sur l'eau. Debout sur le pont avant, Filipov gonfla ses poumons et respira l'odeur des épicéas qui poussaient sur la falaise, au-dessus du bateau. Tout se déroulait comme prévu.

Le capitaine avait découvert Bailey's Hole à l'adolescence, lorsqu'il faisait de la contrebande d'herbe entre le Canada et les États-Unis à bord d'un petit baleinier. Il n'avait jamais révélé cette cachette à personne. Pas même lorsqu'il avait commencé à transporter de la dope entre Phinneys Cove, en Nouvelle-Écosse, et Fairy Head dans le Maine. Une cachette idéale que Filipov avait gardée pour le jour où elle lui serait utile.

Ce jour-là avait fini par arriver.

Bailey's Hole se dissimulait dans un recoin rocheux entre Cutler et Lubec, tout près de la frontière canadienne. Une crique profonde et escarpée, bordée sur trois côtés par des à-pics de granit couverts d'épicéas géants dont les branches faisaient paravent. La partie nord du Hole dessinait même, sous un repli de roche, un trou parfaitement invisible dans lequel un bateau pouvait se réfugier. Les rares pêcheurs du coin fuyaient l'endroit à cause des courants dangereux et des récifs acérés qui tranchaient les lignes et déchiquetaient les paniers à homards.

S'introduire au fond du trou avec le *Moneyball* n'avait pas été de la tarte. Filipov avait attendu que la mer soit étale, au moment du changement de marée, en pleine nuit. Il n'était pas possible de jeter l'ancre, les rochers l'auraient avalée aussi sûrement que les paniers à homards. De toute façon, le chalutier n'avait pas la place de se balancer autour de son point d'attache, de sorte que Filipov s'était vu dans l'obligation de tendre des câbles depuis les troncs de plusieurs épicéas, de part et d'autre du *Moneyball*, en veillant à laisser suffisamment de mou pour que la coque monte et descende librement au gré des marées.

L'opération, délicate, avait pris une bonne partie de la nuit, mais Filipov était satisfait du résultat. La côte sauvage les dissimulait parfaitement à la vue, la bourgade la plus proche se trouvait à vingt kilomètres, et on ne comptait pas une habitation à plus de dix bornes à la ronde. Il n'y avait ni route, ni sentier dans les environs immédiats, la côte étant essentiellement constituée de terrains boisés appartenant à la papeterie Montrose de Lubec. Seuls quelques bûcherons fréquentaient le coin, mais jamais à cette saison.

Avant de rejoindre Bailey's Hole, ils avaient déposé à terre l'un des marins les plus sûrs et les plus débrouillards du bord, Dalca, après lui avoir confié la chevalière, le médaillon et de l'argent. Il avait pour mission de gagner New York et d'envoyer par la poste, au bureau local du FBI, une photo de Pendergast accompagnée de ses deux bijoux et d'instructions précises. Dalca n'aurait plus qu'à se tenir peinard en attendant la suite.

À peine avait-il débarqué le marin sur une côte désolée que Filipov pilotait le *Moneyball* jusqu'à la grotte de Bailey.

Il avait pris toutes les précautions. Bien avant d'atteindre son but, il avait fait éteindre le GPS du bord ainsi que tous les téléphones portables, allant jusqu'à exiger que l'on retire leurs batteries, afin que personne ne puisse suivre leur course.

Il avait longuement réfléchi au meilleur moyen de communiquer avec le FBI sans risquer de trahir la position du chalutier. Smith, un petit génie de l'informatique, avait trouvé le moyen d'installer un système d'e-mail crypté parfaitement anonyme. Filipov, qui s'y connaissait lui-même en matière d'ordinateur, l'avait assisté dans sa tâche. Les deux hommes avaient eu recours à un programme amélioré de type Tor. Baptisé Blunt, il utilisait un logiciel PGP qui réalisait un quadruple encryptage de toutes les communications Internet et les déroutait sur une myriade d'ordinateurs à travers le monde, rendant impossible toute détection de l'adresse IP originale. Filipov et son second avaient ensuite créé une messagerie provisoire sur un darknet que même la NSA n'aurait pas pu pirater.

Il restait toutefois un problème à régler: Bailey's Hole ne disposait d'aucune connexion Internet.

Cela signifiait en clair que Smith avait dû trouver un endroit public d'où envoyer et recevoir ses messages. Filipov et lui avaient jeté leur dévolu sur la petite ville de Cutler, à une vingtaine de kilomètres de leur refuge. L'un des motels du cru, le Goddere's Downeaster, offrait une connexion wifi gratuite à ses clients et Smith y élirait domicile le moment venu.

Le *Moneyball* possédait, en guise de canot de sauvetage, un Zodiac Saturn presque neuf de trois mètres, équipé d'un moteur Tohatsu 9,8. Sur une mer calme et à condition de n'emporter qu'un seul passager, le canot filait à une vitesse de vingt nœuds. Sauf que la mer entre Bailey's Hole et Cutler était tout sauf calme et qu'il était impossible de dépasser les douze nœuds par beau temps. En cas de tempête, mieux valait rester chez soi.

La plus grande prudence était de rigueur. La présence d'un Zodiac dans un petit port pouvait passer inaperçu, ce qui n'était pas le cas des allées et venues d'un canot pneumatique le long d'une côte aussi déchiquetée, connue pour ses tempêtes, ses courants et la force de ses marées. N'importe quel marin du cru se serait étonné de voir circuler un esquif aussi fragile, aussi tard dans la saison, et n'aurait pas manqué de poser des questions à son propriétaire. Filipov était bien placé pour savoir que les pêcheurs étaient des pipelettes de première.

Ces considérations obligeraient Smith à circuler de nuit, ce qui augmentait d'autant les risques d'accident, mais il n'avait pas le choix.

Le système de messagerie, aussi sûr soit-il, ne suffirait pas et Filipov était bien conscient qu'il leur faudrait utiliser des téléphones portables. Par exemple, Smith pouvait avoir besoin de joindre Dalca à New York ; quant aux Fédéraux, ils risquaient fort d'insister, tôt ou tard, pour discuter par téléphone.

Là encore, Filipov avait la solution, puisqu'il avait à bord plusieurs dizaines de portables prépayés, achetés en liquide dans divers pays étrangers. Filipov en avait confié deux à Dalca et quatre à Smith en laissant à ce dernier des instructions bien précises : ne jamais utiliser deux fois de suite le même appareil lorsqu'il appellerait le FBI, et veiller à ce que la communication reste brève, sachant que la géolocalisation d'un portable par triangulation ne prenait que trente secondes. Il était également entendu que Smith appellerait le Bureau, et non l'inverse, et qu'il retirerait la batterie à peine la conversation terminée de façon que le portable ne puisse continuer d'envoyer des signaux muets.

Filipov huma à nouveau le parfum des résineux. Smith était parti un peu plus tôt pour Cutler en emportant son ordinateur et ses téléphones jetables enfermés dans plusieurs sachets en plastique afin de les protéger des embruns et du sel. Sachant que Smith n'était pas le marin idéal pour un périple nocturne aussi dangereux, Filipov l'avait longuement briefé en lui recommandant de longer la côte au plus près sans s'aventurer au milieu des vagues, et de bien éteindre son projecteur de navigation avant de s'aventurer dans le port.

Filipov avait regardé son second s'éloigner, suivi par le ronronnement de son moteur. L'opération était risquée, mais nécessaire. Il ne restait plus qu'à attendre trois jours, quatre tout au plus, pour que le poisson morde à l'hameçon.

Le plan mis au point par Filipov était imparable. Il l'avait repassé dans sa tête une bonne centaine de fois et l'équipage en avait discuté chaque détail. Smith prendrait une chambre au motel Goddere's en se faisant passer pour un missionnaire mormon, dont il avait l'apparence. À l'image de tous les marins du bord, il possédait un costume trois-pièces qui se révélait utile lors de certaines opérations de contrebande. Surtout, Smith avait grandi dans une famille de mormons avant de virer sa cuti. Il avait même œuvré pendant un an comme missionnaire, de sorte qu'il était parfaitement crédible dans ce rôle.

Trois jours de silence radio attendaient Filipov. Il ne pouvait pas demander à Smith de communiquer avec lui, bien évidemment, aussi lui avait-il fourni des instructions précises sur la façon de négocier avec le FBI. Le mieux était de s'en tenir à un message simple : si Arsenault n'avait pas rejoint le Venezuela une semaine plus tard, Pendergast mourrait.

Dans ce genre de situation, les flics cherchaient à gagner du temps en ayant des exigences toujours plus nombreuses, histoire d'asseoir leur autorité sur les ravisseurs. Filipov n'avait pas l'intention de tomber dans le panneau. Une semaine, un point c'est tout. Si Arsenault ne les contactait pas par Skype, debout devant la statue bien reconnaissable de Bolivar en plein centre de Caracas, ils balançaient à la flotte ce connard du FBI et quittaient le pays. Et si le message d'Arsenault leur parvenait dans les temps, ils jetaient Pendergast à l'eau de toute façon.

Filipov était conscient qu'il était impossible de bluffer avec le FBI. Il lui fallait donc savoir où il allait, afficher une détermination sans faille et ne jamais reculer, quoi qu'il advienne. Les négociateurs du Bureau étaient des pros, ils sauraient tout de suite s'il bluffait. Le moindre signe de faiblesse, la plus petite hésitation, le fléchissement le plus ténu, et tout était fichu.

Filipov avait longuement briefé Smith à ce sujet, il lui accordait toute sa confiance. Faute de pouvoir communiquer avec Filipov pendant les négociations avec le FBI, il allait devoir s'en tenir au plan initial. Dans le même temps, il était essentiel de garder Pendergast en vie et en bonne santé une semaine encore, au cas où le Bureau exigerait de recevoir des preuves de vie avant de relâcher Arsenault.

Bercé par le murmure du vent dans les branches d'épicéas et le chuintement des vagues sur les rochers, Filipov prit la décision de ne rien dire à son prisonnier des tractations qui avaient lieu à son sujet. D'une façon ou d'une autre, il serait mort dans une semaine.

Filipov avait un dernier petit souci. Deux de ses marins, DeJesus et Miller, détestaient le FBI à la suite d'ennuis personnels. Ni l'un ni l'autre n'avait adhéré au plan de gaieté de cœur. Lors des réunions de l'équipage, ils avaient plaidé pour que l'on jette l'otage à l'eau sans attendre et n'avaient pas fait mystère de leur fureur lorsque leurs collègues avaient voté en faveur du plan proposé par Filipov. Le même soir, ce dernier les avait surpris dans la cale, bien imbibés, en train de pisser sur Pendergast entre deux éclats de rire. Filipov n'avait guère apprécié cette incartade, mais il voyait mal comment il aurait pu les punir, sinon en mettant sous clé l'alcool du bord. Il aurait d'ailleurs menti s'il avait affirmé n'avoir ressenti aucun plaisir à la vue de ses hommes rabattant le caquet de ce salopard prétentieux.

Au-delà de ce manquement à la discipline, Filipov s'inquiétait du regard assassin qu'il avait lu dans les yeux de l'inspecteur du FBI quand ces deux crétins ivres s'étaient soulagé la vessie sur lui avant que DeJesus ne l'assomme avec un manche de gaffe. Rien que d'y penser, Filipov en avait des frissons.

20

L'inspecteur en chef Rudy Spann passa la main dans sa toison ébouriffée en voyant les pièces à conviction étalées sur son bureau : une chevalière en or usée, un curieux médaillon à moitié fondu, ainsi qu'une lettre accompagnée de l'enveloppe correspondante. Il ne savait trop quoi penser de l'affaire tonitruante à laquelle se trouvait brusquement mêlé le FBI new-yorkais. L'enlèvement d'un agent du Bureau, et pas n'importe lequel, puisqu'il s'agissait d'A. X. L. Pendergast. Spann, qui dirigeait depuis peu l'antenne de New York, le connaissait mal, mais il était au courant des bruits qui circulaient à son sujet. Le Pendergast en question jouissait d'un statut à part. Il fonctionnait de façon autonome, choisissait lui-même ses enquêtes et dépendait directement du siège de Pennsylvania Avenue, à Washington. Immensément riche, il recevait un traitement annuel symbolique d'un dollar, loin des émoluments normaux d'un fonctionnaire GS-15 disposant de dix points d'indice. À en croire la rumeur, Pendergast était un agent sans scrupules bénéficiant de protections en haut lieu qui l'autorisaient à s'affranchir des règles habituelles. Peu apprécié de la jeune génération du Bureau qui jalousait son argent, sa liberté d'action et ses manières aristocratiques, il avait gagné le respect des plus anciens qui le craignaient. Personne ne l'aimait, du fait de sa froideur. Il n'était pas homme à boire une bière avec les collègues en fin de journée, ou à passer ses dimanches au stand de tir du Bureau. Spann n'avait eu que de rares contacts avec lui, Pendergast se montrant rarement dans les bureaux de Federal Plaza.

Il n'en était pas moins un agent fédéral, et s'il y avait bien une règle cardinale au Bureau, c'était la loyauté et l'esprit de corps. Le FBI remuait ciel et terre chaque fois qu'il s'agissait d'appréhender les assassins ou les tortionnaires de l'un des siens.

L'annonce de l'enlèvement de Pendergast avait provoqué l'ire de tous les agents et Spann se trouvait brusquement responsable de la réussite de l'enquête. Ou de son échec.

Il jeta un coup d'œil à son portable, posé sur le bureau. Les ravisseurs devaient contacter le Bureau dans quelques minutes et il avait la ferme intention de prendre l'affaire à bras-le-corps. Ce genre d'événement pourrait servir son avancement, de sorte qu'il était à la fois inquiet et remonté à bloc. Spann était un excellent élément, major de sa promo à Quantico, et titulaire d'une carrière exemplaire. À tout juste quarante ans, il était l'un des plus jeunes inspecteurs en chef du FBI, responsable du bureau le plus important du pays. Une telle opportunité ne se présentait jamais plus d'une fois au cours d'une carrière. S'il bouclait l'enquête avec succès, ce dont il ne doutait pas, toutes les portes lui seraient ouvertes.

Depuis que le paquet était parvenu au courrier ce matin-là, Spann avait mis sur pied une équipe musclée et resserrée, constituée d'éléments sûrs et débrouillards qu'il attendait d'une minute à l'autre. Un agent en péril était forcément une priorité, Spann obtiendrait instantanément tout ce dont il avait besoin, mandat ou analyses. Il avait déjà prévenu l'ensemble des labos concernés, afin que chacun se tienne prêt.

Sa secrétaire lui annonça l'arrivée des membres de l'unité spéciale. Il se rendit à leur rencontre, le sachet contenant les pièces à conviction en main. Ils surgissaient tous au même moment, trois hommes et une femme, tous des as, la mine grave. Il leur fit signe d'entrer dans son bureau et ils s'assirent en silence dans le coin réservé aux visiteurs. Spann fit signe à sa secrétaire de leur apporter du café, puis il rejoignit à grandes enjambées la petite table, près du tableau blanc, sur laquelle il déposa les pièces à conviction.

Il allait entamer sa présentation lorsque la porte s'ouvrit. Tout le monde se retourna, surpris. Spann ne connaissait pas personnellement le nouveau venu, mais sa légende le précédait au sein du Bureau. Howard Longstreet portait le titre pour le moins mystérieux de directeur adjoint au Renseignement. Le département dont il avait la charge n'avait aucun lien direct avec celui de Spann. En dépit de son ancienneté, il n'était nullement le supérieur de ce dernier, et c'était aussi bien.

Longstreet était aussi excentrique que Pendergast, mais d'une façon différente. Doté d'un profil aquilin, il avait des cheveux gris qu'il portait longs, des costumes éternellement fripés, des yeux d'un noir brillant sous un front proéminent et anguleux. Il s'exprimait d'une voix rauque et mesurait plus de deux mètres. Une taille vertigineuse qu'il compensait par une posture voûtée, peut-être à force de se cacher dans les renfoncements de porte. Loin de posséder la raideur militaire habituelle des employés du Bureau, Longstreet avait des manières douces et modestes qui forçaient l'appréciation de ses subordonnés. Sans parler des bruits qui couraient sur l'époque où il avait appartenu à la légendaire division Fantôme. Sans doute était-ce la raison de sa présence ce jour-là, la chevalière de Pendergast indiquant qu'ils avaient tous deux fait partie de cette unité d'élite.

Spann hésita sur la conduite à tenir.

— Bonjour, monsieur le directeur. Quelle surprise.

Longstreet tourna vers lui son visage taillé à la serpe.

— J'arrive de Washington, j'ai accouru en apprenant la nouvelle.

Il montra d'un mouvement du menton un siège inoccupé, à l'écart.

— Puis-je me joindre à vous?

— Bien sûr.

Longstreet prit place derrière les membres de l'unité spéciale.

Spann, un instant déstabilisé par sa présence, recouvra rapidement son sang-froid.

— Merci à tous de votre présence, commença-t-il. Le médaillon et la chevalière ont été authentifiés. On y a relevé les empreintes de l'inspecteur Pendergast, déposées là de façon délibérée, afin de ne laisser aucune place au doute. L'examen poussé des quatre objets dont nous disposons, la chevalière, le médaillon, la lettre et l'enveloppe, n'a fait apparaître aucune autre empreinte. Ni ADN, ni cheveu, ni fibre textile, rien de rien.

Il lança le document PowerPoint préparé pour l'occasion. L'enveloppe s'afficha sur l'écran.

— Ce courrier, déposé dans une boîte ordinaire proche d'ici, porte le cachet de la poste centrale de Manhattan à la date d'hier, 15 heures. Il nous est parvenu ce matin. Comme nous sommes mardi, l'expéditeur a pu l'envoyer n'importe quand dimanche ou lundi, avant 15 heures, puisqu'il n'y a pas de collecte pendant le week-end. La boîte concernée n'apparaît sur aucune caméra de surveillance, mais j'ai déjà demandé que l'on visionne les images des caméras installées dans les rues et les artères voisines.

Il passa à la page suivante, la photographie d'une plage battue par le vent.

— Voici l'endroit où l'inspecteur Pendergast a été vu pour la dernière fois, il y a seize jours à l'aube. Il avait pris un congé sans solde afin de travailler sur une enquête privée. Je n'entrerai pas dans les détails de l'affaire en question, ils ne nous éclaireraient en rien. Pendergast affrontait ce jour-là un assassin détraqué, ils ont tous les deux été emportés par les vagues. Les recherches menées par la suite n'ont rien donné. Un individu ne survit pas longtemps dans une eau à douze degrés, de sorte que nous l'avons cru mort jusqu'à ce que nous parvienne ce pli. Soit il a été secouru par un bateau, soit son corps s'est échoué sur la côte. Dans un cas comme dans l'autre, ceux qui l'ont récupéré ont choisi de s'en servir comme monnaie d'échange en découvrant son identité. Nous examinons actuellement la liste des bateaux qui se trouvaient dans les parages à ce moment-là, et nous étudions les courants.

D'un clic, il fit apparaître sur l'écran un scan de la lettre des ravisseurs.

— Ce courrier a été rédigé sur ordinateur avec une police standard, avant d'être photocopié à de nombreuses reprises de façon à brouiller les pistes. Vous en découvrez ici le contenu :

> À l'attention de l'inspecteur-chef Spann
>
> 1/ Nous détenons l'inspecteur Pendergast.
>
> 2/ Les objets ci-joints le prouvent.
>
> 3/ Nous vous proposons un échange : le FBI détient un certain Arsenault, nous vous demandons de le relâcher en échange de la libération de Pendergast.
>
> 4/ Vous voudrez sans doute avoir une preuve de vie de Pendergast. Nous vous la ferons parvenir par e-mail, voir paragraphe suivant.
>
> 5/ Nous avons ouvert une boîte mail sécurisée pour communiquer avec vous. Afin d'éviter toute confusion, l'objet de notre premier e-mail sera constitué des caractères suivants : Lv5C#C&49!8u
>
> 6/ Nous vous demandons de relâcher Arsenault de Sing Sing, où il est actuellement incarcéré, de lui fournir un passeport et suffisamment d'argent pour voyager, et de le mettre dans un avion à destination de Caracas, au Venezuela.
>
> 7/ Arsenault doit nous confirmer son expatriation au plus tard à midi, sept jours après la date d'expédition de cette lettre. Arsenault devra nous contacter

par Skype depuis la Plaza Bolivar de Caracas, au pied de la statue de Bolivar, afin de nous apporter la preuve qu'il est libre.

8/ Nous relâcherons Pendergast dès que nous aurons reçu cet appel Skype.

9/ Si Arsenault ne nous contacte pas par Skype, ou bien s'il nous indique qu'il a été torturé, maltraité, ou qu'on l'a forcé à parler, Pendergast mourra.

10/ Tout manquement à l'un ou l'autre des neuf points précédents signera l'arrêt de mort de Pendergast. Le délai de sept jours indiqué est définitif, et non négociable.

— Voici à présent l'e-mail que nous avons reçu aujourd'hui.

Spann enfonça une touche et le petit groupe découvrit une photo de Pendergast. Allongé sur une toile crasseuse, il était d'une maigreur extrême, mais vivant. Un exemplaire déplié du journal *USA Today* portant la date de la veille était posé à côté de lui.

— Nos informaticiens tentent l'impossible pour retrouver l'adresse IP des auteurs de l'e-mail, mais il est apparemment crypté.

Spann se lança dans la description du plan de négociation avec les ravisseurs qu'il avait mis au point. Un plan standard qui tenait compte de l'expérience du Bureau, comme de la sienne propre, en matière d'enlèvement : ne rien accepter, renégocier l'offre initiale, occuper les ravisseurs et gagner du temps en multipliant les requêtes anodines. User l'adversaire et reprendre progressivement la main pendant que l'unité spéciale s'efforçait de le localiser.

Spann passa en revue son plan en confiant une mission précise à chacun de ses interlocuteurs, se réservant personnellement la charge de négocier avec les ravisseurs.

— Au bout du compte, conclut-il, il nous reste toujours la possibilité de céder si notre stratégie ne porte pas ses fruits. C'est-à-dire libérer Arsenault de façon à récupérer Pendergast.

Il balaya son auditoire du regard d'un air interrogateur.

— Vous avez évidemment compris qu'ils avaient l'intention de tuer Pendergast quoi qu'il arrive, intervint Longstreet d'une voix douce.

— Le meurtre d'un agent fédéral leur vaudrait la peine de mort, répliqua Spann. Pourquoi courir un tel risque une fois leur homme libéré ?

— Parce que Pendergast est le seul témoin capable de les dénoncer.

Spann, un instant silencieux, se demanda comment il devait réagir.

— Monsieur Longstreet, ces gens-là ne sont visiblement pas des imbéciles.

Longstreet déplia son immense carcasse d'un mouvement fluide, contourna les quatre agents de l'unité spéciale et rejoignit l'écran.

— Ne m'en veuillez pas de me montrer direct, inspecteur Spann, mais j'ai le sentiment que votre plan signe l'arrêt de mort de Pendergast.

Spann écarquilla les yeux.

— Avec tout le respect que je vous dois, je ne suis pas d'accord. Je me suis fondé sur une technique éprouvée qui a déjà fait ses preuves.

— C'est bien pour cette raison qu'elle est vouée à l'échec.

Longstreet se tourna avec le plus grand naturel vers les quatre agents de l'unité spéciale.

— Nous savons que Pendergast se trouve à bord d'un bateau, probablement celui de trafiquants de drogue. Ils l'ont sauvé de la noyade et ont décidé d'organiser ce chantage en découvrant qui il était. Un chantage aussi stupide que ceux qui l'ont concocté, aussi malins se croient-ils. C'est ce qui m'inquiète le plus. Si nous étions en présence de gens intelligents, comme vous le dites, votre plan pourrait fonctionner, mais ce n'est pas le cas.

Quoi que nous fassions, ils se débarrasseront du corps de Pendergast avant de prendre la fuite.

— Des trafiquants de drogue? s'étonna Spann, qui ne voyait pas comment Longstreet avait pu en arriver à une telle conclusion.

— Arsenault est lui-même un trafiquant de drogue. On peut en déduire que ces gens sont des comparses, désireux d'obtenir sa libération avant qu'il ne parle.

Longstreet multipliait les allées et venues devant son auditoire.

— Il n'y a plus qu'à savoir comment nous devons réagir, dit-il en levant l'index. Un: nous feignons de paniquer en acceptant sans discuter l'ensemble de leurs exigences. Il s'agit de donner l'impression que nous sommes prêts à tout pour sauver notre cher collègue. Nous les tenons en haleine, car Pendergast restera en vie tant que nous serons en contact avec eux.

Il leva le majeur.

— Deux: nous mettons la pression sur Arsenault, mais en toute discrétion. Avec de la chance, il nous permettra de les identifier. Trois: nous savons qu'ils se terrent dans leur bateau, alors nous passons la côte au peigne fin. Et le plus important, quatre: nous les forçons à sortir du bois en rapatriant Arsenault de Sing Sing à New York. J'ajouterai que nous devons mener cette opération dans le plus grand secret. Pas un mot à la presse, bien évidemment, mais pas un mot non plus au NYPD, ou à quiconque au Bureau en dehors de nous-mêmes et de nos responsables.

Spann observa la réaction des membres de son unité spéciale. Ceux-ci avaient reporté toute leur attention sur Longstreet. Sans avoir l'air d'y toucher, ce dernier avait repris la main. Spann, humilié, sentit sourdre la colère en lui.

21

Au cœur de l'immensité des souterrains du 891 Riverside Drive, Constance Greene, le front barré d'un pli, manipulait avec précaution un objet posé sur la petite table de travail de sa bibliothèque privée : un vase japonais ancien dont le décor de laque se limitait à un seul idéogramme. Trois rameaux d'un cognassier miniature s'échappaient de l'ouverture, leurs fleurs en bouton agitées d'un léger tremblement, au rythme de ses efforts.

Depuis quarante-huit heures, ses angoisses la poussaient à pratiquer divers exercices spirituels et mentaux afin de préserver son équilibre émotionnel. Elle se défendait également en cultivant son indifférence à l'endroit du monde extérieur, une capacité dont elle s'enorgueillissait. Elle se levait chaque matin à 4 heures afin de méditer en contemplant le nœud transcendantal du cordon de soie grise offert par Tsering. Ce moine anglophone du monastère de Gsalrig Chongg lui avait enseigné les subtilités d'une pratique spirituelle tibétaine complexe connue sous le nom de *Chongg Ran*. À force d'entraînement, elle était désormais capable d'atteindre en quelques minutes le *stong pa nyid*, l'État de Vide pur, dans lequel elle se maintenait chaque matin pendant une heure. Non seulement cet exercice l'apaisait, mais il la maintenait éveillée l'après-midi et la guérissait de ses insomnies.

Cette pratique avait sur elle d'autres effets bénéfiques.

Son mystérieux compagnon ou son soupirant, quelle que soit l'appellation qu'elle veuille bien lui donner, ne s'était pas manifesté depuis quarante-huit heures. Sans la réalité tangible des présents laissés dans son sillage, elle aurait pu croire qu'il était le produit de son imagination. Ses repas avaient d'ailleurs retrouvé une certaine simplicité. Tout en étant plus recherchés et mieux présentés que l'ordinaire de Mme Trask, ils ne relevaient plus du même luxe qu'auparavant. À titre d'exemple, elle avait dîné la veille de raviolis aux chanterelles sauvages et aux poules des bois. Quant au vin, il manquait à l'appel depuis l'avant-veille.

Constance s'efforçait de penser le moins possible à l'inconnu.

Mieux en phase avec son nouveau rythme de vie, elle avait renoué avec l'une de ses activités préférées, l'*ikebana*, l'art floral japonais, dont elle appréciait autant la réalité millénaire que la subtilité esthétique. Un an plus tôt, elle avait installé dans l'une des alcôves du cabinet de curiosités d'Enoch Leng une lampe de croissance de 400 watts sous laquelle elle faisait pousser un jardin d'arbres miniatures : un oranger, un abricotier, un cognassier et un plaqueminier. Elle avait une prédilection pour le style *shôka*, qui n'utilisait que trois rameaux d'une même espèce dans un arrangement floral, en référence au ciel, à la terre et aux êtres vivants. De son point de vue, cette vision philosophique de la nature s'accordait à merveille avec le *Chongg Ran*.

Elle préférait travailler avec des branches d'arbres fruitiers, du fait de leur beauté fugace, bien sûr, mais aussi parce que leur délicatesse et leurs formes biscornues compliquaient sa tâche. Elle faisait preuve d'une patience infinie, en ayant constamment le souci de la fragilité des fleurs. Lorsque le résultat final la satisfaisait, elle le disposait dans la salle des estampes, dans la niche opposée à celle qui accueillait le *thangka* de son fils…

Elle se figea soudain en percevant le son lointain d'un clavecin, dans les profondeurs du labyrinthe de pièces voûtées.

Elle se redressa sur son siège. Elle ne rêvait pas, quelqu'un jouait de la musique dans les souterrains, probablement dans l'ancien salon de musique.

Elle tendit l'oreille, sa paix intérieure brusquement bouleversée sous l'effet d'un trop-plein d'émotions. L'air qui lui parvenait, interprété avec une sensibilité d'un autre monde, était aussi lyrique que déchirant. Sans connaître l'œuvre, Constance la trouva d'une beauté saisissante.

Elle ôta ses gants de soie blanche et se leva, une main armée du stylet, l'autre d'une torche. Elle commença par retirer ses chaussures afin de se déplacer le plus silencieusement possible dans les couloirs dallés de pierre, puis elle s'immobilisa sur le seuil de la porte dérobée de son appartement, l'oreille aux aguets. Elle ne sentait pas d'autre présence humaine dans les souterrains. Aucune odeur étrangère, aucun souffle d'air ne lui parvenaient. Seules flottaient ces notes de musique dans le lointain. Il ne pouvait s'agir d'Aloysius, qui ne pratiquait pas le clavecin. Constance réalisait combien son bref espoir de l'avoir cru en vie était ridicule.

Elle n'éprouvait aucune crainte, désormais persuadée que l'inconnu lui faisait une cour excentrique.

Elle s'engagea dans le souterrain de droite, en direction du salon de musique, en veillant à se déplacer sans bruit. La musique se faisait plus forte à mesure qu'elle avançait, sommairement guidée par le faisceau de la lampe électrique qu'elle allumait par intermittence. Elle passa sous une demi-douzaine d'arches de pierre en traversant autant de salles voûtées, remplies des collections d'Enoch Leng, et s'arrêta devant deux tapisseries médiévales accrochées à un linteau de pierre. Le salon de musique se trouvait juste derrière.

Le clavecin se tut.

Oubliant toute prudence, elle écarta les tentures d'un geste brusque et fit courir le faisceau de sa torche à travers la pièce plongée dans l'obscurité, le stylet prêt à s'abattre à la moindre alerte.

Personne. Le salon de musique était vide. Le clavecin, de couleur pourpre, dressait sa silhouette solitaire et muette au centre de la pièce.

Elle se rua vers l'instrument et explora avec sa lampe tous les recoins, mais le musicien mystérieux avait disparu. Elle tâta d'une main la banquette dont elle trouva le coussin encore chaud.

— Qui est là ? s'écria-t-elle. Qui jouait ?

L'écho de sa voix se répercuta dans le silence. Elle se pencha sur le clavecin, le cœur battant. Il s'agissait de l'une des plus belles pièces des collections musicales de Leng, autrefois propriété de la comtesse hongroise Élisabeth Báthory, la tueuse en série dont la légende affirmait qu'elle entretenait sa jeunesse en se baignant dans du sang de vierges. Nul n'avait jamais su dire comment le clavecin avait acquis sa couleur, même si Constance avait une théorie à ce sujet.

Elle se laissa tomber sur le tabouret en continuant de fouiller l'obscurité à l'aide de sa lampe.

— Je ne sais pas qui vous êtes, mais montrez-vous, je vous en supplie.

Pas de réponse. Elle attendit en effleurant les touches des doigts. La collection musicale d'Enoch Leng était l'une des plus surprenantes de son cabinet de curiosités. La musique en tant que telle n'intéressait pas l'ancien protecteur de Constance, chacun des objets réunis là était attaché à une histoire étrangère à toute considération artistique, en rapport avec un acte de violence ou un meurtre. Le Stradivarius exposé dans une vitrine, par exemple, avait appartenu à Gabriel Antonioni. Cet assassin, célèbre dans la Sienne des années 1790, tranchait la gorge de ses victimes et leur jouait la sérénade en attendant qu'elles se vident de leur sang. Dans un cadre voisin était accrochée la trompette en argent toute bosselée ayant servi à rallier les troupes de Richard III lors de la tristement célèbre bataille de Bosworth Field.

Le regard de Constance se posa sur le pupitre du clavecin, où s'étalait une partition manuscrite anonyme. Emportée par la curiosité, elle posa le stylet sur le couvercle relevé de l'instrument, à portée de main, et égrena un arpège aérien.

L'instrument n'avait pas été entretenu depuis des années, il était pourtant accordé à la perfection.

Elle se concentra sur la partition et crut y discerner la transcription, pour clavecin solo, d'un concerto pour piano. L'œuvre portait une dédicace en en-tête, d'une écriture ressemblant à s'y méprendre à celle découverte dans le recueil des poèmes amoureux de Catulle : À CONSTANCE GREENE, lut-elle. Curieusement, cette calligraphie ne lui était pas inconnue.

Elle se mit à jouer, presque contre son gré, et reconnut très vite la mélodie qui l'avait réveillée en perturbant ses songes à plusieurs reprises. Celle-là même qui flottait encore dans les souterrains de la vieille demeure quelques minutes plus tôt. Un air d'une tristesse exempte de toute forme de sentimentalisme, dont la beauté songeuse n'était pas sans lui évoquer les concertos pour piano d'Ignaz Brüll, d'Adolf von Henselt, de Friedrich Kiel, et d'autres compositeurs oubliés de l'ère romantique.

Parvenue à la cadence du premier mouvement, elle s'arrêta. Alors, mêlée à l'écho des cordes pincées, une voix s'échappa de l'obscurité. Un mot, et un seul, arriva à ses oreilles :

— *Constance.*

22

Constance reconnut instantanément la voix. Saisissant le stylet au vol, elle bondit du tabouret qu'elle renversa. À l'humiliation, au viol et à l'indignation s'ajoutait chez elle un mélange de surprise et de rage meurtrière.

Il n'est pas mort, pensa-t-elle, fouillant le moindre recoin avec sa torche. *Je ne sais pas comment, mais il a trouvé le moyen d'échapper à la mort.*

— Montrez-vous, siffla-t-elle d'une voix rauque.

Un profond silence lui répondit. Constance, immobile, tremblait de tous ses membres. C'était donc *lui* qui avait imaginé si habilement toute cette mise en scène. Elle se mortifiait d'y avoir pris du plaisir. D'avoir admiré cette orchidée déposée devant la porte de son refuge le plus intime. D'avoir mangé et apprécié des plats préparés par ses soins. Un frisson d'horreur parcourut son corps tremblant de rage. Il l'épiait et la pourchassait. Il la regardait dormir.

La torche lui confirma que la pièce était vide, tout en lui révélant la présence de plusieurs portes et de nombreuses tentures. Il était là, qui se moquait muettement de sa sidération.

Puisqu'il aimait jouer, elle comptait bien lui en offrir pour son argent. Elle éteignit la lampe et les souterrains se trouvèrent plongés dans l'obscurité totale. Il ne faisait aucun doute qu'il connaissait les lieux, mais ceux-ci ne pouvaient lui être aussi familiers qu'à elle.

Dans le noir, elle avait l'avantage.

Elle patienta, le stylet serré dans son poing, attendant qu'il s'exprime de nouveau, esquisse un mouvement, trahisse sa cachette. Elle se sentait envahie de honte et d'horreur à l'idée d'avoir été jouée de la sorte. Tous ces plats décadents, arrosés de vins fins et de champagne... Cette plume d'oiseau d'une espèce disparue, insérée dans le recueil de poèmes... Cette traduction de sa main dans la marge... Cette orchidée inconnue à laquelle il avait donné son nom... Sans oublier le *thangka* de son fils dont il avait réussi à percer l'identité et le refuge.

Son fils... À la rage se joignit l'angoisse. Quel sort Diogène réservait-il à son fils? Quel sort lui avait-il *déjà* réservé, peut-être?

Elle le tuerait. Elle avait échoué la première fois, mais elle ne connaîtrait pas un nouvel échec. Au besoin, les collections des souterrains ne manquaient pas d'armes et de poisons. Elle aurait toute latitude de mieux s'armer plus tard. En attendant, le stylet, incroyablement affûté, ferait parfaitement l'affaire.

— Constance, répéta la voix dans l'obscurité.

Déformé par les galeries en pierre, étouffé par les tapisseries, l'écho résonna étrangement aux oreilles de Constance dont l'âme grinça intérieurement, faisant sourdre en elle une bouffée de rage presque physique.

Elle se rua dans le noir en direction du son et plongea la lame du stylet dans une première tenture qu'elle lacéra avant de passer à la suivante. À chaque fois, la lame rencontrait la pierre, la privant de la satisfaction de la sentir s'enfoncer dans les chairs. Elle s'entêta en renversant les collections, lorsqu'elle ne se cognait pas contre les vitrines, dans l'obscurité, emportée par sa rage de poignarder les tapisseries l'une après l'autre, avec la certitude de frapper à un moment Diogène.

Sa fureur finit par s'estomper. Elle se comportait comme une folle, elle réagissait précisément de la façon à laquelle s'attendait Diogène. Elle regagna le centre de la pièce en retenant son souffle. Le salon de musique, à l'instar du reste des souterrains, était équipé de conduits d'aération permettant d'évacuer les vapeurs délétères des sous-sols et d'alimenter ceux-ci en air frais. Diogène s'en servait pour la confondre. Il pouvait se trouver n'importe où.

— *Fils à putain!* gronda-t-elle en empruntant les vers d'une chanson de geste en ancien français. *Del glouton soudulant!*

— Constance, fit la voix en retour, s'élevant de partout et de nulle part à la fois, avec cette fois une inflexion douce et triste.

— J'aimerais vous dire à quel point je vous hais, répondit-elle d'une voix grave, mais qui prend le temps de haïr le crottin qu'il foule aux pieds? On s'en débarrasse en raclant ses semelles, rien de plus. Je croyais l'avoir fait, je regrette de constater que vous avez survécu. Je me console en me disant qu'il est aussi bien que vous ne vous soyez pas noyé dans la lave du Stromboli.

— Je ne comprends pas, réagit la voix.

— Je vais pouvoir vous tuer une seconde fois. Cette fois, vous mourrez sous mes yeux *d'une façon plus atroce encore.*

Elle avait conclu ses imprécations d'une voix aiguë, proche du cri. Le voile rouge qui l'aveuglait se dissipa, remplacé par un calme glacial. Pas question de lui donner le plaisir de laisser déborder sa haine. Il n'en valait pas la peine, autant conserver ses forces pour le coup de poignard final. Elle commencerait par lui crever les yeux, l'un après l'autre. Du balai, triste gélatine oculaire! Ensuite, elle prendrait son temps. Encore lui fallait-il choisir son moment.

— Que dites-vous de ma composition musicale? lui demanda Diogène. Vous l'avez interprétée à merveille. J'espère avoir su insuffler à la partition un peu du feu qui anime les contrepoints d'Alkan, dans ses œuvres les plus traditionnelles.

— Vous avez tort de citer Alkan, répliqua Constance. Votre fin n'en sera que plus douloureuse.

Il laissa s'écouler un léger battement avant de reprendre.

— Vous avez raison. Ma remarque a dû vous sembler inappropriée. Elle l'était, je l'avoue, mais telle n'était pas mon intention. C'était celui d'avant qui s'exprimait. Je vous demande pardon.

À bien des égards, Constance ne parvenait pas à croire, encore moins à comprendre, qu'elle *conversait* avec cet homme qui lui avait menti, qui avait pris un plaisir pervers à la séduire avant de la rejeter en affichant une morgue et un mépris absolus. Que faisait-il là, et pour quelle raison, sinon l'humilier de plus belle ?

Diogène ne disait plus rien et le silence s'éternisa. Constance rongeait son frein.

— Aloysius avait donc raison, finit-elle par déclarer. Il m'avait prévenue de la possibilité d'une telle confrontation, et voici qu'elle se présente. *Ne tirez aucune conclusion*, ce sont les mots qu'il a prononcés[1]. C'était donc vous qui hantiez les souterrains d'Oldham ? Vous qu'il a vu de loin, perché sur les dunes d'Exmouth, en train de nous observer ?

Seul le silence lui répondit.

— Votre vengeance familiale est consommée, à présent. Toutes mes félicitations. Aloysius est mort, tué par cette *créature* que vous avez libérée. Vous comptez sans doute vous jouer à nouveau de moi. Vous vous imaginez pouvoir me séduire une seconde fois avec vos poèmes, vos goûts affectés, et toutes ces *ordures* intellectuelles. Jusqu'au moment où vous me poignarderez. *Une nouvelle fois.*

— Non, Constance.

Elle ne s'arrêtait plus.

— *Pauvre connard*, l'apostropha-t-elle en français. Cette fois, c'est moi qui compte bien vous poignarder,

---

1. Voir *Mortel Sabbat* (L'Archipel, 2016).

vous émasculer d'un coup de lame. Je suis impatiente de voir votre expression à cet instant-là. Vous le savez, j'en ai déjà eu un aperçu. Le jour où je vous ai poussé dans le torrent de lave. L'expression étonnée d'un homme soudain privé de sa virilité.

Tout en parlant, elle sentit sa rage se ranimer. Elle se maîtrisa, sachant qu'elle aurait besoin de sang-froid, le moment venu.

Diogène sortit de son silence.

— Vous m'en voyez désolé, Constance, mais vous avez tort. Au sujet de mes actes et, plus encore, de mes motivations.

Constance, très calme, ne répondit rien, la main armée du stylet prête à jaillir au moindre son, au moindre mouvement. Les longues années passées dans la pénombre de ces souterrains avaient aiguisé ses sens. Curieusement, ses yeux de chat s'acclimataient mal à l'obscurité. Sans doute avait-elle passé trop de temps en surface.

— Je puis vous l'assurer, je ne cherche nullement à me venger de mon frère ou de quiconque. Plus maintenant. Mon but n'est plus le même. Votre haine m'a changé. Cette chasse à l'homme dans laquelle vous vous étiez lancée m'a changé. Le volcan m'a changé. Je ne suis plus le même homme. C'est un individu transformé, *réformé*, que vous découvrez aujourd'hui. La raison pour laquelle je me trouve ici, Constance, c'est vous.

Constance s'entêta dans le silence. Sa voix se faisait plus présente, signe qu'il approchait. *Encore quelques pas de plus... quelques pas de plus...*

— Je serai honnête avec vous. C'est bien le moins que je vous doive. En outre, vous êtes trop intelligente pour ne pas le deviner, si mon intention était de vous duper. Lorsque j'aurai fini de m'expliquer, vous aurez la *certitude* que je dis vrai. Je vous le promets.

Il marqua une pause.

— C'est vrai, il fut un temps où je souhaitais ardemment voir souffrir mon frère, pour avoir souffert moi-même, enfant. À l'époque, je vous considérais… pardonnez ma brutalité, je vous considérais comme un vulgaire moyen de détruire Aloysius. Comprenez-moi, Constance, *je ne vous connaissais pas.*

Dans le plus grand silence, elle fit un pas en direction de la voix. Puis un autre.

— Je me suis retrouvé atrocement mutilé après ma chute dans la *Sciara*. Au cours de mes longs mois de convalescence, j'ai eu le loisir de réfléchir. J'ai eu la tentation de me venger de vous. Et puis tout a changé. La métamorphose s'est produite soudainement, comme si un voile se déchirait. J'ai compris que ma colère dissimulait un sentiment tout autre. Elle dissimulait *ma véritable pensée.*

Constance ne répondit rien. Diogène avait déjà usé des mêmes mots. À l'époque, ceux-ci avaient produit sur elle l'effet désiré, elle les avait bus avec l'avidité d'une terre desséchée.

— Laissez-moi vous expliquer pourquoi j'éprouve à votre endroit une telle vénération. J'utilise ce terme faute de mieux. Tout d'abord, vous êtes la seule personne avec laquelle je me sens sur un pied d'égalité, sur le plan intellectuel. Sur le plan émotionnel aussi, sans doute. Et puis vous avez eu raison de moi. J'avais commis l'erreur de me jouer de vous, et vous avez réagi avec une force et une détermination que je n'avais jamais rencontrées chez un être humain. Vous avez forcé mon admiration.

Elle avança d'un pas.

— La vénération et le respect. Rares sont ceux, sur cette terre, vivants ou morts, pour lesquels j'éprouve du respect. Vous en faites partie. Et grâce à mon aïeul, le Dr Enoch Leng, vous avez connu une existence aussi longue que riche. Son élixir a préservé votre jeunesse pendant cent soixante ans. Depuis sa disparition, vous avez recommencé à vieillir normalement, à l'image de nous tous. En conséquence, vous pouvez vous vanter d'avoir une expérience six fois supérieure à la mienne.

Ce constat provoqua chez Diogène un léger rire. Celui-ci, loin d'être sarcastique ou moqueur, transpirait la modestie.

— Un autre élément de votre longévité me séduit. Vous avez *vécu*. De tous ceux dont j'ai croisé la route, vous êtes la personne dont la soif de connaissance, de vengeance et, si je puis me permettre, de passion m'a le plus surpris par sa férocité. Non seulement je vous admire, Constance, mais je vous crains. Je l'ai compris lors de ma convalescence, réfugié dans une hutte proche de Ginostra, au pied du volcan, bercé par les grondements du Stromboli. Cette expérience m'a enseigné l'humilité, moi qui auparavant ne craignais personne, homme ou femme. À présent, me voici dans la crainte d'une femme.

Elle glissa imperceptiblement vers la voix. Il était là, à quelques mètres à peine, elle le sentait. Encore un pas, et il lui suffisait de se précipiter…

— Ce qui m'amène à un autre élément capital, si l'on entend comprendre notre relation : *vous êtes la mère de mon fils.*

Elle bondit sans un bruit et poignarda… le vide.

— Ah, Constance ! Voilà qui m'attriste, mais comment vous en vouloir ?

Constance tendit l'oreille dans le noir. La voix s'était déplacée. Il avait anticipé sa réaction. Ou alors il n'était pas aussi près qu'elle le croyait. La réverbération des sons sur les murs de pierre l'empêchait d'en être sûre.

— Voyez-vous, Constance, je suis convaincu que vous êtes le seul être capable de partager ma vision toute personnelle de l'existence. Pourquoi nous voiler la face ? Nous sommes des marginaux. Des misanthropes de la même étoffe.

Il fallut à Constance quelques instants pour prendre la mesure de ce qu'elle venait d'entendre. Elle serra le manche du stylet dans son poing.

— Je vous ai dit l'essentiel, poursuivit-il. J'étais frappé de cécité et je ne voyais pas. J'ai recouvré la vue, désormais. Nous sommes semblables à bien des égards, et vous me surpassez dans certains domaines. Comment s'étonner qu'ait pu s'épanouir la vénération que vous m'inspirez?

Constance crut un instant que Diogène allait continuer, mais l'obscurité qui l'enveloppait se meubla d'un profond silence. Un silence qu'elle se décida enfin à rompre.

— Qu'avez-vous fait de Mme Trask?

— Rien. Elle est restée à Albany, au chevet de sa sœur qui récupère plus lentement que prévu. Rien de grave, n'ayez crainte. Mme Trask ne se fait aucun souci, ayant reçu l'assurance que vous étiez en de bonnes mains.

— En de bonnes mains? J'imagine que vous voulez parler de Proctor, que vous avez certainement assassiné.

— Proctor? Loin d'être mort, il connaît actuellement quelques difficultés dans le désert du Kalahari.

Proctor, dans le désert! Diogène disait-il vrai? Jamais Proctor n'aurait abandonné son poste en sachant qu'elle restait seule dans la vieille demeure. Tout ça était aussi incroyable qu'inquiétant.

— C'est donc à mon fils que vous en voulez.

— Constance, la reprit-il sur un ton de reproche. Comment pouvez-vous proférer une horreur pareille? C'est vrai, j'avais... disons, des comptes à régler avec mon frère. Mais pourquoi voudriez-vous que je fasse du mal à *notre* enfant?

— Vous n'êtes pas un père pour lui.

— Je le reconnais, mais j'espère que cela changera. Vous avez vu le *thangka* que j'ai fait réaliser à son effigie. Je me suis rendu en Inde afin de m'assurer que notre enfant était bien traité, ce qui est le cas. C'est un petit garçon tout à fait étonnant. Ainsi qu'on aurait pu s'y attendre de notre progéniture.

— Notre progéniture. Vous avez usé autrefois de termes infiniment plus crus lorsqu'il s'agissait de qualifier notre liaison.

Diogène ne répondit pas immédiatement.

— J'ai conservé un souvenir cuisant de ma conduite impardonnable. Pour preuve de mes sentiments réels, je vous invite à jeter un œil au coffre qui se trouve dans la banquette du clavecin.

Constance hésita quelques instants avant d'allumer sa torche à l'aide de laquelle elle explora la pièce. Diogène restait invisible, alors que sa voix paraissait si proche.

— La banquette, ma chère.

Elle souleva le couvercle et découvrit dans le compartiment réservé aux partitions une photographie agrafée à un document. Elle saisit vivement la photographie et l'examina longuement.

— Ce cliché a été pris il y a cinq semaines, murmura la voix sans corps. Il semblait heureux.

Constance étudia le portrait d'une main qui tremblait légèrement. Elle avait reconnu son fils, vêtu d'une longue tunique en soie, accroché à la main de Tsering. Le moine et son jeune compagnon se tenaient sous une arche qu'encadraient deux chênes-lièges. Le garçonnet regardait au loin avec la gravité d'un enfant de trois ans particulièrement éveillé. Constance sentit monter en elle une bouffée de solitude et de désir.

Elle jeta un coup d'œil à la feuille. Il s'agissait d'une note à son intention, signée des gardiens de son fils au monastère. Ils lui faisaient savoir que le petit garçon se portait bien et semblait destiné à un avenir prometteur. Le sceau apposé au bas de la feuille, aisément reconnaissable, authentifiait le document. Restait à comprendre comment Diogène avait pu accéder à un lieu aussi secret et protégé.

Elle posa la photo et la lettre sur le clavecin, puis elle éteignit sa lampe. Elle refusait de se laisser manipuler par ce monstre.

— Vous vous trouviez à Exmouth, dit-elle. Vous nous espionniez.

— Oui, reconnut Diogène. C'est vrai. Je me trouvais là en compagnie de Flavia, la jeune personne qui me sert d'assistante, bien que l'appellation soit impropre. Vous l'avez croisée à l'Auberge du Capitaine Hull, où elle était serveuse, ainsi qu'à cette boutique de souvenirs ayant pour nom Une Bouffée d'Exmouth.

— Cette Flavia travaillait pour votre compte?

— J'avoue connaître quelques difficultés avec elle. Elle est un peu trop zélée dans ses entreprises.

— Je préfère ne pas imaginer quelles entreprises, remarqua sèchement Constance.

Comme elle ne recevait pas de réponse, elle enchaîna.

— Vous avez déclenché une vague meurtrière en relâchant Morax.

— C'est exact. J'ai aidé ce pauvre hère à échapper à ses bourreaux. Je ne me doutais pas qu'il réagirait de la sorte. Je souhaitais uniquement semer la confusion, histoire d'éloigner mon frère afin d'être en mesure de… de vous voir de plus près.

Constance secoua la tête. Elle commençait à perdre patience. Elle s'efforça de contrôler sa fureur.

— Éloigner votre frère, dites-vous? Mais vous l'avez *tué*!

— Non, se défendit la voix sur un ton de regret. Vous vous trompez du tout au tout. J'ai en effet cru comprendre que mon frère était mort, mais cela n'a *jamais* été mon intention. Je crois deviner ce que vous ressentez, ou ressentiez, l'un pour l'autre. Excusez-moi, mais je trouvais cette concurrence savoureuse, même si cela peut vous sembler vulgaire de l'exprimer de la sorte. Une histoire entre frères, si vous préférez.

— Vous…

Constance ne put aller plus loin. Ses accusations, ses soupçons, ses objections se trouvaient brusquement balayés, et ne subsistait chez elle que la confusion.

— Mais… Pourquoi êtes-vous ici? *Pourquoi?* parvint-elle à bredouiller.

— Se peut-il que vous n'ayez pas compris ? répondit la voix dans le velours de l'obscurité. C'est pourtant simple. *Je suis amoureux de vous, Constance.*

23

Dans sa chambre du motel Goderre's Downeaster de Cutler, dans le Maine, Dwayne Smith regardait fixement les quatre téléphones jetables alignés sur le couvre-lit. En dépit de la fenêtre grande ouverte et du chauffage éteint, il transpirait abondamment sous l'effet de l'angoisse. Dalca avait contacté le FBI par e-mail. La réaction avait été aussi surprenante qu'encourageante. Filipov avait raison depuis le début. Le FBI était disposé à accéder à leurs demandes, sans menace ni véritable résistance. Ils étaient prêts à tout pour sauver leur homme. Ce Pendergast était une grosse légume.

Filipov avait prédit que le FBI demanderait à parler à quelqu'un, et il ne s'était pas trompé. Smith n'était autre que le quelqu'un en question. Tout était millimétré : Smith était censé appeler un certain Longstreet au bureau de New York dans cinq minutes en se servant de l'un des appareils jetables. Le timing le rendait nerveux. Filipov lui avait bien expliqué que les techniciens du Bureau étaient capables de localiser un appel par triangulation en moins de trente secondes. La conversation ne devait donc pas durer plus de vingt secondes, après quoi il lui faudrait raccrocher, retirer la batterie du portable et détruire celui-ci. Il disposait en tout de quatre appareils, soit quatre conversations de vingt secondes chacune.

Il régla le chronomètre de sa montre sur vingt secondes. Dès que l'alarme retentirait, il retirerait la batterie du portable et mettrait un terme à la conversation. Il s'empara de l'un des quatre téléphones au hasard et retira le couvercle de la batterie, puis il déplia son canif et le posa sur le couvre-lit, prêt à servir. Quelques secondes de trop pouvaient se révéler fatales.

L'heure du rendez-vous téléphonique arriva. Il prit le portable et composa le numéro tout en lançant le chronomètre.

Son interlocuteur décrocha à la première sonnerie.

— Longstreet, fit une voix sèche.

Avant que Smith ait pu réagir, son correspondant lui débita son laïus.

— Nous sommes prêts à accéder à toutes vos demandes, mais nous allons avoir besoin de deux ou trois jours pour transférer Arsenault de Sing Sing au centre de détention de New York, avant de le conduire à JFK pour le mettre sur un vol à destination de Caracas.

Le centre de détention de New York. Plus que dix putains de secondes.

— Quand effectuez-vous le transfert?

— Ce ne sont pas vos oignons.

— Et comment, que ce sont mes oignons. C'est vous qui avez voulu qu'on discute. À mon tour d'avoir des exigences. *Quand* effectuez-vous le transfert? Je veux tous les détails, ou bien on tue Pendergast.

Silence au bout du fil. Plus que cinq secondes.

— Demain à...

Une courte pause.

— ... à 15 h 30, le fourgon cellulaire en provenance de Sing Sing arrivera au centre de détention par l'entrée Cardinal Hayes.

— On veut voir Arsenault à travers la vitre du fourgon, côté droit.

— En échange, je veux...

L'alarme se déclencha. Smith referma le téléphone et dégagea la batterie d'un coup de canif. Il sortit alors la carte SIM de son encoche et la brûla au-dessus d'un cendrier avec un briquet, jusqu'à la réduire à un magma de plastique et de métal. La chambre disposait d'une jolie cheminée en brique dans laquelle il comptait réserver le même sort au téléphone un peu plus tard, par mesure de précaution.

Il était sur un nuage. Son interlocuteur, Longstreet, avait cédé tout de suite. Filipov avait raison de dire qu'ils tenaient le FBI par les couilles. Une vraie partie de plaisir, à condition de retenir en otage l'un de leurs meilleurs éléments. Jamais ils n'auraient joué le jeu de la même façon s'ils avaient détenu un agent lambda. Dalca pourrait leur confirmer le lendemain, à l'occasion du transfert d'Arsenault, si le Bureau se foutait de leur gueule ou bien s'il les prenait au sérieux.

24

L'écho de la déclaration amoureuse de Diogène s'éteignit lentement, cédant la place au silence.

Constance en resta d'abord éberluée, frappée par la sincérité de ce qui ressemblait à un aveu authentique. Elle se reprit rapidement. Diogène l'avait humiliée par le passé avec sa formidable capacité à mentir, il se contentait de recommencer.

Cette pensée fut aussitôt chassée par une autre : comment pouvait-il entretenir l'espoir de l'embobiner une nouvelle fois ? En outre, Diogène était incapable d'amour.

… *Non seulement je vous admire, mais je vous crains.*

… *Nous sommes semblables à bien des égards, et vous me surpassez dans certains domaines. Comment s'étonner que la vénération que vous m'inspirez ait pu s'épanouir ?*

— Si vous dites vrai, déclara-t-elle sur un ton glacial, ayez au moins le courage de vos sentiments. Montrez-vous.

Un long silence accueillit sa requête. Puis Constance entendit le craquement d'une allumette derrière elle. Elle fit volte-face. Il se tenait là, sur le seuil du salon de musique, les bras croisés, près d'une console de pierre sur laquelle brûlait une chandelle. Il n'avait guère changé. Les mêmes traits fins que son frère, dont il était pourtant si différent. Un menton bien dessiné, des lèvres pâles, une barbe rousse soigneusement taillée.

Sans oublier son étrange regard bicolore, un œil vert auquel répondait un œil d'un bleu laiteux. La seule différence était l'horrible cicatrice qui traversait sa joue gauche élégamment dessinée, de la tempe au menton. Une orchidée ornait son revers de veste, un bouton blanc et rose de cette *Cattleya constanciana* qu'il lui avait dédiée.

Constance écarquilla les yeux, frappée de mutisme à la vue soudaine de ce fantôme de son passé. Elle bondit sur lui à la vitesse de l'éclair, le stylet levé, prête à lui crever les yeux.

Diogène avait anticipé sa réaction. Il évita le coup de poignard d'un mouvement agile et lui agrippa le poignet au passage d'une main d'acier, puis il la plaqua contre lui en lui immobilisant l'autre bras. Le stylet tomba à terre avec un tintement métallique.

Elle avait oublié combien il était fort, et rapide.

Elle se débattit en vain.

— Je suis tout disposé à vous libérer si vous acceptez de m'écouter, proposa-t-il d'une voix calme et ferme. Je ne vous demande rien d'autre. Ensuite, si vous souhaitez toujours me tuer, libre à vous.

Le temps s'arrêta. Enfin, ravalant sa rage, Constance acquiesça.

Diogène lui lâcha le poignet et se baissa afin de ramasser le stylet. Constance eut la tentation de lui envoyer un coup de pied en pleine figure avant de comprendre que la manœuvre était vouée à l'échec. Il aurait forcément le dessus physiquement.

Autant le laisser s'exprimer.

Diogène se redressa, libéra le bras de sa prisonnière et recula d'un pas.

Elle attendit la suite, le visage en feu, le souffle court, mais il restait immobile à la lueur de la bougie, guettant sa réaction.

— Vous prétendez m'aimer, finit-elle par dire. Quelle absurdité d'imaginer que je puisse vous croire.

— C'est pourtant vrai, et je suis convaincu que vous le savez, même si vous refusez de l'admettre.

— Vous croyez vraiment, après ce que vous m'avez fait subir, que je pourrais vous aimer en retour?

Diogène écarta les mains.

— L'amour est porteur d'espoirs irrationnels.

— Vous avez fait allusion aux sentiments que j'entretenais à l'endroit de votre aîné. Pourquoi faudrait-il que je m'intéresse à un frère qui lui est si inférieur, surtout après la façon dont vous avez abusé de mon innocence?

Elle avait posé la question sur un ton sarcastique et méprisant, dans le but de le blesser. Diogène répondit de la même voix douce et mesurée avec laquelle il s'exprimait depuis le début.

— Je n'ai aucune excuse. Je vous l'ai dit, j'ai agi avec vous d'une façon impardonnable.

— Dans ce cas, pourquoi implorer mon pardon?

— Je ne sollicite pas votre pardon. Je sollicite votre amour. Je n'étais pas la même personne à l'époque. De plus, j'ai payé mes erreurs. De votre fait.

Il désigna fugitivement la balafre qui lui défigurait la joue.

— Pour ce qui est de mon infériorité à Aloysius, je ne puis que vous déclarer ceci: vous n'auriez jamais été heureuse avec lui. Ne le voyez-vous pas? Il n'aimera plus jamais personne après Hélène.

— Tandis que vous seriez un partenaire rêvé.

— Pour vous… *oui.*

— Je vous remercie, mais je n'ai aucune envie d'une union avec un assassin asocial, misanthrope et psychotique.

La remarque fit naître l'ombre d'un sourire sur le visage de Diogène.

— Nous sommes tous les deux des assassins, Constance. Quant à ma misanthropie, ne distinguez-vous donc aucune similitude entre nous? Ne sommes-nous pas tous deux des « asociaux »? Peut-être serait-il utile que j'évoque l'avenir que je nous imagine. Vous aurez tout le loisir ensuite d'établir votre propre jugement.

Constance réprima l'envie de proférer une nouvelle remarque caustique, consciente que ses réponses perdaient de leur mordant.

— Vous êtes un être d'une autre époque, ajouta Diogène.

— Un « monstre », ainsi que vous me l'avez déjà dit.

Diogène afficha un sourire songeur, signifiant son accord d'un geste.

— Il n'en reste pas moins que vous n'êtes pas à votre place en ce lieu et en ce temps. Bien sûr, vous avez fait de courageux efforts pour vous intégrer à la réalité du XXIe siècle, à la futilité vaine de la société actuelle. Je le sais, pour avoir observé ces efforts de loin. Je constate que cela n'a pas été facile. Me trompé-je? À certains égards, vous vous demandez certainement si ces efforts ne sont pas vains.

Il marqua une pause.

— Je n'ai pas davantage ma place dans notre temps. Pour des raisons bien différentes. Vous n'êtes nullement responsable du sort qui vous a été réservé. Enoch Leng a modifié de lui-même le cours de votre existence après avoir assassiné votre sœur, et il vous a prise... sous son aile. Vous le remarquez fort justement, je suis un asocial, moi aussi. Nous sommes tous deux de la même eau.

La familiarité de cette remarque fit grimacer intérieurement Constance.

Tout en parlant, Diogène jouait machinalement avec le stylet. Il le posa sur le clavecin et esquissa un pas vers son interlocutrice.

— Je suis propriétaire d'une île privée, dans les Keys de Floride. À l'ouest de No Name Key, au nord-est de Key West. Elle n'est pas grande, mais c'est une merveille, baptisée Halcyon. J'y possède une maison joliment aérée, peuplée de livres, d'instruments de musique et de tableaux, d'où l'on voit le soleil se lever et se coucher. Sans parler des vins fins, champagnes et autres mets délicats que j'ai pu y accumuler. Je prépare notre idylle depuis plusieurs années avec le plus grand soin. Ce lieu était mon bastion, mon lieu de retraite à l'écart du monde. Lors de ma convalescence dans cette hutte de Ginostra, j'ai compris que cet endroit, aussi beau fût-il, serait d'une solitude insoutenable si je ne le partageais pas avec celle qui figure la perfection à mes yeux.

Il laissa s'écouler un court silence avant de reprendre.

— Dois-je vous préciser de qui il s'agit?

Constance aurait aimé lui répondre, mais les mots refusaient de sortir. Les effluves de son eau de toilette flottaient jusqu'à ses narines. Un parfum unique et mystérieux qui lui rappela cette nuit où...

Il se rapprocha encore.

— Halcyon nous permettra d'échapper à un monde qui n'a nul besoin de nous et ne s'intéresse pas à nous. Nous passerons ensemble les quarante ou cinquante prochaines années à nous découvrir, à jouir l'un de l'autre... à profiter des richesses de l'esprit. J'aimerais me pencher sur certaines théories mathématiques qui défient les chercheurs depuis des siècles. Je pense à l'hypothèse de Riemann relative à la distribution des nombres premiers. Et j'ai toujours eu la tentation de déchiffrer le disque de Phaistos, ou bien de réaliser une traduction complète des inscriptions étrusques. Autant d'énigmes qu'il faudrait plusieurs décennies pour résoudre. S'il est possible de les résoudre. Comprenez-moi, Constance. C'est le périple qui m'intéresse, et non la destination. Un périple que nous effectuerons ensemble. Parce que c'est *écrit.*

Constance se tut en constatant qu'il se taisait. Tout était allé trop vite, trop loin. Cet aveu amoureux, ce tableau d'une utopie intellectuelle, l'idée d'un tel sanctuaire à l'écart du monde... à son corps défendant, ces arguments trouvaient chez elle une résonance profonde.

— Et vous, Constance, disposerez de tout le temps voulu pour entreprendre votre propre odyssée de l'esprit.

Pensez à tous les projets que vous pourriez réaliser. Vous pourriez écrire ou peindre, apprendre un nouvel instrument de musique. Je dispose d'un superbe Guarnerius que vous auriez toute latitude d'utiliser. Réfléchissez, Constance. Nous vivrions en toute indépendance, loin de ce monde terne et corrompu, libres de poursuivre nos projets et de réaliser nos désirs les plus chers.

L'esprit de Constance s'emballa, dans le silence retrouvé.

La description qu'il proposait d'elle était essentiellement fidèle à la réalité. Diogène, en la blessant cruellement, avait perdu toute humanité à ses yeux. Il était devenu un objet de haine, un être anonyme dont seule la mort pouvait l'intéresser. Que savait-elle de son parcours? De son enfance? Quasiment rien. Aloysius lui avait laissé entendre que son cadet était un enfant curieux de nature, d'une grande intelligence, d'un tempérament renfermé. Un capitaine Nemo en herbe, entouré d'une bibliothèque privée et doté de centres d'intérêt mystérieux. Aloysius, de façon voilée, avait fait allusion à un événement tragique dont il portait la culpabilité, tout en se refusant à en révéler la nature.

Un événement qui continuait de le bouleverser…

Diogène interrompit le cours de ses pensées en s'éclaircissant la gorge.

— Je me dois d'aborder un sujet douloureux. Un sujet personnel, de la plus haute importance pour notre avenir.

Il laissa s'écouler un battement.

— Je connais votre histoire. Je sais que mon ancêtre, Enoch Leng, avait mis au point un élixir afin de prolonger sa vie. Il l'a testé sur vous avec succès. Il est alors devenu votre premier protecteur. Vous le savez, Leng avait besoin de tuer des êtres humains et de prélever leur *cauda equina*, cette terminaison nerveuse en forme de queue-de-cheval située à la base de l'épine dorsale, afin de réaliser son élixir. Avec le temps, les avancées de la science et de la chimie lui ont permis de mettre au point un nouvel élixir, entièrement synthétique cette fois, qui le dispensait d'occire ses semblables.

Il fit un pas vers elle. Constance, comme paralysée, buvait chacune de ses paroles.

— Voici ce que je souhaitais vous révéler : ce second élixir, celui qu'il vous a administré pendant des décennies, était *imparfait.*

Constance posa une main sur sa bouche. Ses lèvres remuèrent, sans qu'aucun son s'en échappe.

— Il a néanmoins fonctionné un temps. Vous en êtes la preuve vivante. Mes recherches m'indiquent pourtant qu'après un certain nombre d'années, surtout si vous cessez de prendre l'élixir, ce qui est votre cas, la formule produit l'effet inverse. Le patient se met à vieillir *très rapidement.*

Constance retrouva enfin sa voix.

— C'est ridicule. Je n'en ai pas pris une goutte depuis la mort d'Enoch Leng, il y a cinq ans. J'ai vieilli, naturellement, mais de cinq ans seulement.

— Constance, je vous en prie, ne vous leurrez pas. Vous avez forcément remarqué les effets chez vous d'un vieillissement accéléré. Les effets sur vos capacités intellectuelles.

— Mensonge, s'écria-t-elle.

Tout en prononçant le mot, elle ne put s'empêcher de repenser aux changements intervenus chez elle depuis son voyage à Exmouth, voire avant. Ses insomnies, ses crises de fatigue, une diminution de ses capacités sensorielles jusque-là très aiguisées. Au-delà de ces quelques symptômes, il lui arrivait de se sentir anormalement distraite et agitée. Elle avait mis ce phénomène sur le compte du chagrin lié à la disparition de Pendergast. Si Diogène avait raison, comment vivrait-elle une existence solitaire dans cette immense demeure vide en sentant son esprit lui échapper ?

Non, il ne pouvait s'agir que d'un mensonge ridicule.

La voix de ce dernier la ramena à la réalité.

— Voici ce qu'il en est. À force de temps et d'énergie, je suis parvenu à un double résultat. Tout d'abord, j'ai mis la main sur la formule de l'élixir *initial* de Leng. Celle dont mon frère avait cru brûler l'unique exemplaire. Il se trompait, il en existait une copie que j'ai retrouvée. Cela a exigé plus de temps que je ne voudrais l'admettre, et une parfaite connaissance de cette maison. Quoi qu'il en soit, j'ai réussi. Pour vous. Je suis alors arrivé à en réaliser une version synthétique, sans défaut cette fois, sans qu'il soit nécessaire de sacrifier des êtres humains. Je vous l'offre, ma chère.

Constance avait le vertige. Trop. C'était trop. Submergée par un déluge d'émotions, elle était à la limite de défaillir. Elle regarda instinctivement autour d'elle, en quête d'un siège. Se souvenant soudain de la situation dans laquelle elle se trouvait, elle recentra toute son attention sur Diogène.

— Il m'a évidemment fallu des laboratoires, des équipes scientifiques, ainsi que de l'argent. Mais j'ai réussi. Je dispose à présent de cette nouvelle formule synthétique. Vous pourrez éviter de vieillir prématurément, de voir votre esprit sombrer discrètement dans l'oubli. Un court traitement à base de ce nouvel élixir permettra de stabiliser votre état et vous pourrez passer le reste de votre vie sans détérioration prématurée. Nous vieillirons ensemble, de façon normale. Je n'attends qu'un mot de vous : oui.

Constance se mura dans le silence.

Diogène l'observait d'un air anxieux, comme s'il craignait son refus, en dépit de tous ses arguments.

— Quelle existence peut vous attendre dans cette grande maison, en l'absence de mon frère ? demanda-t-il en élevant la voix. Quand bien même vous sortiriez de l'isolement auquel vous vous êtes astreinte, vous contenterez-vous de la présence à vos côtés de Proctor et de Mme Trask, année après année ? Vous seront-ils de quelque utilité face au déclin qui vous attend… et dont vous n'êtes pas responsable ?

Il se tut. S'il ne mentait pas, Constance voyait trop bien à quoi elle s'exposait : un désert d'ennui dans la bibliothèque sombre de la vieille demeure, entre ses livres et son clavecin, sous la garde bienveillante de Proctor, à manger les pâtes trop cuites de Mme Trask. Une façon d'assister à sa propre veillée funèbre. L'idée de perdre ses facultés mentales lui était insoutenable.

— Tant d'années, reprit Diogène, qui semblait lire dans le cours de ses pensées. Tant d'années passées sous la tutelle de mon grand-oncle Leng. Quel gâchis de voir une si belle intelligence, un savoir si immense, se dissoudre dans la nuit de la sénescence.

Il la regardait intensément, comme pour l'obliger à s'exprimer, mais elle s'entêtait à ne rien répondre.

Il finit par laisser échapper un soupir.

— Vous me voyez désolé. Sachez que j'ai pris de grands risques pour vous, mais jamais je ne vous contraindrai. Si, d'aventure, une fois le traitement réussi, vous compreniez que vous n'êtes pas pleinement heureuse avec moi à Halcyon, je ne m'opposerais pas à votre départ. Je suis convaincu, je *sais* qu'une existence heureuse nous attend là-bas, mais s'il vous est impossible de dépasser mes terribles méfaits comme votre haine, si vous n'arrivez pas à croire qu'un amour tel que celui que je vous porte est capable de transformer un homme… alors je dois l'accepter.

Sur ces mots, il lui tourna le dos.

Constance eut brusquement une révélation. Diogène l'avait traitée de façon abominable. Elle l'avait haï avec une force quasiment inhumaine. Il était pourtant vrai… Elle frissonna à l'idée de s'autoriser une telle pensée… Elle se trouvait en présence d'un Pendergast qu'elle pouvait posséder. Un Pendergast avec lequel elle aurait peut-être plus d'affinités qu'elle n'en aurait jamais eues avec son frère. À condition que Diogène ait réellement changé.

Il était occupé à enfiler ses gants. Le regard de Constance se tourna vers le clavecin sur lequel brillait la lame du stylet. L'arme n'avait pas bougé depuis qu'il l'avait posée là. Il lui suffisait d'une seconde pour s'en saisir au vol et le poignarder entre les omoplates. Il le savait forcément aussi bien qu'elle.

— Je…, dit-elle avant de s'arrêter.

Comment aurait-elle pu exprimer une telle pensée ? Elle le fit pourtant :

— J'ai besoin de temps.

Diogène se retourna d'un bloc, porté par un espoir soudain. La sincérité de son expression ne faisait aucun doute et Constance en ressentit un choc.

— Bien sûr, réagit-il. Je vais vous laisser. Vous devez être épuisée. Prenez tout le temps qu'il vous faudra.

Il lui tendit la main.

Alors, elle tendit la sienne, d'un geste lent et délibéré.

Il la prit, la retourna d'un geste caressant, et déposa un baiser au creux de sa paume. Au moment où elle retirait sa main, il glissa l'extrémité de l'un de ses doigts entre ses lèvres, l'espace d'un éclair. Constance se sentit comme électrifiée.

Le temps de lui adresser un sourire et de s'incliner brièvement, il s'éclipsait.

25

Un immeuble résidentiel de trois étages, coincé entre une station de radio et une usine de confection, dressait sa maigre silhouette dans une ruelle de l'un des quartiers d'affaires les moins glorieux de Katutura, en Namibie. Le nom même de cette banlieue de Windhoek était parlant, puisqu'il signifiait littéralement : « L'endroit où personne ne veut vivre ». Le bâtiment était miteux et mal entretenu, avec son extérieur à moitié décrépi et ses minuscules balcons de guingois, rongés par la rouille. Chaque étage était peint d'une couleur différente, bleu turquoise, jaune, gris, ce qui, ajouté aux fenêtres dépareillées et autres détails architecturaux brouillons, donnait à l'ensemble une apparence curieusement inquiétante. Il était 14 heures et toutes les fenêtres étaient grandes ouvertes afin de faire pénétrer dans les pièces une douceur hypothétique.

Lazrus Keronda avait trouvé refuge dans un deux pièces chichement meublé du premier étage. Assis sur une chaise, légèrement à l'écart de l'une des ouvertures, il observait discrètement le mouvement de la rue en contrebas sans être vu. Le restaurant du rez-de-chaussée servait une spécialité à base de mopane, une chenille frite servie avec un ragoût à base de tomate, d'oignon, de curcuma et de piments verts. L'odeur âcre des chenilles qui montait jusqu'à l'étage lui piquait les yeux, sans qu'il quitte pour autant son poste d'observation.

Il saisit tant bien que mal de sa main blessée la bouteille de Tafel posée à ses pieds et but une longue gorgée au goulot. La bière amère lui apporta un peu de fraîcheur. Il avait peut-être tort d'user d'autant de prudence, mais il ne souhaitait pas prendre de risque. Encore deux jours, trois tout au plus, et il pourrait quitter la ville en toute sécurité. L'un de ses demi-frères vivait à Johannesburg avec les siens, il pouvait se réfugier chez lui pendant quelques mois. La somme qu'il avait reçue lui permettrait de recommencer à zéro. Son agence de location de voitures était lourdement endettée, ce n'était pas comme s'il perdait tout en...

Il se retourna vivement en entendant craquer une lame de parquet derrière lui.

— Vous ! s'écria-t-il.

Il lâcha la bouteille de bière qui roula sur le sol en laissant échapper un liquide ambré mousseux.

— Moi, répondit une petite voix.

Une jeune femme émergea de la pénombre. Dans les vingt-cinq ans, cheveux blonds et yeux bleus, pommettes saillantes, elle était vêtue de leggings noirs et d'une chemise en jean aux pans noués sur le ventre, révélant un abdomen musclé et un nombril percé d'un diamant. Malgré la chaleur, elle portait des gants de caoutchouc.

Keronda bondit de sa chaise, conscient du danger. Des dizaines de mauvaises excuses lui vinrent à l'esprit, autant de mensonges et de justifications douteuses.

— Comment m'avez-vous retrouvé ? bredouilla-t-il.

— Vous ne m'avez pas facilité la tâche.

L'inconnue avait un sac banane autour des reins, qui se souleva et retomba lourdement tandis qu'elle s'approchait avec une souplesse féline.

Keronda avait la bouche sèche. Pourquoi avoir peur de cette fille avec son piercing ridicule ? C'est tout juste si elle mesurait un mètre soixante, alors qu'il faisait aisément deux fois son poids. Il fut pourtant pris de panique, sans doute à cause de son regard d'un bleu polaire, de son sourire dont il avait déjà remarqué la cruauté lors de leur rencontre initiale.

— Vous avez quitté l'agence, remarqua-t-elle.

— Je n'avais pas le choix, se justifia-t-il. Je n'avais pas le choix!

— On vous a payé pour y rester, au lieu de quoi vous partez comme un voleur en laissant la grille ouverte, sans prendre la peine de fermer à clé votre local, et en laissant une mare de sang sur votre bureau. Autant de détails qui n'ont pas échappé à la police.

— Il m'a menacé et m'a torturé, répliqua-t-il en montrant sa main blessée d'un air suppliant.

— On vous a grassement payé pour ça et pour lui raconter la fable sur laquelle nous nous étions mis d'accord.

Keronda se mit à pleurnicher.

— C'est ce que j'ai fait. Je vous jure! Je lui ai raconté exactement ce que vous vouliez. Je lui ai donné le Land Cruiser, comme convenu.

— Dans ce cas, pourquoi avoir fui comme un lapin?

Il lui montra de nouveau sa main bandée.

— Regardez ce qu'il m'a fait!

Elle sourit en posant ses yeux bleus sur le pansement taché de sang.

— Un beau stigmate. Mais ça ne m'explique toujours pas pourquoi vous ne vous en êtes pas tenu au plan initial. Un plan pour lequel vous avez été payé, et que vous étiez censé respecter *à la lettre.*

Elle lui laissa le temps de prendre la mesure du message.

— On vous avait pourtant bien recommandé de tout nettoyer et d'ouvrir l'agence comme si de rien n'était. Au lieu de quoi, vous filez à l'anglaise en laissant tout en pagaille.

— Regardez ce qu'il m'a fait! répéta Keronda en tendant cette fois les deux mains.

— Et nous? Vous y avez pensé? réagit-elle d'une voix douce.

L'inconnue secoua la tête d'un air navré en l'entendant gémir.

— On vous avait bien dit qu'il mettrait plus d'une semaine à revenir, s'il revenait un jour. Vous auriez été mieux inspiré de nous écouter.

— Je…

La suite de la phrase se bloqua dans sa gorge. D'un mouvement parfaitement naturel, presque instinctif, la jeune femme tira un couteau de son sac banane avec une rapidité terrifiante. Un couteau comme Keronda n'en avait jamais vu, avec une lame crénelée dessinant des têtes de flèche alignées, et un manche étroit vert fluo.

Le sourire de l'inconnue s'élargit à la vue du regard terrifié de Keronda.

— Mon couteau vous plaît? On appelle ça un « tueur de zombie ». J'adore, moi aussi. Surtout la lame crénelée. Comme une bite de chat. On dit toujours que ça fait plus mal en sortant qu'en rentrant. Pour ce que j'en sais.

— Une bite? répéta Keronda d'un air hébété.

— Aucune importance.

Vive comme l'éclair, elle lui planta le couteau entre les côtes. La lame était si acérée qu'elle la sentit à peine s'enfoncer. En baissant les yeux, elle constata qu'elle avait pénétré les chairs jusqu'à la garde.

— Je suis plutôt douée en anatomie, remarqua-t-elle. Presque aussi douée qu'en matière de couteau.

Elle désigna le poignard d'un mouvement du menton.

— Sauf erreur de ma part, je viens de vous trancher l'artère phrénique. Ce n'est pas une des plus importantes, mais vous allez tout de même vous vider de votre sang en cinq minutes, à quelques secondes près.

Elle se tut afin de contempler son œuvre.

— Bien sûr, vous pourriez retirer la lame, compresser la plaie et appeler une ambulance. À condition d'agir tout de suite, vous auriez une chance sur deux de vous en tirer, mais je doute que vous le fassiez. Je vous l'ai dit, ça fait beaucoup plus mal en sortant qu'en entrant.

Pour toute réponse, Keronda se laissa tomber sur sa chaise.

L'inconnue hocha la tête.

— C'est bien ce que je pensais. Autre avantage du « tueur de zombie », il ne coûte pas cher, de sorte qu'on peut l'abandonner sans regret.

Elle referma la fermeture Éclair de son sac banane et retira minutieusement ses gants.

— Pas même un mot d'adieu? Dans ce cas, je vous souhaite le bonjour.

Sur ce, elle lui tourna le dos et quitta l'appartement sans même prendre la peine de tirer la porte derrière elle.

26

Diogène Pendergast s'était installé sur une petite chaise à dossier droit, face à la porte ouverte de l'escalier en spirale qui s'enfonçait dans la roche vers les souterrains du 891 Riverside Drive. Le cierge posé sur l'une des appliques murales faisait danser sur la paroi de pierre une lueur chaleureuse. Du moins voulait-il le croire, faute d'avoir lui-même un caractère chaleureux.

Il avait soigneusement veillé à ne pas poser son siège trop près de la porte, de façon à ne pas jouer les cerbères. Il s'était efforcé de paraître aussi rassurant que possible en choisissant un pantalon de laine noir et une veste de tweed noir et gris. Il n'aimait guère le tweed qu'il trouvait rêche et sans raffinement, tout en sachant que cette matière respirait la sincérité, le confort et l'affabilité.

Du moins voulait-il le croire, là encore.

Ces fragments, je les ai dressés contre mes ruines...

Avec difficulté, il fit taire cette voix, celle de l'ancien Diogène, qui ressurgissait de temps à autre sans crier gare, telle une émanation de méthane dans une fosse de bitume. Tout avait changé depuis. Il s'était amendé, ce qui n'empêchait pas l'Ancienne Voix de reprendre ses droits lorsqu'il était agité, à l'image de ce jour-là. Ou bien lorsque l'appel du sang se faisait entendre, pour une raison ou une autre.

Il choisit de se concentrer sur le tweed.

Diogène affichait sa sophistication et son matérialisme depuis trop longtemps, fier de mépriser l'opinion d'autrui. Il se souciait uniquement de son image aux yeux des autres lorsqu'il entendait les manipuler. Ou bien lorsqu'il s'agissait de les gruger, par désœuvrement ou agacement, pour son amusement personnel. D'où sa difficulté à convaincre Constance de sa vulnérabilité et de son affection pour elle. Il se sentait dans la peau de celui qui, ayant fait vœu de silence depuis une éternité, s'essaie à chanter.

Il s'agita sur sa chaise, découverte dans l'une des caves souterraines, son assise de velours et de soie raide de poussière. Le craquement du bois s'éteignit et il tendit l'oreille, à l'affût du bruit le plus léger, du moindre déplacement d'air qui aurait pu lui indiquer qu'elle gravissait les marches circulaires.

Il consulta sa montre : 10 h 15. Il avait pris congé de Constance la veille, peu avant minuit, et montait la garde depuis, dans l'attente de sa réponse.

Il lui avait fallu beaucoup de temps, d'argent, et de réflexion pour parvenir à cette rencontre, sachant qu'il lui faudrait mettre son âme à nu sans craindre d'être interrompu. Tous ses efforts se verraient récompensés si elle acceptait sa proposition.

À une autre époque, dans une autre vie, il se serait amusé de la facilité avec laquelle il était arrivé à ses fins. La manœuvre d'éloignement de Proctor, par exemple, relevait de la perfection. Jusqu'à la mascarade de l'aéroport de Gander, où il s'était arrangé pour que le fidèle garde du corps de son frère atterrisse au moment précis où il obligeait « Constance », en vérité son assistante Flavia déguisée, à monter à bord du jet qui les attendait. Et tandis que Proctor s'envolait pour l'Irlande à leur poursuite, lui-même quittait le Bombardier, prenait place à bord d'un autre avion et regagnait New York. Il était de retour avant 19 heures, à peine six heures après avoir quitté la ville. Lancer un personnage aussi vigilant sur une fausse piste à l'autre bout du monde relevait du grand art.

L'utilisation du cercueil réfrigéré avait ajouté une touche inspirée à l'ensemble. Proctor se poserait d'autant plus la question de son utilité qu'un tel accessoire n'en avait aucune. À force de gamberger, le malheureux n'hésiterait pas à prendre des mesures extrêmes.

Il se rappela qu'il était malséant de s'enorgueillir de ce qui avait dû être, pour Proctor, l'expérience la plus humiliante de toute son existence. En attendant, il l'avait écarté, et Proctor était vivant. Constance ne lui aurait jamais pardonné qu'il use d'une solution plus radicale.

De l'autre côté du couloir se trouvait la pièce qui avait servi de bloc opératoire à Enoch Leng. De son poste d'observation, il apercevait l'extrémité de la table d'opération, réalisée dans une forme primitive d'acier inoxydable. Polie comme un miroir malgré les ans, elle lui renvoyait l'image de son propre visage. Un visage aux traits magnifiquement sculptés, avec son regard hétérochrome, auquel la cicatrice ajoutait un frisson mystérieux. Il lui restait à espérer que Constance partage cet avis.

Vous avez fait allusion aux sentiments que j'entretenais à l'endroit de votre frère. Pourquoi faudrait-il que je m'intéresse à un frère qui lui est si inférieur, surtout après la façon dont vous avez abusé de mon innocence?

... Pourquoi fallait-il qu'une telle réplique, prononcée la veille sous l'effet de la colère, revienne le tourmenter? Diogène avait toujours eu le don de se tourmenter lui-même, plus encore que celui de tourmenter autrui. Il devait à Aloysius cette fragilité. Aloysius qui, sans être plus intelligent que lui, possédait assez d'années de plus pour avoir toujours eu sur lui un problème de maths d'avance, un roman d'avance, une taille d'avance, un coup d'avance. Fort de sa condescendance, de son côté moralisateur et désapprobateur, c'était Aloysius qui l'avait dirigé vers des centres d'intérêt pervers, loin des regards indiscrets. C'était Aloysius qui avait provoqué l'Événement, celui qui avait ôté à Diogène tout espoir de mener une vie normale…

Il fit taire le courant tumultueux de ses pensées en s'apercevant qu'il respirait trop vite et que son cœur battait trop fort dans sa poitrine. Il se calma. La haine qu'il vouait à son frère était juste et saine. Elle ne s'éteindrait jamais et ne trouverait jamais réparation, à présent qu'Aloysius était mort. La disparition de son frère avait toutefois engendré chez Diogène un curieux phénomène : elle lui avait éclairci les idées. Il était désormais certain qu'une seule personne au monde pourrait donner un sens à son existence, le combler et le rendre heureux : Constance Greene.

Un dialogue entendu un jour dans un vieux film lui revint en mémoire spontanément : *Que je puisse vous désirer me frappe brusquement par son aspect improbable. Vous êtes une personne improbable, tout comme moi.* Et c'est sous cet angle, peu après avoir échappé à la fureur du Stromboli, qu'il avait envisagé sa passion naissante pour Constance.

Aujourd'hui encore, ce souvenir surgissait avec toute sa force initiale. La force avec laquelle il avait lutté sur la pente escarpée de la *Sciara del fuoco.* Il ne s'agissait pas d'une coulée de lave liquide comme on peut en voir à Hawaï, mais d'une montagne de lave, une tranchée infernale d'un kilomètre de large dans laquelle roulaient constamment des rochers incandescents aussi gros que des maisons. La chaleur dégagée par cette Coulée de Feu faisait naître une tempête de soufre et de cendre. Curieusement, c'était ce vent démoniaque qui lui avait sauvé la vie. Lorsque Constance l'avait poussé du haut de la pente, il avait commencé par tomber avant de se sentir emporté par des rafales brûlantes et de se retrouver plaqué contre la paroi de la coulée, coincé au fond d'une crevasse dont la roche ardente lui avait grillé la moitié du visage. Sous l'effet de la douleur, il avait réussi à se dégager, à escalader le haut du ravin avant de s'éloigner, à quatre pattes, sur le sentier qu'avait emprunté Constance lorsqu'elle s'était lancée à sa poursuite. Au lieu de redescendre, il avait contourné le cratère du volcan et réussi à se réfugier de l'autre côté, à Ginostra, un hameau de quarante âmes auquel on accédait uniquement par la mer. C'est là que, succombant à la souffrance, il avait été recueilli par une veuve sans enfant qui vivait dans une masure isolée. Jamais elle ne l'avait interrogé sur l'origine de ses blessures. Elle n'avait pas davantage posé de question lorsqu'il lui avait fait jurer le secret, se contentant de soigner ses plaies à l'aide d'onguents et de potions séculaires. Il avait découvert la veille de son départ la véritable raison de ce dévouement : la vieille femme avait eu mortellement peur de son *malocchio*, ce mauvais œil bicolore qui aurait signé sa ruine, à en croire la légende, si elle n'avait pas tout tenté pour aider son propriétaire.

Il avait passé de longues semaines alité, torturé par ses brûlures, un mal contre lequel la médecine moderne elle-même reste impuissante. Pourtant, alors qu'il nageait à chaque instant dans les tourments, loin de penser à haïr Constance, il s'était raccroché au plaisir intense partagé avec elle… le temps d'une nuit.

Sur le moment, cette passion pour elle lui avait paru inexplicable. Il avait appris à comprendre depuis que ce besoin, loin d'être improbable, était inévitable, pour toutes les raisons qu'il avait exposées la veille. Son dégoût d'un monde bas et servile. La profondeur unique de ses connaissances. Sa beauté remarquable. En outre, son attachement aux bonnes manières, à la courtoisie, à l'urbanité d'antan, associé à un tempérament purifié par la flamme, à l'image des meilleurs alliages, faisait d'elle une tigresse dans une robe de soie.

Son instinct de tigresse se manifestait également de bien d'autres manières… Diogène, aveuglé par la haine de son frère, avait initialement considéré la réussite de sa tentative de séduction comme une victoire sur Aloysius. Plus tard seulement, sur son lit de douleur, il avait compris que cette nuit passée ensemble était la plus étonnante, la plus excitante, la plus crue, la plus sublime et la plus délicieuse de son existence. Jusque-là, il avait recherché le plaisir à la façon d'un pénitent attiré par un cilice, mais rien de ce qu'il avait connu auparavant n'approchait ce qu'il avait vécu en déclenchant chez cette femme une passion refrénée depuis plus d'un siècle, en enflammant ce corps souple et gourmand… Comment avait-il pu être assez sot pour jeter aux orties un tel trésor?

À défaut d'alléger ses souffrances, les remèdes ancestraux administrés par la veuve qui l'avait soigné avaient miraculeusement atténué sa cicatrice. Lorsqu'il avait quitté Ginostra deux mois plus tard, il avait un nouveau but dans la vie…

Il sursauta en s'apercevant que Constance se tenait devant lui. Distrait par le cours de ses pensées, il ne l'avait pas entendue arriver.

Il se leva précipitamment de sa chaise avant de se souvenir qu'il avait eu l'intention initiale de rester assis.

— Constance, dit-il dans un souffle.

Elle était vêtue d'une robe ivoire à l'élégance sobre. Une demi-lune de dentelle couvrait chastement, sans parvenir à le dissimuler, un décolleté ravissant. Les pans de la robe, d'une légèreté de tulle à la lueur tremblante de la chandelle, tombaient jusqu'au sol en enveloppant ses pieds dans un amas aérien de tissu. Elle le regardait, observant son désarroi manifeste avec une expression qu'il aurait été bien incapable de déchiffrer. Un mélange complexe d'intérêt, de circonspection et de ce qu'il aurait aimé interpréter comme une sorte de tendresse méfiante.

— Oui, déclara-t-elle à voix basse.

Diogène tritura machinalement son nœud de cravate, sans raison réelle. Son esprit, en vrac, l'empêchait de réagir.

— Oui, répéta-t-elle. J'accepte de me retirer du monde avec vous. Et de prendre… cet élixir.

Elle se tut dans l'attente d'une réponse. Le sentiment de soulagement et de joie qui submergea Diogène était si puissant qu'il comprit à cet instant précis combien il était terrifié à l'idée d'un refus de sa part.

— Constance, dit-il à nouveau, dans l'incapacité de poursuivre.

— Je vous prie de m'assurer d'un point essentiel, réagit-elle de sa voix grave et soyeuse.

Il attendit la suite.

— Je souhaite savoir si cet élixir fonctionne effectivement, et si sa confection n'est pas nuisible à des êtres humains.

— Il fonctionne, et personne n'en a souffert, je vous le promets, répondit-il d'une voix rauque.

Elle posa sur lui un long regard interrogateur.

Sans même s'en rendre compte, il lui prit la main.

— Je vous remercie, Constance. Je vous remercie. Vous n'avez pas idée de la joie que vous m'apportez.

Il n'en revenait pas de se sentir au bord des larmes.

— Vous aurez bientôt l'occasion de constater combien je suis capable de vous rendre heureuse, vous aussi. Halcyon est le paradis que je vous ai dépeint, et même davantage.

Constance conserva le silence. Elle continuait de l'observer du même regard étrange, aussi indéchiffrable qu'inquisiteur. Un regard qui laissait Diogène parfaitement perdu, d'une façon à la fois émoustillante et addictive.

Il lui baisa la main.

— Je vous dois une explication. Ainsi que vous pouvez l'imaginer, j'ai été contraint de m'inventer, en les rendant crédibles, toutes sortes d'identités. J'ai ainsi fait l'acquisition d'Halcyon sous le nom de Petru Balan. Un comte roumain, originaire de la région des Carpates en Transylvanie où il s'est réfugié avec les siens pendant l'ère soviétique. La plupart de ses proches ont été capturés et tués, mais son père a réussi à expatrier la fortune familiale dont Petru – qui préfère le nom de Peter – a hérité en tant qu'unique survivant de la maison Balan. On murmure que leur château délabré est riverain de celui du comte Dracula.

Il ponctua sa phrase d'un sourire.

— J'avoue avoir inventé ce détail avec un certain plaisir. J'ai fait de lui un homme raffiné aux manières irréprochables, à la fois spirituel et charmant, le tout souligné par une grande élégance.

— Voilà qui est fascinant. Pourquoi me fournir ces explications ?

— Parce que je vais devoir assumer l'identité et l'apparence de Petru Balan avant de rejoindre l'aéroport, et les conserver jusqu'à notre arrivée à Halcyon. Ne soyez pas surprise par cette métamorphose temporaire. J'aurai tout le loisir de redevenir moi-même sur l'île. En attendant, veuillez voir en moi Petru Balan pendant le voyage et m'appeler Peter, de façon à garantir ma sécurité.

— Je comprends.

— Je savais que je pouvais compter sur vous. À présent, si vous voulez bien m'excuser, il me reste bien des tâches à accomplir avant notre départ. Dès ce soir, si cela vous agrée.

— Je préférerais demain, rétorqua Constance. J'ai besoin de temps pour préparer mes bagages et… dire adieu à ma vie ici.

— Vos bagages, répéta Diogène, comme si l'idée ne lui en était jamais venue. Bien sûr.

Il s'en allait lorsqu'il se retourna, pris d'une hésitation.

— Constance, vous êtes si belle, et je me sens si heureux !

L'instant suivant, il disparaissait dans l'obscurité des sous-sols de la vieille demeure.

27

Quand il voulut se lever, c'est tout juste si Proctor parvint à se hisser sur les genoux. Il vérifia la position du soleil qui dessinait un disque blanc incandescent au-dessus de sa tête. Il avait dû perdre connaissance pendant près d'une heure. Une odeur rance de sang de lion assaillait ses narines, le bourdonnement sourd des mouches lui vrillait les oreilles. Il secoua la tête dans l'espoir de chasser la brume qui avait envahi son crâne. Mauvaise idée, le paysage se mit à tourner autour de lui. Il s'immobilisa, prit une longue respiration à plusieurs reprises et observa les alentours. Son sac formait une tache sur le sable, à une centaine de mètres de là, à l'endroit où il l'avait abandonné lors de l'attaque des fauves. Près du sac gisait le premier lion mort, un amas de fourrure beige. Le second se trouvait à côté de lui, si près qu'il aurait pu le toucher. Étalé de tout son long, la gueule ouverte, les yeux et la langue déjà couverts de mouches. Une mare poisseuse de sang à demi coagulé noyait le sable au niveau de sa poitrine.

Son poignard Ka-Bar, couvert de sang séché, était à côté de lui. Il le nettoya en l'enfonçant à plusieurs reprises dans le sable avant de le ranger dans le fourreau accroché à sa ceinture.

Il voulut à nouveau se lever et comprit qu'il n'en avait pas la force. Faute de mieux, il rampa sur le sable, les paumes des mains brûlées par la chaleur. Il serra les mâchoires. Des grains de sable crissèrent entre ses dents, qu'il tenta de chasser en crachant avant de s'apercevoir qu'il était gravement déshydraté. Il avait la langue gonflée, les yeux à vif. Il savait qu'il trouverait de l'eau dans le sac, à condition d'arriver jusque-là.

Il finit par l'atteindre, au prix d'un pénible effort. Il laissa échapper un halètement, tendit la main, referma son poing sur le sac et le tira à lui. Il chercha la gourde à tâtons, la sortit, en dévissa le bouchon d'une main tremblante et but longuement en veillant à ne pas perdre une goutte du précieux liquide. L'eau était presque trop chaude. Il se força à s'arrêter et à respirer, le temps que son estomac s'habitue. Il laissa s'écouler cinq minutes et but à nouveau. Il sentit de maigres forces revenir, ses idées s'éclaircir, et s'accorda une dernière rasade. À moins d'économiser le reste, il serait mort dans les vingt-quatre heures.

La puanteur du lion le plus proche était insoutenable. Son calibre 45 était posé sur le sable près de l'animal. Il le récupéra en rampant et le lâcha aussitôt, le soleil ayant chauffé le métal à blanc. Il fixa longuement l'arme en s'efforçant de réfléchir. Il plongea la main dans son sac, sortit une torche à manivelle à l'extrémité de laquelle était attaché un crochet, passa celui-ci dans le pontet et parvint à fourrer le pistolet dans l'une de ses poches dont il referma la fermeture Éclair.

Une ombre passa au-dessus de sa tête. En levant les yeux, il vit qu'une colonne de vautours s'était formée. Les charognards dessinaient une ronde paresseuse dans le ciel, attendant patiemment qu'il meure, ou bien qu'il s'en aille afin de dévorer les lions morts. *Je vous laisse volontiers les lions, mais vous ne m'aurez pas*, s'entendit-il penser.

Encore six heures avant le coucher du soleil. Se mettre en route en pleine chaleur relevait du suicide, il lui fallait impérativement rester là jusqu'à la tombée de la nuit. La silhouette solitaire d'un acacia se dressait à un kilomètre. Il avait besoin de se mettre à l'ombre. À condition d'arriver jusque là-bas.

L'eau ingurgitée lui avait redonné des forces. Il referma sa main sur le sac. Il l'avait déjà délesté de tout le superflu pour transporter l'eau, ne gardant que le poignard, le pistolet, la boussole, une carte, et quelques barres énergétiques. Il s'empêcha d'en avaler une, manger lui aurait donné encore plus soif.

Il se mit péniblement en position assise et passa les lanières du sac autour de ses épaules. Le tout était d'arriver à se relever. Il respira longuement, rassembla toute sa volonté, se hissa sur ses jambes flageolantes en poussant un cri et réussit à se maintenir en équilibre.

Un pas devant l'autre, un pas devant l'autre...

Les deux lions s'étaient séparés et l'avaient pisté pendant près de trois jours, l'obligeant à s'éloigner de sa route initiale. Le dernier jour, il s'était vu contraint de revenir sur ses pas et il avait perdu toute notion de sa position, à force de tourner en rond. Heureusement pour lui, les lions étaient de jeunes chasseurs peu aguerris. Si Proctor avait dû affronter des femelles adultes, il n'aurait pas survécu. Il lui avait néanmoins fallu vider un chargeur plein pour venir à bout du premier fauve ; le second avait fondu sur lui à la vitesse de l'éclair, sans lui laisser le temps de recharger, et il avait été obligé de le tuer avec son couteau.

Il avait été blessé à l'épaule et mordu au mollet, mais le pire avait été le choc physique au moment où le lion avait fondu sur lui. Il était tombé en arrière et s'était évanoui sous la violence du choc. Le lion, blessé mortellement d'un coup de poignard en plein cœur, s'était vidé de son sang. Lorsque Proctor s'était réveillé la première fois, l'animal le couvrait partiellement de sa masse, dans une mare de sang, au milieu d'une odeur pestilentielle. Il avait trouvé la force de se libérer du poids de la bête avant de perdre à nouveau connaissance.

Il atteignit l'ombre de l'acacia, se libéra de son sac et se laissa tomber contre le tronc, pris de vertige. Il se serait volontiers accordé une gorgée d'eau. Il sortit la gourde et la secoua. Non, il allait devoir attendre le coucher du soleil avant d'avaler quelques gouttes, dans l'espoir qu'elles lui donneraient la force de marcher toute la nuit. S'il parvenait à atteindre la route de Mopipi, un automobiliste quelconque finirait bien par le trouver.

Il sortit son poignard et découpa avec précaution les lambeaux de sa jambe de pantalon afin d'examiner sa morsure. Des traces de sang noir s'échappaient d'une rangée d'empreintes de dents. Il ne disposait d'aucun moyen de se soigner avant de s'échapper du désert, pour avoir abandonné en route sa trousse de secours. La plaie ne saignait quasiment plus, ce qui était rassurant. Sa blessure à l'épaule n'était guère plus engageante, mais elle ne présentait aucun danger immédiat. Proctor disposait d'un délai de douze à vingt-quatre heures avant que l'infection s'installe.

Une fois de plus, il fut assailli par le sentiment insoutenable de son échec. La longue liste de ses erreurs et des bêtises qu'il avait pu commettre entama une ronde folle dans sa tête.

Tu penses trop, se reprocha-t-il intérieurement. Il posa sa tête contre l'écorce de l'acacia et ferma les yeux.

Il lui fallait absolument s'en tirer. Il *allait* s'en tirer. Il en avait la conviction pour une bonne raison : où que se cache Diogène et quelles que soient ses intentions, Proctor avait le devoir de le retrouver.

Et de le tuer.

28

Rudy Spann avait pris ses quartiers dans le petit bureau qui servait de QG à l'opération Pendergast, au quatrième étage du centre de détention de New York. Il avait sur la tête un casque sans fil. Ses hommes avaient installé un petit centre de commandement tactique, équipé de plusieurs écrans vidéo et de systèmes audio. Il faisait les cent pas derrière eux en s'arrêtant régulièrement devant la fenêtre afin d'observer la rue en contrebas.

La mise en place du périmètre de surveillance avait été un jeu d'enfant. Ils n'avaient même pas eu besoin d'une camionnette spéciale, ni même d'équipes positionnées sur les toits ou dans les appartements alentour. La rue dans laquelle devait s'effectuer le transfert du prisonnier se trouvait à l'arrière du bâtiment, sur la place Cardinal Hayes, un petit passage bordé de bâtiments officiels dans lesquels personne n'entrait sans autorisation. Quiconque viendrait s'assurer du transfert d'Arsenault se déplacerait forcément à pied. L'endroit rêvé pour une telle opération. Peut-être même un peu trop rêvé, dans la mesure où il risquait d'effrayer le représentant des ravisseurs. Spann et ses hommes comptaient sur la bêtise de ces derniers. De ce point de vue, le responsable du bureau de New York s'était rallié à l'opinion de Longstreet. S'en prendre à un agent fédéral était très risqué et ces types-là se montraient trop sûrs d'eux, ce qui leur coûterait cher. Le tout était de ne pas les pousser à la panique, au risque qu'ils éliminent Pendergast.

Le plan fourbi par Longstreet était très bien pensé, Spann devait le reconnaître, jusqu'à ce que Longstreet décide de tout gâcher. Ils possédaient une chance unique d'arrêter l'un des ravisseurs, s'il pointait le bout du nez, et voilà que Longstreet le leur interdisait, leur demandant de l'identifier et de le laisser en liberté. C'était contraire à tout ce que Spann avait appris à Quantico, à toute l'expérience professionnelle qu'il avait acquise depuis. À quoi bon laisser filer leur homme ? Arsenault était un dur à cuire et s'il n'en avait tenu qu'à Spann, il aurait coffré tout de suite l'envoyé des ravisseurs, histoire de lui foutre la trouille de sa vie et de l'obliger à parler en profitant de sa confusion. Enlèvement d'un agent fédéral ? Il risquait la prison à vie sans possibilité de libération conditionnelle, s'il avait de la chance. Le type aurait vendu sa grand-mère pour se tirer du pétrin. Il aurait craqué en moins de vingt minutes et l'affaire aurait été réglée dans la journée. Mais non. Longstreet voulait qu'on identifie le type et qu'on le laisse filer.

Pour couronner le tout, Longstreet n'était même pas là. Il avait disparu une fois de plus, on ne le voyait plus pendant des heures, il se contentait de donner ses ordres par téléphone et d'envoyer des e-mails cryptés depuis des endroits secrets. Pour qui se prenait-il, à la fin ? Pour le vice-président ?

Les agents installés devant leurs écrans murmuraient des instructions aux autres membres de l'équipe dans leurs micros de casque. Planqués aux deux extrémités de Cardinal Hayes, ceux-ci surveillaient et filmaient tous les passants.

Spann tendit l'oreille. Ses gars étaient tous des pros, ils limitaient les échanges au strict minimum, il pouvait être fier d'eux.

Il jeta un coup d'œil en direction de la pendule murale. 15 h 15. Leur type ne tarderait pas, s'il venait. C'était un après-midi calme, les employés des administrations ne quitteraient pas leurs bureaux avant une demi-heure. Comme toujours à Manhattan, des gens déambulaient le long des trottoirs. Spann les observait de la fenêtre, ou bien par l'intermédiaire des écrans sur lesquels s'affichaient les images des caméras dissimulées dans la rue, mais aucun n'avait le profil de celui, ou celle, qu'ils recherchaient.

En l'absence de Longstreet, Spann avait décidé d'apporter une légère modification au plan initial. Au lieu de laisser le type s'en aller tranquillement, il comptait demander à ses équipes de le filer. Histoire de voir où il se rendait, dans quelle tanière il se terrait. Après tout, ce n'était pas contraire aux instructions de Longstreet.

Il saisit son micro et passa l'ordre à ses hommes :

— Je veux deux hommes pour filer notre homme à pied. Abandonnez la poursuite s'il monte dans un taxi ou appelle un Uber. Inutile de prendre des risques, il sera facile par la suite de savoir où il s'est rendu par le chauffeur du taxi ou de l'Uber. Et si jamais un comparse le prend en voiture, tant mieux. On relève son numéro d'immatriculation et le tour est joué.

15 h 25. Un homme tourna au coin de Pearl Street et s'avança dans la rue. Les cheveux soigneusement lissés en arrière, mince et bronzé, il était vêtu d'un costume élégant. Le type même du trader de Wall Street ou d'un crétin de fonds de pension.

Pour avoir vécu quasiment toute sa vie dans le bas de Manhattan, Spann les connaissait par cœur. Ils marchaient toujours d'un pas vif, sûrs d'eux. Du style à faire du sport tous les jours, à manger du quinoa et du chou frisé, à se taper leurs trente bornes de jogging par semaine.

Sauf que celui-là marchait lentement. Bien trop lentement, feignant de se balader en humant les fleurs. Il remonta le trottoir d'en face.

C'était lui. Il musardait en attendant de vérifier que le transfert d'Arsenault ait bien lieu, comme promis. Spann n'avait pas eu besoin de prévenir ses hommes, ces derniers l'avaient également repéré. Il suivit leur conversation sur son casque.

— Vous avez remarqué ce type?

— Bingo.

— Prends-le au télé. Allez, mon joli. Souris un peu pour la caméra invisible.

Au même instant, un fourgon cellulaire venu de Pearl Street remonta lentement la petite rue. Le promeneur, l'air faussement dégagé, releva la tête. Il aurait voulu donner l'impression de jeter un simple coup d'œil en passant, mais il ne put s'empêcher de regarder avec insistance.

Oui! Il venait de reconnaître Arsenault, Spann le lisait dans ses yeux. Un vrai cadeau des dieux.

Le fourgon cellulaire passa à hauteur du type et s'engagea sur la rampe souterraine permettant d'accéder à la cour du centre de détention. Le chauffeur s'arrêta afin de montrer ses papiers, puis la grille s'écarta et le fourgon disparut à la vue.

Parfait.

Spann vit ses hommes entrer en action. Le premier, assis sur un banc en train de manger un kebab acheté à un vendeur de rue, se débarrassa de ses restes dans une poubelle et se mit en route.

— Limier Un en piste, murmura-t-il dans son micro caché.

Au coin de la rue, un autre agent, qui avait longuement réalisé un créneau, descendit de voiture au moment où passait le suspect.

— Limier Deux en piste.

L'inconnu tourna à droite sur St. Andrews Plaza, longea le palais de justice et disparut du champ de vision de Spann. Les deux hommes qui le filaient disparurent à leur tour, mais on continuait de les entendre.

— Le suspect traverse Foley Square en direction de Duane, commenta Limier Un, avant d'ajouter quelques instants plus tard: Il prend à gauche sur Elk.

Sur Elk? Curieux trajet. À quoi jouait-il?

— Il a tourné à gauche sur Reade, reprit Limier Un. Il a sorti son portable, on dirait qu'il envoie un texto.

L'inconnu faisait le tour du pâté de maisons. *Saloperie de merde !*

— Limier Un ? fit Spann dans son micro de casque. Je me demande s'il ne t'a pas repéré. Continue sur Elk. Limier Deux, tu prends Center à gauche, tu vas le croiser.

— Merde ! Il court sur Center en direction de Chambers.

Saloperie. Il se savait filé.

— Arrêtez-le, tonna Spann dans son micro. *Arrêtez-le !* Appel à toutes les unités.

Le quartier grouilla soudain de flics. Moins de quinze secondes plus tard, la poursuite avait pris fin et l'inconnu, plaqué au sol devant Police Plaza, se trouvait menotté.

— Gardez-le, j'arrive, ordonna Spann.

La filature avait raté, mais c'était peut-être aussi bien. Et même *très* bien. C'était le résultat qu'espérait Spann depuis le début. À présent qu'ils tenaient leur homme, il veillerait personnellement à lui délier la langue. Le temps que Longstreet pointe le bout du nez, ils détiendraient tous les renseignements nécessaires et seraient déjà en train de monter l'opération de sauvetage de Pendergast.

29

Filipov reconnut le ronronnement du Zodiac et sortit sur le pont au moment où Smith s'engouffrait dans le Hole. À 17 heures, le soleil n'était pas encore couché.

Smith allait trop vite, il ne baissa pas les gaz suffisamment tôt et le Zodiac vint cogner contre la coque.

— C'est quoi ce bordel? éructa Filipov. Il fait pourtant encore jour!

— Ils ont coffré Dalca, répliqua Smith en cherchant des mains l'amarre à laquelle il s'agrippa avant de se hisser sur le plat-bord glissant.

Filipov saisit sa main et le tira à bord.

— Dalca? Comment l'as-tu appris?

Le reste de l'équipage se pressa sur le pont.

Smith reprit son souffle.

— Ils l'ont coincé. C'était un piège. Il est allé s'assurer que le transfert d'Arsenault avait bien eu lieu, mais ils surveillaient la rue. Ils l'ont arrêté.

— Comment l'as-tu *appris*?

— Il m'a envoyé un texto pour me prévenir qu'il était suivi.

— Un *texto*? Il avait pris son portable?

— Ouais, un des téléphones jetables. J'ai détruit le portable sur lequel il m'a envoyé le texto. Je suis quasiment sûr qu'il est resté connecté moins de vingt secondes.

Filipov en avait le tournis. Quel merdier. C'était fichu.

Il parvint à conserver un calme qu'il était loin d'éprouver intérieurement.

— Je comprends pas. Pourquoi tu parles de piège?

— Tu nous avais recommandé de ne pas nous fier au FBI, pas vrai? Tu nous l'as bien dit. De ne pas les croire. Alors Dalca a voulu assister au transfert. Longstreet, le type du FBI, nous a expliqué qu'Arsenault était transféré en ville au centre de détention avant de prendre l'avion pour le Venezuela. Longstreet m'a indiqué l'heure du transfert et je l'ai communiquée à Dalca.

— Ensuite?

— Dalca s'est rendu en ville, déguisé en banquier de Wall Street, histoire de passer comme par hasard dans la rue au moment où arrivait le fourgon. Pour être sûr qu'Arsenault s'y trouvait bien.

Smith écarta les mains.

— Et voilà.

Filipov fusilla Smith du regard. Il comprenait à quel point il avait eu tort de s'appuyer sur des gars comme Smith et Dalca pour une opération aussi risquée. Deux petits trafiquants débiles. Ils étaient tombés la tête la première dans un piège énorme. Dalca finirait par se mettre à table. Aucun doute là-dessus. Peut-être pas tout de suite, mais rapidement. Une fois qu'ils tiendraient Dalca, ils n'auraient aucun mal à délier la langue d'Arsenault en montant les deux hommes l'un contre l'autre, avec la putain de promesse de négocier une moindre peine au premier qui débinerait l'autre.

Ils étaient tous foutus. Il prit longuement sa respiration en s'efforçant de maîtriser sa colère. À quoi bon s'énerver? Le mal était fait, il allait avoir besoin de ses gars pour la suite. Leur seul espoir était de plier les gaules, et vite.

Il balaya des yeux l'équipage. À voir leurs têtes, ils avaient tous plus ou moins compris la situation. Ils commençaient surtout à chercher un bouc émissaire.

— C'est fichu, déclara-t-il en faisait un effort surhumain pour ne pas élever la voix dans l'espoir de les rassurer. Il va falloir se serrer les coudes et trouver une solution.

— N'importe quoi, s'énerva DeJesus. Tu nous avais *juré* que tout se passerait bien.

Des murmures ponctuèrent l'accusation.

— On n'est pas plus emmerdés qu'avant, rétorqua Filipov calmement. Arsenault aurait fini par se mettre à table. On ferait mieux de réfléchir à la suite.

— Ouais, mais qui a eu l'idée d'enlever un agent fédéral? On est baisés, je te dis!

— Le Canada est tout près. On a du fric et des passeports. On peut s'envoler pour n'importe quelle destination dans les vingt-quatre heures.

Il les dévisagea l'un après l'autre.

— La météo est belle, il fait presque nuit. Il suffit de traverser le golfe du Maine. Je connais une crique près de Yarmouth où se débarrasser du bateau. Il y a un aéroport international à Yarmouth. Demain, on sera loin.

— J'y crois pas, gronda DeJesus en enfonçant un doigt menaçant dans le ventre de Filipov avant de cracher par terre. C'est *toi* qu'as voulu sortir ce type de l'eau. C'est *toi* qu'as monté toute l'opération. C'est *toi* qui nous as bourré le mou! Eh ben, je sais pas pour les autres, mais j'en ai plein le dos de tes conneries.

— Tu proposes quoi, à la place?

— Je prends le Zodiac et je me casse. Qui m'aime me suive.

— Le Zodiac reste ici, répondit Filipov.

Il avait compris, à leurs mines, au son de leurs voix, que les marins étaient sur le point de basculer. À moins de réagir très vite, il perdait leur confiance.

Voyant que DeJesus s'éloignait, il l'agrippa par l'épaule. DeJesus, furieux, ouvrit la bouche avec l'intention évidente de lui sortir de nouvelles conneries. Filipov, la main sur la crosse de son calibre .45, s'attendait si bien à sa réaction qu'il sortit l'arme dont il glissa le canon entre les dents du marin.

DeJesus tenta de se dégager, mais Filipov calma ses ardeurs en l'attirant à lui.

— T'as envie de discuter avec mon flingue?

DeJesus grommela une réponse inintelligible.

— Dis oui ou non avec la tête. Et va pas croire que je bluffe.

Filipov pressa légèrement sur la détente.

DeJesus se pétrifia en lisant la détermination dans les yeux de son capitaine. Il finit par secouer faiblement la tête. Filipov lui lâcha l'épaule et retira l'arme de sa bouche.

— Quelqu'un d'autre souhaite se casser?

Pas un des marins ne pipa mot.

— Ce qui est fait est fait, on est au taquet. Si on reste pas soudés, on est baisés. Compris, DeJesus?

DeJesus lui adressa un regard assassin.

— Chacun sera libre d'aller où il veut après le Canada. En attendant, on fait équipe ensemble. Et personne ne reste aux States, il se ferait prendre à coup sûr. On a tous du fric et des passeports. Ils nous ont pas encore identifiés. C'est pas les pays sans accord d'extradition qui manquent, le temps de se faire oublier. Cuba, le Venezuela, la Croatie, le Monténégro, le Cambodge.

Il interrogea ses hommes du regard et constata que tous rentraient dans le rang. Il remit son calibre .45 à la ceinture.

— Qu'est-ce qu'on fait du Fed? demanda Smith.

— C'est bien le cadet de nos soucis. Dès qu'on aura pris la mer, on le liquide et on se débarrasse de son corps. D'ici là, coupez-moi les cordages qui retiennent le bateau aux arbres, et cassons-nous d'ici. Je prends la barre.

30

Diogène retrouva Constance dans les appartements qu'elle occupait au premier étage de la demeure de Riverside Drive. Une valise rectangulaire Louis Vuitton et une malle cabine étaient ouvertes près de son lit. Il constata que la valise débordait de livres, de journaux et d'incunables. Il aperçut également ce qui ressemblait à des toiles anciennes, roulées sur elles-mêmes. La malle était à moitié pleine de robes, il compta quelques jupes et autres chemisiers. Constance, parfaitement immobile, lui tournait le dos. On aurait pu la croire sculptée dans un bloc de marbre. Une main tendue en direction de son placard grand ouvert, ses doigts blancs figés en l'air, elle était l'incarnation de l'indécision.

Le cœur de Diogène fit un bond dans sa poitrine. La situation rendait plus difficile encore le message qu'il lui apportait.

Il s'éclaircit la gorge afin de signaler sa présence. Constance se retourna d'un bloc. Un éclair brilla dans son regard, aussitôt réprimé.

— Excusez mon intrusion, dit-il. Je souhaitais vous signaler que tout était prêt. J'ai procédé aux préparatifs en prévision de notre voyage. Dites-moi à quelle heure je puis vous appeler demain matin.

Constance hésita, les yeux attirés par la malle béante.

— 8 heures sera parfait.

— Fort bien. Constance…

Il était sur des charbons ardents.

— Avant de partir, j'aimerais vous conter une histoire. L'histoire véridique d'un individu corrompu par le mal.

Constance se contenta de hausser un sourcil interrogateur.

— L'individu en question se nomme Lucius Garey. Il y a six ans, la veille de Noël, il s'est introduit par effraction au domicile d'un médecin de Jacksonville qu'il a trouvé au milieu des siens au pied du sapin, en train de chanter des cantiques de Noël. Ce médecin avait deux filles adolescentes. Garey a violé les deux sœurs l'une après l'autre en forçant les parents à assister à la scène sous la menace de son arme. Il a ensuite violenté la mère, cette fois encore sous le regard du reste de la famille. Il a fini par abattre les deux parents avant de trancher la gorge des filles.

— Pourquoi diable me raconter cela ? l'interrogea sèchement Constance.

— J'implore votre patience. Les autorités ont arrêté Garey au bout d'un mois. Un agent a été tué lors de l'affrontement avec l'assassin. Garey a été condamné à la peine de mort au nom des cinq meurtres qu'il avait commis. Avant de se trouver enfermé dans le couloir de la mort, il a trouvé le moyen d'étrangler à mains nues un autre détenu.

Il fit un pas timide vers elle.

— Je vous ai parlé de cet îlot dans les Keys, Halcyon. Je suis convaincu que vous le trouverez plus merveilleux encore que le tableau dépeint par mes soins, surtout lorsque vous aurez retrouvé toute votre vigueur de jeunesse. Je vous ai également parlé de l'élixir. Avec du temps, de l'argent, et au terme de longues recherches, j'ai pu reconstituer la formule de l'ancien élixir, quasiment à l'identique, sans avoir recours à des organes humains prélevés au moment de la mort.

— Quasiment ?

— Je me trouve confronté à une complication. Afin d'achever mon travail, je dois avoir recours *une dernière fois* à l'ancienne formule.

— Pour quelle raison?

— L'explication est très technique.

— Votre réponse ne me satisfait nullement. Êtes-vous en train de me dire que vous allez avoir besoin d'une *cauda equina* humaine?

— Oui.

— Il vous suffit d'en prélever une sur un cadavre.

Diogène fit non de la tête.

— Je crains que cela ne soit pas possible. La *cauda equina* doit impérativement être prélevée au moment même de la mort. Les chercheurs qui travaillent pour moi parviennent tous à la même conclusion.

Le visage de Constance se ferma.

— Vous m'avez menti, dit-elle à mi-voix, sur un ton tranchant.

— Je vous ai assuré que je n'avais jamais nui à un être humain au cours de mes recherches. C'est le cas. J'ajouterai que mon travail aurait été infiniment plus simple et moins onéreux si j'avais eu recours à des cobayes humains, mais je savais que cela ne vous conviendrait pas. En outre… je ne suis plus un assassin.

— Si je comprends bien, vous n'avez pas *encore* pris de vie humaine, mais vous le ferez. Comme c'est méprisable.

— Je vous en supplie, Constance. Laissez-moi vous expliquer.

Constance, sans un mot, lui opposa un regard dur.

— Il s'agit d'une vie perdue. Voyez-vous, Lucius Garey sera exécuté par injection létale dans une prison du sud de la Floride. Tous ses recours sont épuisés et le gouverneur refuse de le gracier. Garey est un sociopathe qui n'a exprimé aucun remords. Au contraire, il s'est vanté d'avoir pris le plus grand plaisir à commettre ses forfaits. Cet ignoble individu, ce tueur et ce violeur sadique mourra de toute façon, *que je lève ou non le petit doigt.*

Il se tut, sondant Constance du regard. Muette, elle affichait l'expression indéchiffrable qu'il lui connaissait.

— Essayez de me comprendre, poursuivit-il de façon pressante. J'ai besoin de cette *cauda equina*, d'une *cauda equina* fraîche, si j'entends parvenir à la synthèse chimique nécessaire à la confection de la formule améliorée. Je ne puis réaliser un traitement de synthèse à partir de rien. J'ai besoin de connaître la structure chimique exacte de la *cauda equina*. Il me faut l'analyser afin de déterminer la structure chimique de certains composants. Je vous parle de composants biochimiques et protéiques dont chaque molécule contient plusieurs millions d'atomes, répartis de façon complexe. Depuis dix-huit mois que mes biochimistes étudient la question, j'ai énormément appris. Mon travail sera terminé dès que je disposerai d'un échantillon de la formule originale.

Constance s'entêtait dans le silence, au grand désarroi de Diogène que son masque impénétrable déroutait.

— Constance, je vous en supplie. Réfléchissez bien. Il s'agit de l'ultime étape. Après quoi la synthèse de l'élixir sera définitivement réalisée. Personne n'en souffrira, puisque Garey mourra de toute façon.

— Comment comptez-vous obtenir la *cauda equina* encore « fraîche » de cet individu ? s'enquit-elle d'une voix glaciale.

— L'autopsie du corps doit être pratiquée par un médecin légiste après l'exécution. Je m'arrangerai pour prendre sa place. Une fois en possession de la *cauda equina*, j'en extrairai les éléments qui me sont nécessaires avant de les emporter sur Halcyon où je procéderai à leur synthèse biochimique dans le laboratoire dont je dispose là-bas. Tout est prêt. Il ne me manque que cet ultime élément. Je n'aurai plus besoin de cadavres. Et vous, ma chère Constance, retrouverez toute votre vitalité et votre santé. Je vous en prie, Constance. Je vous en prie.

Il se tut en guettant sa réaction. Elle demeura immobile le temps d'une éternité, comme emportée par un conflit intérieur.

— Fort bien, finit-elle par murmurer.

— Merci, réagit-il avec un soulagement non dissimulé. Merci d'avoir bien voulu voir la logique de la situation, ainsi que je m'y attendais. Je vous laisse achever vos préparatifs. À demain matin 8 heures, donc.

Le temps d'un salut et d'un sourire, il quitta la pièce.

31

À minuit, à la lueur du quartier de lune qui se couchait à l'horizon, la mer ressemblait à du verre cannelé. Une nuit idéale pour l'opération qui les attendait. Debout à la barre, Filipov jeta un coup d'œil au traceur de carte. Il avait mis le cap plein sud en quittant Bailey's Hole, et longé la pointe méridionale de l'île Machias Seal en prenant soin d'éviter les bancs de Grand Manan et leur flottille de bateaux de pêche. Il cherchait des eaux trop profondes pour les chaluts. D'après les cartes, le bassin de Jordan correspondait à ses attentes. Ils se trouvaient à quatre-vingts kilomètres des côtes, dans la zone de pêche des États-Unis, mais bien au-delà de la limite des eaux territoriales. Le radar n'indiquait la présence d'aucun autre bateau, de pêche ou autre, à des milles à la ronde. Le chalutier voguait sur l'un des secteurs les plus profonds du plateau continental, connu pour la faible quantité de poissons qu'il recelait. Le corps ne risquait pas de ressurgir un jour, remonté à la surface par un chalut quelconque.

Filipov réduisit la vitesse du bateau auquel il fit exécuter un virage à cent quatre-vingts degrés, puis il inversa les moteurs jusqu'à ce que le chalutier s'immobilise sur l'eau. Ils étaient portés par le courant du Labrador, un flux d'eau glaciale que l'absence de vent rendait particulièrement lent et calme. Filipov n'aurait pas besoin de jeter l'ancre, le bateau pouvait dériver sans danger.

Les membres de l'équipage se trouvaient réunis dans la cabine de pilotage, leurs visages illuminés par l'éclairage rouge diffus de la passerelle. Filipov se tourna vers Miller. Parce que ce dernier haïssait tout particulièrement le FBI, le capitaine avait décidé de lui laisser l'initiative, avec l'aide d'Abreu, le mécanicien, bâti comme une forteresse. Voilà qui les amadouerait un peu. Une fois le Fed éliminé et balancé par-dessus bord, ils n'auraient plus qu'à rejoindre le Canada. Filipov s'empresserait alors de se débarrasser de tous ces losers et gagnerait la Macédoine, berceau de sa famille, où il comptait encore des proches. Il avait plein de fric, il commencerait par rester planqué un moment avant de réfléchir à la suite. En attendant, il lui fallait veiller à ce que tous ses comparses quittent le Canada, qu'aucun d'eux ne change d'avis et décide de tenter sa chance en demeurant en Amérique.

— Miller, Abreu, ordonna-t-il. Vous descendez dans la cale et vous me remontez le Fed. Pas de bêtise, ce type est dangereux. Vérifiez vos armes.

— Pourquoi ne pas buter cet enfoiré dans son trou? s'enquit Miller.

— En laissant son sang et son ADN partout, avec la perspective de passer une dizaine d'heures à tout nettoyer? Pas question. On étale des bâches à l'arrière et on le descend sur place, il n'y aura plus qu'à laver le pont au jet.

Miller et Abreu sortirent leurs armes, s'assurèrent qu'elles étaient chargées, et disparurent dans la nuit.

Filipov se tourna vers Smith.

— Dwayne, coupe-moi cinq mètres de chaîne à petits maillons. Ensuite, tu étaleras des bâches en plastique sur le pont arrière. Les autres, tenez-vous prêts à tirer. Je n'ai pas l'intention de prendre le moindre risque avec ce type. Il n'a pas l'air très vaillant, mais on ne se méfie jamais assez. Prenez position le long des plats-bords.

Tandis que ses hommes s'éloignaient, il alluma d'un doigt les projecteurs et le pont arrière se trouva éclairé comme en plein jour. Il quitta la cabine de pilotage dont il laissa la porte ouverte. Smith installait les bâches en les lestant avec des longueurs de chaîne. La porte de la cale s'écarta et Abreu sortit le premier en tirant Pendergast par ses menottes. Miller fermait la marche. C'est tout juste si le prisonnier arrivait à marcher. Il paraissait à l'article de la mort. Filipov, méfiant, se souvint du regard assassin que lui avait adressé le captif.

— Tenez-vous prêts, recommanda-t-il à ses hommes. Vous deux, allongez-le sur les bâches.

Abreu entraîna Pendergast jusqu'aux bâches. Il faisait peine à voir, les traits tuméfiés à la suite des coups qu'il avait reçus. Ses paupières à moitié fermées dessinaient des ouvertures noires dans son visage boursouflé, son nez était couvert de croûtes de sang coagulé. Il s'affala sur les bâches, ses mains menottées au-dessus de la tête.

— Allez, on ne traîne pas, déclara Filipov. Miller, à toi l'honneur.

— Avec plaisir.

Miller se planta au-dessus de l'inspecteur, prit son calibre .45 à deux mains et visa la tête du prisonnier.

— Prends ça, espèce d'enfoiré.

Les yeux du Fed s'ouvrirent brusquement en dessinant deux billes blanches dans les trous noirs de ses orbites. Miller, surpris, appuya sur la détente, mais rata sa cible en chutant lourdement sur le pont. Filipov, qui avait assisté à la scène comme au ralenti, avait vu le Fed saisir au vol la cheville de Miller et le déstabiliser. Et tandis que Miller s'étalait par terre, le prisonnier avait bondi sur ses jambes, un rictus démoniaque sur son visage. Il arracha le calibre .45 des mains de Miller qu'il abattit aussitôt, puis se retourna et fit feu sur Abreu. Tout était allé à la vitesse de l'éclair, mais Filipov aurait pu croire que le temps s'était figé. Dans un ballet terrifiant, Pendergast pivota sur lui-même et abattit le cuistot dont le crâne explosa comme une pastèque, à l'image de celui d'Abreu. Pendergast ne s'en tint pas là, il se tournait déjà vers Smith.

Le temps de revenir de sa surprise et de se ressaisir, Filipov tira en même temps que DeJesus. Tous deux, pris de court, avaient fait feu trop vite sous l'effet de la panique et le Fed évita leurs projectiles en se jetant de côté avant de se mettre à couvert derrière le poste de pilotage. Smith fit aboyer son arme à son tour, et un déluge de feu s'abattit sur le pont, dont Filipov comprit l'inutilité en voyant les balles sillonner le vide à l'endroit où se trouvait le prisonnier une fraction de seconde plus tôt.

Filipov, se sentant exposé, recula vivement et se réfugia de l'autre côté du poste de pilotage où Smith et DeJesus le rejoignirent. Accroupis derrière la paroi métallique, coincés contre le bastingage, ils laissèrent retomber le silence.

— Il est de l'autre côté, murmura DeJesus. Je vais escalader la cabine de pilotage.

— Non, l'arrêta Filipov, le souffle court. Il faut mettre un plan au point.

— *J'ai* un plan. Je vais passer par-dessus la cabine de pilotage avant qu'il ait la même idée. Cet enfoiré a buté mon pote. Il va pas tarder à manquer de munitions. Miller avait sept balles dans son chargeur, plus celle qui se trouvait dans le canon. Il en a déjà tiré trois. Je vais lui régler son compte.

— Il est bien trop rapide. J'aurais dû me douter qu'il faisait semblant. Laisse-moi réfléchir une seconde…

— Réfléchir, mon cul. J'étais dans les Forces spéciales, je sais ce que je dis. Smith et toi, vous passez par-devant, on va le prendre en tenaille. Laissons-le épuiser ses munitions, il est foutu.

Filipov ne chercha pas à protester. DeJesus s'agrippa au toit de la cabine de pilotage sur lequel il se hissa d'une traction, puis il s'avança en rampant.

DeJesus a raison, pensa Filipov. Il adressa un signe à Smith et les deux hommes contournèrent la cabine de pilotage par l'avant, en position accroupie. Parvenus à hauteur du pare-brise de la passerelle, Filipov se figea et tendit l'oreille. Pas un bruit. Le Fed se trouvait à bâbord où il lui était facile de se réfugier derrière le Zodiac. Il ne tarderait pas à venir à bout de ses munitions, face à trois adversaires qui ne manquaient pas de chargeurs de rechange.

Filipov reprit sa progression en faisant signe à Smith de le suivre. Que pouvait bien fabriquer DeJesus? Ce silence ne lui disait rien qui vaille.

Une première fusillade éclata, par rafales de deux balles, suivie d'une autre. *DeJesus.* Les balles frappèrent le Zodiac dont les boudins se dégonflèrent brutalement, percés comme des outres. Le caoutchouc du canot offrait une protection illusoire à Pendergast, DeJesus allait le cribler de balles.

De nouveaux coups de feu trouèrent la nuit. DeJesus avait entamé son troisième chargeur.

Le silence retomba. Filipov s'avança avec précaution. Le Fed était forcément mort, DeJesus se trouvait en position dominante.

Il atteignait le coin de la cabine de pilotage et se recroquevillait sur lui-même, hésitant sur la conduite à tenir, lorsqu'une détonation se fit entendre, suivie d'un cri et d'un grand plouf.

Nouveau silence.

Le sang de Filipov se glaça dans ses veines. Le cri ressemblait à la voix de DeJesus. Un seul coup de feu?

Il chercha Smith d'un doigt derrière son dos et lui fit comprendre de rebrousser chemin. Les deux hommes battirent prudemment en retraite de l'autre côté du poste de pilotage. Filipov n'avait jamais éprouvé une telle peur de sa vie. Smith n'avait pas l'air plus rassuré.

— Qu'est-ce qu'on fait? lui demanda ce dernier d'une voix faible.

Filipov réfléchissait à toute vitesse. Il leur fallait agir, et vite. Mais comment?

32

Allez, s'admonesta Filipov. *Réfléchis. Réfléchis!*

Soudain, il trouva la solution. Il allait prendre ce salaud par surprise.

Saborder le bateau. Ils se trouvaient dans une eau à quatre degrés. L'autre enfoiré perdrait connaissance et mourrait de froid en moins d'un quart d'heure. Il leur suffisait de regagner la cabine inférieure, d'enfiler des combinaisons de survie et de couler le chalutier, dont la structure métallique l'entraînerait rapidement par le fond.

Le naufrage du chalutier libérerait automatiquement la balise de détresse en envoyant un signal, les gardes-côtes seraient là dans moins de deux heures, et ils seraient sauvés. Pendergast serait mort, le *Moneyball* reposerait au fond de l'océan avec tous ses dangereux secrets et rien ne permettrait jamais de les incriminer. Le cadavre de Pendergast, si jamais il réussissait à flotter, aurait été emporté par le courant depuis longtemps. Un accident de bateau parmi tant d'autres.

La lune disparaissait à l'horizon, il ferait bientôt nuit noire.

Il saisit l'épaule de Smith.

— On descend dans la cabine en passant par le poste de pilotage.

Smith, paralysé par la peur, se contenta d'acquiescer.

— Suis-moi.

Nouveau signe de tête.

Filipov visa le pare-brise en plexiglas et tira à deux reprises, le faisant voler en éclats.

— Vas-y !

Smith s'engouffra à travers l'ouverture et Filipov l'imita aussitôt. Les deux hommes se relevèrent précipitamment et dévalèrent les marches conduisant à la cabine inférieure. Au moment où il refermait la lourde porte d'acier derrière lui, Filipov vit une silhouette sombre pénétrer dans le poste de pilotage et les prendre en chasse. Il eut tout juste le temps de verrouiller l'écoutille avant que le Fed ne se jette contre le battant.

Ils avaient réussi.

Leur adversaire secoua la poignée de l'écoutille dans tous les sens. Filipov devina que sa première préoccupation serait d'envoyer un SOS sur la VHF du bord. Un véritable SOS. Ce n'était pas tout. Les hublots de la cabine inférieure les rendaient vulnérables. À défaut de pouvoir passer à travers, l'autre pouvait aisément leur tirer dessus.

— Vite ! Bouche les hublots ! aboya-t-il.

Pendant que Smith s'activait, il se précipita vers l'armoire électrique dont il arracha tous les fils au milieu d'une gerbe d'étincelles. Il passa ensuite au compartiment des batteries contenant les deux principales, et celles de rechange. Il ouvrit le coffre à outils du bord, s'empara d'une pince à embouts caoutchoutés et cisailla l'un après l'autre les câbles reliés aux plots positifs dans un nouveau jaillissement d'étincelles. Un, deux, trois, quatre.

Le chalutier se trouva instantanément plongé dans l'obscurité. Voilà qui réglait la possibilité d'un appel radio.

La balise de détresse ! Ce salaud savait-il qu'il lui suffisait de la jeter à l'eau pour qu'elle se déclenche automatiquement ? À moins d'avoir navigué, il ne pouvait pas le deviner. Filipov paria sur son ignorance.

Il ouvrit le coffre de secours et en tira deux combinaisons de survie. Il s'empressa d'enfiler la première après avoir jeté la seconde à Smith. Ce dernier poussa un hurlement et tira par deux fois à travers l'une des écoutilles de toit.

— Dépêche-toi de t'habiller. Je te couvre pendant ce temps-là.

Smith s'exécuta tandis que Filipov se réfugiait contre la coque. Smith avait réussi à obturer les hublots, mais pas les écoutilles de ventilation. Dans l'obscurité, il vit passer une silhouette furtive devant l'ouverture. Il fit feu et le plexiglas explosa. Il réalisa au même instant qu'il existait un autre moyen de s'introduire dans la cabine : par le caisson étanche de l'ancre, dont l'écoutille était assez large pour laisser passer une personne. Si le Fed en connaissait l'existence, ils étaient dans le pétrin.

Le caisson étanche était également équipé de deux petits hublots. Filipov s'y rua afin d'examiner les deux ouvertures qui en trouaient le plafond. Le Fed n'avait aucune chance de le distinguer dans le noir, mais les derniers rayons de lune permettraient en revanche à Filipov de voir Pendergast si jamais il se penchait au-dessus. Il patienta. Un léger bruit attira son attention le long du bateau, vers l'avant. Un pas résonna sur le toit de la cabine, puis un deuxième, et un troisième. Une ombre à peine perceptible couvrit le hublot. Il fit feu.

Le plexiglas de l'ouverture explosa. Il tendit l'oreille en contrôlant sa respiration. Son cœur battait si fort qu'il n'entendait rien d'autre. Le Fed était-il mort ? L'instinct de Filipov lui dicta que ce n'était pas le cas. La façon dont Pendergast était sorti de sa torpeur feinte en ouvrant grand ses yeux argentés, la précision impitoyable avec laquelle il avait abattu trois des marins en autant de secondes…

Le visage spectral apparut soudain dans l'ouverture du hublot de toit éclaté, avec son horrible sourire méprisant.

— Vous n'avez décidément pas de chance, commenta-t-il d'une voix doucereuse.

Filipov laissa échapper un rugissement et tira sans relâche en direction du hublot. Un cliquetis lui indiqua que son chargeur était vide.

Saloperie.

Smith le rejoignit, vêtu de sa combinaison de survie.

— Qu'est-ce qu'on fait?

Tel un enfant s'adressant à un adulte, il était terrorisé de voir son capitaine aussi démuni.

Filipov s'obligea à retrouver son calme.

— Va chercher une masse dans la caisse à outils. On va démolir le tuyau de refroidissement du moteur.

Smith se montra hésitant.

— Mais... on va couler.

— C'est bien ce que je cherche, bordel!

— Mais...

— On ne craint rien avec nos combinaisons de survie. Le Fed mourra de froid dans l'eau. La balise de détresse se déclenchera automatiquement quand le bateau sombrera et les secours seront alertés.

Smith, qui venait enfin de comprendre, écarta la porte du compartiment moteur et déverrouilla l'ouverture située au ras du sol, découvrant la soupape de refroidissement.

— Attends! Le fric!

Putain, il avait failli oublier. Filipov ouvrit un placard de rangement dans lequel étaient placés les six petits sacs de toile étanche contenant les parts de chacun. Il en jeta trois sur son épaule et tendit les trois autres à Smith.

— Ne t'inquiète pas, ils sont conçus pour flotter.

— Tu ne crois pas que les gardes-côtes risquent...

Quel con.

— Pourquoi voudrais-tu qu'ils les fouillent? On leur dira que ce sont nos fringues.

Smith hocha la tête.

— Bon, maintenant, casse-moi cette soupape d'alimentation.

Smith leva la masse, celle-ci rebondit sur le tuyau de refroidissement qui se plia sous le choc.

— Encore!

Il laissa Smith à sa tâche et en profita pour tirer à travers un autre hublot de toit. Le Fed, comme une putain de chauve-souris, cherchait par tous les moyens à investir la cabine inférieure. Heureusement qu'il n'avait pas repéré l'écoutille du caisson à ancre. Il n'avait pas non plus pensé à jeter à l'eau la balise de détresse. Ce type ne connaissait rien à la navigation, c'était déjà ça.

Bang!

Smith abattit une nouvelle fois sa masse et un peu d'eau de mer s'infiltra enfin.

Bang!

L'eau s'engouffra cette fois avec force dans le compartiment moteur et Smith lâcha sa masse en reculant.

— C'est bon. La mer entre à flots.

Des tourbillons d'écume jaillissaient en force, le niveau de l'eau ne tarderait pas à atteindre le plancher de la cabine.

— On file par le caisson avant. Au moment de plonger, tu sautes le plus loin possible pour qu'il ne puisse pas t'atteindre, commanda Filipov. Il n'a pratiquement plus de balles et il aura bientôt d'autres priorités que nous.

— D'accord.

Smith ouvrit la trappe du caisson et se glissa à l'intérieur du petit espace occupé par la chaîne de l'ancre.

— Doucement, murmura Filipov. Attends mon signal avant d'ouvrir.

L'autre acquiesça, puis il tendit le bras et tourna la poignée de l'écoutille donnant sur le pont, n'attendant plus que le signal de Filipov pour passer à l'action. Dans l'obscurité, c'est tout juste si l'on distinguait sa silhouette. Filipov s'introduisit dans le caisson à son tour.

— Je passe le premier, décida Filipov. Tu me fais la courte échelle, je grimpe sur le pont et je te tire à mon tour.

Tout en donnant ses instructions, il eut l'intuition qu'il ne s'en tirerait pas plus mal si Smith laissait sa peau lors du naufrage et que lui, Filipov, était l'unique survivant de l'équipée.

— OK, approuva Smith.

— On y va à trois.

Il posa le pied sur les mains liées de son compagnon.

— Un, deux, *trois*.

Smith tendit ses muscles et Filipov se hissa sur ses mains, ouvrit la trappe, s'agrippa aux rebords et émergea sur le pont. Il se retourna aussitôt et claqua la trappe au nez de son complice.

Un cri étouffé s'éleva du caisson étanche.

— C'est quoi, ce bordel?

Filipov se précipita vers le plat-bord avec l'intention de plonger. Avant qu'il ait pu atteindre son but, il s'étala de tout son long sur le pont en perdant ses trois sacs d'argent dans la bagarre. Il n'avait pas repris ses esprits qu'un pied s'enfonçait dans ses reins et que le canon froid d'un pistolet lui meurtrissait l'oreille.

— Retirez votre combinaison si vous ne voulez pas mourir, fit une voix calme.

La trappe du caisson étanche, manœuvrée de l'intérieur, s'ouvrit et la tête de Smith s'encadra dans l'ouverture. Filipov sentit le canon du pistolet s'écarter de son oreille, un coup de feu éclata, suivi d'un cri, et le canon s'enfonça plus méchamment encore dans son oreille.

— Je déteste me répéter.

L'arme de Filipov se trouvait à l'intérieur de sa combinaison. Avec un peu de chance… Il défit la fermeture Éclair d'une main maladroite et entreprit de s'extraire de la combinaison avant de se souvenir que son chargeur était vide. Il cessa de se débattre.

— Ne vous arrêtez pas.

Filipov fixa durement son adversaire. Le pont du chalutier commençait à prendre de la gîte.

— Mais… on va couler.

— Je ne vous le fais pas dire. C'est pourquoi j'ai besoin de votre combinaison.

Voyant que Filipov hésitait, Pendergast fit feu et la balle troua le pont si près de l'oreille de son prisonnier qu'elle l'aspergea d'éclats tranchants de fibre de verre.

— C'est bon, je l'enlève, je l'enlève !

Il s'exécuta. Il avait peut-être une petite chance de s'en tirer pendant que le Fed l'enfilerait. Ces combinaisons étaient tout sauf pratiques.

— Les mains bien en vue, je vous prie, lui ordonna le Fed en lui arrachant la combinaison des mains. À présent, penchez-vous en avant. Un peu plus. Oui, comme ça. Excellent !

À peine achevait-il sa phrase qu'il étourdissait Filipov d'un coup de crosse à la tempe.

*

Lorsque le trafiquant reprit connaissance, le Fed en combinaison de survie orange le dominait de toute sa hauteur, l'arme au poing.

— Je suis heureux de vous retrouver parmi nous à bord de ce chalutier en détresse, déclara-t-il. Je suis au regret de vous annoncer que c'est vous qui mourrez finalement d'hypothermie. À moins, bien évidemment, que vous n'ayez une idée qui nous permettrait d'éviter le naufrage. L'absence de combinaison vous déliera peut-être les neurones.

Filipov, allongé sur le dos, fixa son adversaire, le cœur battant. Le pont était dangereusement incliné, un tiers du bateau était déjà sous l'eau.

— Je… il n'y a *aucun* moyen.

— Ah ! Vous m'en voyez désolé.

— Pour l'amour du ciel, laissez-moi retourner chercher une combinaison dans la cabine !

Le Fed donna l'impression d'hésiter.

— C'est un meurtre de sang-froid si vous me laissez mourir d'hypothermie.

— En effet, admit Pendergast. Je reconnais volontiers avoir une conscience fort chatouilleuse. Très bien. Je vous autorise à vous relever, mais évitez de tenter la moindre action idiote, je vous prie. Allez chercher une combinaison, je vous attends.

Filipov se redressa péniblement et manqua de s'évanouir, le crâne vrillé par un violent mal de tête. Il glissa sur le pont incliné et s'agrippa où il le pouvait en s'approchant de la trappe. Il constata avec horreur que le caisson était déjà à moitié submergé. Il allait devoir nager dans le noir s'il voulait se procurer une autre combinaison.

— Le Zodiac? demanda-t-il d'une voix faible.

— Criblé de trous, grâce à l'enthousiasme de vos amis.

Filipov sentit la panique le submerger. La seule solution était de plonger et de nager à tâtons jusqu'au coffre contenant les équipements de secours.

— Je vais devoir… plonger, dit-il.

— J'allais vous en prier.

Filipov se laissa glisser à l'intérieur du caisson. Il avait de l'eau jusqu'à la poitrine. La balise de détresse avait dû se déclencher, les gardes-côtes avaient donc été alertés, mais il était trop tôt pour s'en préoccuper. Il se remplit les poumons à plusieurs reprises et plongea.

L'eau glacée lui fit l'effet d'un coup de poing. D'un coup de talon, il se propulsa jusqu'à la cabine en gardant les yeux ouverts, mais l'obscurité était totale. Les poumons près d'éclater, il longea la coque à tâtons côté bâbord afin de s'orienter. Le courant d'eau de mer en provenance de la fuite le repoussa et il perdit ses repères, le diaphragme parcouru de spasmes. Comprenant qu'il n'aurait jamais assez d'air, il rebroussa chemin dans ce qu'il croyait être la direction du caisson. Il se cogna contre une cloison et refit surface au niveau d'une poche d'air, sous le plafond. Il reprit sa respiration, fermement décidé à savoir où il se trouvait précisément. L'eau montait vite et la poche s'amenuisait en chassant l'air dans un gémissement, à travers le hublot éclaté du plafond. Putain de bateau qui allait couler d'un instant à l'autre. Il plongea de nouveau en se guidant le long des parois et découvrit enfin le coffre des combinaisons, resté ouvert. Il referma son poing sur une masse de caoutchouc qu'il tira à lui avant de regagner la poche. C'est tout juste s'il restait cinquante centimètres d'air à l'intérieur de la cabine. Il voulut enfiler la combinaison sans attendre, mais elle était en tire-bouchon et ses doigts étaient gourds. Le froid lui paralysait les bras et la poche rétrécissait à vue d'œil alors que l'air continuait de s'échapper bruyamment. Soudain, il sentit le chalutier basculer, la poche d'air disparut et il comprit qu'il s'enfonçait avec le bateau dans les profondeurs glacées de l'Atlantique.

33

Le lieutenant Vincent D'Agosta posa le petit-déjeuner qu'il venait de se préparer – une omelette de blanc d'œuf au poivre noir et à l'estragon – sur la table de la cuisine du petit deux pièces impeccablement rangé qu'il partageait avec Laura Hayward. Il détestait les blancs d'œuf, mais il avait appris qu'entretenir sa minceur toute relative nécessitait beaucoup de vigilance et un régime draconien. En face de lui, sa femme lisait le dernier numéro du *Journal de police scientifique et de criminologie* tout en savourant son propre repas : le sandwich matinal new-yorkais par excellence, un mélange d'œuf, de bacon et de fromage dans un petit pain beurré. Elle avait beau avaler tout ce qui atterrissait dans son assiette, elle ne prenait pas un gramme. D'Agosta, que ce constat déprimait, se coupa un morceau d'omelette qu'il tritura tristement avec sa fourchette en poussant un soupir.

Hayward reposa sa revue.

— Quel est ton planning, aujourd'hui ?

D'Agosta piqua le morceau d'omelette et l'enfourna.

— Rien de spécial, répondit-il en arrosant sa bouchée d'un peu de café. De la paperasserie au sujet de l'affaire Marten.

— Tu as bouclé cette enquête en un temps record. Singleton a dû être ravi.

— Il m'a fait un compliment au sujet de ma cravate hier.

— Ce dandy? Chapeau.

— Il voulait sans doute me caresser dans le sens du poil avant de me refiler une nouvelle enquête. Tu vas voir.

Hayward sourit et se replongea dans la lecture de sa revue.

D'Agosta recommença à jouer avec son omelette. Il avait conscience que sa femme le ménageait sciemment depuis quelques semaines, et il lui en était reconnaissant. Elle savait combien la mort de Pendergast l'affectait. Près d'un mois s'était écoulé depuis, et il ressentait toujours la même décharge électrique chaque fois qu'il repensait à la disparition de son ami, c'est-à-dire souvent. Ce n'était pas la première fois que l'inspecteur était donné pour mort, certes, mais Pendergast avait toujours refait surface rapidement, à l'image des chats à qui il empruntait leurs neuf vies. Il semblait que Pendergast avait épuisé sa neuvième et dernière existence et D'Agosta s'en voulait de ne pas avoir été à ses côtés dans ce petit port de pêche du Massachusetts. Comme si sa présence avait pu modifier le cours du destin.

Son portable se déclencha, le riff de « Who Let the Dogs Out » noya la rumeur de la circulation qui s'infiltrait dans l'appartement. Il sortit son téléphone et jeta un coup d'œil à l'écran : NUMÉRO MASQUÉ.

Hayward lui lança un coup d'œil interrogateur.

— Un appel anonyme. Encore une boîte de télémarketing. Ces gens-là sont insatiables.

Il appuya sur la touche rouge.

— Ils ne se gênent pas. Il n'est pas encore 8 heures.

La sonnerie se déclencha de nouveau. NUMÉRO MASQUÉ. Ils se regardèrent en silence en attendant que la sonnerie s'arrête.

D'Agosta reposa sa fourchette.

— Je peux te prendre une bouchée de sandwich?

Il tendait la main lorsque le portable sonna une troisième fois. NUMÉRO MASQUÉ. Il jura entre ses dents, s'en empara et décrocha.

— Ouais? gronda-t-il.

La communication était exécrable.

— Vincent? crépita une voix au bout du fil.

— Qui est à l'appareil?

— Vincent, c'est moi.

Les phalanges de D'Agosta se crispèrent sur le téléphone. L'univers qui l'entourait perdit soudain de sa netteté, il aurait pu se croire en plein rêve.

— Pendergast?

— Oui.

Il voulut parler, mais ses lèvres refusaient de lui obéir et c'est tout juste s'il parvint à articuler des sons incohérents.

— Vincent, vous êtes là?

— Pendergast... Mon Dieu, je n'arrive pas à y croire! On a pourtant annoncé votre mort!

En face de lui, Laura Hayward avait baissé sa revue et l'observait avec des yeux écarquillés.

Le son distordu de la voix de Pendergast crépita à nouveau dans l'appareil, mais D'Agosta le coupa.

— Que s'est-il passé? Où étiez-vous? Pourquoi ne pas avoir...

— Vincent!

D'Agosta se tut à ce rappel à l'ordre.

— J'ai besoin de votre aide. Une mission d'une importance vitale.

D'Agosta serra le portable contre son oreille.

— Bien sûr, tout ce que vous voulez.

— Je ne réussis à joindre personne à ma résidence de Riverside Drive. Ni Proctor, ni Constance, ni Mme Trask. J'ai appelé le numéro fixe de la maison ainsi que le portable de Proctor à plusieurs reprises, sans succès. Je suis extrêmement inquiet. Vincent, soyez gentil, rendez-vous sur place immédiatement, sans perdre une minute, et dites-moi ce qu'il en est. Je ne serai pas de retour à New York avant ce soir au plus tôt.

— Bien sûr.

— Avez-vous de quoi écrire?

D'Agosta fouilla la poche de sa veste sous le regard scrutateur de sa femme.

— C'est bon, je vous écoute.

— Fort bien, répliqua Pendergast en commençant par lui indiquer son numéro de portable. À présent, écoutez-moi, continua-t-il. Au niveau de la colonne située à gauche de la porte d'entrée, vous découvrirez un compartiment secret dans lequel se trouve un clavier. Vous entrerez le code suivant, de façon à désarmer le système d'alarme et à déverrouiller la porte. Il s'agit du 315-514-17-804-18.

D'Agosta griffonna les numéros sur une feuille.

— OK.

— De grâce, hâtez-vous, Vincent. Je me fais un sang d'encre.

— Je vous appelle quand j'arrive sur place, mais j'aimerais vraiment savoir où vous étiez depuis tout ce temps...

Il s'aperçut qu'il parlait dans le vide. Pendergast avait raccroché.

— Vinnie... ? balbutia Laura.

Elle n'eut pas besoin d'achever sa phrase, D'Agosta lut sur son visage les émotions contradictoires qui la traversaient. Le soulagement d'apprendre que Pendergast était en vie, mais aussi l'inquiétude qui pouvait en découler, sachant ce type capable d'entraîner une nouvelle fois D'Agosta dans une enquête périlleuse.

Il tendit la main et serra les doigts de sa femme entre les siens.

— Je sais, voulut-il la rassurer. Je serai prudent.

Sur ces mots, il se leva, l'embrassa, vida sa tasse et quitta précipitamment l'appartement.

34

Tout en traversant la ville, D'Agosta se rassura en se disant que rien de grave ne pouvait s'être produit dans l'entourage de Pendergast. Il avait eu Proctor au téléphone moins de trois semaines plus tôt au sujet des recherches liées à la disparition de l'inspecteur, et savait d'expérience que le chauffeur et garde du corps de son ami, derrière sa réserve et sa nature taciturne, ne manquait pas de ressources. Rien de fâcheux ne pourrait se produire tant qu'il veillerait au grain. Quant à Constance et Mme Trask, il leur arrivait fréquemment de ne pas répondre au téléphone, et elles n'avaient pas de portable.

Il gara son véhicule de service devant la grille et descendit de voiture. Il était seulement 8 h 15 et la grande maison paraissait assoupie. Une camionnette identifiée par une pancarte Uber stationnait le long du trottoir, moteur au ralenti, mais cela ne signifiait probablement rien. Son conducteur pouvait très bien prendre sa pause, ou attendre un client domicilié dans l'un des immeubles voisins.

Un silence absolu régnait dans la propriété, que seul venait troubler le claquement de ses talons sur les dalles de pierre conduisant à l'entrée. Le temps de tâtonner quelques instants, il découvrit le couvercle derrière lequel se dissimulait un clavier de sécurité. Il tira la feuille de sa poche et composa le code. Un clic sourd se fit entendre et la lourde porte d'entrée se déverrouilla.

D'Agosta tourna la poignée et poussa le battant qui s'ouvrit dans un soupir. Il découvrit le vestibule et la grande salle à manger voisine, enveloppés dans la pénombre. Laissant la porte ouverte, il s'avança dans la salle à manger et fut sur le point d'appeler Constance Greene, qui devait prendre son thé du matin dans la bibliothèque à cette heure.

Hésitant, il referma la bouche, étonné par le silence oppressant qui régnait dans la maison.

Un détail le frappa soudain. Aucune lumière n'était allumée, alors que les fenêtres étaient rares dans cette partie de la vieille demeure. Si Proctor découvrait une silhouette inconnue dans l'obscurité, il était capable de réagir d'une façon dangereuse. Il se colla contre un mur et prit le temps de réfléchir.

Peut-être aurait-il été mieux avisé de sonner, mais il n'y avait pas de sonnette à sa connaissance. Et puis, en cas de problème, il ne voulait pas donner l'alerte.

Il attrapa son téléphone, fit défiler la liste de ses contacts, s'arrêta sur le numéro de Proctor et le composa. La sonnerie retentit à huit reprises à l'autre bout du fil avant de s'arrêter, sans basculer sur la messagerie.

D'Agosta secoua la tête. Toute cette histoire était ridicule, il n'avait aucune raison d'avoir peur. Il remisa le portable dans la poche de sa veste et traversa la salle à manger en direction du salon de réception. La lumière y était moins tamisée et il s'arrêta afin de contempler les vitrines en bois alignées le long des murs, leur précieux contenu sagement rangé sur des rayonnages sculptés. À sa droite se dressait la double porte de la bibliothèque. Le mieux était de signaler sa présence en toquant discrètement.

Il avançait sur les dalles de marbre lorsqu'un homme surgit d'un couloir sombre du côté opposé. Vêtu d'un costume anthracite, il tenait à la main une valise. D'Agosta se pétrifia en découvrant sa silhouette élancée, ses cheveux blond-roux et sa barbichette soigneusement taillée.

À défaut de reconnaître le nouveau venu, sinon à partir des photos de lui qu'il avait pu voir et des portraits-robots que Pendergast lui avait montrés, il comprit à qui il avait affaire tant la ressemblance était frappante avec l'inspecteur. *Non*, pensa-t-il. *C'est impossible.*

L'individu, le reconnaissant à son tour, parut tout aussi surpris. Il s'empressa de reprendre une expression normale.

— Ah, le lieutenant, dit-il à mi-voix, sur un ton qui trahissait son déplaisir.

D'Agosta connaissait également cette voix. Une voix qu'il avait entendue dans la pénombre de la Grande Horloge, la plaque tournante ferroviaire enfouie dans les entrailles de Manhattan, quatre ans plus tôt[1].

Tout lui revint en l'espace d'un éclair. Diogène Pendergast !

L'autre passa aussitôt à l'action, mais sa lourde valise l'encombrait et il la laissa tomber à ses pieds avant de glisser la main à l'intérieur de sa veste. D'Agosta précéda son geste. Il sortit son arme et visa son adversaire en se mettant en position de combat.

— Je veux voir vos mains, ordonna-t-il.

Diogène retira lentement sa main de la poche intérieure de sa veste et leva les bras en reculant d'un pas. Un rai de lumière éclaira la cicatrice qui lui balafrait la joue et mit en lumière son étrange regard bleu et vert.

D'Agosta crut distinguer un léger mouvement dans la pénombre, dans le dos de Diogène. L'instant suivant, Constance Greene lui apparut. Elle se figea.

— Venez vous mettre derrière moi, Constance, lui recommanda-t-il en soulignant sa phrase d'un mouvement de menton.

Elle resta un instant immobile, puis contourna Diogène avec le plus grand calme et se posta derrière D'Agosta.

— Voici ce que je vous propose, reprit le lieutenant sans cesser de menacer Diogène de son arme. Je vais

1. Voir *Danse de mort* (L'Archipel, 2007).

appeler du renfort et nous attendrons sagement tous les trois qu'arrivent mes collègues. Si vous faites seulement mine de bouger un doigt, si vous parlez ou si vous respirez un peu trop fort, je vous colle une balle en pleine tête et...

Il ressentit un choc violent au niveau de la nuque. Une lumière éblouissante l'aveugla, qui vira au noir tandis qu'il s'écroulait.

*

Diogène ne prit pas immédiatement la mesure de la scène à laquelle il venait d'assister. Il observa Constance, d'une parfaite élégance dans sa robe fauve et son chapeau désuet dont le voile était relevé, un sac à main accroché à l'épaule. Il se sentit submergé par un trop-plein d'émotions en voyant les risques qu'elle avait pris pour le protéger. Il baissa les bras.

— Il s'agissait d'un vase Ming, remarqua-t-il.

Elle s'avança au-dessus du corps sans connaissance de D'Agosta. Le vase à l'aide duquel elle l'avait assommé gisait en miettes sur le dos du lieutenant.

— Je n'ai jamais éprouvé beaucoup d'affection pour cet homme, murmura-t-elle.

Voyant que Diogène glissait la main à l'intérieur de sa veste, elle ajouta précipitamment :

— Il ne représente aucun danger pour nous. Souvenez-vous, plus de victimes.

— Mais bien sûr, ma chère. J'allais simplement sortir mon mouchoir.

Un sourire aux lèvres, il épongea son front pâle et rangea le mouchoir.

— Le temps d'aller chercher votre malle et nous partons, conclut-il avant de s'enfoncer dans les profondeurs de la vieille maison.

35

Une agitation soudaine tira D'Agosta de la léthargie provoquée par les narcotiques. Complètement perdu, il nageait dans un épais brouillard. Ses oreilles émettaient un bourdonnement continu et une douleur sourde lui vrillait la nuque. Le décor de la chambre d'hôpital se déforma comme dans un aquarium.

Il voulut s'éclaircir les idées en secouant la tête. Mal lui en prit. Il poussa un gémissement et referma les paupières.

Plusieurs voix résonnaient dans la pièce. Des voix qu'il connaissait. Il s'obligea à rouvrir les yeux en battant des cils dans l'espoir de dissiper les effets du sédatif. La petite aiguille de l'horloge murale se trouvait sur le chiffre cinq. Bon sang, il était donc resté évanoui toute la journée? Laura Hayward était assise à côté de son lit, avec une expression qu'il lui connaissait bien: la mine butée d'une lionne protégeant son compagnon.

— Vinnie! s'écria-t-elle en se levant.

— Hmmmmm.

Il aurait voulu lui répondre, mais sa langue ne lui obéissait plus.

— Vincent, mon cher ami.

Sans commettre cette fois l'erreur de bouger la tête, D'Agosta tourna son regard vers le pied du lit et vit l'inspecteur Pendergast, installé sur une chaise. Il papillota des paupières, sous le choc, en découvrant son ami réduit à l'état de squelette, des cercles noirs sous les yeux, son visage livide couvert d'hématomes et de plaies à vif. Il avait endossé un blouson du FBI trop grand pour sa silhouette décharnée.

Les deux visiteurs s'inquiétèrent longuement pour D'Agosta tandis qu'il sombrait dans une forme de demi-conscience. Allongé, les paupières closes, il s'efforça de suivre leur conversation.

— Un hélicoptère m'a conduit jusqu'à l'héliport de Manhattan, expliquait l'inspecteur à Laura. J'ai accouru ici dès que j'ai appris ce qui était arrivé. Est-ce vous qui l'avez découvert?

— Comme il ne répondait pas sur son portable, j'ai fini par envoyer chez vous une voiture de patrouille. On l'a retrouvé dans le salon de réception. Il gisait sur le ventre, sans connaissance.

— J'ai cru comprendre qu'un détachement du NYPD avait été mobilisé.

— Vous plaisantez? Une femme enlevée et un de nos gradés attaqué? Ils ont appelé la cavalerie, oui.

D'Agosta, l'esprit moins embrumé, retrouva sa voix.

— Pendergast!

L'inspecteur se tourna vivement vers lui.

— Comment vous sentez-vous?

— Merveilleusement bien. Dieu, que je suis content de vous voir…

Il sentit sa voix se briser.

Pendergast lui adressa un signe agacé.

— Alors… que s'est-il passé? insista D'Agosta.

— Je me trouvais… en mer. Pour résumer la situation, les hommes qui m'ont sauvé de la noyade ont décidé de me prendre en otage. Ils m'ont retenu prisonnier sur leur bateau jusqu'à ce qu'il sombre. Autant de détails qui ne nous concernent en rien dans la situation actuelle. Je n'étais pas moi-même lorsque je vous ai envoyé au front. Je vous prie de m'en excuser.

— Ce n'est rien, le rassura D'Agosta.

Pendergast laissa s'écouler un court silence avant de reprendre la parole.

— Puis-je vous demander... ce qui s'est passé? s'enquit-il.

— Ne le fatiguez pas, s'interposa Laura.

Malgré l'effet des narcotiques, D'Agosta comprit à quel point son ami était inquiet, ce qui ne lui ressemblait pas. Il se racla la gorge en luttant contre la fatigue qui menaçait de le submerger. Le médecin l'avait prévenu qu'il risquait d'être victime d'amnésie, mais il n'en était rien, fort heureusement, même si les détails de son équipée matinale restaient un peu vagues.

— Je suis entré chez vous en me servant du code que vous m'aviez confié. Au moment où j'arrivais dans le salon de réception, je suis tombé sur... Diogène.

Pendergast se leva à moitié de sa chaise en apprenant la nouvelle.

— *Diogène?* En êtes-vous certain?

— Oui. Il arrivait des profondeurs de la maison. Je l'ai immédiatement reconnu.

D'Agosta prit le temps de réfléchir aux détails qu'il aurait pu oublier.

— Il tenait une valise à la main.

— Ensuite?

— Il m'a reconnu, lui aussi, poursuivit D'Agosta, la gorge sèche. Je l'ai menacé de mon arme. Constance est arrivée sur ces entrefaites.

Pendergast pâlit encore davantage.

— Constance.

— Je lui ai demandé de se poster derrière moi pour la protéger. Je tenais Diogène en respect et j'allais appeler du renfort quand on m'a assommé par-derrière... Quand j'ai repris connaissance, je me trouvais dans l'ambulance.

L'expression de Pendergast était terrible à voir.

— *Constance*, répéta-t-il, comme pour lui-même.

— Tout ça ne fait pas un pli, intervint Laura. Diogène avait un complice que Vinnie n'a pas vu et qui l'a frappé par-derrière. Nos équipes relèvent les empreintes sur les débris du vase qui a manifestement servi à l'assommer.

— Je croyais que Diogène était mort, remarqua D'Agosta.

— Nous le pensions tous, répliqua Pendergast.

Il resta quelques instants figé sur sa chaise avant de demander :

— Quelle a été la réaction de Diogène lorsqu'il vous a vu ?

— Il a été aussi surpris que je l'étais.

— Et Constance ? Était-elle menottée ? Entravée d'une façon ou d'une autre ?

D'Agosta s'efforça de chasser le brouillard qui flottait dans sa tête.

— Pas à ma connaissance.

— Comment vous a-t-elle paru ? Sur la défensive ? Droguée ? Contrainte ?

— Je n'ai jamais su la déchiffrer. Désolé. Elle... elle avait un sac à main à l'épaule. Ah ! Elle portait aussi un chapeau. Je serais malheureusement incapable de vous le décrire.

— A-t-elle tenté de se défendre ? Qu'a-t-elle déclaré ?

— Rien du tout. Elle s'est réfugiée sans un mot derrière moi quand je le lui ai demandé.

— Et lui ? Était-il armé ?

Les bourdonnements d'oreille de D'Agosta ne cessaient d'empirer.

— Rien de visible.

— Il me semble que Vinnie nous en a assez dit, décida Laura d'une voix sans réplique.

Pendergast resta sans réaction, le regard perdu dans le lointain. Il ne tarda pas à revenir à la réalité. D'Agosta ne l'avait jamais vu aussi défait, son regard argenté n'avait jamais été aussi brillant.

L'inspecteur se leva.

— Vincent, laissez-moi vous souhaiter un prompt rétablissement.

— Ce n'est pas pour dire, mais vous n'avez pas l'air très vaillant vous-même.

— Je compte m'en occuper. Capitaine Hayward, salua-t-il la jeune femme en lui adressant un salut sec avant de tourner les talons et de se diriger vers la porte.

En le regardant s'éloigner, avant de sombrer, D'Agosta remarqua que l'inspecteur portait un pantalon noir crasseux réduit à l'état de haillons sous son blouson du FBI.

36

Diogène Pendergast, sous l'apparence soigneusement étudiée de Petru Balan, s'avança sur la terrasse privée de sa suite du neuvième étage de l'hôtel Corcoran et prit le temps d'observer les alentours avec un soin obsessionnel, ainsi qu'il en avait l'habitude. L'océan Atlantique dessinait une ligne nord-sud ininterrompue, ses rouleaux reflétant le rose des nuages de cette fin de journée. La rumeur de ce quartier de Miami lui parvenait de tous côtés, des effluves de salsa flottaient jusqu'à lui, portés par la brise du soir. Tout semblait normal.

Il interrogea son sixième sens, ce système d'alarme interne auquel il se fiait plus qu'à tout, et ne perçut aucun danger immédiat.

À condition d'oublier l'arrivée inopinée de ce lieutenant du NYPD dans la maison de Riverside Drive le matin même, un événement auquel il ne s'attendait pas en dépit de son attachement au détail, tout s'était bien passé. Cette mauvaise surprise n'était d'ailleurs pas sans contrepartie, puisqu'il avait pu constater avec quelle rapidité Constance avait neutralisé l'intrus.

Il jeta un coup d'œil dans sa direction. Allongée sur une méridienne, elle portait une jupe blanche qui lui arrivait aux genoux, un chemisier jaune pâle, un chapeau de paille à large bord et des lunettes de soleil qui dissimulaient ses traits. Chevilles croisées, elle avait un verre de jus de citron vert glacé à côté d'elle.

Diogène lui avait suggéré d'enfiler cette tenue dès leur arrivée à l'hôtel. Il avait choisi ce lieu sur Ocean Drive, au cœur du quartier Art déco de South Beach, pour l'anonymat qu'il leur garantissait au milieu d'une faune chic et voyante, essentiellement centrée sur elle-même. À l'image de la plupart des hôtels du quartier, l'ancien Vanderbilt Arms avait été rénové dans le style paquebot, heureusement sans trop de zèle. Diogène n'avait pas choisi cet établissement uniquement pour son élégance et son confort, mais aussi pour sa taille. Les passagers allemands d'un bateau de croisière monopolisaient l'attention du personnel depuis leur arrivée. Il avait hésité à louer la suite de toit, équipée de quatre chambres, d'un piano de concert et d'une piscine à débordement, avant d'y renoncer, de peur d'attiser inutilement la curiosité. Il s'était rabattu sur l'une des grandes suites de l'hôtel, dotée de trois chambres, de douches à effet de pluie, de draps Frette et d'un sauna en bois de cèdre. Un heureux compromis entre l'austérité du refuge de Constance à New York et le luxe qui l'attendait sur Halcyon.

Le vol en première classe à destination de Miami s'était déroulé sans encombre, grâce à la méticulosité avec laquelle Diogène s'était métamorphosé en Petru Balan. Tout se déroulait comme prévu, mais il ne pouvait s'empêcher de ressentir un malaise diffus en observant Constance. S'il était impossible de déchiffrer son expression à l'abri de son chapeau et de ses lunettes Bulgari, la façon dont elle contemplait fixement la mer, comme figée, sans même toucher à son verre, lui rappelait la posture immobile dans laquelle il l'avait surprise lorsqu'elle faisait ses bagages, à l'heure de quitter définitivement le 891 Riverside Drive.

Il en arrivait à se demander s'il avait bien fait de jeter son dévolu sur South Beach, le temps de récupérer la *cauda equina*. Après une enfance miséreuse et tragique, Constance s'était retirée du monde dans les profondeurs de la vieille demeure d'Enoch Leng. Et lorsque le frère de

Diogène l'avait prise sous son aile, elle n'avait quitté son repaire que très épisodiquement pour découvrir de rares quartiers de New York, l'Italie, l'Angleterre, La Nouvelle-Orléans, ou encore la côte du Massachusetts. Le mauvais goût prétentieux et narcissique qui régnait sur Ocean Drive était peut-être plus outré encore que celui de Las Vegas. Un tel choc, survenant à une période aussi électrique de l'existence de Constance, n'était pas nécessairement idéal.

Constance porta le verre de jus de citron vert à ses lèvres.

— Constance? l'appela-t-il d'une voix douce.

Elle tourna son visage vers lui.

— Auriez-vous l'obligeance de me suivre à l'intérieur un instant? J'aimerais vous détailler les arrangements que j'ai pris pour les jours à venir.

Elle finit par se lever d'un air mal assuré, en s'appuyant brièvement sur le dossier de la méridienne avant de rejoindre le salon. Elle s'installa sur un canapé moelleux, ôta son chapeau dont elle lissa la coiffe, le posa à côté d'elle et retira ses lunettes de soleil.

Diogène reçut un choc. Loin de la chaude caresse du soleil, ses traits lui apparurent pâles et tirés, ses orbites s'étaient creusées, comme pochées. Ce changement était-il dû au vol, ou bien au traumatisme lié au renoncement à cette maison qu'elle habitait depuis si longtemps? Non, il ne s'agissait pas d'une simple manifestation émotionnelle, mais bien d'un phénomène physique. Se pouvait-il qu'elle soit en train de ressentir les effets du mauvais élixir de Leng, à présent qu'elle acceptait d'en reconnaître les limites? Diogène eut un pincement au cœur.

— Vous sentez-vous bien? s'enquit-il sans réfléchir.

Elle balaya la question d'un geste.

— Un simple mal de tête. Cela passera.

Il prit place dans un fauteuil en face d'elle.

— Voici donc ce qui nous attend. Lucius sera exécuté demain à 21 heures, à la prison d'État de Pahokee, à cent cinquante kilomètres au nord-ouest d'ici. Je remplacerai le médecin légiste qui souffrira d'une indisposition soudaine. Rien de grave, je vous rassure, mais il ne sera pas en mesure de remplir sa mission. Le corps sera déposé dans les locaux du médecin légiste aux alentours de 22 heures. Je m'empresserai d'extraire la *cauda equina* et de la stabiliser avant de procéder à l'examen du défunt, ainsi que le requiert la loi. Je rédigerai mon rapport et remplirai les documents autorisant la famille à récupérer le corps. L'incision que je pratiquerai au niveau des reins sera minime et mon rapport en expliquera la présence, de sorte que personne ne se doutera de rien. Tout se déroulera dans les règles, mes références le garantiront.

Il embrassa la pièce d'un geste.

— Au cours des trente-six heures que durera mon absence, je vous encourage vivement à ne pas quitter cette suite. Moins nous nous montrerons, mieux cela vaudra. J'ai tout fait pour que ce refuge soit confortable. Je vous laisse choisir la chambre qui vous convient le mieux. Vous trouverez ici des livres, des disques et des vidéos. J'ai notamment mis à votre disposition les films de Yasujirô Ozu, je vous les conseille chaleureusement si vous ne connaissez pas encore son œuvre. Cet établissement propose du personnel de chambre et de cuisine vingt-quatre heures sur vingt-quatre, bien évidemment, avec un menu complet dans lequel vous n'aurez qu'à puiser. Le réfrigérateur est bien approvisionné en eau minérale, jus de fruits, et Dom Pérignon.

Il tapota du doigt le portable posé sur la table de verre qui les séparait.

— En cas de besoin, n'hésitez pas à m'appeler.

Il se leva.

— Je serai de retour après-demain tôt. Mon yacht est ancré dans le port de South Beach. Nous débarquerons à Halcyon le soir même. J'aurai synthétisé l'élixir d'ici là et vous recouvrerez rapidement votre pleine et entière santé.

Il consulta sa montre.

— Je ne vais pas tarder à vous laisser. En quoi pourrais-je rendre votre séjour plus agréable pendant mon absence ?

— Tout est parfait, je vous remercie.

— Des médicaments, peut-être ? Des relaxants musculaires ? Des stimulants ?

Elle fit non de la tête.

Soudain, porté par son instinct, il posa un genou devant elle et lui prit la main.

— Constance, je vous fais une promesse solennelle : dans deux jours, nous aurons entamé une nouvelle vie sur mon île. *Notre* île. Je serai alors libre de me consacrer tout entier à votre santé comme à votre bonheur.

Il lui retourna délicatement la main et déposa un baiser sur sa paume. Constance lui répondit par un sourire.

— N'hésitez pas à m'appeler, déclara-t-il en se relevant. Je vous aime.

L'instant d'après, il saisissait au vol l'élégante canne en rotin de Petru Balan et quittait silencieusement la suite.

37

À l'heure où Diogène quittait le Corcoran, son frère Aloysius, vêtu de ses haillons et d'un blouson du FBI, regagnait le 891 Riverside Drive. Il enjamba sans hésiter la bande plastique de police interdisant l'accès à la salle de réception, fit le tour de la pièce qui portait encore les traces du passage des techniciens de l'identité judiciaire et s'avança dans la bibliothèque.

Chaque objet se trouvait à sa place, à l'exception d'un courrier posé sur une table basse. Adressé à Proctor, il émanait de Mme Trask.

Pendergast déchira l'enveloppe et déplia la lettre. Mme Trask y annonçait son intention de rester une ou deux semaines de plus que prévu à Albany, auprès de sa sœur malade. Elle s'excusait, tout en se disant certaine que Proctor ne verrait aucun inconvénient à veiller sur Constance.

Pendergast reposa la lettre et resta un moment immobile, à l'affût du moindre son. Il se décida enfin à sortir de la bibliothèque et monta à l'étage où il visita successivement les quartiers de Proctor et ceux de Constance.

La maison était déserte et tout indiquait que Proctor était parti en toute hâte. Le voile de poussière accumulé sur les meubles signalait une absence d'une dizaine de jours. Quant au sac de secours de l'intéressé, il avait disparu.

L'appartement de Constance n'avait pas non plus servi depuis longtemps. On y devinait les préparatifs d'un départ soudain.

Pendergast tira un portable de sa poche et composa un numéro à River Pointe, une banlieue de Cleveland. Son correspondant décrocha après trois sonneries et Pendergast conserva le silence pendant les quinze secondes nécessaires au bon fonctionnement d'un système d'identification.

— Que me vaut le plaisir d'entendre mon agent secret préféré? résonna enfin une voix familière, à l'autre bout du fil. Je constate que vous avez changé de numéro. De téléphone, également. Un iPhone 6S, à en juger par son identifiant. Bravo.

— Mime, j'ai besoin de votre aide.

— N'est-ce pas toujours le cas? Vous ne m'appelez plus jamais pour discuter de tout et de rien.

— C'est urgent.

— Là encore, rien de nouveau sous le soleil, répliqua le dénommé Mime en poussant un grand soupir. Très bien, que puis-je pour vous?

— Vous connaissez mon chauffeur, Proctor.

— Bien sûr. Un ancien des forces armées, un temps sous vos ordres si je ne m'abuse, prénom…

— C'est parfait. Il a disparu de ma maison de Riverside Drive il y a une dizaine de jours. J'ai besoin que vous retrouviez sa trace.

— Voilà une mission qui pourrait se révéler amusante. Lorsque j'aurai terminé, peut-être pourrez-vous m'aider à votre tour. Je convoite depuis quelque temps un nouveau gadget du FBI, un duplexeur cellulaire qui…

— Tout ce que vous voudrez. Trouvez Proctor, et tenez-moi informé. Je vous remercie, Mime.

Pendergast remisa le téléphone au fond de sa poche et jeta un nouveau regard dans la pièce.

La chambre n'avait pas été utilisée depuis quelque temps, mais D'Agosta n'en avait pas moins vu Constance le matin même, en présence de Diogène. D'Agosta lui avait précisé que ce dernier tenait à la main une valise. Quant à Constance, elle était coiffée d'un chapeau, ce qui ne lui était pas habituel, sinon en voyage.

Diogène. Il semblait impossible qu'il ait pu survivre à cette chute dans la coulée de lave du Stromboli. Pourtant, il était bel et bien là quelques heures plus tôt et sa présence dans la vieille maison ne pouvait qu'être motivée par un désir de vengeance. À l'endroit de Pendergast et, plus encore, à l'endroit de Constance qui l'avait poussé dans ce ravin trois ans auparavant.

Non, ça ne collait pas. Le témoignage de D'Agosta mettait en lumière des détails que Pendergast ne s'expliquait pas.

Il ouvrit la porte du dressing de Constance. Sa garde-robe était fournie, mais l'inspecteur nota tout de suite l'absence d'un certain nombre de vêtements.

Il fronça les sourcils. Vingt-quatre jours s'étaient écoulés depuis ce matin tragique où il avait été entraîné au large des côtes du Massachusetts, lors de son affrontement avec la créature. Bien des événements s'étaient produits depuis, qui ne le rassuraient en rien. Comment Proctor avait-il pu quitter la maison en abandonnant Constance? Jamais il n'aurait commis une telle erreur. Où se trouvait-il? Pourquoi n'était-il pas revenu? En dépit de la mission confiée à Mime, Pendergast redoutait que Diogène ait assassiné Proctor. Comment Constance avait-elle pu rester seule dans cette maison déserte?

Sans parler de la scène ahurissante qui attendait D'Agosta lorsqu'il avait pénétré dans la maison peu après 8 heures. Sa description des faits n'avait aucun sens.

Il existait deux scénarios possibles. Dans le premier cas, Diogène avait été surpris au moment où il enlevait Constance. Le comportement et la tenue de cette dernière, tels que décrits par D'Agosta, ne cadraient pas avec une telle hypothèse.

Restait une seconde possibilité… plus plausible au regard des faits… mais si effrayante qu'il se refusait à l'envisager.

Sortant brusquement de sa torpeur, il quitta précipitamment la chambre et entreprit une fouille en règle de la maison. Il commença par le grenier et redescendit progressivement, à la recherche du moindre indice susceptible de résoudre l'énigme de cette demeure abandonnée. Tout en poursuivant sa tâche, il voyait s'égrener les secondes, conscient que le temps lui était compté...

Seize heures plus tard, il pénétrait dans le petit appartement de Constance, au cœur des souterrains. Il s'installa devant la table de la bibliothèque. Une idée précise des événements récents commençait à se dessiner dans sa tête. Ainsi donc, c'était là qu'elle avait vécu au cours des quinze derniers jours. Quatre objets se trouvaient alignés face à lui : une orchidée, un recueil des poèmes amoureux de Catulle dont l'un était annoté d'une écriture qu'il connaissait bien, une partition originale manuscrite dédiée à Constance, ainsi qu'un *thangka* tibétain représentant un enfant divin aux traits qu'il avait peur d'identifier.

Pendergast se sentait envahi par un engourdissement tel qu'il n'en avait jamais ressenti auparavant. Une conclusion avait fini par s'imposer à lui : Constance avait cédé à une cour assidue, exécutée de main de maître.

Comment une personne aussi avertie que Constance avait-elle pu se laisser duper de la sorte ? Tout indiquait pourtant que l'opération avait réussi.

Pendergast était le premier à reconnaître qu'en dépit de sa connaissance intime des penchants criminels de l'humanité, le fonctionnement de la gent féminine lui échappait largement, tout comme la complexité des relations sentimentales. De toutes les femmes dont il avait croisé la route, Constance, portée par la violence de ses passions, était de loin la plus énigmatique.

Il scruta la pièce dans tous ses recoins, et ses yeux argentés brillèrent d'un éclat étrange lorsqu'ils revinrent aux quatre objets alignés devant lui. Il ne parvenait pas à y croire.

Il existait un moyen d'en avoir le cœur net. Il retira son blouson et s'en servit pour envelopper la partition et le recueil de poèmes en veillant à ne pas les toucher, puis il se leva et regagna la maison après avoir ramassé la brosse à cheveux de Constance dans sa chambre.

Une fois dans la grande bibliothèque du rez-de-chaussée, il écarta un lambris derrière lequel se dissimulait un ordinateur. Il se rendit sur le site sécurisé du NYPD dont il exhuma les empreintes de Diogène, relevées à l'époque où celui-ci était recherché pour le vol d'un diamant d'exception, le Cœur de Lucifer[1].

Les empreintes de Diogène à peine affichées sur l'écran, il saupoudra la partition et le recueil de poèmes d'un produit spécial à l'aide duquel il releva deux séries d'empreintes très nettes en s'aidant de bande adhésive. L'une des deux avait été laissée par Diogène.

Les empreintes de Constance ne figuraient en revanche dans aucune base de données, officielle ou autre. Aussi Pendergast décida-t-il de les relever sur le manche de la brosse à cheveux afin de les comparer à celles de la seconde série. Elles correspondaient en tout point. C'était bien la preuve que Diogène, et nul autre, avait fait la cour à Constance pendant que Pendergast était retenu prisonnier à bord du chalutier.

Il lui restait un ultime test à réaliser, dont il redoutait le résultat.

Il resta assis un long moment en silence dans la bibliothèque avant de se décider à se brancher de nouveau sur la base de données du NYPD. Il fit apparaître à l'écran les empreintes relevées sur le vase Ming ayant servi à assommer D'Agosta.

Il connaissait parfaitement ce vase, dont il savait la fragilité et la rareté. Un objet assez lourd pour étourdir un adversaire, sans risque de le tuer. Les clichés pris par les techniciens du NYPD confirmaient que la fine porcelaine s'était brisée en mille morceaux. Seul le pied du vase était resté intact, et Pendergast afficha à l'écran l'ensemble des empreintes qui s'y trouvaient.

---

1. Voir *Danse de mort* (L'Archipel, 2007).

Elles étaient nombreuses, mais une série en particulier avait été déposée après les autres. L'emplacement des doigts indiquait que la dernière personne qui avait manipulé le vase l'avait saisi par le pied, dans le but évident de s'en servir comme d'une arme.

Il reconnut les empreintes de Constance.

Sa main retomba machinalement du clavier et un long frisson lui parcourut l'échine. Constance s'était laissé courtiser par son frère. En dépit de tout ce qu'elle savait de lui et des souvenirs tragiques qu'ils partageaient, elle avait succombé à son charme et décidé de s'enfuir en sa compagnie. D'Agosta les ayant surpris au moment du départ, elle n'avait pas hésité à l'assommer.

Il se sentit submergé par une vague d'émotions qui lui étaient étrangères : la panique, la confusion, l'horreur et, de façon sournoise, la jalousie. Il lui fallait agir sans attendre, mais comment ? Que faisait Constance à cette heure ? Était-elle en vie ? Des images dérangeantes s'imprimèrent dans son esprit. Au nom du ciel, pouvait-elle se trouver en compagnie de son frère à cet instant précis ? Il repensa à l'altercation inattendue qui l'avait opposé à Constance dans sa chambre de l'auberge d'Exmouth. Sa propre maladresse avait-elle contribué à la jeter dans les bras de ce frère détesté ?

Bouleversé, Pendergast se passa une main sur le front. Les doigts agrippés à ses cheveux d'un blond presque blanc, dans un geste de désespoir, il poussa un cri dans lequel se mêlaient souffrance, honte, fureur, impuissance, et regret. Quel qu'ait été le cours des événements pendant son absence, il en portait partiellement la responsabilité.

Pour l'heure, il allait devoir laisser Mime s'occuper seul de Proctor, tout en se chargeant lui-même de retrouver Constance, avec la certitude de croiser la route de son frère.

Ce jour-là, il veillerait personnellement à ce que cette rencontre soit la dernière.

38

Des années durant, Diogène Pendergast avait sciemment entretenu simultanément quatre identités d'emprunt différentes, toutes parfaitement étudiées. D'une certaine façon, elles avaient pris corps à ses yeux, au point de lui permettre d'échapper à sa propre réalité tout en valorisant certains traits de sa personnalité complexe. Se glisser dans la peau d'un autre prenait l'allure d'une soupape de sécurité, une façon de prendre temporairement congé de son âme torturée.

Il trouvait le plus grand plaisir à créer ces personnages d'emprunt. À l'heure du tout numérique, ce genre d'imposture tenait du défi, mais une fois la manœuvre réussie, il était aisé de s'y tenir. Le succès de l'opération tenait moins du savoir-faire informatique que de la présence physique. Maintenir en vie ses « sosies », leur assurer un quotidien concret et productif prenait un temps infini. L'entretien de ces identités multiples, ajouté à l'aménagement d'Halcyon, avait nourri l'essentiel de son existence en lui procurant un amusement bienvenu. Deux de ses alias étaient « stationnés » aux États-Unis, ainsi qu'il le disait lui-même, faute d'un meilleur terme. L'Europe de l'Est, où l'anonymat s'achetait et s'entretenait avec davantage de facilité, avait servi de refuge à sa troisième personnalité. Quant à la quatrième, il l'avait mise en sommeil depuis quelque temps, estimant qu'elle ne lui était plus d'aucune utilité.

Il avait perdu son personnage préféré, celui d'Hugo Menzies, conservateur au Muséum d'histoire naturelle de New York, lors des tragiques événements qui l'avaient conduit sur les pentes du volcan Stromboli[1]. Il en éprouvait un regret sincère. Menzies était le premier de ses alter ego, un chercheur distingué qu'il avait maintenu en vie au prix de nombreux efforts. À la suite de son accident, il avait consacré toute son énergie à s'accrocher à la vie. À présent qu'il était guéri, il était enfin libre de renouer avec ses identités d'emprunt en veillant soigneusement à justifier de façon plausible son absence prolongée.

Diogène allait devoir cette fois ressusciter sa quatrième identité. Au cours des onze dernières années, il avait incarné le Dr Walter Leyland, un médecin de Clewiston en Floride, sur la rive méridionale du lac Okeechobee. Ses études avaient doté Diogène d'une connaissance approfondie de la médecine, ce qui contribuait à sa crédibilité, et Clewiston se trouvait suffisamment à l'écart de villes telles que Palm Beach et Miami pour que la crédibilité de son personnage ne soit pas remise en cause. Le Dr Leyland était célibataire et sa clientèle se composait de quelques patients fortunés. Il passait le plus clair de son temps à l'étranger, ce qui faisait de lui un notable mal connu, mais respecté, de sa communauté. Diogène n'avait jamais caché sa surprise de voir la profession médicale accepter avec autant de naïveté cette façade factice. Il avait d'ailleurs veillé à se créer de toutes pièces un passé plausible en s'inventant des études dans une faculté de médecine, un internat dans un service d'anatomo-pathologie et une spécialisation de médecine légale, ce qui l'autorisait à remplacer, dans certaines circonstances, le médecin légiste du comté de Hendry.

Cette couverture lui avait donné libre accès à des laboratoires, du matériel et des médicaments dont il avait besoin dans le cadre de ses recherches. Elle lui avait

1. Voir *Le Livre des trépassés* (L'Archipel, 2008).

surtout permis de se débarrasser de cadavres en toute impunité. Cette époque était désormais révolue, mais l'identité du Dr Walter Leyland allait se révéler à nouveau utile.

La loi de l'État de Floride laissait aux condamnés le libre choix de leur mode d'exécution : électrocution ou injection létale. Lucius Garey avait opté pour cette dernière et la tâche de Diogène s'en trouvait grandement facilitée.

Il était 19 h 45 lorsqu'il se présenta devant l'entrée principale de la prison d'État de Pahokee, flanquée de palmiers. Une mallette posée à côté de lui sur le siège passager, il avait choisi un costume sombre pour donner corps à la figure du Dr Walter Leyland que crédibilisaient une perruque blanche, des lentilles de contact marron et des bourres de coton au niveau des joues. Un peu de maquillage de scène lui avait permis d'effacer sa cicatrice à la joue et il avait rasé sa barbichette, Leyland étant glabre, tout comme Petru Balan. Il présenta ses papiers au gardien posté à l'entrée qui les vérifia en consultant la liste figurant sur l'ordinateur de sa guérite.

— Bienvenue, docteur Leyland, l'accueillit le gardien. Ça faisait un moment.

— J'ai été appelé à l'étranger, dans le cadre de l'épidémie de fièvre Ebola.

Le gardien hocha la tête.

— Vous connaissez le chemin, pas vrai, docteur ? demanda-t-il d'un air maussade.

La fonction des médecins légistes du comté de Hendry consistait à examiner les dépouilles des condamnés à mort avant de signer leur certificat de décès. Plus rarement, les légistes administraient eux-mêmes l'injection létale lorsque le bourreau était indisponible. Quelques années auparavant, lors de l'exécution d'un condamné ayant épuisé tous les recours légaux, le médecin légiste du comté, le Dr Caulfeather, avait demandé à Diogène de lui servir d'adjoint.

Diogène n'avait jamais envisagé une telle éventualité lorsqu'il s'était inventé le personnage de Leyland. Il avait accepté avec reconnaissance la proposition de Caulfeather, trop heureux que le destin se montre aussi généreux avec lui.

L'expérience s'était révélée fort intéressante. Pour la première fois de sa vie, Diogène participait de façon légale à la mise à mort d'un être humain, avec le soutien et les encouragements de la société. Il avait assuré son collègue Caulfeather de sa bonne volonté le jour où l'occasion se présenterait à nouveau. Il avait été acteur de trois autres exécutions depuis, allant jusqu'à tenir le premier rôle dans deux d'entre elles.

Ce soir-là, le bourreau de Floride et le Dr Caulfeather se trouvaient dans l'incapacité d'exécuter Lucius Garey. Le premier était retenu par des obligations familiales, le second cloué au lit par ce qui ressemblait à un début d'appendicite. On s'en doute, Diogène était à l'origine de cette double défection et les autorités de Floride, toujours promptes à exécuter en temps et en heure, avaient tout naturellement fait appel au Dr Walter Leyland.

Le faux médecin gara sa voiture de location sur le parking du personnel et passe les contrôles de sécurité avant de pénétrer dans la prison elle-même. Le secteur des exécutions se trouvait dans un bâtiment séparé du quartier des condamnés à mort. La sécurité y était un peu plus relâchée que dans le reste de l'établissement, du fait de la présence de nombreux civils, qu'il s'agisse des représentants des médias, des proches des victimes ou de la famille du condamné. Diogène produisit une nouvelle fois ses papiers à l'entrée du bâtiment, puis il franchit successivement deux portes blindées électriques. La pièce dans laquelle étaient administrées les injections létales s'ouvrait sur sa droite, celle abritant la chaise électrique sur sa gauche. Diogène s'engagea dans le couloir de droite.

En Floride, les exécutions étaient réglées comme du papier à musique. Il regarda sa montre. À cette heure, on avait fini de servir son dernier repas au condamné et il avait reçu la visite du directeur, comme celle de l'aumônier s'il en avait exprimé le souhait. On lui avait retiré ses vêtements et fourni une chemise de nuit d'hôpital. Le médecin de l'établissement, LeBronk, était peut-être déjà en train de poser sur la poitrine de Lucius Garey les électrodes de l'électrocardiographe.

Diogène passa devant les portes ouvertes des deux pièces d'où l'on assistait à l'exécution, les proches des victimes étant séparés de ceux du condamné. Il dénombra une demi-douzaine de personnes dans la première salle tandis que la seconde était vide.

Il s'avança dans le petit bureau où étaient préparées les injections létales, par lequel on accédait à la chambre d'exécution proprement dite. Le directeur de la prison, deux gardiens, quelques acolytes ainsi que le Dr LeBronk s'y pressaient déjà. La pièce sentait le fauve.

Le directeur adressa un signe de tête à Diogène.

— Merci d'avoir répondu à notre appel, docteur. Désolé de vous avoir prévenu à la dernière minute.

Diogène lui serra la main.

— Je ne fais que mon devoir.

Le Dr LeBronk s'épongea le front à l'aide de son mouchoir et serra à son tour la main de Diogène. À l'instar de l'immense majorité des acteurs du système pénitentiaire en Floride, LeBronk était un partisan convaincu de la peine capitale, mais lorsqu'il s'agissait de passer à l'acte, il se décomposait aussi vite qu'une fleur enfermée dans une serre en plein soleil.

— Le sujet est-il prêt? s'enquit Diogène en endossant une blouse blanche accrochée à une patère.

Dès l'instant où le condamné quittait pour la dernière fois sa cellule, il se transformait en « sujet » jusqu'à la fin de l'opération.

LeBronk hocha la tête.

— En temps ordinaire, nous n'autorisons pas les exécutions lorsqu'un seul membre de l'équipe est présent, se justifia le directeur. Pour le bien de l'équipe, naturellement, et non pour celui du sujet. Il se trouve que notre ami le Dr LeBronk ne se sent pas à la hauteur de la tâche. J'espère que vous ne nous en tiendrez pas rigueur, ajouta-t-il en adressant un coup d'œil cinglant au médecin de la prison.

Diogène ne fut pas dupe. Le protocole exigeait la présence de deux médecins lors d'une exécution, chacun injectant un mélange létal dans une perfusion. Seule l'une d'elles était reliée au bras du condamné, la seconde se perdant dans une poubelle, de sorte que les praticiens pouvaient se rassurer en se disant qu'ils n'avaient pas forcément tué l'un de leurs semblables. Une règle comparable à celle du peloton d'exécution dont l'un des membres seulement est armé à balle réelle, ses camarades tirant à blanc.

— Aucun souci, le rassura Diogène en veillant à dissimuler son excitation derrière son ton grave.

Il déposa sa sacoche sur une table.

— La justice doit suivre son cours, et nous savons tous combien notre gouverneur tient à ce que les exécutions aient lieu dans les délais. Il serait inhumain, pour l'ensemble des personnes concernées, de fixer une autre date.

— Nous sommes bien d'accord, approuva le directeur. Si vous êtes prêt, docteur, allons-y.

Diogène consulta sa montre : 20 h 30 précises.

— Je suis prêt.

Le directeur adressa un signe aux gardiens qui quittèrent le bureau afin d'aller chercher Lucius Garey.

39

Cinq minutes plus tard, Garey pénétrait dans la chambre d'exécution sur un brancard en inox poussé par les deux gardiens. Un conseiller spirituel tout en noir les suivait. Le sujet était attaché au brancard par de grosses lanières de cuir, au niveau des poignets et des chevilles. L'électrocardiographe était déjà en place.

— Souhaitez-vous que l'un de mes assistants pratique la ponction veineuse? s'enquit le Dr LeBronk.

Diogène refusa d'un mouvement de tête.

— J'aime autant m'occuper de l'opération de A à Z.

Il franchit la porte donnant sur la chambre d'exécution dont le mur opposé était recouvert d'un épais rideau. Garey tendit le cou afin de découvrir le visage de celui qui allait lui retirer la vie. C'était un homme massif au crâne rasé, le visage troué de deux yeux bleu pâle sans expression. Ses bras, son cou et sa poitrine étaient couverts de tatouages de prison d'un bleu passé. Il était quasiment impossible de deviner la nature de ses émotions, tandis que se succédait sur ses traits ce qui pouvait passer pour de la peur, de la colère et de l'incrédulité.

Diogène balaya machinalement la pièce des yeux en repassant dans sa tête le déroulement de la procédure. Il prit un morceau de coton dans un récipient et frotta à l'alcool le bras droit du condamné, au niveau de la saignée.

Le cathéter de la perfusion s'échappait du petit bureau et rejoignait une potence, installée à côté du sujet.

Diogène posa le garrot, fit ressortir d'une pichenette la veine cubitale superficielle et troua la peau à l'aide de l'aiguille. Il éprouva quelque difficulté à trouver la veine tant elle était abîmée, finit par y parvenir et y plongea l'aiguille avant de retirer le tourniquet.

Garey avait observé la scène sans curiosité.

Diogène procéda aux réglages nécessaires, puis regagna le petit bureau voisin tandis que les assistants recouvraient d'un drap les jambes et le ventre de Garey. Le rideau s'écarta avec un léger ronronnement en laissant apparaître deux glaces sans tain qui interdisaient à Garey de voir qui assistait à son exécution.

Un grésillement s'échappa d'un haut-parleur.

— Je demanderai aux personnes installées dans les salles réservées aux témoins de garder le silence, s'éleva la voix du directeur.

— Le condamné a-t-il une dernière déclaration ? ajouta-t-il après une courte pause.

— Allez vous faire foutre, réagit Garey, les traits déformés par la colère.

Il cracha en direction des vitres sans tain.

Dans la pièce voisine, Diogène signa les documents que lui tendait le directeur, puis il s'assura du bon fonctionnement du système d'injection, composé de plusieurs seringues préalablement remplies par les assistants. Ce soir-là, contrairement aux deux appareils habituels, un seul avait été installé. À l'instar de plusieurs autres États, la Floride utilisait pour ses exécutions un mélange de trois produits. Ce cocktail, largement critiqué, était régulièrement modifié en fonction de la disponibilité des produits requis. Le résultat final, en revanche, restait invariablement le même. Le premier produit endormait le sujet, le deuxième lui bloquait les muscles et les poumons, tandis que le troisième lui paralysait le cœur. Le cocktail était systématiquement administré en série.

Diogène vérifia les dosages à l'intérieur du système d'injection : 100 mg de chlorhydrate de midazolam, suivis par une dose mortelle de bromure de vecuronium et de chlorate de potassium. Il prit l'épais dossier officiel destiné au médecin chargé de l'exécution et remplit les deux premiers cadres en indiquant son nom, celui du sujet, son matricule professionnel, son numéro d'habilitation, ainsi que le détail des produits administrés.

— Cinq minutes, prononça le directeur.

Diogène déchira les enveloppes de papier des seringues dont il enfonça les aiguilles dans les cathéters des perfusions, l'une après l'autre. Dans la chambre d'exécution, Garey manifestait sa rage en poussant des cris incohérents ponctués de jurons. Diogène, sans lui prêter attention, mit en route le moniteur permettant de surveiller le rythme cardiaque du sujet. Il ne s'étonna pas de le trouver très élevé.

Un gardien pénétra dans la pièce.

— A-t-il fait une dernière déclaration? l'interrogea le directeur d'une voix lasse tout en passant en revue sa check-list.

— Si on peut dire, monsieur le directeur.

— Des nouvelles du cabinet du gouverneur?

— Nous avons le feu vert.

Le silence retomba dans la pièce, troublé par les chapelets de jurons de Garey, de plus en plus véhéments, qui filtraient à travers la porte entrouverte. Le directeur, les yeux rivés sur la pendule murale, laissa s'écouler une minute, puis deux.

— L'exécution peut commencer, décida-t-il enfin en se tournant vers Diogène.

Ce dernier acquiesça. Il commença par injecter le midazolam. Un liquide incolore s'écoula dans le tuyau qui serpentait à travers la pièce avant de s'enfoncer dans un trou percé à travers la cloison.

— Constance, murmura-t-il sur un ton respectueux.

Les vociférations de Garey, toujours aussi violentes, se calmèrent progressivement, ses paroles devinrent incompréhensibles. En l'espace de trente secondes, il ne laissait plus échapper que des marmonnements incohérents.

Diogène enfonça le piston de la deuxième seringue afin d'administrer l'agent paralytique.

Les regards de toutes les personnes présentes, lorsqu'ils n'étaient pas tournés vers la porte entrebâillée, étaient braqués sur la lucarne trouant la cloison, de sorte que personne ne prêta attention à Diogène lorsqu'il tira discrètement de la poche de sa blouse une seringue apportée dans sa mallette. Il en enfonça l'aiguille dans le troisième cathéter et libéra son liquide dans la perfusion, puis il remisa la seringue vide dans sa poche en usant de la même discrétion.

Ce quatrième ingrédient du cocktail létal, mis au point par Diogène pour l'occasion, était un mélange de benzoate de sodium et de sulfate d'ammonium, deux agents conservateurs couramment utilisés dans les abattoirs afin de maintenir la viande en état de première fraîcheur.

Des murmures et de petits cris ne tardèrent pas à s'élever dans la pièce.

— Vous avez vu ça? s'étonna le gardien. Il se tortille dans tous les sens comme un poisson. C'est bien la première fois.

— On pourrait croire qu'il souffre terriblement, approuva le Dr LeBronk, l'air tendu.

— Comment est-ce possible? gronda le directeur.

Il se tourna vers Diogène.

— Que se passe-t-il, docteur?

— Rien de particulier. Tout se déroule normalement. Je m'apprête à lui administrer la dose de chlorate de potassium.

— Hâtez-vous, lui enjoignit le directeur.

Diogène enfonça lentement le piston de la dernière seringue, dont le contenu entraînerait l'arrêt du cœur et la mort. Sans doute la présence dans ses veines de produits inhabituels avait-elle provoqué chez le meurtrier des souffrances anormales, mais il ne pouvait courir le risque de gâcher sa récolte.

Le piston acheva sa course, la mort n'était plus qu'une question de minutes. Diogène constata sur le moniteur que le rythme cardiaque ralentissait inexorablement. Dans la chambre d'exécution, Lucius Garey se débattait faiblement, à la limite de l'étouffement. Il souffrait manifestement, en dépit du sédatif et de l'agent paralysant. *C'est donc comme ça que tout s'arrête. C'est donc comme ça que tout s'arrête.* Ses poumons se remplirent d'un mouvement saccadé et il fit taire la voix qui résonnait dans sa tête. Il ne fallut pas moins de douze minutes à son cœur pour cesser de battre.

— C'est fait, déclara sèchement Diogène en quittant des yeux le moniteur.

Le directeur et le médecin de la prison échangèrent un regard. Tous les deux étaient blêmes, frappés par la mort affreusement lente et douloureuse du condamné. Diogène n'avait que mépris pour leur faiblesse hypocrite.

Le directeur se reprit le premier.

— Fort bien, dit-il. Docteur Leyland, pouvez-vous nous confirmer que le sujet a expiré, avant de signer l'acte de décès?

Diogène hocha la tête. Il feignit de fouiller sa mallette afin d'y ranger la seringue vide, s'arma des objets dont il avait besoin, et passa dans la chambre d'exécution. Le rideau avait été refermé, les familles des victimes rejoignant la sortie de la prison sous la conduite de membres du personnel pénitentiaire tandis que les témoins officiels signaient les documents de rigueur. Il s'approcha du corps de Lucius Garey. Le condamné, dans son agonie, s'était si bien débattu que les lanières de cuir lui avaient entamé chevilles et poignets. Diogène retira l'aiguille de son bras et la jeta dans une poubelle. Il fit courir le rayon d'une mini-torche sur les yeux de Garey afin de s'assurer que ses pupilles étaient dilatées. Cette vérification achevée, il évita de regarder le mort dont le visage avait conservé une expression terrible. La langue qui s'échappait de sa bouche telle une sucette grotesque couleur aubergine, ses papilles gonflées à outrance comme sous l'effet d'un chélonitoxisme le répugnaient profondément. Il lui restait à confirmer la mort. Il pinça le muscle trapèze à la recherche d'un réflexe, observa la couleur de l'épiderme, constata que le sujet ne respirait plus, tâta d'un doigt l'artère carotide qu'il trouva silencieuse. Il posa l'extrémité de son stéthoscope sur la poitrine du cadavre, à l'écoute d'un signe de respiration ou d'un battement cardiaque pendant deux minutes. Rien. Lucius Garey était bel et bien mort. Diogène lui tourna le dos et s'éloigna avec soulagement du corps qui s'était vidé de ses excréments au cours de l'exécution.

Il quitta la pièce, transmit ses constatations à LeBronk et acheva de remplir les papiers officiels qu'il data et signa. Sa tâche était terminée. À l'exception de l'étape la plus importante à ses yeux.

Un fourgon réfrigéré attendait sur le petit parking du bâtiment des exécutions, qui ne tarderait pas à conduire le corps dans les locaux du médecin légiste où Diogène l'aurait précédé. Il serra la main du directeur et celle de LeBronk, encore secoués par le supplice du condamné. Diogène sourit intérieurement à l'idée que personne n'ait songé à s'étonner que le médecin chargé d'autopsier le criminel soit celui qui lui avait administré le cocktail létal. De ce fait, personne ne risquait de découvrir la présence, dans le sang du défunt, d'agents conservateurs. Il s'était d'ailleurs bien gardé de préciser à Constance qu'il se chargerait lui-même d'exécuter le criminel.

Cinq minutes plus tard, il quittait l'enceinte de l'établissement et prenait la route de LaBelle, le chef-lieu du comté de Hendry, où se trouvait l'institut médico-légal local. Il lança un regard ému dans la direction de Miami. *Pendant que dort ma petite, ma jolie.* Outre l'élégante tenue, la teinture de cheveux et les lentilles de contact qui lui permettraient de redevenir Petru Balan un peu plus tard, le coffre de sa voiture de location renfermait une mallette spéciale, conçue pour le transport des organes humains en attente de transplantation.

Celle-ci était vide, mais il n'en serait pas de même une heure plus tard.

40

Le bureau de Howard Longstreet, au vingt-deuxième étage du 26 Federal Plaza, ne ressemblait en rien à ceux de ses collègues du FBI. De façon inhabituelle pour un cadre aussi haut placé dans l'organigramme du Bureau, son univers de travail était anormalement spartiate. Longstreet n'avait pas le goût des trophées, des récompenses, des diplômes encadrés et autre portrait de l'hôte de la Maison Blanche que l'on trouvait chez la plupart de ses collègues. La pièce ne comptait pas même un ordinateur. Trois des murs étaient couverts d'ouvrages de toutes sortes, une minuscule table basse permettait tout juste d'y déposer un service à thé, et deux fauteuils de vieux cuir rouge complétaient le décor.

Longstreet avait laissé tomber sa carcasse interminable dans l'un des deux fauteuils, alternant la lecture d'un rapport confidentiel et du roman *Daniel Deronda* de George Eliot. Il s'autorisait, çà et là, de courtes pauses afin de boire une gorgée de la boisson fraîche posée près de lui. On frappa discrètement et la porte s'écarta de quelques centimètres.

— Il est arrivé, monsieur, lui annonça sa secrétaire.

— Faites-le entrer, répondit Longstreet.

La porte s'ouvrit en grand et A. X. L. Pendergast s'avança dans la pièce. Deux jours après avoir été secouru, son visage portait toujours les stigmates des mauvais traitements qu'il avait reçus, mais il avait retrouvé son sempiternel costume noir.

— Aloysius, l'accueillit Longstreet. Bonjour à vous, mon vieux.

Il lui désigna un siège qui devait rarement servir, à en juger par le voile de poussière qui le recouvrait, et Pendergast s'y installa.

Longstreet désigna son verre.

— Un Arnold Palmer[1] vous ferait plaisir ?

— Non merci.

Longstreet trempa les lèvres dans son verre.

— Vous avez abattu une sérieuse besogne.

— C'est une façon de décrire la situation.

Les rares personnes qui connaissaient bien Pendergast auraient remarqué qu'il s'adressait à Longstreet différemment de la façon dont il parlait au commun des mortels. Son ton était moins ironique, son détachement apparent se trouvait tempéré par une forme de déférence. Un comportement que Longstreet savait pouvoir attribuer au fait qu'il avait été autrefois l'officier supérieur de son visiteur.

— Je vous suis reconnaissant de m'avoir sauvé, poursuivit Pendergast. Et de m'avoir rapatrié aussi rapidement à New York.

Longstreet balaya ces remerciements d'un geste, puis se pencha vers son interlocuteur qu'il fixa de ses yeux d'un noir brillant.

— Le meilleur moyen de me récompenser sera encore de répondre à quelques questions. Avec la franchise que j'ai toujours exigée de vous et que vous m'avez toujours accordée.

Pendergast se figea sur son siège.

— Je vous répondrai de mon mieux.

— Qui vous a fait entrer au FBI ?

— Vous le savez bien : Michael Decker.

— Michael Decker, répéta Longstreet en faisant courir ses doigts dans ses longs cheveux gris. Mon

1. Un mélange de thé glacé et de citron pressé, baptisé en l'honneur du champion de golf Arnold Palmer.

correspondant direct, et votre bras droit à l'époque de la division Fantôme. Si je ne m'abuse, il vous a sauvé la vie à deux reprises par la suite, lors d'opérations tactiques.

— À trois reprises.

Longstreet feignit l'étonnement en haussant un sourcil, alors qu'il connaissait parfaitement les réponses à ses questions.

— Quelle était la devise de la division Fantôme?

— *Fidelitas usque ad mortem.*

— Absolument. « La fidélité jusqu'à la mort. » Vous étiez proche de Mike, n'est-ce pas?

— Je le considérais comme un frère.

— Et moi comme un fils. Après notre passage au sein de la division Fantôme, je vous ai considérés *tous deux* comme mes fils. Depuis sa mort, j'ai fait de mon mieux pour que vous ayez toute latitude d'enquêter sur les affaires qui vous intéressaient le plus. Après tout, c'est là que vous donnez le meilleur de vous-même et il serait très dommage de gâcher, voire de perdre le bénéfice de vos services. Il m'est également arrivé de vous épargner les colères des hiérarques du Bureau. Dans la mesure où je le pouvais, bien sûr. Deux ou trois fois, je n'y suis pas parvenu totalement.

— Je comprends parfaitement, H. Je vous en ai toujours été reconnaissant.

— Aujourd'hui, c'est de la mort de Mike Decker que je souhaite vous entretenir.

Il avala une gorgée de thé glacé.

Pendergast hocha lentement la tête. Trois ans plus tôt, Michael Decker avait été assassiné dans sa maison de Washington. Le meurtrier l'avait cloué à son fauteuil de bureau avec une baïonnette.

— On vous a soupçonné dans un premier temps d'être l'assassin. Inutile de vous préciser que ce n'était pas mon cas. Il est apparu par la suite que le coupable n'était autre que votre frère Diogène, qui souhaitait reporter les soupçons sur vous.

Longstreet se plongea dans la contemplation de son verre.

— Entrons à présent dans le vif du sujet. Quelques mois plus tard, votre innocence enfin reconnue, vous m'avez pris à part afin de me dire, à peu de chose près : « Vous n'êtes au courant de rien, mais mon frère est mort. » Lorsque je vous ai demandé de m'en apporter la preuve, vous m'avez affirmé que, sans avoir vu le corps de vos propres yeux, vous aviez néanmoins la certitude de sa mort. Vous m'avez demandé de vous croire sur parole et de ne pas tenter d'en savoir davantage. Vous trouviez inutile que je consacre vainement du temps à une enquête qui n'aboutirait jamais. Moi, votre ami, votre maître, votre ancien supérieur. Vous m'avez suggéré, le moment venu, de classer l'affaire du meurtre de Mike Decker. Ce que j'ai fait.

Longstreet s'avança plus encore et effleura du doigt le genou de Pendergast.

— Voilà où le bât blesse. Suite à votre noyade supposée près d'Exmouth, dans le Massachusetts, nous avons envoyé une équipe d'enquêteurs sur le terrain, comme vous pouvez l'imaginer. À défaut de retrouver votre trace, mort ou vif, nous avons prélevé trois empreintes au niveau du ponton dominant la plage. Des empreintes appartenant à votre frère Diogène.

Longstreet se carra dans son fauteuil et laissa planer un long silence avant de poursuivre.

— Je n'ai parlé de cette découverte à personne, mais je vous laisse imaginer ce qui a pu me trotter par la tête. En tant que membres de la division Fantôme, l'une des unités les plus fermées, les plus secrètes et les plus loyales de l'armée, nous avons tous fait le serment de venger par le sang ceux d'entre nous qui mourraient assassinés. Lorsque vous m'avez affirmé que votre frère, l'assassin de Mike Decker, était mort, vous me demandiez ni plus ni moins de renoncer à ce serment. Et voilà que nous parvient, quelques années plus tard, la preuve qu'il n'est finalement pas mort.

Il ne quittait pas Pendergast des yeux.

— De quoi s'agit-il, Aloysius ? M'auriez-vous menti ? Auriez-vous trahi notre serment au prétexte que l'assassin était votre frère ?

— Non, s'empressa de répondre Pendergast. J'étais convaincu de sa mort. Nous le pensions tous. *Sauf qu'il ne l'était pas.*

Longstreet resta un moment immobile, puis hocha lentement la tête et s'enfonça dans son fauteuil en attendant la suite.

Le regard de Pendergast se perdit dans le lointain et il conserva longtemps le silence.

— Je me vois contraint de vous parler de mon histoire, déclara-t-il alors en sortant de sa léthargie. Mon histoire personnelle. Vous avez dit tout à l'heure que Diogène avait voulu me faire accuser à sa place du meurtre de Mike Decker, entre autres. Son stratagème a réussi dans un premier temps et je me suis retrouvé incarcéré.

Pendergast laissa s'écouler un nouveau silence.

— J'ai une protégée du nom de Constance Greene. Tout semble indiquer qu'elle a une vingtaine d'années. Elle possède en vérité une histoire compliquée dont le détail n'a guère d'importance à ce stade. Ce qu'il faut savoir, en revanche, c'est qu'elle est particulièrement fragile, mentalement comme émotionnellement. Elle possède un tempérament explosif. Quiconque ose la menacer ou s'en prend à ses rares proches provoque chez elle une réaction violente, voire meurtrière.

Il poussa un long soupir.

— Profitant de mon séjour en prison, Diogène a séduit Constance avant de la rejeter de la façon la plus cruelle en la poussant à retrouver son honneur par le suicide, au lieu de vivre dans la honte. Au lieu de quoi Constance, enragée, s'est lancée aux trousses de Diogène. Elle l'a poursuivi à travers toute l'Europe avant de le rattraper sur l'île de Stromboli où elle l'a précipité dans un flot de lave.

Longstreet haussa ses sourcils broussailleux.

— Constance et moi avons cru Diogène mort. Au cours des années qui ont suivi, rien n'est venu mettre en doute notre conviction. Jusqu'à la fin de mon séjour à Exmouth.

— Vous a-t-il contacté? demanda Longstreet.

— Non, mais je l'ai vu. Plutôt, j'ai cru le voir qui m'observait de loin. Par la suite, j'ai obtenu la preuve de sa présence dans les parages. Avant d'avoir pu m'intéresser à lui, j'ai été emporté par la mer, puis secouru et pris en otage par des trafiquants. Dans l'intervalle, il semble qu'il…

Pendergast s'efforça de reprendre contenance.

— … qu'il ait réussi à… *entreprendre* Constance à nouveau.

— Entreprendre?

— Tout indique qu'il l'a droguée et enlevée, ou bien qu'il a réussi à lui laver le cerveau. Quel que soit le cas de figure, on les a vus au moment où ils s'échappaient de ma résidence de Riverside Drive il y a deux jours.

Un pli barra le front de Longstreet.

— Qui dit lavage de cerveau implique qu'elle prendrait part volontairement à l'opération.

— Les éléments dont je dispose montrent que Constance a consenti à son enlèvement.

La pièce retomba dans le silence. Longstreet dessina une pointe avec ses longs doigts et y posa son front. Pendergast, telle une statue de marbre, restait figé face à lui. De longues minutes s'écoulèrent jusqu'à ce que l'inspecteur s'éclaircisse enfin la gorge.

— Excusez-moi de ne pas vous avoir communiqué ces détails plus tôt. Ils sont douloureux pour moi. Je me sens mortifié. Mais… j'ai besoin de votre aide. Je n'ai pas oublié notre serment. J'avoue n'avoir jamais trouvé la force de m'en acquitter avec Diogène. Je sais à présent qu'il n'existe qu'une seule solution : mon frère doit mourir. Nous devons tout mettre en œuvre ensemble pour retrouver sa piste et nous assurer qu'il ne survive pas à son arrestation. Vous l'avez dit fort justement : nous devons à Mike de mettre Diogène hors d'état de nuire une fois pour toutes.

— Qu'en est-il de cette jeune femme ?

— Il faut l'épargner en attendant de savoir quel rôle elle a joué, une fois Diogène mort.

Longstreet resta un long moment plongé dans ses pensées.

Puis, sans un mot, il tendit la main et Pendergast, tout aussi silencieusement, la prit dans la sienne.

41

L'étrave du bateau déchirait paisiblement la soie bleue de l'océan et une brise chaude caressait les cheveux acajou de Constance en faisant flotter l'étoffe de sa longue robe. Elle était installée confortablement sur un siège rembourré de couleur turquoise et Diogène, près d'elle, tenait la barre. Ils avaient commencé par rallier le port de South Beach avant de se rendre à Upper Sugarloaf Key à bord de son yacht. Là, ils avaient échangé celui-ci contre une vedette au faible tirant d'eau ancrée près d'un bungalow dissimulé au milieu des pins : un Chris Craft Racing Runabout de cinq mètres datant de 1950 dont Diogène parlait avec amour et dont il avait entièrement restauré la coque et le pont avant de l'équiper d'un moteur entièrement refait. Le nom de la vedette, *Phœnix*, était inscrit en lettres d'or ombrées de noir au-dessus de la mention de son port d'attache, Halcyon.

Diogène avait changé du tout au tout depuis qu'ils approchaient de leur destination. De nature taciturne en temps normal, il se montrait brusquement plus loquace sans être volubile pour autant. Son visage, un masque d'ordinaire, s'était détendu en laissant place à une expression songeuse qui tranchait avec sa circonspection coutumière. Le vent ébouriffait ses cheveux roux coupés court et il regardait droit devant lui de ses yeux légèrement plissés. Son rôle de Petru Balan l'avait provisoirement obligé à recouvrir son œil mort d'une lentille colorée, mais Constance remarqua qu'il s'en était déjà débarrassé afin de retrouver la bichromie de son regard. Ses cheveux avaient à nouveau leur teinte naturelle et son bouc commençait à repousser. Sa façon même de se mouvoir et de parler avait changé et Constance retrouvait, derrière le Diogène dont elle avait conservé le souvenir, un être physiquement semblable, mais métamorphosé mentalement. Moins dur, moins arrogant et acerbe.

— À droite, lui lança-t-il, lâchant le volant chromé afin de lui désigner un archipel couvert de palmiers. On a baptisé ces Keys les « Serpents à sonnette ».

Constance tourna la tête. Le soleil, bas sur l'horizon, dessinait une énorme boule jaune qui traçait un sillage étincelant sur l'eau en arrosant les îlots d'un éclat doré. De tous les côtés se découpaient des silhouettes de terre inhabitées et sauvages. Faute de s'être jamais intéressée jusque-là aux Keys de Floride, elle découvrait avec surprise un monde de beauté et de sérénité dans tout son isolement tropical. Elle regarda défiler le fond de la mer à travers l'eau peu profonde. Diogène pilotait la vedette d'une main sûre, visiblement familier avec le réseau des passes et des chenaux.

— Cet îlot à gauche se nomme Happy Jack, cet autre porte le nom de Citrouille.

— Et Halcyon?

— Nous y serons bientôt, ma chère. Cette grande île presque entièrement composée de mangrove, sur votre droite, est la Johnston Key.

Il tourna le volant et le bateau vira à gauche, en direction du couchant, avant de filer entre Happy Jack et Johnston.

— Cette bande de terre, droit devant, est Halcyon.

Constance posa son regard sur une île de grande taille entourée de cinq minuscules buttes de terre. Une longue plage de sable apparut au pied d'une dune sur laquelle s'élevait une maison au toit blanc. Une mangrove mangeait les deux tiers inférieurs de l'île. Les silhouettes qu'elle avait prises pour des buttes de terre étaient également des mangroves, pour certaines entourées de plages microscopiques. Un ponton se lançait à l'assaut de l'océan depuis la côte de l'île, surmonté à son extrémité par un belvédère en bois.

Diogène amena doucement la vedette jusqu'au petit port en L et jeta des bouées flottantes de protection. Il inversa le moteur afin d'arrêter la course du bateau, coupa les gaz, sauta sur le ponton, attacha la vedette et tendit la main à sa passagère. Celle-ci l'accepta et prit pied sur le ponton usé.

— Bienvenue, déclara Diogène en récupérant dans le cockpit arrière les bagages de sa compagne. Oserais-je dire : bienvenue chez vous ?

Constance respira longuement l'air de la mer. Le soleil se couchait au milieu des palmiers bordant la plage. Sur sa droite, au-delà d'une multitude d'îlots déserts, s'étendait l'immensité du golfe du Mexique.

Deux pélicans montaient la garde sur des pilotis, à l'extrémité du ponton.

— Vous ne dites rien, ma chère.

— Tout ceci est tellement nouveau pour moi.

Elle se remplit les poumons dans l'espoir de chasser le sentiment que là n'était pas sa place, qu'elle s'aventurait en terrain dangereux. L'espace d'un instant, elle se demanda si un jour elle ne regretterait pas amèrement sa décision. Elle voulut se rassurer en se disant qu'il était inutile de regarder en arrière.

— Parlez-moi de cette île, finit-elle par murmurer.

— Halcyon s'étend sur un peu moins de quatre hectares, répondit Diogène en remontant le ponton, les bagages de Constance à la main. Il s'agit d'une mangrove pour les deux tiers, le reste étant constitué de plages et de palmiers, sans oublier cette dune, privilège rare dans les Keys.

Les pélicans déployèrent leurs ailes et s'envolèrent lourdement à leur approche. Le ponton céda la place à une allée en planches qui surplombait la plage, au milieu d'une mangrove. Constance découvrit une clairière de sable, à l'ombre d'une forêt d'immenses palmiers entourés de jardins tropicaux. Au centre de la clairière se dressait une grande maison victorienne peinte en blanc, ceinte d'une véranda au rez-de-chaussée et d'un balcon à l'étage. Une tour carrée dressait sa masse à l'extrémité du bâtiment. Les pignons de toit de la spacieuse villa brillaient dans le soleil couchant.

— Cette demeure a été érigée en 1893 par un riche citoyen de Boston qui a souhaité y prendre sa retraite avec son épouse, expliqua Diogène. Emportés par leur romantisme, ils ont voulu la transformer en auberge avant de s'apercevoir que le lieu était trop isolé, si bien qu'ils l'ont quitté. Une longue suite de propriétaires impécunieux a pris le relais et la maison s'est lentement dégradée, jusqu'à ce que je la rachète il y a vingt ans et que je lui redonne son lustre d'antan. Nous nous trouvons au cœur de la réserve naturelle du Grand Héron blanc. Cet îlot et sa maison ont été incorporés à la Réserve lors de sa création.

— On ne voit guère de bateaux dans les environs.

— L'eau est trop peu profonde et les chenaux trop dangereux pour la plupart des embarcations. Vous apercevrez toutefois des amateurs de kayak pendant la saison chaude.

— C'est magnifique, chuchota-t-elle.

— Suivez-moi.

Il l'entraîna vers les marches conduisant à la véranda d'où elle admira les jardins tropicaux que fermait un mur de mangroves. Il ouvrit la porte et elle découvrit une entrée lambrissée de noyer donnant sur une cage d'escalier. Le salon, sur sa droite, à l'image de la bibliothèque qui lui faisait écho à gauche, possédait une grande cheminée. Le sol des deux pièces était recouvert de tapis persans, des lustres vénitiens pendaient du plafond. Une riche odeur de cire d'abeille et de fleurs séchées flottait dans l'air.

Diogène ne la quittait pas des yeux, guettant sa réaction. Voyant qu'elle conservait le silence, il poursuivit :

— Laissez-moi vous présenter mon factotum.

Elle releva brusquement la tête.

— Vous avez un domestique?

— Oui. Monsieur Gurumarra? appela-t-il.

Un homme svelte à la peau très noire, son visage entièrement ridé surmonté de cheveux blancs très drus, se matérialisa comme par miracle. Constance aurait été bien incapable de lui donner un âge.

— Monsieur Gurumarra, je vous présente Mlle Greene qui résidera désormais à Halcyon.

L'homme s'approcha et tendit à Constance une main fraîche.

— Ravi de vous connaître, mademoiselle Greene.

Il s'exprimait de façon guindée, avec un fort accent australien.

— Tout le plaisir est pour moi, monsieur Gurumarra, dit Constance.

— M. Gurumarra est originaire du Queensland, précisa Diogène. Il est d'origine aborigène. Quels que soient vos besoins, il y répondra en faisant venir le nécessaire sur l'île, le cas échéant. Sans doute vous faudra-t-il adapter votre garde-robe au climat local. Dressez-en la liste et M. Gurumarra s'en chargera.

— Je vous remercie.

Le domestique s'éclipsa silencieusement en se fondant dans l'obscurité d'un couloir.

— Il est ici depuis que j'ai racheté l'île, reprit Diogène. C'est un homme d'une discrétion absolue. Il ne cuisine pas, je me réserve ce droit, mais il s'occupe de la maison, fait les courses et gère les mille et un détails du quotidien que je trouve si agaçants.

— Où vit-il?

— Dans le pavillon du jardinier, de l'autre côté de la plage.

Il lui prit furtivement la main et la conduisit jusqu'à l'escalier arrière.

— Vous souhaitez probablement vous rafraîchir après ce voyage. Laissez-moi vous amener à vos appartements.

Elle grimpa les marches à sa suite. Le salon du premier étage donnait sur le balcon, d'où l'on avait une vue spectaculaire sur les îles bordant le golfe. Le soleil ne tarderait pas à s'effacer à l'horizon. À travers les fenêtres ouvertes pénétrait une brise marine qui agitait doucement les voilages en rafraîchissant l'atmosphère.

— Vous disposerez d'une aile entière, précisa Diogène. Avec trois chambres, un salon doté d'une cheminée, et une petite cuisine, le tout accessible par l'escalier arrière, en toute indépendance.

— Où dormez-vous?

— Dans la partie avant de la maison.

Il hésita.

— Cet arrangement peut évidemment être modifié à loisir s'il était amené à … évoluer.

Le sens véritable de la phrase n'échappa pas à Constance.

Il déposa la valise et la malle.

— Je vous laisse choisir votre chambre et vous installer. Je vous retrouverai dans la bibliothèque pour prendre un verre. Une flûte de champagne vous conviendrait-elle?

Le sentiment de malaise qui étreignait Constance menaçait de la submerger. Elle s'inquiéta de savoir si elle aurait le courage d'aller jusqu'au bout.

— Je vous remercie, Peter.

Il lui prit la main en souriant.

— Sur Halcyon, appelez-moi Diogène. Je suis libre d'être moi-même. Nous sommes en famille.

Il laissa s'écouler une courte pause avant de reprendre:

— En parlant de famille, il nous faudra discuter à un moment ou à un autre de la nôtre.

— Je vous demande pardon?

— Ma chère, nous devons penser à notre fils. Et puis, il y a le fils de mon frère, Tristram. J'entends veiller au bien-être de mes proches.

Constance hésita.

— Mon… je veux dire, notre fils se trouve entre les mains des moines de Gsalrig Chongg. Il ne saurait être mieux traité.

— Je vous suis sur ce terrain. Pour l'heure. Mais les circonstances peuvent être amenées à changer.

— Quant à Tristram, on l'a tenu au courant de la disparition de son père et je suppose qu'il sera averti lorsque la mort d'Aloysius sera officialisée. Pour le moment, il se trouve dans une école privée, mais nous pourrions devenir ses tuteurs le moment venu.

— Voilà qui est parfait. J'avoue ne rien savoir du fils survivant de mon frère. Je me réjouis de le rencontrer. Pour l'heure, je vous dis adieu.

Il allait porter la main de Constance à ses lèvres lorsqu'elle la lui retira doucement. Diogène ne parut pas s'en formaliser.

— Je vous propose de nous retrouver à 18 heures dans la bibliothèque.

Il sortit de la pièce et elle se retrouva seule, face à la mer. Le soleil avait disparu et un crépuscule tiède enveloppait l'océan.

Constance fit le tour de ses appartements, opta pour la chambre donnant sur l'est d'où s'étendait un archipel d'îlots minuscules, afin de profiter du soleil matinal. Elle vida rapidement ses bagages et constata que rien de ce qu'elle avait apporté ne convenait à un tel climat. Elle avait quitté la maison de Riverside Drive sans rien, ou presque, pas même un souvenir d'Aloysius. Elle n'avait pas voulu raviver sa douleur.

*

Il était 18 heures précises lorsqu'elle rejoignit la bibliothèque. Elle se figea sur le seuil, subjuguée.

Diogène, installé dans un fauteuil près du feu qui se consumait dans la cheminée de marbre rouge, se leva aussitôt.

— J'ai tout fait pour vous rendre cette pièce agréable. Elle est le cœur de cette maison.

Constance s'avança. Le lieu, somptueux, s'élevait sur deux niveaux. Des tapis persans recouvraient le parquet et de hautes bibliothèques tapissaient trois des murs de la pièce, dont les rayonnages les plus élevés étaient accessibles grâce à un escabeau de chêne monté sur rail. Le dernier mur était couvert de petits tableaux, comme le voulait la mode dans les ateliers des peintres du XIXe siècle. Un ravissant clavecin orné de peintures et de marqueteries se dressait dans un coin.

— Quelle splendeur, murmura Constance en s'approchant de l'instrument.

— Ce clavecin a été construit par le facteur florentin Vincenzo Sodi en 1780. À l'image du *cembalo angelico*, ses cordes résonnent sous la caresse de morceaux de cuir souples ou durs. Il possède un son ravissant.

— Je me réjouis d'avance d'en jouer.

— Vous découvrirez sur les rayonnages tous vos ouvrages favoris, dans des éditions rares, ainsi que de nombreuses autres lectures à découvrir. Des odes à la beauté et à la fantaisie, à l'image du *Livre de prières* de Verga en vélin, qui est l'équivalent au XIXe siècle d'un manuscrit enluminé. Ou bien encore le rarissime recueil de gravures sur bois en couleurs de Teague et Rede, *Night Fall in the Ti-Tree*, pour ne citer que ces deux chefs-d'œuvre. Ah ! J'allais oublier mes tableaux ! Sans doute aurez-vous déjà reconnu des œuvres de Bronzino, Pontormo, Jan Van Eyck, Brueghel l'Ancien et Paul Klee.

Diogène virevoltait de droite et de gauche, à la façon d'un danseur, en montrant du doigt les toiles concernées.

— Dans cet autre coin, vous trouverez une sélection d'instruments de musique. Quant à ces placards, ils contiennent des jeux, des cartes, des puzzles, un échiquier et un jeu de go. Cette construction là-bas est une maison de poupée de l'époque édouardienne.

Le jouet, immense, d'une grande sophistication, avait été réalisé par un artisan de génie. Elle s'en approcha. Un objet magnifique, tel qu'elle aurait adoré en posséder un lorsqu'elle était petite. Elle en examina tous les détails, et son malaise physique comme le sentiment d'incertitude qui l'étreignait se dissipèrent. Elle ne pouvait s'empêcher de succomber à l'enchantement de ce jouet magique.

— Venez, savourons une flûte de champagne.

Il l'installa dans un fauteuil près du feu. L'air s'était rafraîchi avec la tombée de la nuit. Constance sentit à nouveau monter en elle une impression irréelle en observant Diogène. Confortablement assis dans un fauteuil en cuir, un sourire satisfait aux lèvres, il empoigna la bouteille de champagne dans son seau d'argent et remplit deux flûtes avant de lui en tendre une.

— Un Krug Clos d'Ambonnay 1995, annonça-t-il en levant son verre et en effleurant celui de sa compagne.

— Je ne possède pas les qualités requises pour apprécier un tel cru.

— Vous apprendrez à développer votre palais.

Elle trempa les lèvres dans sa flûte et trouva le champagne exquis.

— Je vous ferai visiter le reste de l'île demain. En attendant, ceci est pour vous.

Il tira de la poche de sa veste un petit paquet entouré d'un ruban.

Elle le prit, le débarrassa de son papier, et découvrit un coffret de bois de santal. Elle ouvrit le fermoir, souleva le couvercle et trouva, lovée sur un coussin de velours, une poche de perfusion contenant un liquide légèrement rosé.

— De quoi s'agit-il?

— De mon remède. L'élixir. Pour vous, Constance. Pour vous, et vous seule.

Elle observa longuement le liquide animé de reflets mauves.

— Comment dois-je le prendre?

— Sous forme d'injection.

— Par piqûre intraveineuse?

— Oui.

— Quand?

— Dès que vous le souhaiterez. Demain, par exemple?

— Je préfère maintenant, dit-elle, hypnotisée par le coffret.

— Tout de suite, vous voulez dire?

— Oui, en buvant ce champagne.

— C'est pour cette raison que je vous aime, Constance. Vous n'hésitez jamais!

Diogène se leva, se dirigea vers un placard tout en hauteur dont il sortit une potence à perfusion chromée toute neuve, équipée de tout le matériel nécessaire.

Constance sentit sourdre en elle un soupçon d'inquiétude au moment de franchir le Rubicon.

— La poche se videra en une heure, à peu près.

Il roula la potence jusqu'au fauteuil de Constance, brancha la pompe électrique et l'écran correspondant, relia la poche au cathéter.

— Dégagez votre bras droit, ma chère.

Constance fut prise d'un doute. Un doute terrible. Pouvait-il s'agir d'une mascarade? Lui tendait-il un nouveau piège? Qui lui disait que le sentiment amoureux de Diogène n'était pas feint, qu'il n'avait pas mis au point un plan machiavélique destiné à l'empoisonner ou à la réduire à l'état de légume? À peine avait-elle formulé cette pensée dans sa tête qu'elle la repoussait. Personne, pas même Diogène, n'aurait pu imaginer un stratagème aussi alambiqué. Elle en aurait eu l'intuition. Elle remonta sa manche.

Il lui saisit le bras d'une main tiède, tâta la saignée et serra le garrot de caoutchouc.

— Vous feriez mieux de fermer les yeux.

Elle s'appliqua pourtant à le regarder introduire l'aiguille. Il accrocha la poche au crochet de la potence, ouvrit le robinet d'arrêt, et les premières gouttes du liquide mauve s'écoulèrent à l'intérieur du cathéter.

42

La rue principale d'Exmouth, dans le Massachusetts, avait terriblement changé depuis la dernière fois que Pendergast l'avait parcourue en plein jour. Il procéda à un rapide calcul dans sa tête : cela faisait très exactement quatre semaines. Cette fois-là, tous les habitants de la petite bourgade étaient réunis devant le commissariat comme dans les rues alentour, l'atmosphère était au soulagement et à la joie. Les nuages qui s'étaient accumulés au-dessus de la ville s'étaient dissipés, les meurtres récents avaient été élucidés et les vestiges du passé avaient fini par s'estomper. Désormais, le commissariat paraissait abandonné et une structure de fortune abritait les hommes de la Garde nationale en attendant que la ville dévastée se reconstruise et qu'un nouveau responsable soit nommé à la tête de la police municipale.

La rue elle-même conservait en apparence ses allures d'artère commerçante de petit port de Nouvelle-Angleterre. En apparence seulement. Un regard un peu appuyé suffisait à révéler les fenêtres condamnées, le nombre anormal de pancartes « À vendre », les commerces abandonnés. Exmouth mettrait des années à retrouver une vie normale. Si elle y parvenait.

À New York, Howard Longstreet avait discrètement mobilisé toutes les équipes dont il disposait pour tenter de répondre à une seule et même question : où donc s'était évanoui Diogène? Il avait sollicité l'aide de services amis et demandait des renvois d'ascenseur, il avait même fait appel à la NSA et à ses systèmes de surveillance. Pour l'heure, sans résultat. En désespoir de cause, Pendergast avait entrepris ce voyage à Exmouth, le dernier endroit où son frère lui était apparu avant d'être emporté par les courants marins.

Il avait passé la matinée à discuter avec les habitants d'Exmouth, partageant des souvenirs avec certains, questionnant les autres de façon indirecte. Il remonta Main Street au volant de sa voiture en jetant des coups d'œil de droite et de gauche. Il retrouva le coin de rue d'où il avait assisté aux discours et aux festivités en compagnie de Constance. *Constance.* Pendergast concentra ses pensées sur elle pendant quelques instants avant de la chasser de son esprit. Il n'entendait pas laisser l'impatience, le doute ou la culpabilité affecter son jugement. Il devait impérativement s'interdire toute spéculation quant aux motivations de sa protégée.

Parvenu au bout de la rue, il prit le temps de contempler la vieille maison victorienne qui abritait, il y a peu encore, l'Auberge du Capitaine Hull. L'enseigne pétulante de l'établissement avait disparu, remplacée par une pancarte noir et blanc au nom de la R. J. Mayfield Corporation. L'écriteau signalait la démolition prochaine du bâtiment et la construction du Village d'Exmouth, un ensemble immobilier destiné aux « primo-accédants », composé d'appartements avec vue sur la mer. À défaut de renouer avec ses activités passées de port de pêche, Exmouth tentait de se reconvertir en station balnéaire pour les classes populaires.

Pendergast tourna sur Dune Road en veillant à rouler lentement afin de déchiffrer les numéros figurant sur les boîtes aux lettres. Arrivé au 3, il immobilisa la Rolls devant une maison typique de la région, avec ses bardeaux usés et son petit jardin soigneusement entretenu entouré d'une barrière blanche.

Il examinait la façade lorsque son portable sonna dans la poche de sa veste.

— Oui?

— Mon agent secret préféré! fit la voix de son correspondant de River Point, dans l'Ohio.

— Oui, Mime?

— Je souhaitais vous tenir au courant de mes avancées. Il semble que votre chauffeur ait vu du pays, ces derniers jours. Le 8 novembre, inopinément, il a loué un avion privé à l'aéroport de Teterboro auprès de la compagnie DebonAir Aviation. Destination finale: Gander, à Terre-Neuve. Du moins était-ce la destination finale de son avion de location. En fouillant dans les e-mails des employés de DebonAir, j'ai cru comprendre que votre chauffeur ne s'était pas comporté en passager modèle.

— Proctor se trouve-t-il toujours dans la région de Gander?

— Impossible de retrouver sa trace. Ni dans les motels locaux, ni dans les villages des alentours. Rien de rien. Ce qui me pousse à croire que Gander n'était qu'une étape sur sa route.

— Sauf erreur de ma part, Gander est la ville la plus à l'est du continent nord-américain.

— Notre équipe marque un point! Il ne reste plus qu'à jeter les dés pour savoir où se rend notre ami.

— En Europe? suggéra Pendergast.

— C'est une possibilité.

— Je vous laisse poursuivre vos recherches, Mime. Faites usage de toutes les ressources à votre disposition. Nationales et internationales.

— Comptez sur moi. J'avoue avoir un faible pour les ressources internationales. Je ne manque pas de petits camarades à l'étranger. N'oubliez pas, le compteur tourne. Je vous rappelle dès que j'en sais davantage.

Mime mit fin à la communication et Pendergast rangea son portable d'un air songeur. Il était soulagé de savoir Proctor en vie. Il s'obligea une nouvelle fois à laisser

Mime s'occuper de son homme de main. Il aurait besoin de toute son énergie s'il entendait résoudre le mystère qui entourait Constance.

Parfaitement immobile, il contrôla sa respiration et ralentit volontairement les battements de son cœur, puis il descendit de voiture, avança jusqu'à la maison et frappa.

Un homme trapu d'une soixantaine d'années, aux rares cheveux bruns ramenés sur le sommet du crâne, la mine soupçonneuse, posa sur son visiteur un regard de fouine en le détaillant de la tête aux pieds.

— Oui?

— Comme c'est gentil à vous de m'inviter à entrer, l'air est glacial aujourd'hui.

Pendergast pénétra d'autorité dans un salon sagement ordonné. Un tapis au crochet et des gravures marines ornaient les murs.

— Une minute, protesta l'homme. Je ne vous ai jamais…

— Vous êtes bien Abner Knott? le coupa Pendergast en prenant place dans un fauteuil près du feu qui ronronnait dans l'âtre.

— Moi aussi, je sais qui vous êtes, rétorqua Knott dont le regard porcin continuait de détailler Pendergast. Vous êtes ce type du FBI qui enquêtait en ville récemment.

— Vous me voyez ravi d'être en présence d'un esprit aussi avisé. Vous seriez bien aimable de répondre aux questions que je souhaite vous poser. J'en ai pour quelques minutes, tout au plus.

Knott se planta face à Pendergast, sans s'asseoir dans le fauteuil devant lequel il se tenait. Il fusilla l'intrus du regard, les bras croisés sur la poitrine.

— J'ai cru comprendre que vous aviez trois petites maisons à louer sur Dune Road.

Pendergast l'avait appris grâce à la rapide enquête menée en ville le matin même. Il avait également appris qu'Abner Knott était détesté de ses concitoyens. Avare et râleur, il jouissait d'une image aussi négative que

R. J. Mayfield, le promoteur immobilier responsable de la démolition de l'Auberge du Capitaine Hull, dont les appartements bon marché et miteux essuyaient les critiques des stations balnéaires de la côte, Cape Ann en tête.

— Je possède effectivement trois maisons, ce n'est un secret pour personne. J'ai hérité des deux premières à la mort de mes parents et construit la troisième moi-même sur un terrain voisin.

— Je vous remercie. J'ai également cru comprendre qu'au mois d'octobre dernier, deux de ces maisonnettes étaient inoccupées puisqu'il était tard dans la saison touristique. En revanche, la troisième était louée. Elle n'a été habitée que quinze jours, ce qui sort de l'ordinaire sachant que la durée minimale de location est normalement d'un mois.

— Qui vous a raconté tout ça? s'enquit Knott.

Pendergast haussa les épaules.

— Vous savez comme moi qu'il n'y a pas de vrais secrets dans une ville telle qu'Exmouth. Quoi qu'il en soit, c'est votre locataire qui m'intéresse. Pourriez-vous m'en parler?

Le visage de Knott s'était assombri à mesure que s'exprimait Pendergast.

— Non, je ne peux rien vous dire sur lui.

— Puis-je m'enquérir des raisons de cette impossibilité?

— Les affaires de mes locataires les regardent et ce n'est pas à moi de vous en parler. À vous particulièrement.

Pendergast afficha sa surprise.

— Moi?

— Oui, vous. Tout allait bien ici avant que vous n'arriviez.

— Vraiment?

— C'était mon opinion au moment des événements, et elle n'a pas changé depuis. Alors, si ça ne vous ennuie pas, veuillez déguerpir. À moins d'avoir un mandat quelconque, vous vous trouvez sur une propriété privée.

Knott se mura dans un silence buté, les bras croisés.

— Cher monsieur, finit par réagir Pendergast. C'est curieux que vous parliez de mandat. Sans doute ne le savez-vous pas, mais le FBI s'est lancé dans une enquête de grande ampleur à la suite de ma disparition d'Exmouth. Les informations recueillies ce jour devraient me permettre d'obtenir sans peine un mandat dans les quarante-huit heures.

Le visage de Knott s'assombrit plus encore, si c'était possible.

— Allez-y.

Pendergast prit le temps de méditer la réponse de son interlocuteur.

— La porte est derrière vous.

Pendergast fit la sourde oreille.

— Vous refusez donc de répondre à mes questions tant que je ne serai pas muni d'un mandat?

— Je viens de vous le dire.

— En effet. Vous avez également déclaré que j'étais à l'origine des ennuis qu'a subis cette ville.

Cette fois, Pendergast regarda le petit homme droit dans les yeux.

— Je remarque toutefois que ces ennuis ont profité à certains.

Knott fronça les sourcils.

— Que voulez-vous dire?

— Je fais référence à ce promoteur immobilier, R. J. Mayfield. La majorité des habitants d'Exmouth voient d'un mauvais œil la construction de cet ensemble d'appartements à la place de l'auberge, au risque de gâcher le paysage.

— Je ne suis pas au courant, bougonna Knott.

— Mais ce n'est pas l'avis de tout le monde. Je pense notamment aux personnes susceptibles de vendre des terrains à la Mayfield Corporation. La deuxième phase du Village d'Exmouth, actuellement en cours de développement, prévoit la construction de nouveaux bâtiments le long de la côte, au sud de l'auberge.

Knott resta silencieux.

— Un tel projet englobe vos maisonnettes. Il semble bien, monsieur Knott, que vous sortez largement bénéficiaire de cette opération. La chance vous sourit, comparé au sort que connaissent vos concitoyens.

— Et alors? s'écria Knott. Il n'est pas interdit de gagner de l'argent, non?

— Il se murmure toutefois que le secteur côtier qui vous concerne est constitué de sable et de calcaire, dont il se dit qu'il a été rongé par la mer depuis un siècle. Il risque donc de s'effondrer à tout moment. J'imagine que vous négligez de mentionner ce fait à vos locataires. Je me trompe?

— Ce sont des racontars, maugréa Knott.

Pendergast sortit une enveloppe de la poche de son manteau.

— Le géologue qui a établi ce rapport en 1956... était-ce un racontar, lui aussi? Je me demande ce qu'il adviendrait si un tel document tombait entre les mains de Mayfield. Cet après-midi, par exemple?

Knott en resta bouche bée.

— Vous...

— Oh, nul doute qu'il aurait fini par l'apprendre, à la suite de nouvelles études sur le terrain, par exemple. À la différence près que, dans le cas présent, il l'apprendrait *avant* de signer un contrat avec vous.

Pendergast secoua la tête.

— Auquel cas, monsieur Knott, votre chance tournerait très vite.

Il laissa s'écouler un battement avant de poursuivre.

— Entre nous, je préférerais de beaucoup ne pas attendre deux jours l'obtention de ce mandat.

Un silence glacial lui répondit.

— Que souhaitez-vous savoir? demanda Knott d'une voix rauque.

Pendergast s'enfonça confortablement dans son fauteuil. Prenant son temps, il sortit un carnet dont il tourna lentement les pages, à la recherche d'une feuille vierge.

— Quand votre locataire a-t-il pris possession de votre petite maison?

— Trois ou quatre jours après votre arrivée ici.

— Était-il intéressé par une maison en particulier?

— Oui, celle qui avait une vue dégagée sur les rochers de Skullcrusher.

— Quand a-t-il quitté les lieux?

— Le lendemain de…

Knott se tut brusquement. Il remua muettement les lèvres pendant quelques instants.

— Le lendemain du drame, parvint-il à articuler en baissant la tête.

— Reconnaissez-vous cet homme? demanda Pendergast en lui montrant une photo d'identité judiciaire de Diogène.

— Non.

— Regardez bien.

Knott s'approcha en plissant ses yeux porcins.

— Ça ne lui ressemble vraiment pas.

Pendergast n'en fut pas surpris.

— Ce locataire vous a-t-il indiqué les raisons de sa présence ici?

— Aucune idée. Il faudrait poser la question à son amie.

— Une amie?

— La femme qui vivait avec lui.

Un terrible pressentiment se fit jour dans l'esprit de Pendergast. *Était-il possible que… ?* Non, bien sûr que non. Il lui fallait se reprendre.

— Pourriez-vous me décrire cette femme?

— Une jeune blonde très sportive.

— Que pouvez-vous me dire d'autre à son sujet?

— Elle a accepté plusieurs petits boulots en ville. Jusqu'à leur départ, du jour au lendemain.

— Quels petits boulots?

— Elle a été serveuse dans le restaurant de l'auberge. Elle donnait également un coup de main dans une boutique de souvenirs du centre, « Une Bouffée d'Exmouth ».

Pendergast se figea sur son siège. Il connaissait de vue la femme en question. Il la connaissait même bien, puisqu'elle l'avait servi à plusieurs reprises au restaurant de l'auberge. Diogène aurait donc recruté une complice? C'était bien la première fois.

Knott le tira de sa rêverie en montrant des signes d'impatience.

— Quoi d'autre? grommela-t-il.

— Une dernière requête. J'aimerais passer une heure ou deux dans la maison qu'ils vous ont louée. Seul, sans être dérangé.

Voyant que Knott n'esquissait pas un geste, Pendergast lui tendit la main, paume en avant, signalant par là qu'il attendait la clé.

— Je vous remercie, déclara-t-il. Vous m'avez été d'une grande utilité.

43

Constance se leva avant l'aube afin de voir le soleil se lever à l'horizon et entamer sa course dans un ciel immaculé. Elle avait dormi la fenêtre ouverte, la nuit avait été fraîche. Elle retira sa chemise de nuit et se laissa caresser par le soleil avant de se diriger vers la salle de bains. Spacieuse et lumineuse avec son carrelage blanc, celle-ci était équipée d'une baignoire à l'ancienne et d'une douche. Elle se fit couler un bain, puis regagna la chambre et entreprit de disposer sur le bureau quelques effets personnels. L'injection ne lui avait procuré aucune sensation particulière, elle ne se sentait pas différente de la veille. Diogène l'avait prévenue que les effets de l'élixir ne se feraient pas sentir avant un ou deux jours, tout en lui assurant qu'elle déborderait d'une nouvelle énergie.

En sortant de son bain, elle sentit monter jusqu'à elle une odeur de café. Elle descendit au rez-de-chaussée par l'escalier arrière, puis traversa un petit vestibule et arriva dans la cuisine. Diogène prenait son petit-déjeuner dans un bow-window donnant sur le jardin. Un élégant peignoir en soie mettait en valeur sa silhouette mince. Ses cheveux brun-roux tirés en arrière, le teint frais et l'air sûr de lui, il était particulièrement séduisant. La ressemblance avec son frère disparu était frappante. Ses yeux vairons ajoutaient une touche intéressante à l'ensemble. Constance ressentit une fois de plus l'étrange sentiment de ne pas se trouver à sa place, d'avoir renoncé à sa vie en atterrissant sur une planète inconnue.

— Que souhaitez-vous pour votre petit-déjeuner? s'enquit Diogène.

— Auriez-vous des harengs fumés?

— Tout à fait.

— Dans ce cas, si ce n'est pas trop vous demander, j'en mangerais volontiers, avec deux œufs à la coque, du bacon et des toasts.

— Un petit-déjeuner roboratif. Excellente initiative. Préférez-vous du café, ou bien un expresso?

— Un expresso, merci.

Il lui apporta une petite tasse et s'activa au fourneau tandis qu'elle buvait son café. Quelques minutes plus tard, il posait une assiette devant elle et se servait à son tour. Ils mangèrent en silence. Constance se fit la réflexion que Diogène était de ceux qu'un silence prolongé ne dérangeait pas, une qualité rare qu'elle appréciait chez autrui. Jamais elle n'aurait toléré la présence à ses côtés d'un bavard invétéré.

Diogène vida sa tasse et la posa.

— Puis-je vous proposer un tour de la propriété?

Il se leva, lui prit la main et la conduisit jusqu'à la véranda arrière dont les quelques marches s'enfonçaient dans un lit de sable blanc. L'allée était bordée des deux côtés de plates-bandes colorées. Ils passèrent devant une palapa pittoresque et gagnèrent un patio de pierre dans lequel étaient disposés des meubles en teck patinés, près d'un vieux barbecue en brique. L'allée se prolongeait en direction d'un bosquet de palétuviers et débouchait sur une grande plage de sable blanc. La maisonnette de Gurumarra était à peine visible au milieu de la verdure. Les rayons du soleil se reflétaient dans l'eau qui venait lécher la grève dans un murmure.

Diogène gardait le silence, mais il était clair, à sa démarche souple, ses gestes gracieux et ses yeux brillants, que ce lieu lui tenait particulièrement à cœur. Constance, quant à elle, se sentait mal à l'aise dans sa robe longue à l'ancienne.

La mangrove qui fermait la plage les obligea à suivre le sentier sablonneux jusqu'au sommet de la dune avant de redescendre sur le flanc opposé. Une bâtisse étrange leur apparut soudain : lovée dans un creux de dune, elle dominait les eaux du golfe. Sur un socle de marbre noir poli par les éléments se dressait un petit temple à colonnade dont les hautes fenêtres à meneau étaient mystérieusement habillées de vitres anthracite.

La présence du curieux bâtiment était si inattendue que Constance s'immobilisa machinalement.

— Venez, l'invita Diogène d'une voix feutrée en lui prenant la main.

Il tourna la poignée de bronze et la lourde porte s'ouvrit dans un soupir en révélant un intérieur spartiate. Il entraîna Constance à l'intérieur et referma le battant derrière eux.

Constance, bouleversée, découvrit un édifice d'une grande simplicité avec son sol sombre, ses colonnes de marbre gris et le dôme qui le coiffait. La lumière diffuse qui pénétrait par les fenêtres à meneau contribuait à l'atmosphère irréelle du lieu en le privant de toute couleur. Les carreaux de verre fumé laissaient filtrer des milliers d'éclats lumineux qui dansaient au gré des déplacements des visiteurs. En voyant l'expression radieuse qui s'était épanouie sur le visage de Diogène, Constance constata que la disparition des couleurs l'avait transformé en une silhouette noir et blanc. Ce phénomène déroutant fit naître chez elle une grande sérénité, comme si l'absence d'ornements inutiles et d'embellissements triviaux faisait surgir une vérité essentielle. Le temple était parfaitement vide, à l'exception d'un canapé de cuir noir légèrement décentré.

Immobiles, ils observaient le plus profond silence depuis quelques minutes lorsque Diogène se tourna vers sa compagne en fredonnant d'une voix grave le thème d'ouverture de la *Passacaille et Fugue en ut mineur* de Bach. Il se lança alors dans une première variation harmonique, puis une seconde, et le temple fut rapidement rempli d'échos qui se chevauchaient de façon magique.

Il se tut et les notes restèrent suspendues quelques secondes avant de s'éteindre lentement.

Elle se tourna vers lui et devina l'ombre d'une larme dans son œil mort.

— Ici, je m'oublie moi-même et j'oublie le monde, expliqua-t-il. C'est là que je viens méditer.

— Cet endroit est extraordinaire. L'effet de lumière est à peine croyable.

— Oui. Voyez-vous, Constance, le drame de ma vie est de voir uniquement en noir et blanc. Je suis privé de couleurs depuis… l'Événement.

Elle baissa la tête. Il faisait allusion à l'accident tragique qui l'avait rendu aveugle d'un œil, le traumatisant à vie.

— Je suis resté attaché au souvenir des couleurs, mais lorsque je pénètre dans ce lieu et me plonge dans cette atmosphère monochrome, je retrouve un peu de ces couleurs qui me manquent tant. J'aperçois même des éclats de couleur éphémères.

— Comment expliquer ce phénomène?

Il écarta les mains.

— Ces vitres ont été fabriquées à partir d'éclats d'obsidienne polis. Une sorte de verre volcanique. L'obsidienne possède des propriétés lumineuses singulières. Il y a des années de ça, j'ai longuement étudié les effets de la lumière et du son sur le corps humain. Ce lieu en est le résultat.

Constance regarda une nouvelle fois le décor qui l'entourait. Le soleil matinal venait frapper l'un des côtés du temple. Une lumière douce et grise s'y infiltrait, comme venue de partout et de nulle part à la fois. L'extrémité opposée du temple était plongée dans la pénombre, sans qu'il y fasse noir. La pièce offrait au visiteur une palette infinie de gris.

— Ceci est donc votre sanctuaire d'obsidienne.

— Un sanctuaire d'obsidienne... c'est un peu cela. Oui, c'est même tout à fait cela.

— Quel nom lui avez-vous donné?

— Je l'ai baptisé Tholos.

— Une *tholos.* Du nom de ces temples grecs circulaires.

— Exactement. Celui-ci reproduit les dimensions de la petite tholos de Delphes.

Il se plongea dans le silence et Constance put savourer à loisir la sérénité absolue et la beauté simple de cet espace hors du commun. Elle se sentit emportée par un état de vide proche du rêve, le sentiment de se dissoudre dans l'atmosphère.

— Allons-y, finit par décider Diogène.

Elle prit une longue respiration, brusquement rappelée à la réalité, et se retrouva soudain à l'air libre, aveuglée par l'éclat du soleil, inondée par un déluge de couleurs.

— Souhaitez-vous poursuivre notre petit tour?

Constance se tourna vers son compagnon.

— J'avoue me sentir quelque peu... désorientée. J'aimerais me reposer dans la bibliothèque. Je continuerai l'exploration de l'île par moi-même un peu plus tard, si vous n'y voyez pas d'inconvénient.

— Naturellement, répondit Diogène en écartant les mains. Cette île vous appartient, ma chère.

44

Diogène se reposait dans le salon de son appartement à l'étage lorsqu'il entendit Constance descendre silencieusement l'escalier, ouvrir la porte arrière et traverser la véranda. Elle avançait d'un pas feutré mais Diogène, doté d'une ouïe particulièrement fine, la suivit sans peine à l'oreille. Il se leva, se dirigea vers la fenêtre, et la vit bientôt s'éloigner sur le sentier de sable en direction de la pointe méridionale de l'île.

Elle évoquait à bien des égards un animal sauvage. Un félin, ou peut-être un mustang. L'apprivoiser nécessiterait beaucoup de patience, de douceur et de bienveillance. À l'image du tigre entre les mains d'un dompteur, la moindre brusquerie pouvait se révéler fatale. Il demeurait émerveillé de la façon dont il avait su la conquérir, au point de la tirer de cette vieille demeure où elle avait passé quasiment toute son existence et la convaincre de rejoindre cet îlot perdu. Il était sur le point de voir se réaliser son rêve le plus cher, son fantasme le plus fou. Il lui restait toutefois à finir de l'amadouer. Le moment le plus délicat était venu, le stade où la moindre erreur pouvait la pousser à la fuite.

On ne prive pas un animal sauvage de sa liberté. On ne l'accule pas dans un recoin, on ne l'enferme pas dans une cage. L'apprivoisement se fait de l'intérieur. Il s'agit de séduire, et non de conquérir. Constance devait tisser ses propres liens et ses propres entraves, se les imposer d'elle-même. Là se trouvait la clé de la réussite. Sachant qu'il possédait un appât de choix avec l'élixir. Une fois qu'elle commencerait à en ressentir les effets bienfaisants, elle basculerait dans un autre état d'esprit.

La sachant sortie, il s'intéressa au plateau apporté par Gurumarra, sur lequel était posée une lettre récemment déposée dans la boîte postale dont il disposait à Key West. Il s'empara d'un coupe-papier de nacre, découpa avec soin le rabat de l'enveloppe de réexpédition dans laquelle se trouvait une enveloppe plus petite. Il l'ouvrit à son tour et en tira une lettre écrite sur du papier bon marché, rédigée d'une écriture en pattes de mouche. Il se réjouit de constater que le courrier ne comportait aucune formule en en-tête. Il n'était pas davantage signé et ne mentionnait nulle part l'adresse de l'expéditeur, mais Diogène savait pertinemment de qui il émanait.

Je me suis occupée de tout, comme vous me l'aviez demandé. Tout s'est passé comme prévu. Ne vous inquiétez pas pour la mission que vous m'avez confiée, j'ai respecté vos instructions à la lettre, sans rien laisser au hasard. Il m'a fallu aller un peu plus loin que vous le souhaitiez, rien de plus. Je vous en parlerai en détail quand on se reverra, très vite j'espère.

Quand ? Où ? Je suis impatiente de tout vous raconter. S'il vous plaît, faites-moi savoir quand on peut se voir.

Diogène lut la lettre à deux reprises, le front barré d'un pli ; ennuyé par le contenu d'un courrier qui venait confirmer le sentiment de malaise ressenti depuis quelque temps. Il se leva, déchira la feuille et l'enveloppe en cent morceaux qu'il déposa dans la petite cheminée carrelée avant d'y mettre le feu avec une allumette. Il se redressa et attendit que les fragments de papier se soient entièrement consumés, puis il en dispersa soigneusement les cendres avec un tison.

*

Constance parcourut le petit chemin de sable entre les mangroves jusqu'à un espace herbeux à la pointe sud de l'île. Elle avait dépassé depuis longtemps le pavillon réservé à M. Gurumarra, dissimulé au cœur d'un petit bois de pins. Le pré, magnifique, était bordé de dunes et de palmiers. Il descendait en pente douce jusqu'à la plage de sable blanc qui dessinait une anse. Elle découvrit une suite de petits bâtiments rassemblés autour d'un bursera trapu à moitié mort.

Les édifices en brique, de style victorien, étaient en ruine. Le plus grand d'entre eux était surmonté d'une haute cheminée recouverte de lierre. Sa curiosité attisée, elle s'en approcha. La façade de la bâtisse arborait un écriteau à demi effacé sur lequel elle devina le mot «DYNAMO». Elle profita d'une fenêtre crevée pour couler un regard à l'intérieur. Des hirondelles s'envolèrent en piaillant par la porte arrachée. Elle distingua les restes de machines mangées par la végétation. Probablement s'agissait-il de l'ancienne centrale électrique de l'île, abandonnée de longue date. Trois rangées de panneaux solaires rutilants avaient été installées un peu plus loin, à côté d'un bâtiment aveugle auquel on accédait par une porte blindée.

Elle tourna la poignée, s'aperçut que la porte n'était pas verrouillée, et entra. La pièce abritait tout un ensemble de batteries reliées entre elles par d'épais faisceaux de câbles. La nouvelle centrale de l'île.

Elle ressortit en fermant la porte derrière elle. Le bâtiment voisin, très vétuste, était muni d'une porte habillée de cuivre conduisant à une salle souterraine. Le mot «CITERNE» s'étalait sur le battant qu'elle trouva verrouillé.

Elle colla son oreille contre la serrure et distingua un faible ronronnement, ainsi qu'un murmure aquatique lointain.

Elle s'éloigna en direction de l'extrémité de l'île où deux plages paradisiaques se rejoignaient en une pointe de sable qui s'enfonçait dans l'eau turquoise. Curieusement, sa marche l'avait fatiguée et elle se sentait sans énergie. Une trempette dans la mer lui ferait le plus grand bien. Elle observa les alentours sans voir personne, ainsi qu'elle pouvait s'y attendre. La maison se trouvait à l'autre bout de l'île, de l'autre côté des mangroves, seule sa tour pointait au-dessus de la frondaison. Aucun bateau n'était en vue.

L'eau dessinait une piscine privée dont l'horizon formait la limite.

Prise d'une audace soudaine, elle retira ses chaussures, dégrafa sa robe, la retira et se retrouva bientôt nue, les orteils dans l'eau. Elle lança un dernier coup d'œil furtif autour d'elle et s'enfonça dans la mer. Le fond, très plat, l'obligea à marcher loin dans l'eau avant de se trouver immergée. Elle fit alors la planche et se plongea dans la contemplation du ciel limpide en s'efforçant de ne penser à rien et de se contenter d'exister, sans inquiétude ni appréhension, délivrée du murmure de sa voix intérieure.

*

Dans la tour de la grande maison, l'œil rivé à un télescope, Diogène observa longuement la silhouette pâle flottant à la surface de la mer d'un vert bleuté. Le souffle court, il sentit son pouls s'accélérer et s'arracha péniblement au spectacle de la baignade.

45

Le Centre des opérations spéciales occupait la moitié d'un étage de l'immeuble de Federal Plaza. Ce labyrinthe de verre et de chrome baignait dans la lumière bleutée des appareils de surveillance satellitaire, des écrans plats de tailles diverses, des terminaux de contrôle des drones Predator et Reaper. On y trouvait aussi bien des équipes de terrain que des espions chargés d'écouter les communications et de trier les millions d'e-mails, des techniciens fédéraux capables de faire parler des téléphones portables, de décrypter le contenu d'ordinateurs suspects à l'aide d'algorithmes complexes. Le lieu bruissait d'une rumeur ininterrompue de bips électroniques, de ronronnements de serveurs et de conversations discrètes. Une ruche tout entière dédiée à l'analyse de données susceptibles de localiser Diogène Pendergast.

Réfugiés dans un bureau vitré dans un coin du Centre, à l'abri d'une porte en verre, Pendergast et Howard Longstreet discutaient autour d'une table de réunion. Un brouilleur émettant du bruit blanc empêchait que leurs paroles puissent être surprises par des oreilles indiscrètes. Ce bureau, l'un des nombreux lieux affectés à Longstreet dans l'immeuble de Federal Plaza, était meublé en tout et pour tout d'une table, d'un téléphone, de deux ordinateurs et d'un écran accroché au mur.

— Votre séjour à Exmouth s'est révélé instructif, remarqua Longstreet. Grâce au propriétaire de cette maison, nous connaissons désormais l'identité de Diogène et de sa compagne.

— Je ne me fierais pas trop aux identités de Diogène, répliqua Pendergast. Je le soupçonne d'en posséder plusieurs. Des « avatars », à l'image de son personnage de Hugh Menzies, qu'il entretient soigneusement de façon à ne pas éveiller l'attention des autorités, mais aussi des noms d'emprunt provisoires tels que celui utilisé lors de la location de la maisonnette d'Exmouth, ou encore le pseudonyme dont il s'est servi pour la location de l'avion à la poursuite duquel s'est lancé mon homme de main. Seuls ces avatars nous concernent. Je ne sais combien il en possède encore, mais depuis que Menzies a été démasqué, je doute qu'il lui en reste beaucoup. À ce stade, entretenir deux, trois, voire quatre vies représenterait un fardeau trop pesant pour lui.

— En revanche, dit Longstreet, sa complice ne nous est nullement inconnue. Elle se nomme Flavia Greyling et possède un passé pour le moins trouble. Plusieurs institutions judiciaires ne seraient pas mécontentes de lui poser quelques questions. Il est intéressant de constater qu'elle a utilisé sa véritable identité lors de son séjour à Exmouth.

— Elle semble afficher un certain dédain à l'endroit des autorités.

— Nous sommes d'accord.

Longstreet s'activa sur son clavier et un visage apparut sur l'écran : celui d'une jeune femme blonde aux yeux bleus très clairs et aux pommettes saillantes prononcées. Il s'agissait d'une photo de police, et la présence en arrière-plan d'une toise en centimètres indiquait qu'elle avait été prise dans un pays étranger.

— La voici, poursuivit Longstreet en désignant le portrait. L'une des rares fois où l'on a réussi à l'arrêter.

Il consulta son ordinateur avant de continuer.

— Elle est née il y a vingt-quatre ans au Cap, en Afrique du Sud. Lorsqu'elle avait huit ans, ses parents ont été découverts battus à mort à l'aide de ce que le médecin légiste a identifié comme une batte de cricket. L'arme du crime n'a jamais été retrouvée et le meurtre a été imputé à des rôdeurs que la police n'a jamais pu identifier. À la suite de ce drame, elle a été placée dans toute une série de familles d'accueil au sein desquelles elle n'a jamais passé plus de quelques mois. Elle se faisait systématiquement renvoyer pour actes de violence. Elle a finalement atterri dans un orphelinat. Les rapports établis par les travailleurs sociaux qui l'ont interrogée précisent qu'elle avait été abusée sexuellement par son père dès son plus jeune âge. Ils décrivent une personne inadaptée, agressive, manipulatrice, renfermée, violente, fascinée par les arts martiaux et les armes, notamment les couteaux qu'elle se fabriquait elle-même et qu'on lui confisquait systématiquement.

Longstreet activa sa souris afin de dérouler de nouvelles informations à l'écran.

— Très rapidement, elle quitte l'orphelinat pour entrer en maison de redressement où elle est accusée de coups et blessures à plusieurs reprises. On lui reproche notamment d'avoir battu presque à mort une autre fille. À quinze ans, on recommande son transfert dans un établissement de haute sécurité, en dépit de son jeune âge. Le personnel de la maison de redressement n'arrivait plus à la contrôler. Le temps que la machine bureaucratique se mette en route, elle réussit à s'échapper en poignardant dans l'œil un psychologue qui n'a pas survécu à ses blessures.

Il lut la suite sur l'écran.

— Toutes les tentatives pour la retrouver ont échoué, elle se montrait extrêmement maline. Elle accumulait dans son sillage crimes et délits en affichant sa haine de la gent masculine. L'une de ses tactiques préférées consistait à traîner dans les quartiers mal famés jusqu'à ce qu'un type l'aborde ou tente de l'agresser. Elle le castrait et lui enfonçait ses organes génitaux dans la bouche.

— Charmant tempérament, murmura Pendergast.

— Vers l'âge de seize ans, ses pérégrinations l'ont conduite au Japon où elle a rejoint un gang de yakuzas. À la suite d'un épisode violent sur lequel la police de Tokyo continue d'enquêter, elle s'est apparemment rendue à Canton, en Chine, où elle s'est affiliée à l'une des triades de la ville. D'après nos services de renseignement, sa violence naturelle lui aurait valu de grimper très vite les échelons. Elle est rapidement passée de « 49 », c'est-à-dire simple membre, au rang de « 426 », un grade de responsable des opérations criminelles. À vingt et un ans, elle était sur le point de prendre plus de galon encore lorsqu'un événement indéterminé l'a obligée à quitter la Chine et à rentrer aux États-Unis.

Longstreet repoussa son ordinateur.

— Depuis, elle a fait son trou ici, tout en séjournant en Europe à diverses occasions. À la lecture des crimes qui lui sont imputés, tout indique que nous sommes en présence d'une sociopathe affirmée, capable de tuer ou de mutiler pour le plaisir. Elle a le don de se fondre dans le décor et d'échapper systématiquement à la police. La photo que je vous ai montrée tout à l'heure a été prise à Amsterdam, c'est la seule dont nous disposons. Elle a réussi à s'échapper le lendemain.

— Une complice de rêve pour Diogène, remarqua Pendergast.

— Je ne vous le fais pas dire, soupira Longstreet. Avoir pu identifier Greyling est un atout non négligeable, mais vu la façon dont elle a toujours su échapper à la police par le passé, je ne suis pas certain que cela nous aide beaucoup.

Il lança un coup d'œil en direction de Pendergast.

— J'imagine que vous avez fouillé de fond en comble la maison d'Exmouth?

— En effet.

— Alors?

— Elle avait été méticuleusement nettoyée.

Longstreet s'étira et passa une main dans ses longs cheveux gris.

— J'enverrai tout de même sur place une équipe d'identité judiciaire.

— Je doute qu'on y découvre quelque chose. J'ai seulement pu récupérer ceci.

Il sortit de sa poche un sachet en plastique qu'il tendit à Longstreet. Ce dernier découvrit un petit papier d'un bleu très particulier.

Longstreet l'examina.

— Intéressant.

— Je l'ai trouvé près d'une gaine d'aération où il s'était glissé entre deux lames de parquet. Il s'agit d'un fragment de reçu correspondant à un bijou. Une bague en or ornée d'une tanzanite. J'imagine que c'est un cadeau de Diogène à Flavia. Une récompense pour services rendus, peut-être.

— Si nous savions où ce bijou a été acheté, réagit Longstreet, nous pourrions remonter jusqu'à Diogène. Dommage que la partie du reçu sur laquelle figurait le nom de la boutique ait été déchirée.

— Rien de plus facile, le contredit Pendergast. Un seul joailler au monde possède des reçus de cette couleur, et vous le connaissez.

Longstreet scruta le petit papier d'un air perplexe, puis un grand sourire s'étala sur son visage.

46

Diogène entra dans la bibliothèque avec une bouteille de champagne dans un seau en argent, ainsi que deux flûtes. Il posa le tout sur une petite table et se tourna vers Constance. Installée devant le clavecin, elle feuilletait nonchalamment des partitions.

— Cela vous ennuierait-il que je savoure quelques gouttes de champagne en vous écoutant jouer? Si vous en avez envie, naturellement.

— Volontiers, répondit-elle en posant ses doigts sur les touches.

Sur le pupitre était posée la partition des préludes de *L'Art de toucher le clavecin*, de François Couperin.

Diogène déboucha la bouteille de champagne, remplit une flûte et s'installa confortablement dans l'un des fauteuils de la pièce.

Il était préoccupé, et même davantage. Ce matin-là, Constance s'était levée très tard, à 10 heures, même s'il avait la notion que certains individus ont un grand besoin de sommeil. C'est tout juste si elle avait grignoté la veille au soir, et touché au petit-déjeuner royal qu'il lui avait préparé. Cela faisait quarante-huit heures qu'elle avait reçu l'injection d'élixir, elle aurait dû en ressentir les effets de façon visible. D'un autre côté, il était normal qu'elle mette du temps à s'habituer à sa nouvelle vie. Sa réaction était sans doute plus émotionnelle que physique. Peut-être même regrettait-elle sa décision.

Il s'arracha à ses pensées en entendant résonner les notes initiales du premier prélude. Ce n'était pas une œuvre difficile d'un point de vue technique, mais à mesure que le son grave du clavecin emplissait la pièce, il remarqua combien le jeu de Constance était hésitant. Il grimaça intérieurement en entendant une fausse note, puis une autre. Les doigts de Constance se figèrent sur le clavier.

— Je suis désolée, s'excusa-t-elle. Je suis distraite aujourd'hui.

Diogène se força à dissimuler le sentiment de consternation, et même de panique, qui s'était emparé de lui. Il posa son verre, quitta son fauteuil, s'approcha d'elle et lui prit la main. Il la trouva anormalement chaude et sèche. Les traits de Constance étaient livides et des poches lui cernaient les yeux.

— Vous sentez-vous bien? lui demanda-t-il sur un ton anodin.

— *Très* bien, je vous remercie, répondit-elle sèchement. Je n'ai pas envie de jouer, c'est tout.

— Mais c'est tout naturel. Un peu de champagne?

— Pas ce soir.

Elle retira sa main.

Diogène afficha un air pensif.

— Constance, acceptez-vous de m'accorder quelques minutes avant le dîner? J'ai besoin de procéder à une prise de sang de routine, à présent que l'élixir se trouve dans votre organisme depuis deux jours.

— Je vous remercie, mais j'ai reçu suffisamment de piqûres comme cela.

Pas assez à mon goût, pensa Diogène en réprimant aussitôt cette mauvaise pensée.

— Je vous en prie, ma chère. Il s'agit d'une étape indispensable.

— Vraiment? Pourquoi ne m'en avoir jamais parlé auparavant?

— Un oubli de ma part, dont je m'excuse humblement. Il s'agit d'une procédure parfaitement normale, je vous l'assure.

— Quel problème pourrait-il y avoir?

— Aucun, ma chère, aucun! Simple précaution médicale. Allons, je vous en prie. Autant en être débarrassés.

Elle chassa une mèche de ses yeux.

— Fort bien. Dans ce cas, ne traînons pas.

Tandis qu'elle remontait sa manche, Diogène se dirigea vers le placard dans lequel il remisait son matériel médical et récupéra ce dont il avait besoin. Il posa un champ stérile sur une table, y installa le bras blanc de Constance, serra le garrot, tâta la veine, introduisit l'aiguille et préleva 300 ml de sang.

— Pourquoi une telle quantité? s'étonna-t-elle. Il y a là de quoi donner une indigestion à un vampire.

— C'est normal, je vous l'assure.

Il mentait, la quantité était anormalement grande, mais il en aurait besoin pour les tests qu'il souhaitait réaliser.

Il retira l'aiguille, posa sur la veine un morceau de coton qu'il fixa à l'aide de sparadrap et lui demanda de plier le bras.

— Voilà, c'est fini! s'écria-t-il avec un enthousiasme feint.

Elle poussa un soupir agacé.

— Je vais me coucher tôt. Je me sens vidée, au sens littéral du terme.

— Vous ne souhaitez pas dîner? Je vous ai préparé des brochettes d'agneau à la grecque.

Le visage de Constance s'adoucit légèrement.

— Je suis désolée. C'est sûrement délicieux, mais je n'ai pas faim.

— Aucun souci. Puis-je vous accompagner à l'étage?

Son visage se ferma de nouveau.

— Cessez donc de me couver. Je suis tout à fait capable de me débrouiller seule.

Elle quitta la pièce et Diogène l'entendit monter l'escalier de son pas léger.

Il resta immobile, attentif aux sons discrets qui lui parvenaient des appartements de Constance. Un filet d'eau qui coule, et puis le silence.

Diogène s'empara du prélèvement sanguin et rejoignit hâtivement le sous-sol de la maison en empruntant des couloirs plongés dans la pénombre. Retranché dans son laboratoire, il procéda avec inquiétude à divers examens sanguins : analyses chimiques, numération globulaire, fibrinogène, taux d'hémoglobine, protéines C-réactives, dosage de thyréostimuline, taux d'estradiol.

Tout à sa tâche, il ne s'aperçut pas immédiatement que ses mains tremblaient. Il s'arrêta, ferma les yeux, croisa les mains, et se vida l'esprit avant de reprendre son labeur en veillant à rester concentré.

Il était minuit passé lorsque tombèrent les derniers résultats. Il trembla de tous ses membres en voyant s'afficher des chiffres catastrophiques. Quelle erreur avait-il pu commettre ? Il connaissait déjà la réponse à sa question. Faute d'avoir disposé d'organes prélevés sur plusieurs cadavres, il avait cru pouvoir s'autoriser à simplifier la formule en partant d'hypothèses générales.

À ceci près que la médecine n'était pas une science logique. Il lui aurait fallu au moins *deux* cadavres. Il n'était pas trop tard pour corriger son erreur, à condition de résoudre le problème immédiatement.

*

L'aube pointait lorsque Diogène quitta son antre. Il se retira brièvement dans ses appartements, le temps d'enfiler sa robe de chambre, de s'humidifier les cheveux et de les brosser, de se tapoter les joues afin d'y apporter quelques couleurs avant de gagner la cuisine. À son grand étonnement, il y découvrit Constance occupée à préparer du café près de la machine à expresso.

— Vous êtes bien matinale, lui dit-il sur un ton enjoué.

— Je ne parvenais pas à dormir.

Sa mine le confirmait. Elle avait des cernes noirs, son teint était grisâtre, un réseau de veines bleues translucides marbrait son cou et ses épaules nues, un voile de transpiration lui couvrait le front malgré la fraîcheur matinale. Diogène se mordit la langue pour ne pas lui demander comment elle se sentait.

— Ma chère, j'espère que vous ne m'en voudrez pas, mais je dois me rendre à Key West aujourd'hui afin d'acheter du matériel et des végétaux pour mes recherches. Je serai absent aujourd'hui, la nuit prochaine et sans doute une partie de la journée de demain. Je m'en veux de vous laisser seule.

— Je ne suis jamais aussi heureuse que seule.

— M. Gurumarra sera à votre disposition en cas de besoin.

— Très bien.

Diogène lui prit brièvement la main, fit volte-face et quitta la pièce.

47

Pendergast lança un coup d'œil à la majestueuse façade de marbre rose de la célèbre boutique Tiffany & Co., sur la 5e Avenue, puis il s'engouffra dans la porte tournante et se mêla à la clientèle qui circulait entre les vitrines d'acajou brillamment éclairées. L'épaisse moquette venait d'être aspirée, les murs et les décorations de marbre noir étincelaient. Il se figea, feignant l'indécision, et un vendeur s'approcha aussitôt.

— En quoi puis-je vous aider, monsieur?

Pendergast tira de sa poche le petit papier bleu retrouvé dans la maisonnette d'Exmouth.

— J'aurais une question à vous poser au sujet du bijou correspondant à ce reçu.

Le vendeur prit le reçu.

— Quelle question, monsieur?

— Il s'agit d'un problème assez délicat. J'aimerais pouvoir m'en entretenir avec un responsable susceptible d'avoir accès à vos livres de comptes.

— C'est-à-dire que nos archives sont confidentielles…

— Monsieur, je vous en prie, assez glosé, le coupa Pendergast. Veuillez me conduire à qui de droit.

Le vendeur, électrisé par le ton aristocratique de son interlocuteur, courba l'échine.

— Bien sûr, monsieur. Je vais voir si ma responsable peut vous recevoir…

— Allez!

Le vendeur, apeuré, entraîna Pendergast vers un ascenseur de service et le conduisit dans les étages. Il s'arrêta devant une porte d'acajou sur laquelle s'étalait un nom en lettres d'or ombrées de noir :

Barbara McCormick
Première vice-présidente

Pendergast remarqua que « McCormick » avait récemment remplacé un autre patronyme, suggérant une femme récemment mariée, ou fraîchement divorcée.

— Je vais m'assurer qu'elle est disponible, s'excusa le vendeur.

Il n'avait pas terminé sa phrase que Pendergast poussait la porte d'autorité.

— Monsieur ! Vous ne pouvez pas entrer sans être annoncé !

Pendergast fit la sourde oreille. Il se retourna, repoussa le vendeur d'une main ferme, et lui ferma la porte au nez avant de glisser le verrou. Il fit volte-face et découvrit une femme d'une quarantaine d'années, installée derrière un bureau ancien. On la sentait partagée entre inquiétude et fureur.

— À quoi rime tout ceci ? demanda-t-elle.

Pendergast la dévisagea longuement. Son interlocutrice, une blonde séduisante en tailleur pantalon, portait un collier de perles aussi splendide que discret. Elle n'avait pas d'alliance à l'annulaire.

Le vendeur frappa frénétiquement à la porte et sa voix étouffée traversa le battant :

— *Monsieur ! Monsieur ! Vous ne pouvez pas forcer la porte de Mme McCormick de cette façon-là. Elle est occupée ! Madame McCormick ! Madame McCormick ? Souhaitez-vous que j'appelle la sécurité ?*

Pendergast s'adressa à l'occupante du bureau.

— Renvoyez-le.

— Qui êtes-vous, pour pénétrer ici de la sorte en vous autorisant à verrouiller ma porte ?

Pour toute réponse, elle saisit son téléphone.

Pendergast lui adressa une courbette aimable.

— Je suis un modeste client embarrassé par un léger problème que vous seule, chère madame McCormick, pouvez m'aider à résoudre. Acceptez-vous de m'aider? S'il vous plaît?

Il ponctua sa plaidoirie d'un sourire étincelant.

— *Madame McCormick! Madame McCormick!*

L'intéressée se leva et se dirigea vers la porte.

— Tout va bien, déclara-t-elle à travers le battant. Inutile d'appeler la sécurité. Je me charge de ce client. Vous pouvez regagner votre poste.

Elle se retourna vers Pendergast et passa près de lui en l'observant avec curiosité. Son inquiétude s'était évaporée.

— Vous vous nommez…?

— Aloysius Xingu Leng Pendergast.

Elle haussa les sourcils.

— Un nom intéressant, monsieur Pendergast. Seriez-vous originaire de La Nouvelle-Orléans?

— Je loue votre perspicacité. Appelez-moi Aloysius.

— Aloysius, répéta-t-elle en regagnant sa place derrière le bureau sans s'asseoir pour autant. Vous avez donc un petit problème.

— En effet.

Il tira de sa poche le papier bleu chiffonné.

— Ceci est le reçu d'un bijou acheté chez vous il y a cinq semaines. Cet achat a été réglé en liquide. J'ai besoin de connaître l'identité du client concerné.

— Vous le savez certainement, les informations de ce genre sont strictement confidentielles. Imaginez la réaction de nos clients si nous indiquions leurs coordonnées au premier venu!

— Je comprends.

— Vous me dites en outre que cet achat a été réglé en liquide. Il n'est même pas certain que nous connaissions le nom de ce client.

— Il s'agissait d'une bague. À en croire ce reçu, l'acheteur l'a rapportée pour un ajustement.

— Dans ce cas, nous possédons effectivement son identité. Il n'en reste pas moins que nous ne pouvons la divulguer.

— Laissez-moi vous exposer la raison de ma présence ici. Voyez-vous, ma femme est coupable d'infidélité avec l'acheteur de ce bijou. Je voudrais savoir à qui je dois mon infortune.

McCormick afficha une moue à la fois amusée, satisfaite et compatissante.

— Ah ! Une histoire aussi vieille que le monde.

— Je m'avoue bouleversé par cette situation. Je ne sais plus à quel saint me vouer. Pourriez-vous m'éclairer de vos conseils ?

— Ne cherchez pas à connaître le nom de cet homme. Divorcez. Peu importe avec qui elle couche, débarrassez-vous d'elle. C'est mon conseil.

— Mais… je *l'aime*.

— Seigneur ! Ne soyez pas ridicule. Vous *l'aimez* ? Allons ! Le monde regorge de femmes à aimer. Et de bijoux à leur offrir, ajouta-t-elle avec un sourire entendu.

— J'avoue ma naïveté en la matière, dit Pendergast d'une voix triste. Je crois bien ne rien connaître aux femmes. Quelle… quelle *humiliation* !

— À l'inverse de vous, je connais les femmes. Vous êtes un homme de goût, vous n'aurez aucun mal à trouver une femme capable de vous aimer et de vous apprécier. Vous devriez vous poser la question suivante : à quoi bon percer l'identité de celui qui vous a fait cocu ? S'il ne l'avait pas fait, un autre s'en serait chargé. Il n'est d'ailleurs peut-être pas le premier. Croyez-moi, vous auriez tort de vous aventurer sur ce terrain.

— J'en fais une affaire d'honneur. Je me sens honteux de rester dans l'ignorance alors que mes amis sont au courant. Je ne veux que son nom. Je pourrai alors…

Sa voix s'étrangla. Il se pencha vers son interlocutrice et lui glissa dans un murmure :

— Je veux me montrer honnête avec vous.

— Je vous écoute.

— Si je connaissais son identité, il me serait facile de prétendre que j'étais au courant depuis le début, et de feindre l'indifférence. C'est tout ce que je veux... sauver le peu de fierté qui me reste.

— Je comprends. Sincèrement. Vous êtes fortuné, j'imagine ?

— Très.

— Va-t-elle tenter de s'emparer de votre argent ?

— Sans aucun doute.

— Vous n'avez pas signé de contrat de mariage ?

— J'étais jeune et naïf. Quel imbécile j'ai pu être !

McCormick conserva longuement le silence.

— J'ai moi-même connu l'humiliation de voir mes amis murmurer dans mon dos. En pareil cas, vous êtes toujours le *dernier* à savoir.

Une note d'amertume s'était glissée dans sa voix.

Pendergast releva la tête.

— Je suis si heureux que vous me compreniez. J'y suis très sensible... *Barbara.*

Il saisit sa main d'un geste hésitant et la serra furtivement entre ses doigts.

Elle partit d'un petit rire avant de retirer lentement sa main.

— Je vais voir ce que je peux trouver dans mon ordinateur, Aloysius. Une recommandation, toutefois : ne cherchez pas à voir cet homme. Tenez-vous à distance. Et je ne vous ai rien dit.

Elle lui prit le reçu des mains, s'installa devant le bureau et pianota sur le clavier à toute allure.

— Très bien.

Elle arracha une page d'un bloc, y traça quelques mots, et la tendit à Pendergast.

Il découvrit un nom rédigé d'une écriture studieuse : Morris Kramer.

Sentant le regard de McCormick peser sur lui, il afficha successivement plusieurs émotions : la surprise, le dédain, le mépris.

— Lui ? Le goujat. La sale petite merde. Mon ancien condisciple de l'université d'Exeter. J'aurais dû m'en douter.

Elle tendit la main et récupéra le petit papier qu'elle froissa avant de s'en débarrasser dans sa poubelle. Elle observa son interlocuteur avec attention.

— Comme je vous le disais, Aloysius, le monde regorge de femmes qui attendent d'être aimées.

Elle regarda sa montre.

— Ah ! C'est l'heure de la pause. Je connais un charmant salon de thé à deux pas d'ici. Accepteriez-vous de m'y accompagner ?

Pendergast la gratifia d'un sourire éclatant.

— J'en serais ravi, répondit-il.

48

Diogène sourit intérieurement. Avec ses trois cent vingt mètres carrés, la Grande Suite de l'hôtel Setai, à Miami, était plus vaste que bien des maisons. Outre une vue spectaculaire sur l'Atlantique, elle proposait trois chambres, un spa privé équipé d'un sauna en bois de cèdre, une salle de projection, une cuisine Sub-Zero et plusieurs salles de bains aux aménagements de granit noir. À la différence de la plupart des suites d'établissements de luxe, celle-ci était décorée avec un goût aussi discret que sûr. On y trouvait plusieurs statues magnifiques ainsi que de nombreux tableaux. Diogène comptait sur ce décor impressionnant pour provoquer l'effet désiré, sa visiteuse étant modérément sensible à la beauté du monde.

La visiteuse en question avait pris place sur le canapé en cuir de l'un des deux salons de la suite. Diogène pénétra dans la pièce, un verre de Lillet blanc dans chaque main, et lui adressa son sourire le plus chaleureux. Flavia Greyling croisa son regard. Vêtue d'un jean troué et d'un vieux T-shirt, sans oublier son sempiternel sac banane, elle ne souriait pas. Diogène crut deviner sur son visage un mélange d'hésitation, d'espoir, de curiosité, et même de colère.

— Ainsi, votre mission est terminée? demanda-t-il en posant les verres sur une table basse au pied du canapé.

Flavia n'esquissa pas un geste.

— Oui. Je vous ai fait parvenir cette note par le canal habituel avant de quitter la Namibie sur un cargo à destination de la Sierra Leone où m'attendait une planque. Le billet retour que vous m'avez envoyé est arrivé avant-hier.

— Excellent.

Diogène trempa les lèvres dans son verre de Lillet. Il avait endossé sa défroque de Petru Balan en prévision de ce séjour au Setai, affichant son charme européen, son visage glabre et sans cicatrice, un ravissant costume sur mesure, un soupçon d'accent indéfinissable, et une lentille de contact destinée à masquer son œil laiteux.

— Je dois vous poser la question : était-il vraiment indispensable de traiter ce concessionnaire automobile, monsieur…

— Keronda.

— … M. Keronda, oui. Était-il indispensable de traiter cet homme d'une façon aussi, euh… définitive ? Au regard des circonstances, j'entends.

— Absolument. Il n'a pas respecté le scénario. *Votre* scénario. Au lieu de gérer sa concession comme si de rien n'était, il a tout laissé en plan, ce qui a mis la puce à l'oreille de la police. Vous m'aviez bien précisé que c'était surtout ce que vous ne vouliez pas.

— Vous avez raison, je ne le voulais pas.

— Nous n'avons laissé aucune trace derrière nous. Keronda était paniqué, il aurait fini par parler, tôt ou tard. J'ai pensé que vous voudriez l'éviter à tout prix. Je me trompe ?

Elle avait posé la question en le sondant de son regard perçant et Diogène se sentit mal à l'aise. Elle avait une façon très particulière d'observer autrui en usant de ses yeux comme de couteaux. Il l'avait déjà remarqué avec d'autres, avec des conséquences funestes pour les intéressés. Qu'elle le regarde ainsi à son tour lui déplaisait.

— Bien sûr que non, s'empressa-t-il de la rassurer. Vous avez pris le taureau par les cornes.

Il lui fallait se débarrasser de cette fille une fois pour toutes. Il lisait dans ses yeux des lueurs assassines.

— Je vous dois même des remerciements, insista-t-il le plus chaleureusement possible. Vous avez toute ma reconnaissance.

L'expression de Flavia s'adoucit. Elle but une gorgée de Lillet, posa son verre et replia les jambes sous elle dans ce qui aurait pu passer pour une pose féminine.

— Que faisons-nous à présent ? J'ai beaucoup apprécié mon séjour à Exmouth. Nous avons pu prendre le temps de nous connaître. Vous êtes différent de tous les hommes que j'ai pu rencontrer. Je sais que vous me comprenez. Je crois surtout que je ne vous fais pas peur.

— Pas le moins du monde, ma chère Flavia. Mais vous avez raison, nous nous comprenons parfaitement.

Le compliment la fit rougir.

— Vous n'imaginez pas à quel point c'est important à mes yeux. À mon sens, ça signifie… eh bien, que vous êtes comme moi, Peter. Votre façon de penser, le plaisir que vous prenez à… Souvenez-vous de ce qui s'est passé avec ce domestique à Bruxelles l'an dernier ! Quand je pense qu'il a essayé de vous piéger. Vous !

Elle éclata de rire et trempa de nouveau les lèvres dans son verre.

Diogène n'avait pas oublié le type de Bruxelles, mais le souvenir de cet épisode l'amusait nettement moins que Flavia. Il dissimula sa réserve derrière un sourire complaisant.

— Alors, quelle est la suite, *patron* ?

Elle avait prononcé le dernier mot avec une certaine ironie.

— Excellente question. C'est la raison pour laquelle je vous ai demandé de me rejoindre ici. Je vous l'ai dit, vous avez fait un travail formidable. Je n'aurais pu espérer mieux, et nous voilà parvenus au bout de nos peines.

Flavia, qui s'apprêtait à boire, laissa son verre en suspens.

— Au bout de nos peines?

— Je n'ai plus besoin de vos services. Je vous avais prévenue dès le début de notre collaboration, Flavia. Je mène parallèlement d'autres projets.

— Je sais, mais je veux vous aider.

— Comprenez-moi bien. Je dois réaliser seul certaines missions. À l'image d'un chef d'orchestre, je ne peux constamment descendre dans la fosse et me mêler aux musiciens.

— Aux musiciens, répéta Flavia. Vous me prenez pour un vulgaire instrument, c'est ça? Un instrument que vous pouvez utiliser quand bon vous semble avant de vous en débarrasser?

Diogène comprit qu'il avait choisi la mauvaise métaphore. Il s'aperçut également qu'il avait mal mesuré la paranoïa et la folie obsessionnelle de cette fille. Elle s'était montrée si distante au début. À la fois indépendante et fière de son isolement. Elle possédait toutes les qualités qu'il aurait pu chercher chez une « assistante » : la vivacité d'esprit, une loyauté indéfectible, l'absence totale de pitié, l'audace et la ruse. Dès leur première rencontre, il avait perçu chez elle une haine féroce de la gent masculine. Il n'avait jamais imaginé qu'elle puisse un jour s'éprendre de lui. Il avait eu la sagesse de taire ses secrets les mieux gardés : sa véritable identité, par exemple, ou bien l'existence d'Halcyon. La situation n'était plus tolérable. À une autre époque de sa vie, il se serait débarrassé d'elle de la façon la plus simple qui soit. Mais il avait changé et ne pouvait se permettre le moindre écart. En particulier sous cette identité. Une identité qu'il entendait conserver jusqu'à la fin de sa très longue vie, en tant que propriétaire d'Halcyon.

— Mais non, Flavia, réagit-il. Ce n'est pas du tout ce que je voulais dire. Je me suis mal exprimé. Nous formons une équipe, tous les deux. Vous avez raison de penser que je vous comprends. Vous êtes la seule personne au monde qui ne me jugera jamais. On m'a jugé si souvent, il est essentiel à mes yeux que ce ne soit pas le cas avec vous.

Flavia garda le silence, se contentant de triturer la bague qu'il lui avait offerte.

— Que cherchez-vous à me dire? demanda-t-elle d'une voix légèrement rauque. Qu'on ne se verra plus?

— Bien sûr que si! Mieux, nous travaillerons encore ensemble. Souvent. Mais pas tout de suite. Je dois mener à bien plusieurs projets… dans ce pan de ma vie que vous ne connaissez pas.

Il redouta un instant qu'elle lui ouvre son cœur. Au lieu de quoi elle se tut.

— Ma très chère Flavia, cette séparation ne durera pas longtemps. Je reviendrai bientôt vous chercher. Ce n'est pas la première fois que nous marquons une pause dans notre relation. Et puis tout se déroulera comme vous l'avez décrit. Nous passerons du temps ensemble, nous apprendrons à nous connaître. J'y tiens autant que vous, croyez-le bien.

Flavia, qui avait baissé les yeux jusque-là, releva la tête.

— Vous croyez vraiment?

— Je le sais. *Nos deux âmes, ainsi, en forment une seule / Même s'il me faut partir, souffrons non pas / Une rupture, mais une élévation / Tel l'or au frémissement léger de l'air.*

Flavia resta muette. Les vers de John Donne avaient rebondi sur elle comme une balle de squash sur un mur couvert de graffitis. Diogène comprit qu'il venait de commettre une nouvelle erreur tactique. Il se promit de ne pas recommencer.

— En attendant de nous retrouver, je tiens à m'assurer que vous disposiez de tout le confort mérité.

Il tira de sa poche une enveloppe épaisse.

— J'ai veillé à vous trouver une cachette sûre jusqu'à notre prochaine rencontre. Un luxueux appartement à Copenhague.

Il tapota l'enveloppe.

— L'adresse et la clé se trouvent là, ainsi qu'un passeport, un téléphone portable neuf, un billet d'avion en première classe, et un permis de conduire danois.

Flavia ne disait toujours rien.

— Sans oublier une avance en prévision des prochaines missions, s'empressa-t-il d'ajouter.

Il posa l'enveloppe entre eux, sur le canapé, sans que Flavia fasse mine d'y toucher.

— Il s'agit d'un cadeau princier, précisa-t-il. Vous pourrez voir ainsi combien je tiens à vous.

— *Combien?* se décida enfin Flavia.

— Combien je tiens à vous? Je ne saurais y mettre un prix.

— Non. Combien d'argent?

Diogène y vit un signe encourageant.

— 500 000 dollars.

— Tant que ça, Peter? réagit-elle en pâlissant.

— Vous sentez-vous bien, Flavia? s'inquiéta Diogène d'une voix douce.

Sa question ne suscita aucune réaction.

— Flavia, vous ne comprenez donc pas à quel point je tiens à vous? Vous ne comprenez pas les raisons de tout ceci? Vous ne me croyez pas quand je m'engage à vous recontacter bientôt?

Elle hocha enfin la tête.

— Je savais que vous finiriez par comprendre. Précisément parce que nous sommes si semblables, ainsi que vous le remarquiez il y a quelques instants. À présent, si cela ne vous ennuie pas, je dois partir. Je prendrai contact avec vous sur ce portable. Dans un mois, tout au plus.

Il se pencha vers elle, l'embrassa sur le front, et se redressa.

— Pourquoi? lui demanda Flavia à brûle-pourpoint.

Diogène jeta un regard dans sa direction.

— Pourquoi je m'en vais?

— Non. Pourquoi exactement avons-nous réalisé la dernière mission? J'aimerais savoir pourquoi j'ai dû me faire passer pour cette fille, avec cette perruque et cet imperméable, ce faux enlèvement absurde, cette mort bidon, tous ces changements d'avions, ces pilotes et ces médecins namibiens que vous avez achetés, ce faux cadavre dans un cercueil réfrigéré, cette fausse piste au Botswana. Sans parler de Keronda. Vous aviez promis de tout m'expliquer un jour. Alors?

Il esquissa un geste de la main.

— Bien sûr. À présent que tout est consommé, je puis aisément vous l'expliquer. Mon meilleur ami est un as du FBI, mais un enfant sans défense dès qu'il s'agit des femmes.

— Et alors?

— Cette Constance, que vous avez croisée à Exmouth, est une chasseuse de dot de la pire espèce. Elle ne s'intéresse qu'à sa fortune. Elle avait réussi à capter un million de dollars dont il avait hérité, je tenais à récupérer cette somme. Vous le savez, l'affaire a mal tourné puisque mon ami s'est noyé, et Constance a gardé l'argent. D'où cet enlèvement afin d'éloigner son complice et de récupérer l'argent en exigeant une rançon. Grâce à vous, mon stratagème a parfaitement fonctionné.

— Qu'est-il arrivé à cette femme?

Il balaya la question d'un geste.

— Constance, vous voulez dire? Une fois l'argent entre mes mains, elle ne m'était plus d'aucune utilité. Je ne doute pas qu'elle ait jeté son dévolu sur un autre malheureux.

— Qu'est devenue cette somme?

— Eh bien, mon ami étant mort, il n'en aura plus l'usage. J'ai préféré la partager avec vous, Flavia.

Il lui adressa un sourire entendu.

Elle le lui rendit.

— Je vois.

Diogène se sentit soulagé de voir se clore la discussion. Bien des événements pouvaient se produire au cours des semaines suivantes. Elle pouvait se dégoter un petit ami, se tuer en voiture, ou mourir d'une overdose. Quand bien même elle tenterait de le retrouver un jour, il serait difficile de remonter sa piste jusqu'à Halcyon.

Il se leva.

— À nos retrouvailles, déclara-t-il en déposant sur sa bouche un baiser aérien avant de la regarder droit dans les yeux.

À quoi pensait-elle donc à cet instant précis ? Il la trouva d'une pâleur inquiétante, tout en se rassurant de la voir sourire.

— Profitez pleinement de Copenhague, Flavia. Vous l'avez bien mérité. Et ne vous séparez jamais de ce téléphone portable, je vous appelle très vite. En attendant, ma chère, *à bientôt*, la salua-t-il en français.

Le temps d'un dernier salut, il lui tourna le dos et s'éclipsa.

*

Flavia resta immobile en entendant la porte se refermer doucement. Le sourire qu'elle arborait s'était effacé avant même qu'il ait quitté la suite. Figée sur le canapé, elle repensa à tous les mensonges qu'elle l'avait entendu débiter aux autres, avec une intelligence et un sens de la manipulation éprouvés. Elle repensa surtout à la mission qu'ils venaient d'achever. Une mission qui tournait autour d'une seule et même personne : Constance Greene.

Elle se leva d'un bond, traversa le salon et s'avança sur le balcon de la suite. Elle fit mine d'ouvrir son sac banane avant de se raviser. Elle reporta son attention sur la bague offerte par Diogène dont elle voulut arracher la pierre précieuse. Quand elle comprit qu'elle était trop solidement fixée, elle la cogna de toutes ses forces contre la balustrade du balcon jusqu'à ce que la gemme se détache, s'égratignant les phalanges au passage. Elle ramassa la pierre, la tourna et la retourna entre ses doigts, puis elle la lança en direction de l'Atlantique et ne garda au doigt que le montant de la bague que surmontaient les griffes en or tordues, désormais inutiles.

Elle regagna le salon et en détailla froidement le décor somptueux. Elle se dirigea vers une vitrine, l'ouvrit, prit la statue de marbre qu'elle contenait, l'examina brièvement et s'en servit comme d'une masse pour fracasser le verre de la vitrine. Toujours aussi maîtresse d'elle-même, elle entra dans la cuisine et sortit l'un après l'autre les verres des placards avant de les jeter au sol. Elle visita ensuite les trois chambres et déchira en lambeaux les tableaux accrochés aux murs avec les griffes acérées de sa bague mutilée. Enfin, elle récupéra le tire-bouchon du bar et s'employa à réduire en fines lanières le cuir du canapé qu'elle avait partagé avec Diogène quelques minutes plus tôt.

Cela fait, légèrement haletante, elle retourna dans la chambre qu'elle espérait encore, une demi-heure plus tôt, utiliser bien différemment. Elle boucla son sac, quitta la suite et emprunta l'ascenseur jusqu'au rez-de-chaussée.

— Je suis Mme Balan, annonça-t-elle à l'employé de la réception. J'ai bien peur que mon mari ait causé quelques dégâts dans la Grande Suite. Vous mettrez la note sur sa carte de crédit.

Elle adressa un petit sourire à son interlocuteur, tourna les talons et traversa le hall d'accueil en laissant sur les dalles de marbre une piste de gouttelettes de sang, échappées de ses phalanges meurtries.

49

Alors que l'heure de pointe touchait à sa fin, il fallait cinquante bonnes minutes, de l'hôtel Setai, pour rejoindre le Miami Baptist Hospital, l'un des plus grands complexes hospitaliers du sud de la Floride. Petru Balan gara sa voiture sur un parking miteux à cinq cents mètres de là, dans un recoin échappant à l'œil de la caméra de sécurité la plus proche. Dans l'auto, il retira son élégant costume qu'il plia soigneusement sur la banquette arrière, puis il endossa la tenue plus anodine du Dr Walter Leyland : un pantalon kaki, une chemise bleue et une cravate bon marché nouée maladroitement. Il compléta son déguisement par une blouse blanche au revers de laquelle était épinglé son badge d'identification. Il glissa au fond d'une poche le portefeuille du Dr Leyland, avec ses cartes de crédit et son permis de conduire, et se munit du portable correspondant. Il récupéra la mallette du médecin sur le siège passager, y prit deux morceaux de coton qu'il introduisit dans sa bouche au niveau des gencives supérieures afin d'empâter artificiellement le visage de Leyland, remplaça les lentilles de contact bleues de Balan par des verres bruns, et poudra ses cheveux de façon à les rendre poivre et sel.

Tout en se changeant, Diogène eut un pincement à l'idée de voir bientôt disparaître le personnage de Leyland. Il avait l'impression de perdre un ami proche, mais la vie n'était-elle pas faite de sacrifices ? En outre, Leyland était loin d'être un alter ego aussi abouti que Hugo Menzies, par exemple, et surtout Petru Balan. Ce dernier relevait du chef-d'œuvre. Un alias inattaquable par son authenticité même, dont il était impossible de retrouver les origines. Un citoyen doté d'un véritable numéro de sécurité sociale, un personnage derrière le visage duquel il avait l'intention de se cacher jusqu'à la fin de ses jours.

Leyland rangea soigneusement les vêtements et les chaussures de Petru Balan dans sa mallette de docteur. Il plaça par-dessus un mince coffret métallique renfermant les instruments chirurgicaux du bon docteur, un étui de lentilles de contact, un petit flacon de colorant pour cheveux, ainsi que le portefeuille et les lunettes de Balan.

Il avait également pensé à se munir d'un coffret isotherme permettant de transporter des organes humains.

Lorsque la police s'intéresserait à cette voiture, louée au nom de Leyland, elle y découvrirait l'ADN et les empreintes digitales de ce dernier, ce qui était inévitable. L'enquête avait toutes les chances d'être rapidement bouclée. Malheureusement, un autre individu partageait avec Leyland son ADN : un certain Diogène Pendergast dont le FBI possédait l'ADN dans ses banques de données. Il était peu probable que la police prenne le temps de pousser ses recherches plus loin, une fois Leyland identifié. Quand bien même un rapport serait établi entre le médecin et Diogène, Petru Balan avait méticuleusement veillé à ne pas laisser traîner son ADN. Rien dans la voiture de location ne pouvait permettre d'établir un rapport entre Leyland et Balan.

Excellent.

Il referma la mallette et quitta le parking en empruntant un chemin qu'il avait pris la précaution de reconnaître au préalable, de façon que le bon docteur soit filmé par les caméras de surveillance dès son arrivée à l'hôpital.

Il emprunta la 94e Rue en longeant le luxuriant campus hospitalier jusqu'à l'entrée principale. Le Miami Baptist employait près de deux mille médecins, il ne courait donc aucun risque d'être reconnu. Il avait pris la précaution d'obtenir une accréditation, un jeu d'enfant pour un praticien dûment répertorié à l'ordre des médecins de Floride. Il passa son badge sur le lecteur magnétique, sous l'œil attentif et bienveillant des agents en uniforme, et pénétra dans le grand hall. Ayant déjà mémorisé le plan de l'établissement, il se dirigea d'un pas alerte vers les ascenseurs sous l'œil des caméras et monta au service des soins intensifs.

Leyland savait d'expérience qu'un médecin extérieur en visite dans un service d'urgence avait toutes les chances d'être arrêté par une infirmière qui lui demanderait aimablement : « Bonjour, docteur. En quoi puis-je vous aider? » Soucieux d'échapper à une telle vigilance, il se rendit au vestiaire des chirurgiens auquel il accéda grâce à son badge magnétique. Face aux armoires alignées le long d'un mur, il découvrit ce qu'il cherchait : un distributeur de tenues opératoires jetables. Il passa sa carte devant le lecteur et la vitre de l'appareil s'écarta en le laissant choisir une tenue de bloc à sa taille qu'il enfila prestement, réduisant sérieusement ses chances d'être contrôlé.

Il quitta le service de chirurgie et se dirigea vers une réserve repérée d'avance. Il se servit une nouvelle fois de son badge et eut la confirmation de ce qu'il savait déjà : ni cette pièce, ni le hall adjacent n'étaient équipés de caméras de surveillance. Un détail crucial pour la réussite de son plan.

Il sortit le coffret contenant ses instruments chirurgicaux et le glissa dans sa ceinture, sous sa tenue de chirurgien, déposa sa mallette derrière des cartons sur une étagère isolée, et regagna le service des soins intensifs. Les mesures de sécurité extrêmes du Miami Baptist, à la hauteur de la criminalité qui régnait dans cette partie de la ville, allaient servir ses intérêts. À condition qu'aucun obstacle ne se dresse sur sa route. Le plan de Diogène reposait sur un principe simple : présenter son badge *à l'entrée* du secteur qui l'intéressait, mais pas *à la sortie*.

Il consulta sa montre, sentant monter en lui une excitation malsaine qu'il peinait à contrôler. *Quitte à agir, autant agir vite...*, cita-t-il intérieurement *Macbeth*. Si le service des soins intensifs était dépourvu de caméras, les infirmières y étaient nombreuses : une pour trois patients en moyenne. Il ne pouvait donc se payer le luxe d'entrer dans la chambre d'un malade, certain que l'infirmière de service lui emboîterait le pas et s'inquiéterait de sa présence. À moins de choisir le bon moment. Bénis soient les syndicats ! Grâce à eux, l'infirmière susceptible de le gêner serait en train de prendre sa pause, ainsi qu'il l'avait calculé.

Il passa d'un pas décidé devant le bureau du personnel soignant et s'introduisit dans la chambre de Frederica Montoya, une patiente de quatre-vingt-deux ans atteinte de démence sénile et d'un cancer en phase terminale. La mention « Ne pas réanimer » figurait dans son dossier, personne ne se précipiterait lorsqu'elle s'éteindrait. Il n'en restait pas moins qu'il lui fallait opérer rapidement.

La vieille femme était à l'article de la mort. Quand bien même elle aurait été mise au courant, Constance ne pouvait lui en vouloir.

Il referma la porte derrière lui. La malade, sous respirateur artificiel, était allongée dans son lit, inconsciente. Il ne faisait aucun doute que ses heures étaient comptées. Les battements de son cœur, tels qu'ils s'affichaient sur le moniteur, étaient faibles, mais réguliers.

Il ouvrit son kit chirurgical et injecta dans le cathéter de la perfusion une dose mortelle de morphine, puis il se mit à l'ouvrage sans attendre que le moniteur cardiaque donne l'alerte. Il découvrit la malade, la retourna, écarta sa chemise d'hôpital et pratiqua une incision au niveau de la partie inférieure de la colonne vertébrale en enchaînant les gestes précis. Les signes vitaux de la vieille dame s'affolèrent sur le moniteur et il venait de prélever la *cauda equina* lorsque l'électrocardiogramme dessina une ligne continue en déclenchant une série de bips. Il déposa son trophée dans un tube à essai stérile qu'il enferma aussitôt dans le coffret isotherme.

La porte s'ouvrit au même moment. Pourquoi ces chambres d'hôpital ne se verrouillaient-elles pas de l'intérieur, bordel? Loin de voir surgir une infirmière, Diogène découvrit un médecin. Ce dernier se figea sur le seuil, interloqué, en voyant le cadavre mutilé de la patiente baignant dans son sang. Il poussa un cri et se rua instinctivement vers Leyland.

— Seigneur, qu'avez-vous... ? s'écria-t-il, horrifié.

Il ne put achever sa phrase, arrêté net par un coup de scalpel à la gorge. Diogène exécuta un bond de côté afin d'éviter le jet de sang et sa victime s'écroula en laissant échapper un gargouillis. Sans perdre une seconde, le faux Leyland chercha le nom de sa victime sur son badge, s'approcha de la porte et coula un regard dans le couloir. Une infirmière accourait, attirée par le bip du moniteur.

— Je m'en occupe avec le Dr Graben, lui annonça Diogène. Le cœur de la patiente s'est arrêté et il n'est pas prévu de la réanimer. Autant lui laisser sa dignité.

Il referma la porte sans attendre.

Comprenant que le destin lui offrait une chance inespérée, il roula le médecin sur le ventre, déchira sa blouse d'un coup de scalpel, fit de même avec la chemise et mit à nu son dos au niveau des reins. À l'idée de découper cette chair blanche, il sentit monter en lui une bouffée d'excitation. Il palpa la moelle épinière, s'arrêta sur le point précis de l'incision, y enfonça la lame du scalpel et descendit le long de la colonne vertébrale de façon à prélever latéralement la *cauda equina*.

Parvenu à l'extrémité inférieure de la moelle, il s'employa à extraire la « queue-de-cheval », nommée ainsi en référence à l'épais faisceau de fibres nerveuses semblables à du crin.

Disposer d'un second échantillon était un cadeau du ciel. Il n'avait jamais été dans ses intentions de tuer un être humain aussi jeune, mais les circonstances ne lui avaient pas laissé le choix. Il disposait désormais de plus de matière qu'il n'en avait besoin. La formule de l'élixir s'en trouverait renforcée, et l'opération prendrait beaucoup moins de temps.

La seconde *cauda equina* rejoignit la première dans le coffret isotherme. Il ne lui restait plus qu'à maquiller son crime. Il commença par multiplier les coups de scalpel au niveau de la gorge du médecin, lui mutila le visage et lui lacéra abondamment le ventre, puis le dos de façon à dissimuler l'incision originale dans la masse. *Qui aurait cru que ce malheureux avait autant de sang…*

Il procéda de même avec le cadavre de la vieille dame en veillant à ne pas souiller sa tenue de chirurgien, tout en multipliant les plaies de sorte que l'on puisse les attribuer à un fou. Le scalpel qui labourait les chairs, la résistance temporaire de l'épiderme qui finissait par lâcher, le sang qui commençait à s'épuiser… Il aurait aimé s'attarder, profiter de chaque sensation, mais il n'en avait pas le temps.

Il mit la dernière main à son œuvre à regret. Un coup d'œil à sa montre lui indiqua qu'il lui avait fallu moins de quatre-vingt-dix secondes pour agir.

Il abandonna son scalpel, se releva et posa sur la scène un regard critique. Le tableau était effrayant, ignoble, répugnant. Il y avait du sang partout, sur les draps, en mare sur le lino du sol, sur les murs. La police y verrait l'œuvre d'un dément. Plus remarquable encore, il avait réussi à ne pas se tacher.

Il se dirigea vers la porte, l'ouvrit, se glissa dans le couloir et referma derrière lui. L'infirmière l'attendait d'un air inquiet.

— Mademoiselle ? Attendez ici les instructions du Dr Graben. Il est auprès de la patiente et ne doit être dérangé sous *aucun* prétexte. Il n'en a pas pour longtemps.

— Bien, docteur.

Il s'éloigna d'un pas tranquille et quitta le service. L'alerte pouvait être donnée à tout moment, le Dr Walter Leyland n'aurait jamais le temps de quitter l'hôpital. Quand bien même cela lui aurait été possible, son visage avait été enregistré par plus d'une dizaine de caméras de surveillance.

Diogène remonta un premier couloir d'un pas souple, en prit un second et se glissa dans le local technique où l'attendait la tenue de Petru Balan au moment précis où se déclenchait l'alarme générale.

50

Immobile dans un coin du petit deux pièces, telle une statue de marbre, l'inspecteur Pendergast observait le manège des experts du FBI. Leur tâche terminée, ils n'allaient pas tarder à quitter les lieux. Les photographes rangeaient leur matériel, les spécialistes des empreintes archivaient leurs prélèvements, on refermait les derniers ordinateurs, les valises contenant les pièces à conviction, presque vides, étaient alignées près de la porte.

La sonnerie de son téléphone le tira de ses pensées. Il vérifia l'identité de son correspondant sur l'écran du portable. Un numéro masqué, évidemment.

— Oui? dit-il en décrochant.

— Mon agent secret préféré! lui répondit la voix de Mime. Je vous téléphonais comme convenu afin de vous tenir au courant de mes avancées.

— Je vous écoute.

— Désolé d'avoir été aussi long, mais il n'est pas facile de suivre votre Proctor à la trace, surtout depuis son arrivée en Afrique.

— En Afrique?

— Parfaitement. Il circule hors des sentiers battus, qui plus est. J'ai fait appel à toutes mes ressources pour reconstituer son parcours. Alors, voici le topo. Je n'entre pas dans les détails, j'imagine que vous êtes pressé et je n'aime guère passer trop de temps au téléphone. Même sur cette ligne. Après avoir atterri à Gander, Proctor s'est envolé pour la Mauritanie, en route pour l'aéroport Hosea Kutako en Namibie. Ensuite, il s'évanouit dans la nature.

— Vous n'avez aucune idée de sa destination finale, après son arrivée en Namibie?

— À l'écoute des scanners de la police locale, j'ai cru comprendre qu'il avait, euh... rendu visite à un concessionnaire automobile riverain de l'aéroport avant de prendre la route du Botswana. C'est tout. Mes recherches n'ont rien donné de plus jusqu'à présent. Il faut dire que le numérique n'est pas exactement l'apanage de ces pays-là.

— Je comprends. Rien n'indique qu'il est mort, au moins?

— Non. Les corps ont tendance à refaire surface. Sur Internet, je veux dire. Il est bien vivant, mais allez savoir où diable il se trouve.

— Je vous remercie, Mime.

— Tout ce qui peut satisfaire mon agent fédéral préféré. Mais parlons un peu de mes émoluments. Le duplexeur dont je vous ai parlé me serait *extrêmement* utile.

— Je m'engage à vous en fournir un. Naturellement, vous vous engagez à vous en servir dans le seul but de servir les intérêts de la justice.

— Naturellement!

Il éclata d'un rire sifflant.

— Je vous remercie, Mime.

Pendergast glissa le portable au fond de sa poche.

Il s'intéressa au ballet des experts quelques minutes de plus, puis il traversa le salon, aussi vide que le reste de l'appartement, et s'approcha de la fenêtre. Situé dans le quartier de Hamilton Heights, au croisement de Broadway et de la 139e Rue, l'immeuble dominait de ses vingt étages les maisons en pierre de taille et les pavillons des alentours.

La fenêtre donnait sur l'ouest, en direction de Riverside Drive et de l'Hudson. Une péniche lourdement chargée remontait lentement le cours du fleuve.

Pendergast se retourna en entendant un léger bruit derrière lui et découvrit Arensky, le responsable de l'unité de recherche criminelle locale. Ce dernier attendait avec déférence.

— Oui? demanda Pendergast.

— Nous avons terminé, monsieur. Si ça ne vous dérange pas, on retourne au labo entamer l'analyse des éléments collectés sur place.

— Vous en avez trouvé beaucoup?

Arensky fit non de la tête.

— Quelques empreintes, c'est tout.

Pendergast acquiesça.

Arensky réunissait ses équipes lorsque la porte de l'appartement s'ouvrit sur la silhouette longiligne de Longstreet. Il se précipita à sa rencontre et les deux hommes s'entretinrent à voix basse. Arensky multipliait les gestes en faisant venir ses hommes les uns après les autres afin qu'ils fassent leur rapport à Longstreet.

Pendergast les regarda pendant un moment, puis il reprit son poste à la fenêtre et posa son regard clair sur les pignons et les créneaux de sa demeure de Riverside Drive. Même sans jumelles, il était facile d'en surveiller la porte principale comme l'entrée de service, on distinguait aussi les volets fermés de la bibliothèque.

Cet appartement avait clairement été choisi parce qu'il permettait d'observer les allées et venues autour du 891 Riverside Drive.

Il examina attentivement le rebord de la fenêtre, percé de deux fois trois trous disposés en triangle, à quelques centimètres de distance, preuve que l'occupant des lieux avait utilisé une longue-vue montée sur un support. Le poids du puissant télescope à amplificateur de lumière dont s'était probablement servi Diogène nécessitait un tel accessoire.

Longstreet rejoignit Pendergast à la fenêtre.

— Arensky m'a mis au courant, déclara-t-il. C'est plus ou moins ce que nous pensions découvrir. L'appartement a été loué pour un an, il y a trois mois, à un certain M. Kramer.

— Une autre des fausses identités de Diogène. Ce M. Kramer se montrait-il souvent?

— Nous avons interrogé les voisins et le concierge. La personne qui occupe l'appartement voisin, une vieille dame de bientôt quatre-vingts ans sans grande occupation, s'est révélée très bavarde. Un spécialiste va pouvoir établir un portrait-robot grâce à ses indications. Non pas que ça nous serve beaucoup. Au début de sa location, ce Kramer venait souvent en compagnie d'une jeune femme.

— Flavia.

Longstreet approuva d'un hochement de tête.

— Plusieurs personnes l'ont identifiée à partir du portrait d'identité judiciaire dont nous disposons. Ce n'est pas le cas de Diogène, en revanche. On a pourtant la preuve qu'il se trouvait ici.

Longstreet balaya la pièce d'un geste.

— On a retrouvé leurs empreintes dans tout l'appartement. Un simple contrôle avec l'ordinateur de nos experts scientifiques nous l'a confirmé.

— Je vois.

— Ils ont disparu tous les deux à une période donnée qui correspond à leur séjour à Exmouth. « M. Kramer » est brusquement revenu il y a quatre semaines, cette fois sans Flavia. Il avait des horaires pour le moins étranges, s'en allait tard le soir pour ne revenir qu'à l'aube. Les différents gardiens de l'immeuble ainsi que la vieille voisine l'ont aperçu régulièrement jusqu'à tout récemment, quand il s'est évaporé dans la nature en emportant toutes ses affaires.

Longstreet fronça les sourcils.

— Cette fois, poursuivit-il, il semble que Flavia se soit montrée plus discrète. Rien ne nous permet de savoir où elle est allée. Pas plus que lui.

Il marqua une courte pause.

— Nous avons à peu près le même son de cloche au QG des Opérations spéciales. Rien de neuf sur les fichiers de la Sécurité intérieure, ceux des banques et des organismes de cartes de crédit. On a croisé les systèmes de vidéosurveillance sans aucun succès. Mes équipes de terrain, et elles sont nombreuses, n'ont rien découvert. On a perdu leur trace.

Il poussa un soupir.

— Désolé, vieux frère. Je me doute que vous espériez en apprendre davantage en le pistant jusqu'ici grâce à ce reçu de chez Tiffany. J'entretenais le même espoir, mais on dirait bien que Diogène a bel et bien disparu cette fois.

— Je vois, répéta Pendergast d'une voix morne.

— Je souhaite le coincer autant que vous, croyez-le bien. Je ne suis pas près de baisser la garde.

Pendergast se tourna une nouvelle fois vers la fenêtre.

— Nous allons devoir freiner nos recherches temporairement, enchaîna Longstreet. Je suis obligé d'affecter une partie de mes hommes sur les meurtres commis par ce médecin de Floride qui a lacéré ses victimes. Mais je peux vous promettre que ça ne durera pas longtemps.

— Un médecin qui lacère ses victimes, dites-vous ? s'enquit Pendergast en faisant volte-face.

— Un médecin, ou prétendu médecin, dont j'ai oublié le nom. Il s'est introduit dans un hôpital de Miami et s'est attaqué à une vieille dame à l'article de la mort, atteinte d'un cancer en phase terminale. Il lui a lacéré le corps avec une rage qui aurait impressionné Jack l'Éventreur. Notre homme a été surpris en pleine besogne par un autre médecin. Il l'a assassiné à son tour avant de lui lacérer le corps et de disparaître.

Longstreet secoua la tête.

— Une histoire inouïe. La presse ne parle que de ça, ce qui nous met la pression.

Pendergast resta quelques instants comme figé, puis il posa sur son interlocuteur un regard curieux.

— Que savez-vous d'autre au sujet de ce double meurtre ?

Longstreet afficha sa surprise.

— Pourquoi donc ? Nous sommes visiblement en présence d'un psychopathe. Nous pourrons reprendre nos recherches dès que nous l'aurons arrêté.

— Ce double meurtre, insista Pendergast. Faites-moi plaisir, mon vieil ami. Dites-moi ce que vous en savez.

51

Une nouvelle journée de novembre splendide attendait Diogène lorsqu'il amarra son Chris Craft au ponton d'Halcyon et sauta à terre. Il récupéra à l'arrière du bateau la petite glacière dans laquelle reposaient ses deux trophées sur un lit de glace et se dirigea vers la maison d'un pas alerte. Il chercha Constance des yeux, mais tout était silencieux.

Il poussa la porte, comme électrisé, traversa le vestibule et descendit directement dans son laboratoire souterrain dans lequel il se barricada.

Il en ressortit six heures plus tard avec un coffret sous le bras. La journée touchait à sa fin et l'île tout entière baignait dans cette lumière douce et dorée propre à la région des Keys. Il trouva Constance dans la bibliothèque, installée près du feu éteint, un livre à la main.

— Bonsoir, ma chère, la salua-t-il.

Elle leva la tête et Diogène sursauta intérieurement en voyant sa mauvaise mine, tout en s'efforçant de dissimuler son inquiétude.

— Bonsoir, répondit-elle d'une voix grave.

— J'espère que tout s'est bien passé pendant mon absence.

— Très bien, je vous remercie.

Diogène, qui espérait être interrogé sur son périple et les raisons qui l'avaient forcé à raser son bouc, fut pris d'une hésitation en constatant qu'elle ne disait rien.

La conversation pourrait bien se révéler plus difficile que prévu.

— Constance, je voudrais vous parler.

Elle posa son livre et l'interrogea du regard.

— Je… je ne me suis pas montré franc avec vous lorsque j'ai réalisé ce prélèvement sanguin. Il ne s'agissait pas d'un contrôle de routine et les résultats sont inquiétants.

Elle haussa les sourcils tandis qu'une lueur d'intérêt s'allumait dans ses yeux.

— L'élixir que je vous ai injecté n'a pas fonctionné.

Il retint sa respiration, le temps qu'elle assimile la nouvelle. Il avait répété cette scène une dizaine de fois dans sa tête en rentrant de Miami. Il ne fallait pas la bousculer, mais lui laisser le temps de digérer l'information et de prendre la mesure de la situation.

— Il n'a pas fonctionné ?

— J'imagine que vous devez en ressentir les effets néfastes. Je ne saurais vous dire combien j'en suis désolé.

Elle détourna le regard, hésitante.

— Que s'est-il passé ?

— La formule est excessivement complexe. Disons que j'ai commis une erreur, mais je l'ai corrigée.

Il posa devant elle le coffret dont il souleva le couvercle, révélant une poche de perfusion de 300 ml remplie d'un liquide violet.

— Est-ce la raison de votre séjour à Key West ?

— Oui.

— Vous aviez besoin d'une autre *cauda equina* ?

Diogène, anticipant la question, tenait une réponse toute prête.

— Grands dieux, non !

Il secoua la tête avec virulence.

— En aucun cas. J'ai réussi à mettre au point une formule de synthèse sans avoir besoin de tissus humains. La version précédente de l'élixir ne fonctionnait pas à cause de l'erreur dont je vous ai parlé. J'ai modifié la formule en conséquence. Sans erreur, cette fois.

— Je vois.

Elle se trouvait dans un état d'épuisement avancé, au point de paraître plus malade que fatiguée.

— Je souhaiterais vous administrer le nouvel élixir sans attendre, de façon que vous puissiez vous rétablir.

— Comment pouvez-vous être certain que cette mouture n'est pas le fruit d'une nouvelle « erreur »?

Elle avait posé la question sur un ton glacial qui inquiéta Diogène.

— Accordez-moi votre confiance, Constance. J'ai compris ce qui s'était passé, et corrigé la formule en conséquence. Le nouvel élixir fonctionnera. Je vous le jure avec toute la force de mon amour pour vous : *il fonctionnera.*

Comme elle ne répondait pas, il se dirigea vers le placard contenant la potence à perfusion et emporta tout le nécessaire jusqu'au fauteuil de Constance. Il posa le coussin stérile sur la petite table, fixa le garrot autour du bras de sa compagne, chercha la veine et y introduisit l'aiguille. Elle le regardait faire d'un air absent, sans opposer de résistance. En quelques gestes précis, Diogène lui administra une solution saline, accrocha la poche d'élixir à la potence et la relia au cathéter. Le liquide violacé s'écoula lentement à l'intérieur du tube transparent.

— Je vous ai cru la dernière fois, déclara Constance d'une voix agacée. Pourquoi devrais-je à nouveau vous accorder ma confiance aujourd'hui?

— Je me suis montré trop impatient la première fois, j'étais trop pressé de vous administrer mon élixir de vie.

— Vous n'avez guère l'air moins pressé aujourd'hui.

Diogène prit une longue respiration.

— Je suis pressé parce que je vous aime et n'aspire qu'à vous voir heureuse et en pleine santé. En revanche, je ne me suis nullement pressé lors de la préparation de ce remède.

Elle commença par se murer dans un silence buté avant de réagir.

— Je ne suis pas certaine de vouloir vous servir de cobaye.

— Ma délicieuse Constance, vous n'êtes nullement mon cobaye, sinon dans la mesure où j'ai mis au point cet élixir pour vous, et vous seule. Sur qui d'autre pourrais-je le tester?

— Sur vous-même.

— Il n'y en a pas assez.

Décidément, elle n'a rien perdu de son esprit de repartie, pensa-t-il. Il s'empressa de poursuivre en la voyant secouer la tête.

— Tout est si neuf. Surtout, vous êtes malade. Montrez-vous patiente, je vous en prie. C'est tout ce que je vous demande.

Elle laissa échapper un soupir d'irritation et chassa une mèche de son visage sans daigner répondre. D'un coup d'œil, Diogène constata que la poche contenant le remède était à moitié vide. Il avait réglé le débit au maximum afin de gagner du temps.

— Votre mauvaise humeur n'est que la conséquence de mon élixir déficient, expliqua Diogène.

Il comprit trop tard qu'il aurait été mieux inspiré de se taire.

— Ma *mauvaise humeur* est le fruit de votre sollicitude dévorante, de votre façon de guetter le moindre de mes mouvements dans cette maison. J'ai l'impression d'être traquée en permanence.

— Vous m'en voyez désolé. Je n'avais pas compris combien je vous importunais. Je vous accorderai toute la liberté que vous souhaitez. Dites-moi ce que je dois faire.

— Pour commencer, débarrassez-vous de ce télescope installé dans la tour. J'ai la fâcheuse impression d'être espionnée.

Diogène se sentit rougir malgré lui.

— Oui, insista-t-elle en posant sur lui un regard aigu. Vous m'espionnez. Sans doute était-ce le cas l'autre jour lorsque je me baignais.

Diogène en resta sans voix, incapable de nier, tout en sachant que son silence était un aveu.

— Tout se passait si bien pendant votre absence. J'en arrive à regretter votre retour.

Diogène fut piqué au vif.

— Votre remarque n'est pas seulement cruelle, elle est injuste. Je n'ai agi qu'en pensant à vous.

— Cruel, dites-vous ? Venant du maître de la cruauté en personne ?

Diogène encaissa ce nouveau coup. Il sentit monter en lui une vague d'indignation, accompagnée par un frémissement de colère.

— Vous avez choisi de venir ici en toute connaissance de cause. Vous avez tort de me reprocher ainsi un passé que vous connaissiez parfaitement.

— Tort, dites-vous ? Qui êtes-vous pour décider qui a raison et qui a tort ?

Elle souligna sa question d'un rire sarcastique.

Diogène, surpris par tant de brusquerie, en avait le tournis. Il ne savait comment réagir. La poche contenant l'élixir était aux trois quarts vide. Il pria le ciel que le produit fasse rapidement effet.

— Quand je pense à tous les actes que vous avez commis, à votre passé terrible, à la façon dont vous avez rendu Aloysius malheureux, je me demande comment vous pouvez encore vivre avec vous-même !

— Aloysius m'a rendu malheureux, moi aussi. Je vous en prie, Constance.

— *Je vous en prie, Constance*, l'imita-t-elle méchamment. J'ai décidément eu tort. Loin de me guérir, vous m'avez empoisonnée. Comment être sûre que cet élixir n'est pas aussi néfaste que le précédent ? demanda-t-elle en agitant la potence à perfusion de sa main libre.

— Attention ! Attention ! s'écria Diogène en stabilisant la potence afin de protéger son précieux élixir.

— J'aurais dû me douter que vos promesses ne valaient rien.

— Constance, mes promesses restent inviolées. Toute cette colère n'est que la conséquence de votre maladie. Vous n'êtes pas vous-même.

— Vraiment?

Elle saisit le cathéter à pleine main. Il se précipita, mais il était trop tard, elle avait arraché la perfusion de son bras et le liquide violet se mettait à gicler alors que la potence tombait par terre avec fracas.

— Mon Dieu, Constance! Qu'avez-vous fait?

Elle lui jeta le cathéter au visage, se leva et quitta la pièce en courant. Diogène, sous le choc, l'entendit monter précipitamment l'escalier et s'enfermer dans ses appartements après en avoir claqué la porte. Il tenta de calmer les battements de son cœur afin d'entendre ce qui se passait au-dessus de sa tête et crut discerner des sanglots étouffés. Constance, en train de pleurer? Il n'en revenait pas. En baissant les yeux, il vit les dernières gouttes de son précieux élixir s'échapper de la poche à perfusion, aussitôt absorbées par le tapis.

52

Après avoir passé près d'une heure à fouiller minutieusement la chambre d'hôpital dans laquelle la vieille dame et le médecin avaient été assassinés, Pendergast avait investi l'une des salles de repos du Miami Baptist Hospital afin d'y procéder à des interrogatoires. Longstreet, lui laissant l'initiative, l'observait avec un intérêt amusé. Il n'était pas mécontent d'avoir quitté la scène du crime. Sans être particulièrement sensible à la vue du sang, les éclaboussures et autres taches à la Jackson Pollock qui tapissaient le sol et les murs de la pièce étaient un peu trop pour lui. Installé à l'écart, il était curieux de voir quelle idée Pendergast pouvait bien avoir derrière la tête. S'il en avait une.

L'inspecteur commença par interroger le lieutenant en charge de l'enquête. Il le passa longuement sur le gril afin de recueillir l'ensemble des informations dont il disposait. Il n'existait aucun mobile apparent. Le meurtrier semblait avoir choisi sa première victime au hasard, d'une manière pour le moins étrange. Pourquoi jeter son dévolu sur une patiente en phase terminale? Le tueur avait été surpris en pleine besogne par le Dr Graben, un éminent cardiologue qui l'avait payé de sa vie. Les deux victimes avaient été mutilées à l'aide d'un scalpel d'une façon tout à fait extravagante puisque l'on avait retrouvé leurs corps en lambeaux.

La police avait concentré son enquête sur le meurtrier, dont l'identité avait pu être établie sans difficulté. Il avait été facile de l'identifier grâce aux caméras de surveillance, à plusieurs témoignages, mais également au badge dont il s'était servi pour se rendre d'un point à l'autre de l'établissement. Il s'agissait d'un certain Dr Walter Leyland, de Clewiston en Floride. Il ne travaillait pas au Miami Baptist et n'avait jamais été en contact avec l'une ou l'autre de ses victimes. Les recherches ne faisaient que commencer, mais on savait déjà que le Dr Leyland avait effectué de nombreuses missions à l'étranger au nom de Médecins sans frontières et d'autres ONG. Il possédait une clientèle très sélecte dont on ne connaissait pas le détail exact, faute d'avoir pu accéder à son cabinet. Les enquêteurs attendaient qu'un mandat leur soit délivré. On savait aussi que le Dr Leyland officiait parfois en qualité de médecin légiste pour l'État de Floride, mais il faudrait attendre avant d'en savoir davantage. On avait retrouvé sa voiture, qui était en cours d'analyse, et l'on s'intéressait parallèlement à son téléphone portable ainsi qu'à ses cartes de crédit. Personne ne s'expliquait ce qui avait pu le pousser à un tel coup de folie.

Pendergast interrogea ensuite une infirmière de l'unité de soins intensifs, qui corrobora les faits. Le Dr Leyland s'était introduit dans la chambre de Frederica Montoya, une patiente de quatre-vingt-deux ans souffrant d'insuffisance cardiaque à qui il restait tout au plus quelques jours à vivre. Peu après, le Dr Graben pénétrait à son tour dans la chambre. L'infirmière s'apprêtait à le rejoindre lorsque le Dr Leyland avait passé la tête dans le couloir et lui avait demandé d'attendre. Cinq minutes plus tard, il quittait la pièce et recommandait à l'infirmière de ne pas déranger le Dr Graben. Voyant que ce dernier ne ressortait pas, l'infirmière avait voulu en avoir le cœur net.

Pendergast donna congé à son interlocutrice et convoqua le chef de la sécurité de l'établissement. Ce dernier lui précisa que ses équipes n'avaient pas encore pu visionner tous les enregistrements vidéo. On savait déjà que si l'arrivée du docteur Leyland était bien documentée, on ne le voyait pas ressortir de l'établissement, de façon inexplicable.

Pendergast demanda à voir une photo du docteur Leyland et le responsable de la sécurité lui produisit une capture d'écran de mauvaise définition. Pendergast et Longstreet découvrirent un homme joufflu aux cheveux blancs.

— Il n'a pas vraiment le profil d'un tueur en série, remarqua Longstreet. Curieusement, son visage me rappelle quelqu'un.

— N'est-ce pas ? lui répondit Pendergast dans un murmure.

L'inspecteur acheva ses interrogatoires en auditionnant l'expert chargé de la scène du crime. Fort de deux jours de labeur intense, ce dernier fit une observation intéressante. Alors que la vieille femme avait été assassinée la première, le meurtrier avait lacéré le corps du malheureux médecin *avant* de mutiler celui de la patiente.

— Comment pouvez-vous en être sûr? s'enquit Pendergast.

— Grâce à l'analyse des éclaboussures de sang, répondit le technicien de l'identité judiciaire. J'ai retrouvé des éclaboussures de sang artériel appartenant au docteur Graben sur la partie inférieure des murs, le lit et les appareils de monitoring. Elles étaient partiellement *recouvertes* par le sang de Mme Montoya.

— C'est absurde, remarqua Longstreet. Si Leyland a été interrompu au moment où il assassinait Mme Montoya, l'analyse des éclaboussures devrait révéler l'inverse.

— Exactement, approuva l'expert. Autre détail intéressant : il y a beaucoup moins de sang appartenant à Mme Montoya sur les murs que de sang du docteur Graben.

Pendergast médita l'information.

— Je vous remercie, finit-il par déclarer à l'expert. Vous nous avez été d'une grande utilité.

À peine l'homme avait-il quitté la pièce que Longstreet se tournait vers Pendergast.

— J'avoue que c'est mystérieux. Comment le Dr Leyland a-t-il pu quitter l'hôpital sans être vu? Quelle raison a bien pu le pousser à commettre ce double meurtre atroce? Mais, surtout, en quoi cette enquête vous intéresse-t-elle?

— Autant d'excellentes questions. Pourriez-vous nous obtenir l'autorisation d'examiner les corps?

— À la morgue, vous voulez dire? Bien sûr, à condition de s'y prendre rapidement. Les autorités de Floride ne conservent jamais très longtemps leurs cadavres.

Longstreet fronça les sourcils.

— Attendez une seconde... Ne me dites pas que vous pensez...

Pendergast lui adressa un regard interrogateur.

— Non, reprit Longstreet en secouant la tête. Ça n'a aucun sens.

— Je pense ce que vous croyez, effectivement, même s'il est vrai que cette histoire n'a aucun sens. C'est précisément la nature inexplicable et absurde de ces meurtres qui me pousse à m'y intéresser. Ainsi que cette capture d'écran du Dr Leyland. Espérons que l'examen des corps nous aidera à y voir plus clair.

Pendergast tendit un doigt en direction de la poche dans laquelle se trouvait le portable de Longstreet.

— Si cela ne vous dérange pas, H? Vous disiez vous-même qu'il fallait agir vite.

53

Vingt-quatre heures s'étaient écoulées depuis que Constance s'était enfermée dans sa chambre. Vingt-quatre heures de silence absolu, à l'exception des rares bruits de robinet et autres pas discrets qui rassuraient Diogène en lui apportant la preuve que sa compagne était toujours vivante. Elle n'était même pas descendue manger. Tard la veille, il avait frappé doucement à sa porte en lui apportant un repas délicat, des ris de veau au foie gras dans un fond de veau au vin rouge. Aucun bruit ne filtrait de la chambre. Comme elle ne répondait pas, il avait collé sa bouche contre le battant afin de l'avertir qu'il lui apportait à manger. Un murmure étrange lui avait répondu, si proche et si rauque qu'il en était resté interloqué.

— *Allez... vous... en.*

Une journée entière s'était écoulée, et il trompait son impatience dans la bibliothèque, les doigts agrippés aux bras de son fauteuil. Il ne réussissait pas à se concentrer, à lire, à écouter de la musique. Il n'arrivait même plus à penser. Que pouvait-elle bien fabriquer là-haut? L'élixir avait-il fait effet? Avait-il pu commettre une autre erreur, en dépit du luxe de précautions avec lequel il avait établi la nouvelle formule? Constance s'était toujours montrée fragile mentalement. Serait-elle devenue folle?

Il lui fallait impérativement se reprendre, chasser ses idées noires. Le meilleur endroit pour y parvenir était son sanctuaire. C'est tout juste s'il ne quitta pas la maison en courant. Il descendit prestement les marches de la véranda et s'élança sur l'allée de sable conduisant à la dune. Quelques minutes plus tard, il traversait la mer de joncs et le temple lui apparut derrière la dune, caressé par les rayons dorés de la fin d'après-midi. Il poussa la porte et avança d'un pas hésitant jusqu'au canapé de cuir noir sur lequel il s'allongea, épuisé, couvert de transpiration.

La magie du lieu opéra aussitôt. La fraîcheur, le calme, le silence, la lumière grise tamisée. Il plissa les paupières et sentit son âme s'envoler en distinguant, du coin de l'œil, des éclats de couleur semblables à des taches irisées flottant dans un bloc de cristal taillé.

Il se sentit instantanément apaisé. Constance finirait bien par quitter sa chambre, ne fût-ce que pour se nourrir. Il serait temps alors de décider de la conduite à tenir en faisant appel à tout son charme, histoire de la garder avec lui sur l'île, de la convaincre de l'aimer autant qu'il l'aimait. Il avait bien réussi jusque-là, il ne pouvait plus échouer.

Sa respiration se calma à mesure qu'un sentiment de paix l'enveloppait lentement. Le soleil était bas sur l'horizon et l'un des côtés du temple brillait d'une lumière irisée tandis que la partie opposée restait plongée dans une pénombre mystérieuse.

Il s'étendit de tout son long sur le cuir moelleux, se souvenant que Constance était aussi difficile à apprivoiser qu'un animal sauvage. En aucun cas il ne fallait la brusquer. Elle devait quitter sa chambre de son plein gré. Diogène verrait alors si l'élixir avait produit l'effet escompté. Il était persuadé qu'elle verrait la vie sous un autre angle le jour où elle se sentirait mieux. Restait à prier Dieu qu'il ait une place dans cette renaissance.

Une ombre vint brièvement obscurcir les vitres d'obsidienne. Quelqu'un se trouvait là. Il en eut la confirmation en voyant une silhouette s'approcher lentement de la porte. Il ne pouvait s'agir de Gurumarra, à qui ce secteur de l'île était interdit.

L'inconnu, quel qu'il soit, se tenait de l'autre côté de la porte fermée, immobile. Diogène frissonna d'horreur en voyant la poignée tourner doucement et le battant s'écarter.

Il reconnut la silhouette de Constance, éclairée en contrejour par les ultimes rayons du soleil.

Ils s'observèrent longuement, puis Diogène se leva du canapé. Totalement métamorphosée, elle irradiait la santé et la vigueur, vêtue de l'une des robes à l'ancienne apportées de New York dans ses bagages. Elle franchit le seuil du temple, referma la porte, passa ses mains blanches derrière son cou et dégrafa le haut de la robe. Diogène se serait cru en plein rêve. Il observait la scène, comme hypnotisé. Elle retira lentement les agrafes l'une après l'autre, tira sur les manches afin de dégager ses bras. Elle retint la robe d'une main, puis la laissa tomber à ses pieds.

Elle lui apparut, entièrement nue. Son long corps laiteux et musclé, à la fois mince et voluptueux, tenait du spectre.

Elle agita légèrement la tête afin de libérer ses cheveux. Diogène en resta pétrifié. Elle fit un premier pas dans sa direction, puis un deuxième et un troisième, et s'immobilisa à quelques centimètres de lui. Elle déboutonna lentement sa chemise, le souffle court, sa poitrine agitée d'un léger tremblement, le rose aux joues. Le changement produit par l'élixir relevait du miracle.

Alors, elle ôta la chemise de Diogène en l'effleurant à peine, s'agenouilla, lui retira ses chaussures, défit la ceinture de son pantalon, et ils se retrouvèrent bientôt nus, à se toucher. Elle se pencha, déposa sur sa bouche un long baiser voluptueux et le repoussa doucement sur le canapé.

54

Peu avant 1 heure, la silhouette sombre qui pilotait l'hydroglisseur à travers la réserve du Grand Héron blanc se glissa entre les derniers îlots permettant d'accéder à la langue de terre que la carte identifiait comme Halcyon. La personne qui dirigeait l'engin veillait à laisser ronronner le moteur pour ne pas attirer l'attention sur elle. Le périple, déjà difficile en plein jour du fait de la faible profondeur de l'eau dans le dédale des îles, constituait un défi en pleine nuit, mais l'hydroglisseur avait un faible tirant d'eau. Le bateau s'approcha d'un long ponton de bois le long duquel était amarré un ancien canot à moteur baptisé *Phoenix*.

Flavia Greyling coupa les gaz et laissa le bateau poursuivre sur son erre jusqu'à la plage de sable bordée des deux côtés par la mangrove. Elle sauta à terre et dissimula l'hydroglisseur sous le ponton. Le sable qui crissait sous ses pieds était à peine audible dans le murmure du vent. Accroupie derrière le belvédère qui se dressait à l'entrée du ponton, elle prit le temps de se repérer.

De l'autre côté d'une crête se dessinait le toit d'une grande maison entourée d'arbres. Elle distingua un peu plus loin un autre bâtiment, partiellement caché par la végétation de la mangrove. Le quartier des domestiques, probablement.

Flavia avait revêtu une tenue entièrement noire que complétait une paire de rangers légères. Elle avait troqué son sac banane bleu contre un autre, couleur anthracite, et enfilé des gants noirs, choisis moins pour leur élégance que pour la finesse de leur cuir italien. Elle n'avait pas jugé utile de se noircir le visage et les cheveux, ainsi qu'elle le faisait lors de certaines missions. Le travail qui l'attendait était d'une autre nature.

Elle se coula silencieusement jusqu'au promontoire de terre, tira de son sac banane une longue-vue et observa la maison dans son écrin de verdure. Tout était calme. De rares lumières trouaient la nuit, des lampes à gaz, ou peut-être à pétrole, à en juger par leur éclat vacillant, mais rien ne bougeait. Elle remisa la longue-vue dans son sac dont elle tira la fermeture Éclair.

Elle était dans une rage folle lorsque Peter l'avait abandonnée dans la suite de cet hôtel de Miami. Autant ne plus y penser. Qu'il veuille s'entourer d'une part de mystère l'avait moins blessée que sa tentative de l'acheter avant de la quitter. Comme si l'argent pouvait l'aider à oublier les moments qu'ils avaient vécus ensemble. Il l'avait traitée comme une vulgaire putain. Et même s'ils n'avaient jamais eu de relations intimes, elle savait qu'il en avait eu la tentation. Elle avait remarqué la façon dont il la regardait.

Surtout, elle l'avait déjà vu agir de la même façon avec d'autres. Qu'il puisse s'imaginer l'embobiner de la sorte la faisait enrager. De toute évidence, il n'avait pas confiance en elle, malgré tout ce qu'elle avait fait pour lui. Mais il n'était pas le seul capable de jouer au chat et à la souris. Il s'était montré trop sûr de lui en pensant qu'elle tomberait dans le panneau, vautrée dans le luxe à Copenhague, à attendre un coup de fil hypothétique.

Qu'il aille se faire foutre, elle n'avait pas l'intention de rester scotchée à son portable. Elle ne le laisserait pas s'en tirer à si bon compte.

Elle n'avait eu aucune difficulté à obtenir son numéro de carte bancaire à l'hôtel, puisqu'il avait loué la suite en la faisant passer pour sa femme. Cette information lui avait permis d'en apprendre bien davantage sur le compte de Petru Balan. Un jeu d'enfant pour elle qui avait traqué de nombreuses proies de cette façon par le passé. Flavia connaissait son métier.

L'adresse correspondant à la carte bancaire était une boîte postale grâce à laquelle elle avait recueilli un certain nombre d'informations utiles. À force de manipulations, de piratage informatique et de recherches dans les bases de données officielles, elle avait pu reconstituer le puzzle en suivant les miettes que Petru Balan avait laissées dans son sillage. D'une société écran à une autre, elle avait fini par découvrir l'existence d'Incitatus, une entreprise à responsabilité limitée dont l'unique actif était une petite île des Keys de Floride nommée Halcyon, achetée deux décennies plus tôt.

L'île se trouvait à une heure de bateau de Miami.

Elle observa la maison depuis la plage plongée dans l'obscurité, un sourire aux lèvres. Petru connaissait ses qualités professionnelles. Et voilà qu'elle le battait à son propre jeu en perçant son secret. Elle avait réussi à découvrir sa cachette. Mieux, elle avait trouvé le moyen de s'y rendre. Elle n'avait plus qu'à révéler sa présence, le moment venu, pour qu'il prenne la mesure de ses capacités. La surprise qu'elle lui réservait achèverait de gagner son respect. Du respect à l'amour, il n'y avait qu'un pas. Surtout dans un tel paradis. Elle lui ouvrirait les yeux en lui montrant qu'ils étaient faits l'un pour l'autre.

Elle partit à l'assaut du promontoire sans un bruit et traversa l'étendue de sable qui la séparait de la maison dont l'immense silhouette paraissait irréelle au clair de lune. Elle monta sur la véranda, tourna la poignée de la porte d'entrée qu'elle trouva déverrouillée, se glissa furtivement à l'intérieur du vestibule en prenant la précaution de refermer derrière elle. Elle s'étonna un instant de tant de vulnérabilité avant de comprendre que l'isolement d'une île aussi mal accessible constituait sa meilleure protection.

Debout dans l'entrée silencieuse et obscure, elle commença par reconnaître les lieux. Les portes situées de part et d'autre permettaient d'accéder à ce qui ressemblait respectivement à une bibliothèque et un salon, tandis qu'un large escalier conduisait à l'étage. Elle s'avança dans la bibliothèque, poussée par la curiosité. Les rayons de la lune qui pénétraient à flots par les grandes fenêtres lui révélèrent une vaste pièce au sol habillé de tapis précieux, aux murs couverts de livres et de tableaux encadrés. Un curieux piano de petite taille montait la garde dans un coin.

Flavia fronça les sourcils. La pièce ne ressemblait guère au Peter qu'elle connaissait. On y sentait une atmosphère… féminine. Elle crut même y déceler un relent de parfum.

Elle rebroussa chemin et gagna le salon. L'atmosphère de la pièce, tout aussi raffinée, était bien différente avec son lustre de cristal taillé, ses lourds fauteuils anciens, son somptueux canapé recouvert de coussins. Tout ici respirait une élégance surannée, aux antipodes du modernisme clinique qui avait toujours eu la préférence de Petru Balan.

De ce qu'elle connaissait de lui, du moins.

Une porte au fond du salon s'ouvrait sur la pénombre. Elle tendit l'oreille une nouvelle fois afin de s'assurer que personne n'avait remarqué sa présence. Elle comptait bien surprendre Peter de la façon qu'elle choisirait. Elle sortit une mini-torche de son sac banane, l'alluma et franchit la porte en protégeant le faisceau de sa main. Elle découvrit une sorte de bureau-bibliothèque aux dimensions nettement plus raisonnables que la première pièce visitée à son arrivée. Elle s'intéressa rapidement aux livres couvrant les rayonnages, aux toiles accrochées aux murs. Elle reconnut les tarots préférés de Peter sur le bureau, un jeu Albano-Waite. Les ouvrages dont elle découvrait les titres traitaient de stratégie militaire, des techniques de torture sous l'Ancien Régime, mais il y avait aussi là des romans en italien. Voilà qui ressemblait davantage au Peter qu'elle connaissait. Partiellement rassurée, elle saisit un livre au hasard, un exemplaire de *La Renaissance* de Walter Pater.

Sur la page de garde s'étalait un nom inconnu, tracé à l'encre : Diogène Pendergast.

Elle haussa les épaules et reposa l'ouvrage. Sans doute Peter l'avait-il emprunté en « oubliant » de le rendre à son propriétaire. C'était tout lui. Elle prit un autre livre, *Vie des douze Césars* de Suétone.

Elle ne dissimula plus sa surprise en découvrant de nouveau le nom de Diogène Pendergast, tracé de la même main, sur la deuxième de couverture.

L'écriture lui était familière. À bien y réfléchir, le nom aussi. Pendergast. Il s'agissait du patronyme de cet inspecteur du FBI dont ils avaient observé les mouvements à Exmouth.

Mon meilleur ami est un as du FBI, mais un enfant sans défense dès qu'il s'agit des femmes...

Elle rangea le livre d'un geste brusque tout en veillant à ne pas troubler le silence. Pouvait-il s'agir de l'existence secrète qu'avait évoquée Petru Balan ? Le « meilleur ami » en question aurait-il pu être un proche ? Un frère ? Petru Balan se faisait-il aussi appeler Diogène Pendergast ?

Flavia savait d'expérience que Petru usait de fausses identités lors de ses missions. Elle lui en avait connu une à Exmouth, une autre à New York, mais il ne lui était jamais venu à l'idée jusqu'alors que Petru Balan puisse être un alias.

Elle sentit un vent de colère et de honte souffler sur elle à l'idée de s'être montrée si naïve. Pour la première fois de son existence, elle avait baissé la garde en laissant s'exprimer ses sentiments.

Elle se lança dans l'escalier d'un pas plus vif, mais toujours aussi furtif. L'étage se déployait en deux ailes composées chacune d'un appartement comprenant plusieurs chambres, un boudoir et une salle de bains. Les deux espaces étaient manifestement occupés et elle identifia dans le premier plusieurs objets appartenant à Peter : un canif, une pince à billets, une cravate Hermès soigneusement posée sur un dossier de chaise.

Quant à l'aile symétrique, elle était habitée par une femme.

Après avoir procédé à un rapide examen des différentes pièces, Flavia regagna le palier du premier étage, très perturbée. Comment donner un sens à ce qu'elle venait de découvrir ?

Elle redescendit les marches et quitta la maison par l'entrée principale. Elle jeta un coup d'œil aux alentours et gagna la plage sans un bruit, au-delà du pavillon des domestiques, en empruntant un sentier qui coupait à travers la mangrove en direction du centre de l'île.

Elle venait de franchir une crête sablonneuse lorsqu'elle s'immobilisa en découvrant une étrange bâtisse circulaire qui dominait les eaux du golfe. Entre les colonnes de ce qui ressemblait à un temple s'ouvraient des fenêtres dont les vitres avaient été remplacées par une curieuse matière de couleur sombre sur laquelle le clair de lune jetait des rayons irisés.

Flavia resta plongée dans la contemplation du bâtiment pendant de longues minutes, prise d'un mauvais pressentiment, comme si ce temple renfermait un secret terrible. À force de regarder, elle finit par apercevoir une porte à meneaux entre deux colonnes. Elle prit sa respiration et avança tout en sortant machinalement de son sac banane l'un des « tueurs de zombie » qui ne la quittaient jamais. En plus de ses qualités meurtrières, la lame de son couteau de prédilection permettait de crocheter les serrures.

Elle se figea devant la porte, emportée par un tourbillon d'émotions nauséeuses en entendant les bruits qui s'échappaient de l'intérieur du bâtiment. Le temps de se reprendre, elle s'agenouilla et colla son œil contre la serrure. L'intérieur était plongé dans la pénombre, mais l'éclat de la lune qui filtrait à travers les vitres fumées lui permit de comprendre ce qui se passait. Elle en resta comme pétrifiée, paralysée par la rage, la haine et le dégoût.

Il lui avait donc menti. Depuis le début. Son « meilleur ami », la « coureuse de dot », le million de dollars de rançon. Rien de ce qu'il lui avait raconté n'était vrai. Et voilà qu'elle le retrouvait avec cette *femme*, en train de lui faire l'amour avec une passion qui coupait la respiration de Flavia en lui incendiant les poumons.

Elle s'écarta de la porte en titubant avant de se laisser tomber contre le mur froid du temple. Elle aurait voulu trouver la force de lever les bras, de se boucher les oreilles, d'étouffer les sons qui lui parvenaient, mais ses membres pesaient des tonnes.

À l'exception de ses mains, qui jouaient machinalement avec le « tueur de zombie », tandis que continuait de résonner inlassablement dans sa tête le tumulte de leurs ébats.

55

Le bureau du médecin légiste du comté de Miami-Dade se trouvait dans un immeuble moderne sans âme. L'intérieur était aussi froid qu'était brûlante la 10e Avenue, baignée de soleil, le long de laquelle se dressait la façade du bâtiment. Le sous-sol, où l'on accédait aux casiers réfrigérés de la morgue, était plus glacial encore. Frileux de nature, l'inspecteur Pendergast boutonna la veste de son costume et serra son nœud de cravate en arrivant.

Le médecin légiste qui l'avait accueilli à l'entrée de la morgue, le Dr Vasilivich, était un homme robuste et jovial au crâne couronné d'une tonsure évocatrice de celles des moines du Moyen Âge.

— Heureusement que vous avez des relations, déclara-t-il à Longstreet, une fois les introductions terminées. Je me réjouis que vous ayez pu venir aussi rapidement. Nous allions rendre les corps aux familles.

— Nous ne vous retiendrons pas longtemps, le rassura Longstreet.

Il ponctua sa phrase d'un coup d'œil appuyé à Pendergast. Il ne faisait guère de doute que Longstreet se lassait de satisfaire les caprices de l'inspecteur.

— Que cherchez-vous précisément? s'enquit Vasilivich.

— Nous ne savons pas exactement, répondit Pendergast avant que Longstreet ait pu ouvrir la bouche.

Vasilivich hocha la tête et entraîna ses visiteurs en direction des casiers réfrigérés dont les portes en inox habillaient les murs de la pièce sur un mètre de hauteur.

— Commençons par Montoya. Le privilège de l'âge, pouffa-t-il.

Il saisit la poignée d'un casier situé presque au ras du sol et l'ouvrit avec lenteur, découvrant une silhouette recouverte d'un drap sur son lit métallique.

— Si vous avez des questions, c'est le moment, précisa-t-il en enfilant une paire de gants de caoutchouc. Je suis le seul autorisé à toucher les corps.

— Compris, dit Longstreet.

— Je vous préviens tout de suite, ajouta Vasilivich en saisissant un coin de drap. À côté de ça, *Le Pacte* est un film pour enfants.

Il souleva le linceul, révélant la dépouille nue d'une vieille femme.

— Seigneur, marmonna Longstreet.

Le visage et la poitrine de la morte étaient couverts de lacérations profondes d'une teinte grise malsaine. Le torse n'était qu'une vaste plaie et le visage avait perdu toute forme humaine. Les deux agents fédéraux ne disaient mot.

— Pas d'autopsie ? finit par demander Pendergast en constatant que le corps n'avait pas été ouvert.

— Le légiste du comté a estimé que c'était inutile, expliqua Vasilivich. *Idem* en ce qui concerne le Dr Graben.

Il eut une légère hésitation avant de poursuivre.

— J'ai remarqué un détail curieux.

— Lequel ? l'interrogea Pendergast.

— D'après le rapport de toxicologie, Mme Montoya est morte d'une insuffisance cardiaque provoquée par une surdose de morphine.

— Ces lacérations ne sont pas à l'origine du décès ?

— La chronologie des événements s'est déroulée sur un temps si court qu'il est difficile d'en avoir la certitude.

On sait toutefois que certaines lacérations ont été pratiquées *post mortem*. On a retrouvé autant de sang sur les draps que sur les murs, preuve d'une pression vasculaire insuffisante.

— Le traumatisme provoqué par les premiers coups de scalpel n'a pas suffi à provoquer la mort? s'enquit Longstreet.

— C'est possible. Ainsi que je vous l'ai dit, la surdose est la cause la plus probable, mais au regard de la brutalité de l'attaque, d'autres éléments ont pu jouer.

Vasilivich, laissant le casier ouvert, s'éloigna de quelques rangées et tira un autre tiroir réfrigéré. Le drap retiré, apparut le cadavre d'un homme encore plus mutilé que celui de la vieille dame.

— Dans le cas présent, la cause du décès ne fait aucun doute, annonça Vasilivich. Exsanguination due à une lacération transversale de l'aorte. C'est là que le tueur a frappé en premier, probablement. Plusieurs autres blessures auraient suffi à entraîner la mort. Notamment au niveau de l'artère fémorale.

— Dans le cas de Mme Montoya, comment expliquer la surdose de morphine? voulut savoir Longstreet. Un dysfonctionnement au niveau de la perfusion, par exemple?

— Ce genre d'accident est extrêmement rare. De nos jours, les systèmes de perfusion sont très sûrs.

— On peut donc en déduire qu'il s'agit d'un acte délibéré, intervint Pendergast. S'il y a bien eu surdose, elle sera intervenue peu de temps avant les lacérations, ce qui explique le saignement des plaies.

— Pour quelle raison le meurtrier aurait-il tué cette vieille dame par surdose s'il entendait mutiler son corps? s'étonna Vasilivich.

— Parce qu'il, ou elle, a été interrompu, suggéra Longstreet.

— Oui, approuva Pendergast. Si la théorie de la surdose est correcte, rien ne nous dit que le tueur était venu avec l'intention de lacérer le corps de sa victime. Cette femme était à l'article de la mort, tout le monde aurait pensé qu'elle était morte de causes naturelles. Le Dr Graben a sans doute eu la malchance de surprendre le meurtrier en flagrant délit. Celui-ci lui tranche l'aorte et le mutile avant de répéter son geste avec Mme Montoya afin d'accréditer la thèse d'un acte de démence.

— Ces meurtres ne ressemblent en rien aux actes de démence que j'ai pu voir. Et j'en ai vu beaucoup.

— Pour quelle raison? le questionna Pendergast.

— À cause des lacérations dans le dos, en plus de celles pratiquées au niveau du thorax. Les dos des victimes ont été tailladés, on pourrait croire qu'ils ont été flagellés, alors que les plaies à la poitrine sont plus ordinaires. Quel tueur s'amuse à découper le *dos* de ses victimes?

— Un individu particulièrement dérangé, murmura Longstreet.

— Retournez les corps, s'il vous plaît, demanda Pendergast.

Vasilivich commença par le cadavre du médecin. Les plaies au dos étaient particulièrement abondantes, en particulier au niveau des reins, ainsi que sur le haut des fesses.

Pendergast examina les blessures pendant de longues secondes. Soudain, il se pencha et tendit la main.

— Inspecteur, le rappela à l'ordre Vasilivich.

Pendergast suspendit son geste.

— Avez-vous remarqué cette plaie à la colonne vertébrale, entre la première lombaire et la deuxième sacrée?

— Eh bien?

— Je vous serais reconnaissant de l'examiner de plus près. Ne dirait-on pas que les plaies le long de la colonne vertébrale sont différentes de simples lacérations?

Vasilivich écarta les chairs de sa main gantée à plusieurs endroits.

— Mon Dieu, murmura-t-il. Vous avez raison. Il s'agit d'une excision.

— Pourriez-vous identifier la partie de tissu manquante? insista Pendergast.

— Oui, finit par répondre Vasilivich après un examen plus poussé. On dirait que le meurtrier a prélevé…

— La *cauda equina*, l'interrompit Pendergast en finissant la phrase à sa place.

Le médecin posa sur lui un regard surpris.

— Comment l'avez-vous deviné?

— Pourriez-vous examiner à présent le cadavre de la vieille femme, afin de déterminer si l'on a également prélevé sa *cauda equina.*

En moins de deux minutes, le légiste apportait une réponse positive.

— Aloysius? demanda Longstreet d'une voix mal assurée. Que se passe-t-il exactement?

Pendergast, emporté par le cours de ses pensées, ne répondit pas. La *cauda equina.* Brusquement, tout se mettait en place dans sa tête. L'élixir d'Enoch Leng. Constance Greene et sa sœur, Mary. *À présent, Diogène.*

Il ne faisait plus aucun doute que l'intention du tueur était de pratiquer une opération, les lacérations pratiquées sur les victimes ne visaient qu'à dissimuler sa véritable motivation.

— Pourquoi agis-tu ainsi? murmura-t-il silencieusement à l'adresse de son frère absent.

Au même instant, un poing s'abattit sur la porte de la chambre froide. Vasilivich, en l'ouvrant, découvrit l'un des hommes de Longstreet. Celui-ci entra dans la pièce.

— Oui? s'enquit son chef.

— Nous avons une piste dans l'affaire Leyland.

— Je vous écoute.

— Nous savions déjà qu'il remplaçait parfois le médecin légiste du comté de Hendry. On vient d'apprendre qu'il lui est arrivé exceptionnellement d'assister le légiste lors d'exécutions capitales.

— Et alors?

— Il y a cinq jours, il a procédé à une exécution à la prison de Pahokee. Sans l'assistance de personne.

Pendergast posa un regard inquisiteur sur son collègue.

— Qui était exécuté ce jour-là ?

— Lucius Garey. Son corps a été inhumé avant-hier.

Pendergast se tourna vivement vers Longstreet.

— Il faut demander l'autorisation d'exhumer le corps. Dès ce matin.

— Commencez déjà par me fournir quelques explications.

— Je le ferai en chemin. Je vous en prie, téléphonez sans attendre. Il n'y a pas une minute à perdre.

56

La grille du bien nommé cimetière des Portes du Paradis à Lady Lake, dans le centre de la Floride, était protégée par une chaîne et un cadenas. À l'intérieur, plusieurs voitures avaient trouvé refuge près d'une sépulture autour de laquelle étaient disposés des paravents jaunes.

Six personnes étaient rassemblées autour de la tombe : l'inspecteur Pendergast, le directeur adjoint du Renseignement Longstreet, un fonctionnaire des services de santé locaux, un médecin nommé Barnes que le tribunal du comté avait chargé de surveiller l'exhumation, ainsi que deux fossoyeurs. Un septième participant, Lucius Garey, reposait provisoirement dans son cercueil, quelques dizaines de centimètres sous les pieds des fossoyeurs.

Pendergast et Longstreet discutaient à l'écart dans un chuchotement.

— Voyons si j'ai tout compris, déclara le second. Votre arrière-grand-oncle, Enoch Leng, avait mis au point un élixir capable de prolonger la vie humaine d'une façon spectaculaire.

Pendergast acquiesça.

— L'un des ingrédients nécessaires à son remède était la *cauda equina*, c'est-à-dire le faisceau nerveux situé à la base de la moelle épinière, prélevé sur un sujet humain vivant.

— Exact.

— Il a mis au point cet élixir avec l'ambition de vivre assez longtemps pour réaliser un projet scientifique de grande ampleur. À défaut de l'utiliser lui-même, il a voulu le tester sur sa protégée, Constance Greene.

Pendergast opina.

— En quoi consistait le projet en question, précisément?

— Cette question n'a aucune incidence sur l'affaire qui nous concerne. Disons que Leng a fini par renoncer à son projet parce qu'il n'avait plus de raison d'être.

Longstreet haussa les épaules.

— Au cours des années 1940, les progrès de la science lui ont permis de réaliser son élixir à partir d'ingrédients de synthèse, si bien qu'il n'avait plus besoin de sacrifier des êtres humains pour prélever leur *cauda equina*.

— C'est exact.

— Constance et Leng ont continué de prendre ce nouvel élixir de synthèse jusqu'à ce que Leng soit torturé et assassiné il y a cinq ans.

— En effet. Il a refusé jusqu'au bout de révéler le secret de son élixir.

— Qu'est devenu l'assassin de votre oncle? s'enquit Longstreet.

— À nouveau, la réponse à cette question ne nous concerne pas. Je me contenterai de préciser que le meurtrier est allé rejoindre le Dr Leng *ad patres* peu après l'avoir assassiné.

— Qu'est-il advenu de Constance?

— J'ai découvert le seul exemplaire encore existant de la formule et je l'ai brûlé. Après la mort de Leng, faute de consommer l'élixir, Constance a recommencé à vieillir normalement.

— De sorte qu'elle est réellement née dans les années 1850.

— Oui.

— Et vous avez détruit la formule. Seigneur, quelle responsabilité...

Longstreet adressa un regard en coin à Pendergast.

— C'est fou, Aloysius, le nombre de détails relatifs à vous-même et à votre famille que vous ne m'avez jamais confiés.

— À quoi bon? Je vous laisse imaginer combien ces détails sont douloureux, ou gênants. Lorsqu'ils ne sont pas les deux.

Les deux hommes, silencieux, suivirent machinalement des yeux le travail des fossoyeurs.

Longstreet manifesta son malaise en s'ébrouant.

— Je crois deviner que vous attribuez les deux meurtres de l'hôpital à Diogène. Il aura assassiné ces malheureux afin de prélever leur *cauda equina*.

— Je suis convaincu qu'il s'agit de Diogène, en effet. À en juger par les éléments dont nous disposons, il souhaitait uniquement tuer la vieille dame. Le médecin l'a probablement surpris en pleine action. Il l'a tué pour préserver son anonymat avant de prélever sa *cauda equina*, puisque l'occasion lui en était donnée. Il a ensuite mutilé les corps afin de maquiller son forfait.

— Dans quel but? Vous dites avoir détruit le dernier exemplaire de la formule de cet élixir. Souhaite-t-il la reconstituer pour lui-même, ou bien Mlle Greene aurait-elle décidé qu'elle souhaitait rester jeune, malgré tout?

— Je n'en sais rien, murmura Pendergast après avoir médité quelques instants la question. Il est possible qu'une copie de la formule ait survécu quelque part, contrairement à ce que je croyais. Mais souvenez-vous : la formule utilisée par Leng au cours des soixante dernières années de sa vie était artificielle. Il n'avait plus besoin de *cauda equina*. Il semble que Diogène fasse usage de la formule *originale*, ce qui rend son comportement d'autant plus incompréhensible.

— Pensez-vous qu'il puisse s'agir de quelqu'un d'autre? Que nous soyons en présence d'une simple coïncidence?

Pendergast lança un coup d'œil en direction de Longstreet avant de répondre.

— Après ce qui nous est arrivé sous ce pont en Thaïlande, je pensais que vous aviez définitivement cessé de croire aux coïncidences, vous aussi.

Longstreet hocha lentement la tête.

— Vous avez raison.

La pelle de l'un des fossoyeurs rendit un son creux et un cri fusa. Pendergast et Longstreet s'approchèrent en voyant les deux hommes débarrasser le couvercle d'un mauvais cercueil de la terre boueuse qui le maculait. Quelques minutes plus tard, ils fixaient des cordes autour de la caisse en bois et remontaient celle-ci en ahanant avant de la déposer sur une bâche. Le fonctionnaire des services de santé examina la plaque vissée sur le couvercle du cercueil, déchiffra le nom figurant sur la stèle de la sépulture, et consulta un document fixé sur le bloc à pince qu'il tenait à la main avant de donner son assentiment d'un hochement de tête. Les fossoyeurs dévissèrent le couvercle de la bière et le posèrent à l'écart.

À l'intérieur du cercueil reposait la silhouette massive de Lucius Garey, vêtu d'une chemise blanche au col déboutonné et d'un costume noir. Sa carcasse étant trop grande pour le cercueil, l'entreprise de pompes funèbres avait dû lui plier les genoux. Ses yeux étaient grands ouverts et la mort donnait une couleur sinistre aux tatouages de son cou.

Le médecin du comté sortit des gants, mais Pendergast, qui avait déjà enfilé les siens, le précéda près du corps qu'il retourna sans ménagement en grognant sous l'effort. Son geste souleva une tempête de protestations.

— Aloysius, l'apostropha Longstreet. À quoi jouez-vous?

Pendergast se contenta de tendre l'index en direction du mort.

Comme souvent lors de funérailles bon marché, les pompes funèbres s'étaient contentées de recouvrir le devant du cadavre de Garey d'un faux costume qui couvrait son torse et ses jambes, à la façon d'un drap. Son dos était nu.

Une incision discrète apparut à l'extrémité inférieure de la colonne vertébrale.

— Docteur? fit Pendergast en se débarrassant de ses gants de caoutchouc à l'intérieur du cercueil. Cela vous ennuierait-il de jeter un coup d'œil à cette incision?

Le médecin le fusilla brièvement du regard avant de s'agenouiller à côté du corps pour l'examiner.

Comme il restait silencieux, Pendergast reprit la parole :

— À votre avis, la *cauda equina* du défunt a-t-elle été prélevée?

Le médecin hocha sèchement la tête.

Pendergast tourna les talons, se glissa entre les paravents jaunes et s'éloigna à grandes enjambées. Longstreet le suivit des yeux quelques instants avant de se tourner vers ses compagnons.

— Je vous remercie. Nous en avons terminé.

Quelques instants plus tard, Longstreet rejoignait Pendergast dans leur voiture de service et démarrait lentement en direction de l'entrée du cimetière.

— Si je comprends bien, le Dr Leyland, qui n'est autre que Diogène, a procédé à l'exécution de Lucius Garey. En tant que médecin légiste, c'est lui qui a signé le certificat de décès. Il en a profité pour procéder à l'ablation de la *cauda equina* du condamné sans que personne s'en aperçoive. Dans un tout autre contexte, on pourrait trouver l'opération parfaitement pensée.

— En effet, approuva Pendergast.

Ils attendirent que le gardien du cimetière libère la grille de sa chaîne et de son cadenas avant de ressortir.

— Une chose est sûre, reprit Longstreet. Diogène ne voulait pas que l'on sache quel était son véritable but, sinon il ne serait pas allé jusqu'à mettre au point un plan aussi élaboré.

Il adressa un coup d'œil à son compagnon.

— Diogène sait-il que vous êtes vivant?

Pendergast ne répondit pas immédiatement.

— Je ne crois pas. Je pense qu'il était trop occupé par… tout le reste. D'un autre côté, dans ma hâte de remonter sa piste, je n'ai nullement tenté de dissimuler ma présence. C'est une erreur de ma part.

Il se tortilla sur son siège.

— Un fait est clair, toutefois.

— Lequel?

— Que mon frère me croie vivant ou mort, il n'est pas homme à prendre le moindre risque. Je ne vois qu'une raison pour expliquer tant de précautions à récolter ces *cauda equinae* : il envisageait la possibilité que je sois encore vivant. J'étais la seule personne au monde capable de comprendre la signification de ses agissements. En outre, il ne serait pas allé aussi loin dans son désir de discrétion s'il ne s'était pas trouvé dans les parages.

— Vous voulez dire que…?

— Oui. Diogène et par la même occasion Constance se trouvent en Floride. Tout près d'ici.

57

Le soleil de cette fin de matinée dardait de ses rayons les îlots couverts de mangrove dispersés dans les eaux turquoise du golfe. Diogène, aux fourneaux, préparait une omelette aux champignons *enoki*, au jambon italien, au gruyère et au brie, que parfumaient des feuilles de basilic frais finement hachées. Il saisit le manche de la poêle et fit glisser la préparation sur une assiette qu'il déposa devant Constance, assise à la table du petit-déjeuner.

L'omelette venait compléter les toasts beurrés à la marmelade d'orange, les tranches de bacon et les beignets de tomates vertes qu'il lui avait déjà servis. Constance était affamée, ce qui n'était pas pour surprendre Diogène après leur nuit fiévreuse. Dieu, quelle force, quelle audace, quelle assurance chez cette femme ! Elle l'avait littéralement épuisé, c'est tout juste s'il tenait encore debout.

Il la regarda dévorer son repas, le teint animé. Son omelette terminée, elle reposa sa fourchette.

— Ce sera suffisant, merci infiniment.

— Ma chère, je vous ai rarement connu un tel appétit.

— Je n'ai quasiment rien mangé ces derniers jours. Sans compter les calories que nous avons brûlées.

— Tout à fait, tout à fait, bredouilla-t-il.

Sans doute Diogène tenait-il sa pudeur de son éducation catholique. Il se félicita que Constance, à l'inverse de certaines femmes, ne s'étende pas sur ce genre de détails. Il se réjouit qu'elle fasse preuve d'une réticence comparable à la sienne, évitant de ternir le souvenir de leur intimité en usant de mots insipides. Il ne put toutefois s'empêcher de repenser avec un frisson à la façon dont ses doigts délicats s'étaient attardés sur ses cicatrices…

Elle se leva brusquement en repoussant son assiette, les joues en feu, à l'image de beaucoup de femmes en pareille circonstance…

— Allons nager, décida-t-elle.

— Sans doute serait-il plus prudent de prendre le temps de digérer auparavant.

— Ne me dites pas que vous croyez à ces contes de bonnes femmes. Venez donc.

Il faillit lui demander si elle possédait un maillot de bain avant de se souvenir qu'elle n'en avait pas besoin. Il se leva à son tour et ils traversèrent la véranda bras dessus, bras dessous en direction du ponton. Elle marchait d'un pas rapide auquel il devait s'adapter. Avant même d'atteindre la plage, elle quitta son peignoir et plongea dans l'eau, entièrement nue. Il s'empressa de l'imiter.

Elle s'éloigna en nageant le crawl, suivie par son compagnon. Ce dernier s'arrêta au bout de quelques minutes.

— Constance ? Ne vous éloignez pas trop !

Loin de l'écouter, elle continua droit vers le chenal.

— Constance !

Sans doute ne l'avait-elle pas entendu, car elle s'éloignait encore. À quoi jouait-elle ?

— Constance !

Elle se trouvait si loin qu'il distinguait à peine les légers remous provoqués par ses mouvements. Un vent de panique souffla sur lui. Était-elle devenue folle ? Avait-elle décidé de se tuer ? L'idée même était absurde, mais il avait beau plisser les paupières, elle avait disparu.

Il repartit vers le ponton en nageant vigoureusement. Le Chris Craft était à quai, il s'empressa d'enfiler sa robe de chambre, détacha l'amarre, sauta à bord et lança le moteur. Quelques instants plus tard, la gorge serrée, il volait sur l'eau dans la direction où il avait vu disparaître Constance. Il ne tarda pas à distinguer le ballet de ses bras. Il réduisit les gaz, mit le moteur au point mort et glissa jusqu'à elle.

— Constance !

Elle s'arrêta de nager afin de le regarder.

— Qu'y a-t-il ?

Il musela sa panique, peu soucieux qu'elle perçoive son inquiétude, sachant à quel point elle détestait qu'il la couve.

Il lui adressa un sourire forcé en lui faisant un signe de la main.

— Je vous ramène au port ?

— Bien volontiers.

Elle s'agrippa au rebord du bateau et se hissa sur le pont arrière, son corps couvert de gouttelettes qui scintillaient au soleil. Diogène prit une serviette sous le tableau de bord et la lui tendit.

— Vous nagez comme un poisson, constata-t-il.

— J'ai pourtant appris à nager à l'âge adulte, expliqua-t-elle, le souffle court, en se séchant, sans se préoccuper le moins du monde de sa nudité. Je me suis rattrapée depuis.

— Je le constate.

Diogène décrivit un arc de cercle avec la vedette et regagna l'île par le chemin des écoliers afin de profiter de cette journée superbe.

— J'ai un petit cadeau pour vous, lui annonça-t-il. Dans la bibliothèque. Plus exactement, dans une alcôve voisine de la bibliothèque.

— Vraiment ? Je ne me souviens pas d'avoir remarqué cette alcôve.

— Je vous laisse la surprise. Rendez-vous dans dix minutes ?

— Dans trois heures, si cela ne vous ennuie pas. La nage m'a épuisée.

— Trois heures ? Que faites-vous du déjeuner ?

— J'aime autant m'en abstenir aujourd'hui, je vous remercie. Surtout après un petit-déjeuner aussi copieux.

— Très bien, ma chère.

Il s'amarra au ponton et ils rejoignirent ensemble la maison où chacun gagna ses appartements. Diogène se demanda combien de temps il leur faudrait encore dormir séparément, en espérant que cela ne durerait pas.

58

Flavia Greyling s'agita dans le sac de couchage qu'elle avait déployé dans une mangrove sur la pointe ouest d'Halcyon. Le soleil brûlant de ce début d'après-midi n'était pas la cause de sa fébrilité, son agitation était davantage le signe de son impatience à mettre en œuvre le plan qu'elle avait imaginé.

Elle avait commencé par céder à la colère. Une colère telle qu'un voile rouge lui brouillait la vue alors qu'elle s'éloignait de l'île au volant de son hydroglisseur. La coque du bateau avait raclé à plusieurs reprises les hauts-fonds de la réserve naturelle. À son arrivée à Marathon, sa rage s'était apaisée et elle commençait à éprouver le même sentiment d'anticipation calme qu'elle connaissait chaque fois qu'elle entamait une nouvelle mission. C'est vrai, sa rage ne s'était pas éteinte, mais elle s'était métamorphosée en colère froide, une sensation qu'elle connaissait bien.

Elle ne voyait guère qu'une manière de s'en débarrasser.

Dès son arrivée à Marathon, elle s'était rendue dans un surplus de l'armée où elle s'était procuré de quoi tenir une semaine en pleine nature : un sac de couchage, une bâche étanche, une pelle en plastique, de l'eau potable, des produits de toilette, des piles de rechange, des barres alimentaires de mille deux cents calories à la pomme-cannelle, ainsi que deux douzaines de rations de campagne dans des emballages alu : pâtes et haricots, chili et nouilles, bœuf Stroganoff. Grâce à l'enveloppe que lui avait donnée Diogène à Miami, elle ne manquait pas d'argent, et elle s'était servie de ses faux papiers pour acheter chez un armurier un Glock 22 avec un chargeur de rechange et deux boîtes de cinquante balles de calibre .40.

Elle avait fait le plein de l'hydroglisseur avant de retourner discrètement sur Halcyon en veillant à aborder par le côté inhabité de l'île. Elle avait rapidement jeté son dévolu sur cette mangrove, loin de toute habitation, si l'on exceptait quelques vieux bâtiments techniques que dominait une cheminée d'usine. Le temps de camoufler l'hydroglisseur, elle avait installé son bivouac et procédé à une opération de reconnaissance.

Tout était calme du côté du temple. Les lumières étaient allumées dans la maison principale, sans qu'elle distingue de mouvement dans les pièces. Elle était néanmoins convaincue que Peter, ou plutôt Diogène, se trouvait chez lui. Avec l'autre salope.

Au départ, sa rage avait pris pour cible Diogène, coupable à ses yeux de lui avoir dissimulé sa véritable identité et sa vie cachée, en dépit de tout ce qu'ils avaient vécu ensemble, des dangers qu'ils avaient affrontés, des défis qu'ils avaient relevés. Non content de la rouler dans la farine, il l'avait trompée avec une autre, et pas n'importe quelle autre : cette Constance Greene dont il lui avait raconté qu'elle était une traînée intéressée par le fric pour laquelle il n'avait que mépris. Des mensonges, rien que des mensonges.

À force d'y réfléchir, Flavia trouvait injuste de tout mettre sur le dos de Diogène. Ce dernier ne l'avait pas trompée par méchanceté, encore moins par cruauté. Il avait agi pour se protéger. Cette fille le tenait d'une façon ou d'une autre, elle en était certaine. Il avait rarement évoqué son passé devant Flavia, mais elle le sentait instinctivement victime d'un traumatisme majeur. Un événement qui l'avait brisé au plus profond de lui-même.

Flavia savait de quoi elle parlait.

Ce n'était pas de la faute de Diogène s'il ne lui avait pas fait confiance. D'ailleurs, il lui avait *fait* confiance en risquant sa liberté et sa vie pour elle. Il ne s'était pas montré entièrement franc, c'est tout. À présent qu'elle avait percé sa véritable identité, elle entendait bien lui prouver qu'il n'avait aucune raison de lui cacher quoi que ce soit. Elle l'aiderait même à se *protéger* contre ceux qui l'avaient réduit au silence.

Le cas de Constance Greene était bien différent. Cette femme débarquait dans la vie de Diogène, se prélassait dans sa retraite la plus secrète et s'appropriait un amour dont Flavia, tout au fond de son cœur, savait qu'il lui revenait de droit. Une fois débarrassée de Constance, elle aurait le champ libre. Sans doute lui faudrait-il du temps pour le conquérir, mais le jeu en valait la chandelle. Flavia en avait la conviction, Diogène était le seul homme au monde pour lequel elle n'éprouvait pas d'aversion. Ils étaient comme deux âmes sœurs. Elle le sentait, et il finirait bien par s'en apercevoir à son tour, une fois qu'elle l'aurait guéri de cette salope.

Elle devait toutefois se montrer prudente. Il n'était pas question que Diogène voie Constance comme une victime ou, pire, comme une martyre. Qui sait comment cette fille avait tissé sa toile, comment elle l'avait manipulé ? Le mieux était encore d'observer en attendant le moment d'agir.

C'est vrai, la situation pouvait déraper. Diogène pouvait se méprendre sur ses intentions et ses motivations, la prendre en chasse. Flavia s'était préparée à cette éventualité, émotionnellement et physiquement. D'où le choix des chargeurs achetés avec le Glock. Des chargeurs de quinze balles, plus une dans le canon. Une autonomie de seize balles. Si l'affaire tournait mal, il tomberait sous un déluge de balles.

Elle avait toutefois la conviction qu'il en serait autrement. C'était elle qui menait la danse à présent, et non

Diogène, de sorte qu'elle pourrait veiller au grain. Une fois l'autre traînée éliminée, Flavia prendrait sa place dans ce drôle de temple aux vitres noires.

Rassurée, elle se retourna confortablement dans son sac de couchage et ferma les yeux.

59

Diogène se trouvait dans la bibliothèque, dans l'attente de Constance, lorsque celle-ci le rejoignit à 15 h 30, vêtue de l'une de ses robes victoriennes.

— Vous avez besoin d'une nouvelle garde-robe, suggéra Diogène. Pourquoi ne pas faire un peu de shopping demain ? Key West compte quelques jolies boutiques.

— D'accord, approuva-t-elle.

— À présent, ma très chère, laissez-moi vous offrir un cadeau un peu particulier. Je crois le moment bien choisi.

Il s'approcha de l'un des murs couverts de rayonnages et tira une petite poignée en laiton. Un pan de bibliothèque pivota, révélant une pièce secrète.

— De quoi s'agit-il ? s'étonna Constance.

Diogène actionna un interrupteur et fit la lumière dans une pièce étrange. Elle était meublée d'une table et de portraits anciens accrochés aux murs, de chandeliers, d'un âtre minuscule et d'une longue vitrine d'aspect insolite, posée le long d'un mur et protégée par un rideau de soie.

— Voici la surprise que je vous réservais. Vous trouverez dans cette pièce tous les accessoires attachés au spiritisme de l'ère victorienne : une table « tournante », un ouija, des chandelles, un tambourin, des cloches, ainsi qu'une cage renfermant un accordéon dont il est possible de jouer à distance, avec les perches, leviers, câbles et crochets correspondants. La vitrine que vous apercevez derrière ce rideau est ce que l'on appelle un « cabinet de spirite ». En clair, cette pièce propose tous les accessoires indispensables à la tenue d'une véritable séance de spiritisme de l'ère victorienne, avec les trucages et autres artifices de rigueur. Sachant, bien sûr, qu'il n'est nul besoin d'avoir recours à de tels trucages pour entrer en contact avec le monde des esprits.

Constance s'approcha de la collection sous l'œil ému de Diogène, heureux de la voir fascinée par ce qu'elle découvrait.

— Toute cette installation appartenait autrefois à une célèbre médium anglaise nommée Estelle Roberts. Cinq jours après la mort de Sir Arthur Conan Doyle, en 1930, en présence d'une foule immense rassemblée devant le Royal Albert Hall de Londres, Roberts est entrée en contact avec l'esprit de Doyle. Du moins l'a-t-elle prétendu. Personne, vous vous en doutez, n'a jamais été en mesure de réfuter, ou de confirmer, la validité de ses rencontres avec l'au-delà.

— Comment possédez-vous tout ceci?

— Je me suis toujours intéressé au paranormal. Vous le savez sans doute, la magie et la prestidigitation font partie de l'histoire familiale des Pendergast depuis plusieurs générations. À la mort de Roberts en 1970, sa maison de Monken Hadley a été abandonnée. Il y a six mois, cette vieille demeure a été mise en vente. J'ai pensé que cette collection vous amuserait, de sorte que j'ai acquis la maison et fait enlever tout ce bric-à-brac spirite dont j'ai ordonné la restauration afin de l'installer ici. J'ai alors revendu la maison avec un joli bénéfice. Le marché immobilier actuel à Londres est un investissement si rentable.

Ravi, il la regarda examiner le contenu de la vitrine, puis s'intéresser à la table tournante dont elle explora le dessous avant d'en caresser les courbes et les sculptures élaborées.

— J'ai pensé que cette petite collection vous séduirait, ajouta Diogène d'une voix douce. À vrai dire, j'en avais la conviction. Je sais combien votre longue existence, et la perte des vôtres à un très jeune âge vous rattachent au passé. C'est ce qui m'a poussé à transformer cette pièce en une sorte de mémorial à la gloire d'antan. Je vous propose d'organiser une séance lorsque vous vous sentirez prête. Qui sait si vous ne parviendrez pas à communiquer un jour avec votre sœur, Mary. Ou vos parents.

Constance s'était figée en l'entendant et Diogène se demanda s'il n'avait pas été trop loin. Constance protégeait jalousement son histoire personnelle et cette proposition avait pu la choquer.

Elle se releva avec raideur, traversa la petite pièce d'un pas mal assuré et passa à côté de lui en affichant une mine bouleversée.

Elle s'immobilisa brusquement et resta longtemps plantée sur le seuil de l'alcôve secrète en lui tournant le dos. Elle pivota sur elle-même et il lut sur son visage, dans sa posture même, des émotions contradictoires : un mélange d'audace et de crainte, de détermination et d'hésitation.

— Que… que se passe-t-il ? bredouilla-t-il, terrifié de la découvrir ainsi.

Elle releva la tête et s'avança d'un pas en affichant sur ses traits un mélange de haine, de cruauté… et de triomphe.

60

La responsable de l'antenne du FBI à Miami, Vantrice Metcalf, ne dissimulait pas sa curiosité à l'endroit de ses deux visiteurs. Elle avait entendu bien des rumeurs au sujet du premier, dès l'époque où elle travaillait au siège de Quantico : on le présentait comme un personnage à la fois légendaire et controversé, un inspecteur qui s'affranchissait du règlement en toute impunité, dont les proies survivaient rarement à leur arrestation, dont on disait parfois qu'il incarnait ces agents fédéraux sans scrupules dont le Bureau ne voulait plus. Cela ne l'empêchait pas d'avoir les coudées franches au sein du Bureau.

Metcalf avait également entendu parler de son second visiteur, essentiellement parce qu'il occupait le poste de directeur adjoint au Renseignement. Une personnalité excentrique, un homme de l'ombre connu pour son intelligence, sa fermeté et son impartialité.

Les deux hommes, assis en face d'elle, n'auraient pu être plus dissemblables. À sa taille immense, Longstreet ajoutait un visage anguleux, de longs cheveux gris, un costume bleu chiffonné et une voix rocailleuse. L'autre était plus étrange encore. D'une parfaite élégance, d'une pâleur extrême et d'une souplesse de félin, avec son onctueux accent du Vieux Sud et ses manières d'aristocrate confédéré, il était à la fois raffiné et inquiétant avec ses yeux de chrome et son costume funèbre. C'était bien la première fois que Vantrice voyait l'un des siens en costume noir ; un tel choix ne faisait tout simplement pas partie de la culture de la maison.

Metcalf aimait cataloguer ses semblables et s'enorgueillissait de sa capacité à juger d'un individu par son apparence. Elle prétendait que l'habit faisait le moine, et l'efficacité de son système expliquait qu'elle soit la plus jeune responsable de l'histoire du bureau de Miami, mais aussi la première femme, afro-américaine de surcroît, à obtenir le poste. À force d'observer ses deux visiteurs, elle était parvenue à la conclusion que le mieux était d'afficher une coopération totale avec eux, dans l'espoir d'acquérir deux puissants alliés susceptibles de l'aider à atteindre un jour son objectif ultime : occuper le poste de directeur du FBI.

— En quoi puis-je vous aider, messieurs ?

— Madame Metcalf, répondit Longstreet, l'inspecteur Pendergast et moi-même effectuons une mission à la fois confidentielle et officieuse. Nous sommes venus vous présenter une requête peu orthodoxe.

— Très bien, dit-elle.

Il n'était pas question de paraître trop accommodante, de passer pour une chiffe molle.

— Nous aurions besoin d'une heure, seuls et sans présence extérieure, dans votre centre d'opération Prism. Nous souhaiterions avoir accès aux données du système de surveillance Wrangler.

Metcalf haussa les sourcils, incrédule.

— Nous avons bien conscience de l'aspect peu protocolaire d'une telle demande, insista Longstreet.

— Messieurs, je suis désolée mais votre requête dépasse toutes les bornes, même émanant du directeur adjoint au Renseignement. Vous savez bien qu'il vous faut passer par la voie hiérarchique.

Le second visiteur prit la parole.

— Est-ce un non ?

Sa façon de poser la question, à la fois courtoise et menaçante, provoqua l'admiration de Metcalf qui se promit de l'adopter à l'avenir.

— M'avez-vous entendue prononcer le mot « non » ? réagit-elle d'une voix aimable.

— J'espère ne jamais l'entendre, répondit le dénommé Pendergast.

Elle laissa retomber le silence.

— Laissez-moi vous expliquer…, tenta Longstreet.

Pendergast l'arrêta en lui posant doucement la main sur le bras.

— Je ne crois pas que Mme Metcalf ait besoin d'une explication. Ni même qu'elle en ait le désir.

C'est un euphémisme, pensa Metcalf en restant muette. Elle savait d'expérience la valeur du silence.

— Madame Metcalf, reprit Pendergast. Nous n'oublions jamais nos vrais amis. Et nous sommes dotés d'une excellente mémoire.

C'était précisément ce qu'elle souhaitait entendre. Elle n'en était pas moins surprise de la façon directe dont son interlocuteur avait fait passer le message. Ce type-là n'y allait pas par quatre chemins.

— À quel moment souhaiteriez-vous intervenir ?

— Tout de suite, si vous le voulez bien.

Elle laissa retomber le silence pour la troisième fois avant de prendre une décision :

— Messieurs, si vous voulez bien m'attendre. J'en ai pour cinq minutes, le temps de demander aux agents de l'unité Prism de vous laisser la place. J'imagine que vous aurez besoin d'un technicien ?

— En effet.

— Dans ce cas, je demanderai à mon meilleur élément de rester sur place.

*

La responsable du bureau de Miami conduisit Longstreet et Pendergast jusqu'à une pièce aveugle en sous-sol dans laquelle flottait une forte odeur d'équipements électroniques surchauffés. L'espace, relativement restreint, baignait dans la lumière bleuâtre d'une myriade d'écrans d'ordinateur. Chaque antenne du FBI est dotée d'une unité Prism, capable de gérer et d'analyser l'ensemble des informations partagées avec la NSA. Seuls les agents munis d'une autorisation spéciale ont accès à ces bases de données. Si l'inspecteur Pendergast était familier avec les unités Prism, c'était la première fois qu'il en découvrait une entièrement vide, si l'on exceptait la présence du technicien efflanqué à l'épi rebelle qui les attendait sans chercher à dissimuler sa nervosité.

— Monsieur Hernandez, déclara Metcalf, je vous présente l'inspecteur Pendergast et le directeur adjoint au Renseignement Longstreet.

— Euh… salut, répondit Hernandez.

— Ces messieurs auront besoin de vos services pendant une heure, précisa la jeune femme. Je vous prie d'observer la plus grande confidentialité. Je ne veux rien savoir moi-même.

— Bien, madame.

Au moment où les deux visiteurs prenaient congé de Metcalf, Pendergast se retourna et lui tendit une main aussi douce et fraîche qu'un drap propre.

— Vous me voyez ravi que nous soyons amis.

La jeune femme lui serra la main sans un mot et quitta la pièce en refermant la porte derrière elle. Longstreet, qui observait Pendergast du coin de l'œil, vit une lueur briller dans son regard. Il aurait aimé partager l'optimisme de son ancien subordonné, mais il ne croyait guère à cette manœuvre et jugeait même que c'était une perte de temps, quand celui-ci leur était déjà compté. Si la proposition était venue de quelqu'un d'autre, il aurait refusé tout net, mais il connaissait Pendergast depuis trop longtemps pour ne pas tenir compte de ses intuitions. La découverte du prélèvement des *cauda equinae*, aussi inattendue fût-elle, en était la preuve flagrante. Longstreet regrettait juste que Pendergast ne partage pas ses théories avec lui.

— Aloysius, peut-être devriez-vous expliquer à M. Hernandez ce que vous attendez de lui?

— Certainement, acquiesça Pendergast en tirant des profondeurs de son costume un disque dur de grande taille qu'il déposa devant le technicien. Vous trouverez sur ce disque les enregistrements des caméras de surveillance du Miami Baptist Hospital pendant toute une journée. Les caméras en question filment l'ensemble des personnes qui fréquentent cet établissement, sans exception. Il est tout simplement impossible d'entrer ou de sortir sans être filmé à plusieurs reprises.

Hernandez indiqua du menton qu'il comprenait.

— Le lieu accueille de l'ordre de neuf mille visiteurs chaque jour. Il est doté de deux cents caméras.

— Ce qui fait beaucoup d'images. Vous enquêtez sur le tueur qui a lacéré ses victimes?

Pendergast se mura dans un silence réprobateur.

— Désolé, s'excusa le technicien.

— Nous sommes convaincus qu'un individu est entré à l'hôpital sous un premier déguisement avant de le quitter avec un second. Il a fort bien pu modifier son visage, changer la couleur de ses cheveux ou modifier d'autres détails physiques lors de sa transformation.

— Je vois.

— Une question, monsieur Hernandez: comment pourrions-nous mettre à profit ce puissant système, ainsi que les banques de données de la NSA, de façon à identifier un individu qui serait *sorti* de l'hôpital sans jamais y être *entré*?

— Un vrai jeu d'enfant, s'empressa de répondre Hernandez, soulagé. Je pensais que vous alliez me demander un truc super difficile. La NSA possède le logiciel de reconnaissance faciale le plus élaboré au monde. Il est bien meilleur que celui de Google. Je vais demander à la machine de retrouver l'entrée et la sortie de chacun des visiteurs. Il ne nous restera plus que le visage du type qui est sorti sans être entré.

Pendergast, une fois n'est pas coutume, afficha un grand sourire.

— Combien de temps vous faut-il?

— Quelle est la taille de votre disque dur?

— Trois téras.

— Alors j'en ai pour vingt minutes. Vous pouvez attendre sur place, si vous voulez.

Pendergast se glissa sur un siège, aussitôt imité par Longstreet, tandis que Hernandez, debout devant un écran, s'activait sur son clavier.

*

Vingt minutes très précises venaient de s'écouler lorsque le technicien se redressa.

— Bingo! Je tiens votre bonhomme, et même sous plusieurs angles différents.

Longstreet se leva, mais Pendergast l'avait déjà devancé en bondissant de sa chaise afin d'examiner la série des portraits qui s'affichaient sur l'ordinateur.

— Je vais les projeter sur grand écran, proposa Hernandez.

Plusieurs vignettes apparurent sur un moniteur de soixante pouces. On y voyait un personnage élancé aux yeux et aux cheveux bruns, le teint olivâtre, habillé d'un élégant costume marron, le nez chaussé de lunettes en titane à la mode. Longstreet fronça les sourcils, dépité de ne pas reconnaître Diogène. Pouvait-il s'agir d'un déguisement? L'inconnu paraissait si différent...

— Je vous serais reconnaissant de bien vouloir projeter les vidéos des passages concernés.

Hernandez s'exécuta et l'homme au costume brun remonta un couloir, traversa le grand hall, et quitta l'hôpital sous leurs yeux. La silhouette pouvait correspondre, c'est vrai, mais Diogène n'était pas le seul à mesurer près d'un mètre quatre-vingt-dix. Longstreet sentit poindre sa déception. Non seulement l'inconnu ne ressemblait pas aux images de surveillance de Diogène qu'il avait pu voir, mais il se mouvait très différemment. D'expérience, Longstreet savait que le langage du corps est à peu près aussi parlant que le visage lorsqu'il s'agit d'identifier un individu. Tout le monde a sa propre façon de se mouvoir, qu'il est impossible de camoufler.

Un coup d'œil en direction de Pendergast lui montra que l'inspecteur hésitait entre euphorie et colère.

— Il ne s'agit tout de même pas de Diogène? s'étonna-t-il.

— Mais si, *assurément*. Je connais suffisamment mon frère pour savoir que c'est bien lui, sur cet écran. Je le sais.

— Vous avez remarqué sa façon de marcher?

— Mon cher H! Vous devez vous douter que c'est le premier détail auquel il aura veillé. Cet homme ne marche pas du tout comme mon frère, c'est vrai, mais sa démarche ne vous semble-t-elle pas quelque peu artificielle? Il joue la comédie, pour le bénéfice de la caméra.

Longstreet se tourna vers Hernandez.

— Repassez-nous la vidéo, je vous prie.

Il visionna une nouvelle fois les images. Cet animal de Pendergast avait le nez fin.

— Aloysius, déclara-t-il en détachant ses yeux de l'écran. Je vous connais trop bien pour ne pas me fier à vos intuitions.

— Il ne s'agit pas d'une intuition, se défendit ce dernier avant de se pencher vers le technicien. J'ai une autre mission à vous confier: qui est cet homme? Je veux dire: sous quelle identité se cache-t-il?

Hernandez, un sourire aux lèvres, pianota sur son clavier. Quelques instants plus tard, le logiciel de reconnaissance faciale de la NSA lui fournit une identité, accompagnée de nombreux détails:

Nom: Petru Balan
N° de S.S.: 956-44-6574

Lieu de naissance : Râşnov, Roumanie
Date de naturalisation : 15/06/99
Race : Européenne
Taille : 1,87 m
Yeux : bruns
Cheveux : bruns
Signes particuliers ou tatouages : aucun

Pendergast fit dérouler rapidement les renseignements suivants.

— Excellent, murmura-t-il. À présent, monsieur Hernandez, je souhaiterais consulter le patrimoine immobilier de cet homme. Pas uniquement son patrimoine en nom propre, également les biens immobiliers des sociétés écrans et des compagnies offshore qu'il possède, ou encore que posséderaient ses proches, s'il en a. En clair, je veux connaître jusqu'au moindre centimètre carré qui pourrait lui être associé, tout particulièrement en Floride.

— Pas de souci.

En quelques clics, le technicien fit apparaître une liste. Longstreet avait beau être habitué, il n'en revenait toujours pas qu'un ordinateur soit capable de démêler autant de fils en aussi peu de temps. Il n'aurait pas été surpris si la NSA avait pris la peine de se renseigner de la sorte sur l'ensemble des sociétés enregistrées à travers la planète.

Pendergast, qui étudiait l'écran depuis un long moment, laissa échapper un cri triomphal, signe d'un enthousiasme qu'il dévoilait rarement.

— Là ! s'écria-t-il en tapotant l'écran d'un doigt blême.

Key d'Halcyon
Comté de Monroe, Floride
Propriétaire : Incitatus, SARL
B.P. 279516
Grand Cayman
Déposé auprès de : Holding des îles Éoliennes, Milan, Italie

Filiale de la société Barnacle Ltd., Dublin, Irlande
Directeur et actionnaire unique : Petru Balan

— *Incitatus*, murmura Pendergast sur un ton étrange.

Longstreet sentit un frisson lui parcourir l'échine. Il en avait le pressentiment, ils venaient de découvrir l'information qui leur manquait, l'aiguille dans la botte de foin qui allait les conduire jusqu'à Diogène.

— Trouvez-moi cette île par satellite, demanda Pendergast.

— Pas de problème.

Hernandez ouvrit un nouveau programme, tapa une série de coordonnées, et une image satellitaire s'afficha à l'écran. La résolution, stupéfiante, permettait de distinguer dans ses moindres détails une île de taille moyenne, entourée de quatre îlots.

— Zoomez sur l'île principale, je vous prie.

Hernandez obtempéra et une immense maison apparut, entourée de quelques bâtiments isolés et d'un logement plus modeste dissimulé dans une mangrove. Un bateau était amarré au ponton qui traversait la baie.

— Quand cette photo a-t-elle été prise ? voulut savoir Pendergast.

Hernandez se pencha sur l'écran.

— Il y a dix-huit mois.

— Le bateau. Grossissez-moi ce bateau.

En quelques clics, un Chris Craft à l'ancienne occupa l'écran. L'image était si nette que Longstreet parvint à lire les chiffres sur le cadran du compteur de vitesse.

— Voilà, déclara Pendergast en s'adressant à Longstreet, le regard fiévreux. Nous les trouverons là-bas.

Longstreet dévisagea longuement son ami. Pendergast avait fait progresser l'enquête à une vitesse telle qu'il en avait le vertige.

— H, insista Pendergast. Il nous faut aller sur place dès ce soir.

61

— Que se passe-t-il ? répéta Diogène.

— Je me demandais si vous accepteriez de préparer le bateau, répondit Constance.

La tête vide, il était incapable de donner un sens aux mots qu'elle venait de prononcer. Le comportement de Constance depuis quelques minutes était si étrange qu'il en restait prostré.

— Le bateau ? Pour quelle raison ? finit-il par demander.

— Je vous serais reconnaissante de bien vouloir y porter mes affaires.

Les sentiments contradictoires qu'il avait lus sur son visage quelques minutes plus tôt s'étaient effacés.

— J'ai préparé mes bagages en début d'après-midi, quand je vous ai annoncé mon intention de me reposer.

Il se passa la main sur le front.

— Constance…

— Je m'en vais. Ma tâche est terminée.

— Je ne comprends pas… De quelle tâche parlez-vous ?

— Ma vengeance, répondit-elle d'une voix calme.

Diogène voulut réagir, mais aucun son ne sortit de sa bouche.

— J'attendais ce moment depuis longtemps, poursuivit Constance. Il n'est pas dans ma nature de me vanter. En revanche, je suis dotée d'un caractère direct. Aussi me montrerai-je aussi concise que possible. Toute cette aventure n'était qu'une mascarade.

— Une mascarade, répéta péniblement Diogène. Quelle mascarade ?

— Celle de notre amour.

Il remarqua brusquement qu'elle tenait serré dans son poing le manche du vieux stylet italien qu'il croyait disparu depuis leur confrontation dans la demeure de Riverside Drive.

— Il ne s'agit nullement d'une mascarade... je vous aime !

— Comme c'est touchant. Je dois à l'honnêteté de vous dire que votre cour était remarquable, dans sa planification comme dans son exécution. Aucune femme ne pourrait espérer davantage. Dommage que cette cour n'ait pas eu l'effet escompté.

Diogène se trouvait en plein cauchemar. Elle ne parlait pas sérieusement. L'élixir modifié n'avait pas produit les effets escomptés, et voilà qu'elle déraillait de plus belle. Pourtant, un doute terrible continuait de le tarauder.

— Au nom du ciel, de quoi parlez-vous ?

— Dois-je me montrer plus claire ? Le message est simple : je ne vous aime pas. Bien au contraire, je n'éprouve que mépris à votre endroit. Un mépris indélébile, ancré au plus profond de mon être.

— Non, je vous en prie !...

— Lorsque, réfugiée dans les souterrains de Riverside Drive, j'ai compris que vous aviez survécu, j'ai été prise de rage. Et puis vous avez cherché à me circonvenir avec vos paroles mielleuses. Vous vous souvenez sans doute qu'à la suite de votre plaidoyer, je vous ai demandé de m'accorder un temps de réflexion. J'étais perdue, rongée par le doute. De façon irrationnelle, j'en voulais à Aloysius d'avoir disparu, de s'être noyé. En outre, l'idée de devenir un légume me tourmentait. J'ai fini par me trouver en paix avec moi-même en fin de soirée. J'étais heureuse de voir que le destin m'accordait une chance unique : *celle de vous tuer à nouveau.* Votre chute mortelle dans la coulée de lave avait été trop rapide. Cette fois, j'ai voulu m'y prendre dans les règles de l'art.

— Vous…

Diogène esquissa un pas en direction de son interlocutrice avant de s'immobiliser. Jamais il ne s'était senti anéanti de la sorte de toute son existence, même lorsqu'il s'était retrouvé au fond du trou à la suite de l'Événement, lorsqu'il avait échoué dans sa tentative de dérober le Cœur de Lucifer, ou encore pendant sa convalescence à Stromboli.

— Vous avez accepté l'élixir…

— L'élixir constituait une prime inespérée, une heureuse circonstance. Tout en me profitant, elle contribuait à vous convaincre de ma sincérité, après vous avoir rassuré sur ma loyauté en assommant le lieutenant D'Agosta. Au passage, je lui sauvais la vie car vous l'auriez sans nul doute assassiné si je n'étais pas intervenue.

Diogène ploya sous le choc.

— Et cette nuit que nous avons passée ensemble ? Ne me dites pas qu'il s'agissait d'une mascarade !

— C'était le summum de la mascarade, au contraire. Vous aviez raison : votre élixir m'a rendu force et santé. L'expérience s'est révélée pour le moins… grisante. Vous pourrez ajouter le souvenir de cette nuit dans le palais de mémoire de vos souffrances. Auriez-vous oublié la façon dont vous m'avez décrit notre première nuit ensemble ? *Un spasme animal sans lendemain*. Nous sommes quittes, à présent : un spasme pour un autre. Sachant qu'au moment même où j'étais dans vos bras, j'avais conscience qu'au plaisir fugace que je vous offrais succéderait un abîme de souffrance, de jour comme de nuit, jusqu'au terme de votre existence.

— C'est impossible ! Les mots que vous avez prononcés, l'expression de votre visage, votre désir, vos sourires… Vous ne donniez pas le change, Constance. Je l'aurais senti.

Constance laissa s'écouler un court silence avant de répondre.

— Je l'avoue. Quand j'ai découvert Halcyon et votre sanctuaire d'obsidienne, j'ai senti faiblir ma résolution. La vue de cette pièce secrète m'aura finalement permis de tester ma volonté. De façon ironique, votre cadeau m'a convaincue d'achever mon œuvre. Je sais désormais que votre souffrance me donnera infiniment plus de plaisir que toutes les tentations d'Halcyon.

Chacune des paroles de Constance, prononcée froidement avec l'élégance désuète qui la caractérisait, lui traversait l'oreille comme une goutte d'acide. Il ne savait plus ce qu'il disait.

— Je refuse de vous croire. Vous me jouez quelque tour pervers. Personne n'aurait pu me tromper de cette...

— Vous vous êtes trompé tout seul. Mais assez parlé. Vous connaissez la vérité, à présent. Je prends volontiers congé de votre île en vous abandonnant à vos tristes souvenirs, à vos rêves dérisoires et à vos espoirs déchirés.

— Vous aurez besoin de l'élixir.

— Je serai heureuse de me joindre au reste de l'humanité dans son parcours jusqu'à la mort. Non, Diogène. C'est vous qui avez besoin de cet élixir. Prolongez donc votre existence, de façon à souffrir pour l'éternité !

Elle conclut sa diatribe par un rire de triomphe aussi grave qu'impitoyable.

Diogène sentit ses genoux ployer sous lui. Il s'écroula, enveloppé d'une lumière froide et funeste qui le rappela à une vérité imparable, insoutenable : il n'était nullement victime d'une plaisanterie cruelle. En saccageant ses rêves, elle signait une vengeance relevant du chef-d'œuvre. Halcyon serait à jamais un havre de solitude, à présent qu'il avait goûté le quotidien à ses côtés. Constance le savait. Elle le laissait brisé dans un paradis qu'elle avait sciemment métamorphosé en enfer.

Il baissa la tête, aveuglé par un voile sombre.

— N'y a-t-il rien que je puisse dire pour vous convaincre de...

— Non, le coupa-t-elle. Je vous en prie, ne vous abaissez pas à quémander. C'est inconvenant.

Diogène ne répondit pas, aveuglé par la douleur.

— À propos, si, reprit Constance. Un détail a éveillé ma curiosité. Cette porte à l'autre extrémité de l'île, la seule qui soit fermée à clé. Que dissimule-t-elle? Je sais que vous y cachez un trésor quelconque. Autant visiter toutes vos installations avant de m'en aller, même si je suis la première surprise de ma propre curiosité. J'ai remarqué que vous portiez une clé autour du cou la nuit dernière. Je ne doute pas qu'elle ouvre cette porte. Donnez-la-moi, s'il vous plaît.

La nuit dernière. Tout en l'écoutant parler, l'écho d'une voix résonna dans sa tête. *Elle pourra le nier jusqu'à la fin des temps, mais nous ne formions qu'un, cette nuit.*

Son malaise se dissipa. Il releva les yeux et constata qu'elle le dominait de toute sa hauteur, la main tendue.

Un changement brutal se produisit en lui.

Que dissimule-t-elle? Je sais que vous y cachez un trésor quelconque.

Tout espoir n'était peut-être pas perdu. Sans le vouloir, elle venait de lui offrir une toute dernière chance.

Il se releva en titubant et se reprit du mieux qu'il le pouvait.

— Non, répondit-il d'une voix rauque qu'il ne reconnaissait pas. Non. Je vous y conduirai *moi-même*. Vous découvrirez une… une part de mon âme que je n'ai jamais dévoilée à personne.

Constance retira sa main, un éclair impénétrable dans les yeux.

— Fort bien, laissa-t-elle tomber.

Dans le silence qui suivit, Diogène quitta la pièce d'un pas hésitant, traversa la bibliothèque et se dirigea vers la porte d'entrée. Constance marchait à quelques pas derrière lui.

Dans leur sillage, une silhouette se détacha d'un recoin d'ombre de la bibliothèque où elle s'était tapie, à l'écoute de leur échange. Évitant soigneusement d'être vue, elle les suivit de loin sur la sente sablonneuse qui menait à la mangrove.

62

Pendergast remonta du sous-sol au pas de course, suivi par un Longstreet moins pressé.

— Nous pouvons partir immédiatement, déclara Pendergast par-dessus son épaule. Moins de deux cents kilomètres nous séparent de l'île de Marathon en avion. Il nous suffira ensuite de louer un hydroglisseur. Je crois savoir que les chenaux dans la région des Keys sont peu profonds. Nous devrions arriver sur place juste après la tombée de la nuit.

— Un moment, dit Longstreet d'une voix qui fit se retourner Pendergast, stoppé dans son élan. Que voulez-vous dire par « nous » : vous et moi?

— Cela me semble évident.

— Une opération secrète?

— Une frappe chirurgicale.

Longstreet fit non de la tête.

— C'est hors de question.

Pendergast fronça les sourcils.

— Que voulez-vous dire?

— Vous souvenez-vous de vos paroles, dans mon bureau à New York?

Pendergast attendit qu'il précise sa pensée.

— Vous m'avez dit ceci: « Mon frère doit mourir. Nous devons tout mettre en œuvre ensemble pour nous assurer qu'il ne survive pas à son arrestation. »

— C'est exact.

— Vous avez également précisé que vous le deviez à la mémoire de Mike Decker.

Pendergast le laissa poursuivre.

— En tant que membres de la division Fantôme, nous avons tous les deux fait un serment sacré : venger la mort de tout camarade qui mourrait sous les coups d'un autre.

— *Fidelitas usque ad mortem.*

— Exactement. C'est bien pour cette raison que nous ne nous rendrons pas seuls à Halcyon. Nous devons mettre sur pied une opération d'envergure.

Pendergast redescendit d'une marche.

— H, vous savez bien que ce n'est pas la meilleure façon de procéder. Je connais mon frère. À condition de prendre pied sur son île incognito, nous avons toutes les chances de…

— Non. Il y a beaucoup trop d'inconnues. Nous ne savons pas qui d'autre vit sur cette île. Nous ne savons pas de quelles mesures de sécurité il dispose. Nous ne savons pas comment Diogène a pu protéger, fortifier ou piéger son domicile. Et nous manquons de temps. Vous l'avez dit vous-même : nous devons intervenir dès ce soir. Nous n'avons pas le loisir de nous renseigner davantage. Diogène est trop malin, et bien trop imprévisible.

— C'est bien pourquoi…

— Écoutez-moi, Aloysius. Depuis votre retour à New York, je vous ai laissé les coudées franches. J'ai fait appel à mes meilleurs indicateurs, exigé de mes équipes des milliers d'heures de travail. Je vous ai suivi en Floride sans poser de question. J'ai retardé la remise des corps des victimes de l'hôpital à leurs familles respectives, obtenu un ordre d'exhumation en urgence. Je vous ai même laissé manipuler un défunt…

— Ce qui nous a permis de découvrir la retraite de mon frère.

— En nous fiant à votre intuition, c'est vrai, mais le gros du travail a pu être réalisé grâce au système Prism. J'ai procédé à quelques recherches depuis que je sais

Diogène toujours en vie. Il ne s'est pas contenté d'assassiner Mike, il a également tué un certain Dr Torrance Hamilton, ainsi que le peintre Charles Duchamp. Sans compter la tentative de meurtre perpétrée sur la personne de Margo Green, une ancienne employée du Muséum d'histoire naturelle de New York ; l'enlèvement d'une femme que vous connaissez, Viola Maskelene ; ou encore le vol d'une collection inestimable de diamants appartenant au Muséum, détruits par sa faute. Il a plongé plusieurs employés du Muséum dans une folie meurtrière, et ruiné la réouverture par le Muséum du tombeau de Senef dans des conditions qui restent à éclaircir. Et je ne parle même pas des deux meurtres commis tout récemment dans cet hôpital. Je me contente de dresser ici la liste des crimes dont nous avons connaissance, et qui doivent représenter la partie émergée de l'iceberg. Et vous comptez venir à bout d'un psychopathe aussi dangereux en menant une simple opération secrète? Vous et moi? Non, Aloysius. À présent que nous connaissons la cachette de Diogène, il est temps d'agir dans les règles. Nous dirigerons l'opération, bien évidemment, mais en nous appuyant sur une unité d'intervention fédérale.

— Il nous faut tenir compte d'une autre variable : Constance. Je vous ai raconté son histoire. C'est une personne d'une extrême fragilité psychologique, ses réactions sont imprévisibles. Il est fort possible qu'elle se trouve sous la coupe de Diogène. Quel que soit le cas, nous ne pouvons courir le risque qu'elle soit blessée.

— Si elle est sous sa coupe, elle est parfaitement capable de tirer sur mes hommes, tout comme Diogène. Cela dit, je m'engage à tout tenter pour éviter qu'elle ne fasse les frais de l'opération.

— Si vous envoyez sur place une unité d'intervention, il y aura des morts.

— Bien sûr. Nous abattrons Diogène. Dois-je vous rappeler vos propres paroles? « Mon frère doit mourir. »

— H…

Longstreet fit taire Pendergast d'un geste.

— Désolé, mon vieux camarade. Cette fois, c'est moi qui prends les décisions.

Un silence tendu accueillit la conclusion de Longstreet, jusqu'à ce que Pendergast se décide à donner son assentiment d'un hochement de tête.

Les deux hommes regagnèrent le bureau de Vantrice Metcalf que Longstreet mit au courant de la situation avant de requérir son aide. Metcalf ralliée à ses arguments, ils gagnèrent tous les trois le centre des opérations tactiques, situé au premier étage. En l'espace de quelques minutes, une douzaine d'agents se joignirent à eux afin de mettre au point l'assaut, sous la direction de Longstreet. Pendergast, telle une statue d'albâtre dans son élégant costume noir, les bras croisés dans un coin de la pièce, observait la manœuvre sans que son visage ou ses yeux trahissent ses pensées.

63

Le soleil entamait sa plongée dans les eaux du golfe du Mexique lorsque Constance émergea de la mangrove à la suite de Diogène. Ce dernier n'avait pas prononcé une parole depuis qu'ils avaient quitté la maison. Il avait retrouvé une posture plus droite, sa démarche s'était assurée, mais Constance n'aurait pas su décrypter son expression. Son regard bicolore restait vide, comme sans vie.

Il prit la direction des bâtiments abandonnés, de l'autre côté du grand pré, laissa derrière lui la vieille centrale électrique en ruine et s'immobilisa devant la porte en cuivre sur laquelle s'affichait le mot « CITERNE ». Il saisit la chaîne en or qu'il portait autour du cou et introduisit dans la serrure la clé noire qui y était attachée, puis il tira à lui le battant dans un murmure de gonds bien huilés.

Toujours sans un mot, il entra en actionnant au passage une série d'interrupteurs. Constance découvrit une grande salle circulaire aux parois de brique. Une armoire métallique rouge se dressait sur le mur le plus proche et un escalier descendait jusqu'à une passerelle qui parcourait la moitié de la circonférence de la pièce avant de s'arrêter devant un battant bardé de fer. Un réservoir étendait sa surface sombre un mètre et demi en contrebas.

Constance avait remporté la partie. Elle tenait sa vengeance, Diogène était défait, mais elle n'en éprouvait pas moins une curiosité intense pour cet endroit. À tort ou à raison, elle avait le sentiment de n'avoir pas sondé l'âme de Diogène jusqu'à son tréfonds.

Diogène descendit les marches, rompant enfin le silence.

— On trouve couramment dans les Keys des citernes comme celle-ci. Elles constituent en général le plus sûr moyen de recueillir de l'eau potable.

Il s'exprimait d'une voix terne et lointaine dont l'écho, comme revenu du royaume des morts, se réverbérait étrangement sur les murs en brique de l'immense réservoir.

Parvenu au bas de l'escalier, il s'engagea sur la passerelle. Le ronronnement lointain d'une machine parvint aux oreilles de Constance. En passant, elle lança un coup d'œil en direction du bassin et remarqua que ni marche ni échelle ne permettait d'en remonter, si quelqu'un avait le malheur d'y tomber.

Diogène s'arrêta devant la porte bardée de fer et la montra du doigt à sa compagne.

— Derrière ce battant se trouve l'ancienne pompe qui servait autrefois à alimenter en eau la maison. Une machine énorme pour son temps, que les progrès techniques ont rendue obsolète depuis belle lurette. Vous allez voir quel usage j'ai fait de cet immense espace.

Il déverrouilla la porte et l'ouvrit, recula d'un pas et fit signe à Constance de s'avancer dans l'obscurité.

Ne distinguant rien dans le noir, elle hésita, de peur de tomber dans le vide. Elle finit par s'enhardir.

Les semelles de ses chaussures rencontrèrent un sol de pierre.

Diogène la suivit et referma le battant derrière eux. Ils se trouvèrent plongés dans des ténèbres telles que Constance, pourtant habituée à l'obscurité, n'en avait jamais connu. Un léger déclic se fit entendre et une lampe s'alluma au plafond.

Constance crut un instant qu'elle flottait dans un espace vide, aussi noir que silencieux. À mesure que Diogène allumait d'autres lumières, elle s'aperçut qu'elle se trouvait dans un cube de marbre noir. Les éclairages, espacés à intervalles réguliers sur tout le pourtour de l'étrange pièce, étaient protégés par de fines vitres d'une matière sombre aux curieux miroitements. Celles-ci filtraient la lumière, plongeant la pièce dans une atmosphère douce et étincelante. Constance aurait pu se croire prisonnière d'un gigantesque diamant gris. Elle comprit soudain que les murs et le plafond de la pièce étaient entièrement recouverts de panneaux d'obsidienne.

Au même instant, un rire amer éclata derrière elle.

— C'est exact, déclara-t-il de sa voix terne. Mon véritable sanctuaire d'obsidienne se trouve ici, et non dans le temple, si l'on peut accorder le nom de sanctuaire au lieu qui accueille les souvenirs les plus honteux et douloureux de ma vie passée.

En observant plus attentivement le décor qui l'entourait, Constance remarqua la présence sur les murs de tableaux de quarante-cinq centimètres sur soixante, tous encadrés d'obsidienne et protégés par un carreau de verre transparent. Un minuscule projecteur, habilement dissimulé à l'intérieur de chacun des cadres, permettait d'en apprécier le contenu, comparable à certaines œuvres de Joseph Cornell.

— Mon musée personnel, annonça Diogène. Permettez-moi de vous en proposer la visite en commençant par votre gauche, ces œuvres étant chronologiques.

Il fit quelques pas et s'arrêta devant le premier cadre. Constance découvrit une ville miniature, réalisée sur une feuille quadrillée d'écolier. L'ensemble était dessiné avec un luxe de détails à couper le souffle. L'exécutant s'était manifestement servi d'une loupe et d'un stylo à plume minuscule. On distinguait les tuiles microscopiques des toits, les pavés des rues étaient ombrés, chaque porte était surmontée d'un numéro à peine lisible.

— J'étais âgé de sept ans lorsque j'ai réalisé ce dessin, expliqua Diogène. J'habitais dans ma tête cette ville imaginaire que j'enrichissais chaque jour de nouveaux détails.

J'étais littéralement amoureux de cet endroit. J'ai voulu présenter ce tableau ici en souvenir de ce que j'aurais pu devenir, si le destin n'en avait pas décidé autrement. Je travaillais sur ce dessin quand est survenu le drame qui a tout changé.

— L'Événement, précisa Constance.

— Oui. L'Événement. Vous n'en connaissez sans doute pas le déroulement exact, je doute qu'Aloysius vous en ait parlé.

Constance resta silencieuse, hypnotisée par ce dessin d'une finesse extraordinaire. Il était difficile de croire qu'un enfant ait pu réaliser une œuvre aussi détaillée et parfaite.

— Je jouais avec Aloysius dans le sous-sol de la Maison de la Rochenoire, notre vieille demeure de Dauphine Street, à La Nouvelle-Orléans. Nous sommes tombés par hasard sur une pièce reculée contenant les accessoires créés par notre grand-oncle Comstock pour son spectacle de magie. Il avait baptisé l'une de ses constructions « La Porte de l'Enfer ». Aloysius m'a mis au défi d'y pénétrer. Il se trouve que l'oncle Comstock avait imaginé cette attraction dans le but de rendre fou, ou de tuer d'effroi celui qui oserait s'y aventurer.

Quelle horreur, frissonna intérieurement Constance.

— Ce que j'y ai découvert était si effrayant que j'ai voulu mettre fin à mes jours à l'aide d'un Derringer que l'oncle Comstock avait placé là afin de « soulager » quiconque se trouverait pris au piège dans son manège.

Il marqua une pause.

— La balle, d'un très petit calibre, m'a traversé la tempe avant de ressortir par l'œil. Je suis resté quelque temps entre la vie et la mort. J'ai finalement survécu, mais plus rien n'était comme avant. On m'a éloigné de la maison pendant un moment. Toute couleur a disparu de mon univers, je ne voyais plus le monde que dans un dégradé de gris. Mon sommeil est resté perturbé à jamais. Quand je suis rentré à La Nouvelle-Orléans, je n'étais plus le même. J'étais radicalement changé.

Il s'approcha du cadre suivant, suivi par Constance. Le tableau contenait un minuscule crucifix, couvert de taches sombres que l'on imaginait être du sang séché. Le mot « INCITATUS » était inscrit au pied de la croix.

— Je ressentais des pulsions étranges que je ne m'expliquais pas, sans pour autant les redouter. Il m'arrivait régulièrement… d'y céder. À l'approche de l'âge adulte, un désir a pris le pas sur tous les autres : intimider, humilier et détruire Aloysius, qui m'avait plongé dans cet enfer.

Il déambula d'un pas lent devant les cadres suivants en désignant chaque tableau au passage. Constance y découvrait des objets dont elle ne comprenait pas la signification : un cilice réalisé avec de vrais poils, une corde de pendu, une brassée de sumac vénéneux entourée de fil de pêche.

— Mes premières tentatives de vengeance contre mon frère étaient improvisées, mal conçues. Avec l'âge, un plan a commencé à voir le jour dans ma tête. Un plan à très long terme, qu'il me faudrait des années, voire des décennies, pour mener à bien. Un plan nécessitant tout mon temps et toute mon attention, pour la réalisation duquel j'aurais besoin de m'inventer patiemment plusieurs identités différentes. À l'image de celle de Hugo Menzies, conservateur au Muséum d'histoire naturelle de New York.

Ils avaient atteint le deuxième mur de la pièce lorsque Diogène s'arrêta devant un cadre renfermant une baïonnette ancienne.

— L'arme avec laquelle j'ai tué l'inspecteur Michael Decker, un ami très proche d'Aloysius. Il ne s'agit pas de la baïonnette originale, cette dernière se trouve dans les réserves de la police, mais d'une copie à l'identique.

Le cadre d'obsidienne suivant contenait un exemplaire de la revue *Muséologie*, un badge du Muséum taché de sang, ainsi qu'un cutter.

— Margo Green, se contenta de déclarer Diogène en guise d'explication.

Le cadre voisin renfermait une lettre manuscrite de plusieurs pages, signée « A. Pendleton », ainsi qu'un sac à main de femme d'une grande marque.

— Viola Maskelene, commenta Diogène de la même voix étrange et monocorde. Une histoire qui s'est mal terminée.

Il passa rapidement devant une série de cadres et s'intéressa aux objets exposés sur le troisième mur : un bloc de cristal à l'intérieur duquel brillaient des grains de diamant, un rapport rédigé par les autorités de la prison de Herkmoor… Constance se tétanisa en découvrant les objets exposés dans le troisième cadre de la rangée : un fragment de drap en satin taché de sang et un verre à moitié plein contenant une liqueur verdâtre, sur le bord duquel on distinguait une ombre de rouge à lèvres.

Elle se tourna d'un bloc vers Diogène.

— Vous, dit-il simplement.

— J'en ai assez vu, réagit-elle en se dirigeant d'un pas vif vers l'entrée de la pièce sans s'intéresser au reste de l'exposition.

Diogène se lança à sa poursuite et lui barra le passage au niveau de la porte.

— Attendez, lui enjoignit-il. Regardez !

Il pointa de l'index les derniers cadres.

Elle hésita quelques instants avant d'obtempérer. À l'exception de l'un d'eux, qui recelait une notice nécrologique, un scalpel maculé de sang et un éventail originaire d'Amérique centrale, tous les suivants étaient vides.

— J'ai changé, déclara-t-il d'une voix qui, pour une fois, avait une âme. J'ai changé dans l'autre sens. J'ai tout arrêté. Vous ne comprenez donc pas, Constance ? Ce n'était pas mon intention quand j'ai commencé à collectionner ces trophées, mais ce lieu est devenu mon musée de la Honte. Il est le reflet de mes méfaits, dans la réussite comme dans l'échec, et me rappelle que je ne dois *jamais* renouer avec mon passé. Il a une autre fonction : il me sert de soupape de sécurité. Si d'aventure je me trouvais tenté par mes anciennes… pulsions, il me suffirait de venir ici.

Constance se détourna de lui, pas certaine de savoir si elle refusait d'en entendre davantage, ou bien si elle craignait sa propre réaction. Elle restait hypnotisée par le dernier cadre habité, celui contenant le scalpel, l'éventail et la notice nécrologique. Celle-ci était consacrée au Dr Graben, un éminent chirurgien du cœur, tombé sous les coups d'un tueur fou. L'article faisait état de la perte irréparable, pour la science et l'humanité, d'un professionnel aussi brillant. Il avait été publié quatre jours plus tôt.

— Vous m'avez donc menti, siffla-t-elle en lui désignant la coupure de journal. Vous avez à nouveau *tué*.

— Je n'avais pas le choix. J'avais besoin d'un autre échantillon pour fabriquer mon élixir de synthèse. Ce ne sera plus nécessaire, désormais. La formule est au point, ainsi que vous pouvez vous-même en témoigner.

— Comment devrais-je réagir, sachant que d'autres sont morts pour que je puisse vivre ?

— La vieille femme était moribonde, et plongée dans le coma. Je n'avais pas prévu de tuer ce chirurgien. Il est arrivé au mauvais moment.

Constance voulut quitter la pièce et il lui bloqua à nouveau la porte.

— Écoutez-moi, Constance. Cette pièce est un cube parfait, ce qui n'est pas le cas de la salle où se trouvait autrefois la station de pompage. J'ai érigé une pièce à l'intérieur d'une autre pièce. Vous avez peut-être remarqué ce boîtier peint en rouge, en haut de l'escalier ? Lorsque j'ai créé ce lieu, j'ai rempli de plastic l'espace entre mon sanctuaire d'obsidienne et les murs de pierre de l'ancienne salle des pompes. Du plastic, Constance. Un puissant explosif, capable de réduire en miettes cette pièce, la citerne, et tout le reste. Ce boîtier, en haut des marches, n'est autre qu'un détonateur réglé sur une minuterie. Je vous l'ai dit, cet endroit a une autre fonction. Il me rappelle ma bassesse. Je comptais détruire ce sanctuaire le jour où vous m'auriez assuré de votre amour, afin de détruire mon passé brutal et dégradant.

Constance garda le silence.

— J'ai mis mon cœur à nu devant vous, Constance, poursuivit-il d'une voix pressante. Vous connaissez tout de moi. Je ne vous en ai jamais parlé, mais j'espérais que nous pourrions un jour prendre cet élixir ensemble. À présent que j'ai mis au point la formule parfaite, non seulement j'ai réussi à interrompre le processus de vieillissement qui vous guettait, mais je peux vous offrir une jeunesse éternelle. Nous pouvons rester éternellement jeunes *tous les deux*, à l'écart du monde, heureux d'être ensemble. Et ce n'est pas tout, notre fils pourra nous rejoindre dans ce paradis terrestre. Il le *mérite*. En dépit de ce que vous pensez, c'est encore un enfant. Un petit garçon qui a besoin de s'épanouir autrement qu'en devenant un symbole, un objet de vénération. Il a besoin de ses parents. Ici, il nous sera possible d'oublier les souffrances liées à nos existences passées et de nous tourner vers l'avenir. N'est-ce pas une ambition magnifique ?

L'écho de sa plaidoirie résonna entre les murs du sanctuaire plongé dans la pénombre.

— Si vous dites vrai, répondit Constance, si vous avez sincèrement renoncé à votre passé, si ce lieu est un simple rappel de vos erreurs passées… pourquoi vous être empressé d'encadrer ceci ?

Elle pointa du doigt la notice nécrologique.

Diogène se tourna vers le cadre qu'il regarda longuement avant de baisser la tête.

— C'est bien ce que je pensais, siffla Constance en l'obligeant à lui libérer le passage.

— Attendez ! s'écria-t-il en se lançant à sa poursuite alors qu'elle s'engageait sur la passerelle. Pour preuve *ultime* de ma sincérité, je vais armer le détonateur et détruire ce musée. Vous en serez le témoin.

Elle s'immobilisa sur la passerelle, les yeux perdus dans l'eau sombre du réservoir. La voix de Diogène s'éleva derrière elle.

— Quelle meilleure preuve vous donner? murmura-t-il.

64

Constance dévisagea Diogène le temps d'une éternité. Son visage était couvert de perles de sueur, ses yeux exprimaient un désir désespéré. Elle vit luire dans son regard une ultime lueur d'espoir, telle une braise dans un feu mourant.

Elle choisit d'écraser la braise.

— Une preuve de votre *amour*? Vous m'avez apporté toutes les preuves dont j'avais besoin, dit-elle sur un ton mordant. Armez donc votre détonateur. J'assisterai à ce feu d'artifice avec le plus grand plaisir.

— Je le ferai. Pour *vous*.

— Je doute que vous supportiez de voir disparaître vos précieuses reliques. Vous voyez bien que nous nous comprenons, murmura-t-elle d'une voix faussement enjouée. Oui, Diogène, nous sommes pareils. *Exactement* pareils. Je vous comprends et vous me comprenez.

Diogène devint plus pâle que la mort. Elle trouva dans sa réaction la confirmation qu'il n'avait pas oublié ces mots, prononcés le soir où il l'avait séduite, quatre ans plus tôt.

Alors, elle récita les vers qu'il lui avait murmurés à l'oreille tandis qu'il la poussait délicatement sur les coussins en velours du canapé :

Il s'immerge dans la nuit
Il tend la main vers les étoiles

À cette évocation, les yeux de Diogène perdirent toute couleur. Elle venait d'écraser d'un coup de talon l'ultime étincelle d'espoir qui lui restait.

Le visage de Diogène se tordit en une grimace hilare terrible à voir. Un rire âpre et inquiétant s'échappa de ses lèvres jusqu'à laisser place à un souffle.

— Ainsi en a donc décidé le sort, finit-il par lâcher en s'essuyant la bouche. Moi, Diogène, je me suis laissé duper complètement. Ma quête d'un honnête homme, d'une honnête femme en l'occurrence, n'aura donc pas abouti. *Brava*, Constance. La prestation était brillante. Votre génie de la cruauté surpasse le mien. Vous me laissez sans rien. Rien du tout.

Elle sourit à son tour.

— Ce n'est pas vrai, je ne vous laisse pas les mains vides.

— Que me laissez-vous donc?

— L'élixir. Vous n'aurez qu'à le prendre, je vous souhaite une longue, *longue* vie.

Ils s'observèrent dans le silence qui suivit.

— Nous en avons terminé, conclut Constance en lui tournant le dos. Je vous prie de me conduire jusqu'au bateau.

— Je vous y retrouve, répliqua Diogène d'une voix rauque. Il me reste une dernière mission à accomplir.

Il éclata d'un rire vertigineux.

— *Que tes yeux contemplent l'immense cachot de l'éternelle torture…*[1], cita-t-il.

Constance, refusant de l'écouter, contourna le réservoir et remonta les marches dans la pénombre, sans craindre de lui tourner le dos. En dépit de tout, son amour pour elle était trop profond pour qu'il s'autorise à lui nuire. Et quand bien même Constance aurait mésestimé Diogène, elle ne tenait plus guère à sa propre vie.

1. Ces noms sont extraits du *Faust* de Marlowe.

Elle en arrivait à espérer qu'il déclenche l'explosion promise. Ce musée sans égal au monde, cette incarnation de la folie, méritait d'être irrémédiablement détruit. Privé à jamais de tout espoir d'avenir, Diogène devait détruire son passé. Si toutefois il en avait le courage, ce qui restait à démontrer.

Elle longea le petit bois de palétuviers et traversa la mangrove jusqu'à la plage à l'extrémité de laquelle le ponton dessinait une ligne droite dans le crépuscule. À présent que tout était consommé, elle se sentait apaisée et vide tout à la fois. Sa haine dévorante et sa soif de vengeance s'étaient éteintes en laissant dans son âme un gouffre béant. Quelle serait désormais son existence? Où irait-elle? Que ferait-elle? Il n'était pas question de retourner dans la maison de Riverside Drive, à présent qu'Aloysius était mort. Constance était seule au monde.

Un froissement végétal la tira de ses pensées. Elle tourna la tête et vit émerger une ombre de la mangrove. Une jeune femme mince aux longs cheveux blonds fondit sur elle avec un regard assassin en tenant d'une main un couteau et de l'autre un pistolet.

Prise de court, Constance tenta d'éviter le choc, mais elle avait réagi trop tard et la lame du couteau brilla dans les dernières lueurs du jour avant de lui déchirer le flanc. Elle poussa un cri, pivota sur elle-même, et repoussa son assaillante d'une gifle. L'inconnue glissa dans le sable, se reprit, et se rua sur elle, le canon de son arme levé.

65

À la nuit tombante, un petit kayak d'un vert olive terne apparut derrière la pointe de Johnston Key et entama la traversée du chenal large d'un kilomètre qui le séparait d'Halcyon. A. X. L. Pendergast pagaya en direction de la mangrove que l'on apercevait à la pointe sud-est de l'île. L'inspecteur glissait sur l'eau dans un murmure soyeux, luttant comme il le pouvait avec sa pagaie.

Le temps lui était compté. Les hélicoptères du Bureau qui devaient décoller de la base navale de Key West seraient là dans moins de vingt minutes. Il n'avait pas réussi à convaincre Longstreet qu'une opération de cette envergure n'avait aucune chance de réussir avec un homme tel que Diogène. Non seulement ce dernier trouverait le moyen de s'en tirer, mais l'assaut risquait fort de coûter la vie à Constance, qu'elle soit l'otage de Diogène ou sa complice. Pendergast, connaissant sa fragilité mentale, n'aurait su dire de quel côté de la balance elle penchait. Profitant des préparatifs de Longstreet, il avait filé discrètement et s'était « approprié » une vedette dénichée dans la marina de South Beach. Celle-ci possédait une coque en fibre de carbone et deux puissants moteurs qui, par temps calme, lui donnaient une vitesse de croisière de quatre-vingt-dix nœuds. Arrivé à Upper Sugarloaf Key, il avait troqué le hors-bord contre un kayak et une combinaison de nage, prélevés dans le stock d'un magasin de location fermé pour la nuit. Faute d'avoir jamais pratiqué le kayak, il avait eu le plus grand mal à se diriger et à préserver son équilibre, empêtré avec sa pagaie.

Il avait fini par trouver le coup de main et les premiers îlots lui étaient rapidement apparus, essentiellement des mangroves émergeant de l'eau, posées sur l'entrelacs de leurs racines. Pendergast engagea le kayak dans un chenal et l'attacha à un tronc avant de s'extraire de la coque en plastique avec difficulté. Il avait de l'eau jusqu'aux genoux. Il tira du compartiment à bagages l'étui contenant son Les Baer, le fixa autour de son torse, et enfila un petit sac à dos Osprey.

Les ultimes lueurs du jour s'éteignaient lorsqu'il contourna la mangrove. Les cartes marines indiquaient une profondeur maximale d'un mètre et il en eut la confirmation en pataugeant au milieu des racines. Sa combinaison noire le rendait quasiment invisible dans la pénombre. Il traversa le chenal qui le séparait de l'île principale, courbé en deux, prit pied sur Halcyon à hauteur d'une petite plage de sable et s'arrêta pour écouter la nuit. Tout était silencieux. Une sente étroite faisait le tour de l'île, dont il avait pu constater sur les images satellitaires qu'elle conduisait à une petite maison. Il poussa dans cette direction et ne tarda pas à découvrir un pavillon de gardien dont le salon était éclairé. Il se coula sous la fenêtre, releva lentement la tête et vit un vieux Noir dans un fauteuil ancien, un exemplaire d'*Ulysse* entre les mains.

Pendergast s'éloigna en consultant mentalement la carte de l'île qu'il avait pris la précaution de mémoriser et choisit le petit chemin conduisant à la maison principale, à travers un bois de palétuviers. Il venait de dépasser deux grands gommiers rouges lorsque lui apparut l'arrière de la villa. Celle-ci était plongée dans l'obscurité. La nuit s'annonçait noire, la lune ne se lèverait pas avant plusieurs heures. Veillant à se maintenir dans l'ombre, il s'avança sur la véranda et ouvrit la porte arrière, qui n'était pas fermée à clé. Il se glissa à l'intérieur, effectua une reconnaissance sommaire du rez-de-chaussée et ressortit par la porte principale, convaincu que la demeure était vide. Diogène et Constance se trouvaient donc ailleurs sur l'île.

Il se figea en entendant un cri aigu dans le lointain. Il sortit son arme, tous les sens aux aguets. C'est alors que trois coups de feu rapprochés tonnèrent dans la nuit.

*

À la vue du pistolet, Constance se jeta sur les jambes de son adversaire et le cloua au sol. Les balles sifflèrent juste au-dessus de sa tête. Les deux femmes roulèrent dans le sable et Constance saisit au vol le poignet de l'inconnue qu'elle frappa à plusieurs reprises jusqu'à ce que l'arme vole dans le sable. La jeune femme blonde, dotée d'une force incroyable au regard de sa silhouette menue, se dégagea de l'emprise de Constance. Les deux femmes se ruèrent sur le pistolet, toutes griffes dehors, et quatre mains avides s'abattirent simultanément sur la crosse. Elles roulèrent pêle-mêle en se débattant furieusement. La blonde voulut mordre Constance, mais cette dernière recula sa tête au dernier moment et lui rendit la pareille en lui plantant ses dents dans la joue. La jeune femme poussa un cri strident. Les deux adversaires roulèrent une nouvelle fois dans le sable et Constance, en meilleure position, s'empara de l'arme. Son adversaire, la joue couverte de sang, lui envoya un coup de genou dans le plexus solaire. Constance, le souffle coupé, relâcha son étreinte sur le pistolet que l'autre s'empressa de lui arracher des doigts.

Constance écarta le canon de l'arme à la fraction de seconde où tirait l'inconnue. Le projectile s'écrasa à quelques centimètres d'elle dans une gerbe de sable. Par chance, Constance avait la tête tournée du côté opposé, ce qui n'était pas le cas de la blonde qui se trouva aveuglée par le nuage de sable. Elle tituba en arrière et secoua furieusement la tête tout en tirant au hasard. Les balles s'égaillèrent dans toutes les directions. Constance arracha le pistolet d'un coup sec, posa le canon sur la tempe de la blonde et enfonça la détente.

Clic.

Le chargeur était vide. L'inconnue, jouant sur l'effet de surprise, repoussa Constance d'une bourrade et la chevaucha après avoir récupéré son couteau. Constance évita la lame de justesse et le couteau cloua l'épais tissu de sa robe dans le sable. La blonde dégagea l'arme en quelques mouvements habiles, mais Constance avait trouvé le temps d'extraire le stylet de son corsage. Elle tenta de poignarder la jeune femme qui fit un bond en arrière. Constance sauta sur ses pieds et les deux femmes s'affrontèrent du regard en tournant en rond, couteaux tirés.

— Qui êtes-vous? demanda Constance à la blonde dont le visage ne lui était pas inconnu.

— Je suis ton pire cauchemar, siffla-t-elle.

Elle cingla l'air avec son couteau, mais Constance évita le coup.

Au même instant, elle remarqua une silhouette dans son champ de vision : Diogène, les bras croisés, observait leur combat en spectateur.

Constance poursuivit sa ronde de mort avec l'inconnue. À la façon dont cette dernière tenait son couteau, on la sentait dotée d'une expérience qui faisait défaut à son adversaire. Celle-ci ne pouvait que perdre si la lutte se prolongeait.

La blonde effectua un bond, Constance l'évita de justesse, mais la lame déchira le tissu de son chemisier en l'égratignant.

— Une touche magnifique, commenta Diogène.

Constance fendit l'air de son stylet en direction de sa rivale. La blonde exécuta une pirouette et blessa Constance au poignet alors qu'elle pivotait sur elle-même dans l'espoir d'esquiver le coup.

Constance comprit que l'issue du combat lui serait fatale si l'affrontement se prolongeait. Sa robe à l'ancienne, alourdie par le sang qu'elle avait perdu, ralentissait ses mouvements. Diogène n'allait-il pas tenter d'intervenir? Un coup d'œil en coin lui montra qu'il observait leur duel avec un sourire amusé, ravi de voir deux femmes se battre à mort pour lui.

La robe alourdie...

Constance, tentant son va-tout, fondit sur son adversaire et pivota sur elle-même afin de l'emprisonner par un mouvement tournant dans les pans de sa robe. La jeune femme, prise de court, poussa un cri étouffé et abattit la lame de son couteau qui s'épuisa dans l'épaisseur du tissu. Les deux femmes roulèrent dans le sable et Constance enserra le torse de l'inconnue avec ses jambes. La blonde se démena en rugissant de rage, sans parvenir à dégager le bras qui tenait le couteau.

Tout en continuant d'immobiliser son adversaire, Constance ramassa le pistolet et assena de violents coups de crosse à la tempe de la blonde, jusqu'à ce qu'elle sente le corps de celle-ci s'amollir. Elle la désarma d'une clé au poignet, récupéra son couteau, se releva péniblement et recula de quelques pas.

Elle se tourna vers Diogène et reconnut en lui l'homme dont elle avait gardé un souvenir cuisant: le teint animé, le souffle court, fasciné par la scène à laquelle il venait d'assister, on lisait dans son regard une forme d'excitation proche de la jouissance sexuelle.

Prise de vertige, Constance posa les mains sur ses genoux et baissa la tête afin de s'éclaircir les idées en aspirant de longues bouffées d'air.

La voix de Diogène traversa la nuit. En relevant les yeux, elle s'aperçut que ce n'était pas à elle qu'il s'adressait. Les yeux écarquillés, comme hypnotisé, il observait la silhouette sombre qui venait d'émerger du bosquet de palétuviers. Son expression libidineuse avait laissé place à la consternation. Le nouvel arrivant, vêtu d'une combinaison de nage noire luisante d'humidité, s'avança dans le crépuscule.

— *Ave frater*, murmura Diogène d'une voix sépulcrale en guise de salut.

66

Constance, sa rivale à demi assommée sur le sable à ses pieds, n'en crut pas ses yeux en voyant Pendergast approcher, une arme à la main, tel un spectre. *Pouvait-il réellement s'agir de lui?*

— Aloysius, dit-elle dans un souffle. Mon Dieu... *Vous êtes vivant!*

Elle voulut se précipiter à sa rencontre, mais l'expression qu'elle lut sur son visage l'en empêcha.

— *Ave frater*, répéta Diogène en tanguant légèrement sur ses jambes, comme sous l'effet de l'ivresse.

Pendergast leva le canon de son pistolet et le pointa entre Constance et Diogène avant de se décider à prendre pour cible ce dernier, sans pour autant quitter Constance des yeux.

— Avant de le tuer, déclara-t-il, j'ai besoin de savoir si vous l'aimez.

Constance, incrédule, lui adressa un regard stupéfait.

— Quoi?!!

— La question est pourtant claire. L'aimez-vous?

Aux pieds de Constance, la fille achevait de reprendre ses esprits. Profitant de la confusion, elle se précipita d'un pas mal assuré vers la mangrove toute proche sans que Pendergast lui accorde la moindre attention.

Des dizaines de questions se bousculaient dans la tête de Constance: *Que s'est-il passé? Où étiez-vous? Pourquoi ne pas m'avoir fait signe?* Le visage fermé de Pendergast lui signala qu'il n'était pas d'humeur à répondre.

— Je le *déteste*, répondit-elle. Je l'ai toujours détesté, et je le détesterai toujours.

— *Si l'amour vit d'espoir, il périt avec lui*[1], chantonna Diogène.

Pendergast fit la sourde oreille. Seule Constance retenait son attention.

— Dans ce cas, peut-être m'expliquerez-vous la raison qui vous a poussée à quitter notre résidence de Riverside Drive à son bras de votre plein gré, blessant au passage le lieutenant D'Agosta.

Constance prit longuement sa respiration. Les brumes qui voilaient ses pensées depuis son combat avec l'inconnue achevaient de se dissiper, elle se sentait même portée par une formidable énergie. D'une voix calme et ferme, elle lui expliqua la façon dont Diogène lui avait fait une cour assidue tout en lui révélant les effets pervers de l'élixir de Leng. Elle évoqua le plan qui devait lui permettre d'infliger à Diogène, qu'elle haïssait, une vengeance plus terrible que la mort.

— Vous devez me croire, Aloysius, conclut-elle. Je vous fournirai tous les détails le moment venu.

Elle pointa du doigt Diogène qui avait assisté à leur échange, immobile.

— En attendant, voyez vous-même le résultat. Votre frère est un homme brisé.

Pendergast avait écouté le monologue de Constance en silence, son arme baissée.

— Vous lui avez donc menti depuis le début?

— Oui.

— Vous ne l'aimez donc pas, répéta Pendergast, comme pour s'en convaincre.

— Non. Bien sûr que non!

— Je ne saurais vous dire combien j'en suis heureux.

1. Cette citation est empruntée à Pierre Corneille (*Le Cid*, acte I, scène 2).

Il mit en joue Diogène.

— Attendez! s'écria Constance.

Pendergast croisa son regard.

Diogène s'avança, prit à pleine main le canon du pistolet et l'enfonça brutalement sur sa tempe.

— Allez, *frater*. Vas-y.

— Ne le tuez pas, poursuivit Constance.

— Pour quelle raison?

— Il est infiniment préférable de l'épargner, de l'obliger à vivre dans la plus grande solitude, hanté par ses crimes. Et puis… j'ai appris un détail relatif à son passé, ajouta-t-elle d'une voix hésitante.

— Lequel? s'enquit sèchement Pendergast.

Constance lança un coup d'œil en direction de Diogène, le canon du Les Baer collé contre sa tempe.

— Je ne souhaitais pas qu'il m'entende, mais je n'ai pas le choix. Il n'est pas entièrement responsable de ce qu'il est devenu. Vous le savez mieux que quiconque. Il reste en lui une maigre lueur d'humanité. Je l'ai entrevue. Je suis convaincue qu'il souhaitait sincèrement changer, mener une autre vie. Je ne saurais dire quelles sont désormais ses intentions. À le voir dans cet état, mon désir de vengeance s'éteint. Si vous lui accordez la vie sauve, peut-être saura-t-il nourrir cette lueur. Je dis bien, peut-être. Sans doute en l'alimentant du feu de son chagrin, ajouta-t-elle d'une voix amère.

À ces mots, le visage de Pendergast perdit de sa dureté, sans qu'il soit possible de deviner ses pensées.

— Je vous en prie, insista Constance dans un souffle.

Au murmure du vent dans les palmiers se mêla soudain le battement caractéristique de pales d'hélicoptère dans le lointain.

67

Howard Longstreet avait pris place sur un strapontin de l'hélicoptère de tête survolant les Keys. Deux équipes d'intervention participaient à l'opération : l'équipe Bleue avait choisi un point d'atterrissage proche de la maison principale, à la pointe nord de l'île, tandis que la Rouge, qu'il dirigeait, devait se poser près des baraquements techniques, sur la côte sud. Longstreet avait également prévu de faire débarquer quelques hommes en Zodiac et d'autres étaient sur le pied de guerre à Key West, prêts à venir en renfort ou à évacuer les victimes éventuelles. En prenant Diogène en tenaille, le débarquement, la capture de l'intéressé et la sécurisation de l'île devaient prendre moins de dix minutes. Longstreet avait la conviction que Diogène et Constance formaient un tandem à la Bonnie et Clyde, dont ils imiteraient l'exemple en trouvant la mort lors d'une fusillade suicidaire. Il ne pouvait toutefois se permettre de négliger la possibilité que la protégée de Pendergast soit l'otage de Diogène, aussi avait-il intégré à son équipe deux négociateurs chevronnés.

Il se demanda une nouvelle fois ce qu'avait bien pu devenir ce diable de Pendergast. Celui-ci avait ouvertement affiché sa défiance lorsque Longstreet avait pris la décision de monter cette opération. Son idée d'un débarquement secret était ridicule, rien ne valait une bonne vieille guerre éclair. À l'époque où ils travaillaient ensemble au sein des forces spéciales, Pendergast avait pour habitude de disparaître sans prévenir personne, avant de ressurgir un peu plus tard avec la prise d'un objectif majeur à son palmarès. À force, Longstreet et ses hommes avaient créé l'expression *Pas question de te faire un Pendergast*, qu'ils utilisaient chaque fois que l'un d'eux menaçait de s'évanouir dans la nature sans explication.

De toute façon, il n'était plus temps d'y réfléchir. Si Aloysius avait décidé de « se faire un Pendergast », il ne tarderait pas à réapparaître. Restait à espérer que son ami ne se soit pas lancé dans une opération illégale qu'il lui faudrait ensuite couvrir tant bien que mal.

Halcyon apparut soudain à travers la porte ouverte de l'hélicoptère. Seule une mince bande de lumière ourlait encore l'horizon en direction du couchant, la nuit s'annonçait noire. L'hélicoptère transportant l'équipe Bleue volait en formation, quelques dizaines de mètres plus à droite.

— Rouge 1 pour Bleus, appela Longstreet dans son casque. Virez au nord pour l'atterrissage. Nous mettons le cap au sud. Tout le monde à terre à 19 h 20 précises.

— Bien reçu.

L'hélicoptère de tête effectua un virage au ralenti. En observant le sol, Longstreet distingua une clairière parsemée de touffes herbeuses.

— Vérifiez vos armes et votre équipement, allumez les jumelles à infrarouge, ordonna-t-il en ajustant ses propres lunettes de vision nocturne après s'être assuré du bon fonctionnement de son Beretta 9 mm.

— Bon pour l'atterrissage, décida-t-il en consultant sa montre.

Le pilote posa l'appareil en soulevant au sol une tempête de sable. Les hommes sautèrent à terre, l'arme au poing, et se précipitèrent à l'abri des baraquements et des buissons, conformément aux instructions de Longstreet. Ce dernier quitta l'appareil le dernier et se dirigea vers la plage.

*

Pendergast avait aidé Constance à quitter sa robe. En culotte, elle grelottait tandis qu'il désinfectait ses blessures à l'aide d'un antiseptique prélevé dans sa trousse médicale. Il referma ensuite les plaies en les bandant du mieux qu'il le pouvait. Tout en s'activant, il surveillait d'un œil Diogène dont il avait menotté les poignets dans le dos.

Le ronronnement des hélicoptères se rapprochait.

— Voici la cavalerie, commenta Diogène d'une voix terne.

Pendergast ignora la remarque de son frère. Les blessures de Constance n'étaient guère profondes, mais elles nécessitaient des points de suture. Elle avait perdu beaucoup de sang et il craignait qu'elle ne tombe en état de choc. Il s'interrogeait surtout sur son degré de stabilité psychologique. Le mieux était de l'évacuer de cette île le plus rapidement possible.

— Eh bien, *frater*, reprit Diogène. Si tu entends m'épargner, quel sort me réserves-tu?

Pendergast passa un bras autour de la taille de Constance afin de l'aider à tenir debout. Elle tremblait comme un animal blessé, s'entêtant dans un silence assourdissant dont il s'expliquait mal les raisons.

— Pouvez-vous marcher? lui demanda-t-il.

Elle hocha la tête.

— Appuyez-vous sur mon épaule.

Elle obéit, pesant sur lui de tout son poids.

D'un mouvement de son arme, Pendergast fit signe à son frère d'avancer.

— Allons-y.

— Où m'emmènes-tu?

— Tais-toi et contente-toi d'obéir à mes ordres.

— Et si je refuse? Tu serais capable de m'abattre?

— *Eux* s'en chargeront, rétorqua Pendergast.

— *Ils* ne sont pas au bout de leurs surprises, réagit Diogène en gloussant d'un rire grave interminable.

Pendergast tendit l'oreille en reconnaissant le ronronnement caractéristique d'un moteur deux temps sur l'eau. Il distingua dans la nuit la silhouette d'un Zodiac au niveau du ponton, à l'autre extrémité de la plage.

— Vite, dans les bois, décida-t-il.

Diogène obtempéra en continuant de rire sous cape, et le trio s'enfonça dans l'ombre du bosquet de palétuviers.

— Par ici, ordonna-t-il à Diogène en montrant la voie avec le canon de son pistolet.

Diogène bifurqua sur un sentier dans l'obscurité, suivi par son frère auquel Constance s'accrochait comme une enfant.

— Tu parlais d'une surprise, s'enquit Pendergast.

Diogène regarda sa montre.

— Tu sauras bientôt de quoi il retourne. Très bientôt, même…

Une violente déflagration retentit derrière eux. Une boule de feu gigantesque troua la nuit au milieu d'une gerbe d'étincelles et de débris incandescents. Une fraction de seconde plus tard, le souffle de l'explosion faisait ployer les arbres. Les hommes de l'unité Rouge, qui venaient de prendre pied au sud de l'île, déclenchèrent un déluge de coups de feu et de cris, ponctués par le vacarme des lance-roquettes. Pendergast comprit que le temps leur était compté.

— Qu'as-tu fait? demanda-t-il à son frère.

— C'est la coïncidence du siècle, se défendit Diogène. Je peux t'assurer que je n'avais pas prévu ton arrivée, ni celle de tes collègues. J'entendais uniquement sacrifier à un projet de démolition personnel. C'est bien connu, le FBI se trouve toujours au mauvais endroit au mauvais moment.

— Une démolition?

— Celle de mon cabinet de curiosités privé. *Âme! Change-toi en quelques gouttes d'eau et tombe dans l'océan, à jamais introuvable*[1] !

1. Il s'agit d'une nouvelle citation du *Faust* de Marlowe, tirée du monologue final.

Pendergast dévisagea successivement son frère et Constance.

— Le mieux est de longer la plage vers le sud. Sans aucun bruit, se contenta-t-il de leur recommander.

Le trio poursuivit sa route sous la protection de la végétation. Derrière les fuyards continuaient de crépiter des dizaines de coups de feu.

68

Flavia se releva lentement après s'être couchée face contre terre au bruit de l'explosion. Elle n'aurait pas su dire ce qui se passait, ni pourquoi, mais elle comprit que le chaos ambiant était encore son meilleur allié.

Tapie dans la mangrove, elle se rapprocha du lieu de l'explosion d'où s'élevaient des flammes qui illuminaient le ciel, facilitant ses déplacements. Une rafale tonna sur sa gauche. Elle s'accroupit au milieu de la végétation et observa les alentours.

De l'immense cratère qui trouait la clairière de sable s'échappaient des flammèches. Un hélicoptère gisait sur le flanc à une centaine de mètres de là, sa carcasse en feu. Deux hommes, sans doute des secouristes, s'activaient auprès de silhouettes allongées par terre. En balayant la clairière des yeux, Flavia découvrit à une quinzaine de mètres d'elle un homme sur une civière. Le visage couvert de bandages, il gémissait doucement en attendant d'être évacué, une fois les blessés triés.

Flavia ne comprenait toujours pas ce qui avait pu se passer, pas plus qu'elle ne s'expliquait la présence de ces hommes en armes, venus en hélicoptère. Elle s'en contrefichait, à vrai dire, obnubilée par un seul objectif : tuer cette salope de Constance.

Elle se rua en avant, courbée en deux, et rejoignit en quelques enjambées le blessé sur sa civière. Les yeux grands ouverts, il la regarda avec étonnement.

Elle afficha un sourire en découvrant un calibre .45 dans l'étui que portait encore le blessé. Elle s'en empara et s'assura que le chargeur était plein.

— Que… faites-vous…? lui demanda le blessé d'une voix pâteuse.

— Je t'emprunte ton flingue.

— Non…, bredouilla-t-il péniblement en secouant la tête, incapable de se relever.

— T'inquiète. Inutile de te fatiguer.

Voyant qu'il avait un chargeur de rechange accroché à la ceinture, elle le récupéra à son tour.

— Nooon…, s'écria-t-il d'une voix plus forte.

— À plus tard.

Elle s'éloignait lorsqu'elle fut prise d'une hésitation. Elle rebroussa chemin en sortant le « tueur de zombie » de son sac banane.

En dix secondes, tout était consommé.

Elle regagna précipitamment l'abri de la mangrove, prit le temps d'examiner l'arme, un beau modèle de Colt 1911, la glissa dans sa ceinture et se lança à la recherche de son ennemie.

*

Longstreet venait de prendre pied sur la plage lorsque l'explosion s'était produite. Le souffle l'avait projeté sur le sable et il s'était relevé sans une égratignure, mais secoué. Ses trois hommes les plus proches ne se relevaient pas. Il se rua afin de leur porter secours tandis que les Rouges encore indemnes accouraient. L'hélicoptère, jeté sur le flanc par la déflagration, avait pris feu et son réservoir explosa à son tour. L'ensemble des membres du commando, persuadés d'être tombés dans une embuscade, tiraient sur tout ce qui bougeait, saisi de panique. Longstreet, qui avait initialement eu la même réaction, comprit son erreur à la vue du cratère. Diogène avait eu la précaution de piéger la zone d'atterrissage la plus évidente de l'île et ils étaient tombés dans le piège tête baissée. Longstreet s'en voulait amèrement d'avoir sous-estimé l'adversaire. Pendergast l'avait pourtant averti.

La plus grande confusion régnait également chez les Bleus, ce que lui confirmaient les messages consternés crépitant dans son oreillette. Il s'empressa d'appeler en renfort trois Zodiac de Key West, précisant qu'il avait besoin de secours pour évacuer les blessés. La base se trouvait à près de quinze kilomètres au sud-ouest ; même à une vitesse de trente nœuds, les bateaux ne seraient pas là avant un quart d'heure.

Dans l'attente, Longstreet devait se décider : annuler l'ordre d'assaut ou bien en finir coûte que coûte. Il opta pour la seconde solution en calculant qu'un repli risquait de bloquer la situation pendant plusieurs semaines, voire plusieurs mois. Pas question de se retrouver avec un nouveau Ruby Ridge ou un autre Waco sur les bras. Ils étaient en présence d'un fou ; aussi mal qu'ait débuté l'opération, la situation ne ferait qu'empirer s'ils ne l'achevaient pas. Ils étaient trop engagés pour reculer.

Longstreet rassembla ses hommes affolés à l'aide de sa radio. Il s'employa à les calmer en leur donnant l'ordre de cesser le feu, puis il ordonna l'évacuation des blessés avant de reprendre l'opération conformément au plan initial. Les Bleus, tous indemnes, reçurent l'ordre de marcher vers le sud tandis que les Rouges survivants progressaient vers le nord. Les deux groupes se donnèrent rendez-vous au niveau de la grande maison, avec l'espoir que Diogène s'y soit retranché. Il leur serait facile de le débusquer à coups de lacrymos ou de grenades incapacitantes, quitte à mettre le feu au bâtiment en dernier recours.

Longstreet remonta lentement la plage en gardant le contact avec ses hommes par radio. La voix de l'un d'eux résonna brusquement dans son oreillette :

— Rouge 1 pour Rouge 2 ! J'ai repéré quelqu'un dans les fourrés.

— Bien reçu, Rouge 2. J'arrive.

Longstreet se rua vers un bouquet de palmiers et de palétuviers en se repérant grâce à ses lunettes de vision nocturne. Il ne tarda pas à rejoindre son subordonné, retranché derrière d'épais buissons.

— J'ai entendu quelqu'un bouger de ce côté-là, lui glissa Rouge 2. Je lui ai ordonné de sortir, pas de réponse.

Longstreet tendit l'oreille. La mer était toute proche et la mangrove empiétait largement sur le chenal.

— *FBI! Sortez immédiatement!* cria-t-il dans la nuit.

À défaut de réponse, un clapotis lui signala que quelqu'un se déplaçait dans l'eau. Il scruta longuement la végétation avec ses lunettes à infrarouge sans rien découvrir. S'il s'agissait de Diogène, ce qui était probable, mieux valait se montrer prudent. Ce type n'avait rien à perdre.

Il fit signe à Rouge 2 de prendre l'inconnu à revers en lui coupant la route par la droite pendant que lui-même progressait tout droit.

Les deux hommes quittaient leur abri lorsque des coups de feu claquèrent dans la nuit. Ils s'aplatirent aussitôt sur le sol.

— Ça va? s'enquit Longstreet dans son micro, la tête sous les bras.

— Tout va bien, le rassura l'autre dans un souffle.

— Avance en diagonale à travers ces fourrés. Je m'occupe de ce salopard.

Longstreet commença à progresser en rampant. Il lui fallait mettre le tireur hors d'état de nuire. Grâce à ses jumelles, il avait l'avantage pour lui. Sauf si Diogène était équipé des mêmes.

Un léger clapotis attira son attention. L'adversaire battait en retraite. Toujours couché, il fit feu à deux reprises en direction du bruit.

Le tireur pataugea de plus belle, ce qui permit à Longstreet d'ajuster son tir. Il appuya deux fois sur la détente et crut entendre un cri de douleur étouffé.

Il bondit sur ses pieds, se précipita dans l'eau en direction du son et se fraya un chemin au milieu des racines en tirant à intervalles réguliers de façon à contraindre le fuyard à battre en retraite. L'obscurité était quasiment impénétrable à l'intérieur de la mangrove, mais il voyait parfaitement grâce à ses jumelles.

Rouge 2 progressait sur sa gauche afin de couper la retraite de l'inconnu. Longstreet avait veillé à calculer leur course de façon à ne pas risquer de se tirer dessus par erreur. Il avait la ferme intention de rejoindre l'ennemi le premier. S'il s'agissait effectivement de Diogène, il comptait l'abattre lui-même, un plan qui lui permettait d'arriver à ses fins sans risque d'éveiller plus tard les soupçons de sa hiérarchie.

Il s'immobilisa, tendit l'oreille, et crut voir bouger dans le champ de vision des jumelles. Il reprit sa progression à travers la mangrove en tirant à nouveau. Le fuyard avait peur, il avançait dans l'eau à marche forcée, sans se soucier de discrétion.

Une détonation déchira la nuit et une balle siffla à ses oreilles, cisaillant une branche juste au-dessus de son épaule. Il se jeta dans l'eau. Ce salopard n'avait pas autant la trouille qu'il l'avait cru. Deux autres projectiles passèrent largement au-dessus de lui et un froissement de feuilles lui indiqua que sa cible repartait de l'avant. Il était tout près, le bruit que faisait l'adversaire en se déplaçant le rendait plus vulnérable.

Longstreet se redressa, visa longuement, et tira. Un cri résonna dans la nuit, suivi d'un bruit de chute, puis plus rien.

Il se précipita en se taillant un chemin au milieu de la mangrove et posa un regard incrédule en découvrant une jeune femme allongée sur le dos, la poitrine couverte de sang, les yeux grands ouverts. Il crut un instant qu'il s'agissait de Constance Greene, avant de reconnaître Flavia Greyling. Elle posa sur lui un regard haineux. Elle voulut relever le canon de son pistolet, mais elle était à bout de forces et il n'eut aucun mal à la désarmer. Grimaçant de douleur, elle brandit le couteau à manche vert qu'elle tenait serré dans son autre poing, prête à le lancer, mais son bras retomba lourdement dans l'eau.

Rouge 2 rejoignit Longstreet.

— C'est quoi ce bordel ! Une fille ?

— Oui, laissa tomber Longstreet qui ne comprenait pas ce qui avait pu attirer Flavia sur cette île.

L'expédition tournait au désastre, il aurait été mieux inspiré d'écouter Pendergast.

— Elle ne ressemble pas à la deuxième cible, remarqua Rouge 2.

— Il ne s'agit pas d'elle.

— D'où vient-elle ?

— Aucune idée. Sors-la de ce merdier, emmène-la jusqu'au ponton et demande qu'on l'évacue en Zodiac.

— Elle est morte.

— Dans ce cas, transporte-la comme tu peux. Les Bleus m'attendent à la grande maison, décida Longstreet en rebroussant chemin à travers la mangrove.

69

Longstreet s'élança au pas de course sur la plage et arriva rapidement en vue de la maison principale. Les hommes de l'équipe Bleue avaient déjà pris position autour du bâtiment et l'un des négociateurs, muni d'un mégaphone, donnait un ultimatum aux occupants de la demeure en leur ordonnant de sortir sans résistance.

— Il y a quelqu'un à l'intérieur? demanda Longstreet au leader des Bleus.

— Impossible à savoir. Aucun coup de feu n'a été tiré, on n'a vu personne et pas un bruit ne filtre de la maison. Si ça se trouve, elle est vide.

Longstreet approuva d'un mouvement de tête. Diogène n'était pas là, il l'avait deviné à la minute où il avait découvert la villa : un immense tas d'allumettes qui flamberait en cinq minutes, dont les murs n'offraient aucune résistance. Une balle de 9 mm aurait traversé le bâtiment de part en part.

— On envoie des grenades incapacitantes et on donne l'assaut.

— Bien, chef.

— Je continue la poursuite pendant ce temps-là.

Longstreet s'éloigna d'un pas vif. Diogène et sa complice se trouvaient forcément ailleurs. L'assaut allait lui fournir une excellente diversion en lui permettant de les pister au moment où ils s'y attendraient le moins. De loin, il entendit le négociateur annoncer à l'aide du mégaphone que l'ultimatum avait expiré. Un bruit de verre brisé lui parvint peu après, auquel succédèrent les détonations des grenades incapacitantes.

*

Loin de la villa, Pendergast avançait silencieusement au milieu de la mangrove en soutenant Constance. Diogène marchait lentement devant eux, comme dans un brouillard, en veillant à se tailler un chemin dans les broussailles les plus épaisses. Les lueurs d'un nouvel incendie apparurent à travers la frondaison. Pendergast constata que la maison de gardien était en feu, après avoir subi l'assaut des unités d'intervention. L'exemplaire d'*Ulysse* que lisait l'occupant des lieux un peu plus tôt gisait sur le sable, au milieu d'une myriade d'empreintes de pas. Les hommes du FBI étaient repartis après avoir sécurisé la zone.

— Avance, ordonna Pendergast en montrant de la main le sentier reliant la maisonnette à la plage.

— Où va-t-on? l'interrogea Diogène.

Pendergast le poussa devant lui sans répondre. Quelques minutes plus tard, la plage était en vue. Deux hommes étaient occupés à transborder des blessés à bord du Zodiac du FBI arrimé au ponton. Le moteur pétarada dans la nuit et le bateau s'éloigna à toute vitesse en direction du sud-ouest. Les commandos de Longstreet s'étaient probablement rassemblés autour de la villa.

Le trio continua sa progression à l'abri des arbres. Il en avait parcouru les deux tiers lorsque l'inspecteur s'arrêta à hauteur des minuscules îlots de mangrove, de l'autre côté du chenal.

— Aloysius.

L'intéressé tressaillit en voyant une silhouette sortir de l'ombre. Il reconnut Longstreet, un pistolet à la main.

— Après notre dernière conversation, j'aurais dû me douter que vous viendriez ici.

Pendergast conserva le silence.

— Je ne sais pas à quoi vous jouez, reprit Longstreet, mais je me sentirais nettement mieux si vous posiez votre arme dans le sable.

Pendergast s'exécuta.

— Vous avez sans doute oublié votre promesse, et votre honneur avec, mais pas moi.

Longstreet pointa le canon de son arme sur Diogène.

— C'est le moment de faire tes prières, salopard.

Un silence pesant lui répondit.

Longstreet, agacé, adressa un coup d'œil à Pendergast.

— C'est lui qui a tué Decker.

Pas de réponse.

— Je l'abats, on se met d'accord sur la version officielle, et personne n'y trouvera rien à redire.

— Non, s'interposa Constance.

Longstreet l'ignora. Son index se crispa sur la détente.

— *Non !* s'écria Constance en poussant Diogène de côté à la fraction de seconde où partait le coup.

La balle se perdit dans la nuit et elle fit à Diogène un rempart de son corps.

— Vacherie, grinça Longstreet à l'adresse de Pendergast. Écartez-la tout de suite !

Pendergast le regarda droit dans les yeux.

— Moi aussi, je dis… *non.*

— Qu'est-ce que vous me chantez là ?

— Vous ne le tuerez pas.

— Nous en avons fait le serment ! Il a assassiné Decker. Vous m'avez affirmé vous-même que nous n'avions pas le choix !

— C'est mon frère.

Longstreet écarquilla les yeux, bouche bée.

— Je suis désolé, poursuivit Pendergast. Il fait partie de ma… famille.

— De votre *famille* ?

— Sans doute faut-il appartenir au clan Pendergast pour comprendre. J'ai des torts irréparables vis-à-vis de lui. C'est à cause de moi qu'il est devenu ainsi. Si je me rendais complice de son assassinat, je ne pourrais plus jamais vivre avec moi-même. Je serais contraint de prendre ma propre vie.

Longstreet dévisagea les deux frères l'un après l'autre d'un air incrédule.

— Alors ça, c'est le pompon !

— Je vous en prie, H. Ne tuez pas mon frère. Il s'évanouira dans la nature et vous n'en entendrez plus jamais parler. Je vous en donne ma parole.

Diogène ponctua la déclaration de son aîné d'un rire sarcastique.

— Pour l'amour du ciel, ne l'écoutez pas ! Tuez-moi ! Je *veux* mourir. Pour une fois, aie un peu de courage, *frater*, et ordonne à ton copain de tirer.

Un sanglot contenu s'échappa de ses lèvres, entre deux éclats de rire.

— Ce type est un tueur en série, plaida Longstreet. Et vous voudriez que je le laisse filer ?

— Cocorico ! hurla Diogène en postillonnant au visage de Longstreet. Cocorico !

— Croyez-moi, H. Diogène souffrira bien davantage si vous lui laissez la vie sauve que s'il se trouvait entre les mains de la justice.

Pendergast marqua une pause avant de continuer :

— Il ne tuera plus jamais. Je le sais. Mais je m'en remets à votre décision. Sa vie est entre vos mains, tout comme la mienne. Constance, veuillez vous écarter.

L'intéressée hésita longuement avant d'obtempérer.

Une minute interminable s'écoula, au terme de laquelle Longstreet baissa le bras.

— Je n'en reviens pas moi-même, gronda-t-il en fusillant Diogène du regard avant de cracher dans le sable à ses pieds. Si jamais ta route croise un jour la mienne, espèce d'enfoiré, tu es un homme mort.

Pendergast s'empressa de retirer les menottes de son frère. Celui-ci resta silencieux, les yeux perdus dans le vague.

— Tu n'auras qu'à nager jusqu'à ces îlots, lui recommanda Pendergast d'une voix pressée. Tu trouveras un kayak dissimulé dans la mangrove.

Il lui tendit son petit sac à dos.

— Voici de quoi boire et manger, de l'argent, et une carte. Commence par gagner Johnston Key avant de disparaître. Quand la situation se sera calmée, il te suffira de retourner à la civilisation. Je ne doute pas que tu saches t'inventer une histoire crédible et te forger une nouvelle identité. En te laissant porter par une autre vision de la vie, je l'espère. Diogène Pendergast est mort sur cette île, lors de l'explosion. Au sens propre comme au figuré.

Après une hésitation, Diogène s'éloigna en courbant l'échine, sous le poids d'un fardeau autrement plus lourd que le sac, puis il s'enfonça dans l'eau noire. Au bout de quelques mètres, il se retourna. À peine visible dans les ténèbres, il avait tout d'un fantôme.

— Je suis mort, dis-tu? Tu as raison, *frater*. Je suis la mort incarnée.

Il tourna le dos à son frère et s'évapora dans la nuit.

*

Longstreet, longtemps silencieux, se tourna vers Pendergast.

— C'était beaucoup me demander. Beaucoup trop. Vous me faites renoncer à mon serment et à mon devoir d'agent fédéral.

Il balaya la plage du regard.

— J'en ai terminé avec vous, vieux frère.

Il se tourna vers Constance d'un mouvement brusque.

— Et elle? s'enquit-il.

— De qui parlez-vous? lui répondit Pendergast d'une voix calme, mais ferme. De la victime de l'enlèvement? Grâce à Dieu, nous avons réussi à la délivrer. Constance, je vous confie à M. Longstreet qui vous conduira à l'hôpital. Les hommes du FBI ne manqueront pas de vous interroger, évidemment. Vous leur raconterez les circonstances de votre *enlèvement*.

— Je comprends... mais vous, Aloysius? s'inquiéta Constance en le regardant dans les yeux.

— Je vous attendrai chez moi.

Pendant cet échange, deux Zodiac transportant des renforts s'étaient approchés du ponton dans un vrombissement de moteur, suivis par un troisième. Des flammes s'élevèrent au-dessus des arbres. La maison principale avait pris feu, ce que Longstreet ne pouvait ignorer en donnant l'ordre de tirer des grenades incapacitantes. Les occupants des Zodiac sautèrent sur le ponton qu'ils remontèrent au pas de course avant de se précipiter vers l'intérieur de l'île. Quelques-uns bifurquèrent en direction du petit groupe. Longstreet s'empressa de remettre son oreillette.

— Tout va bien? grésilla la voix de l'un des nouveaux arrivants.

— Oui, le rassura Longstreet. Nous avons réussi à trouver la femme qui avait été enlevée, Constance Greene. Elle a été blessée, vous allez devoir l'évacuer en Zodiac et la conduire au dispensaire de Lower Keys, sous la protection de deux de nos hommes.

— Et le ravisseur? Vous l'avez retrouvé?

Longstreet serra longuement les mâchoires avant de répondre.

— Comme tous les lâches, il a choisi la solution de facilité en se faisant sauter dans un feu d'artifice géant. Je doute qu'on retrouve son corps, déchiqueté dans l'explosion. Mission accomplie, messieurs!

Épilogue

Mme Trask traversa d'un pas vif l'immense salon de réception de la demeure de Riverside Drive, un plumeau à la main. La température était anormalement douce pour une fin de mois de novembre, on aurait pu se croire à l'orée du printemps plutôt qu'à la veille de l'hiver. Les rayons de soleil qui pénétraient dans la pièce à travers les impostes faisaient briller les poignées en laiton des vitrines d'acajou tout en éclairant leur contenu. La plupart des objets exposés étaient étranges, voire inquiétants, mais Mme Trask était habituée depuis longtemps à épousseter les vitrines sans y prêter attention.

Le salon avait bien changé depuis son retour d'Albany. Malgré son chagrin d'avoir perdu M. Pendergast, elle avait regagné New York le cœur léger. L'état de sa sœur, dont le mal mystérieux avait empiré dans un premier temps, s'était brusquement amélioré sans que les médecins puissent l'expliquer. Mme Trask avait néanmoins retrouvé la vieille maison déserte, le salon de réception interdit d'accès par de la bande jaune de police ! Elle s'était empressée de téléphoner à l'ami de M. Pendergast, le lieutenant D'Agosta, qui avait pris la situation en main. Il était venu en personne s'assurer que ses hommes enlevaient ces horribles bandes en plastique sans rien abîmer. Surtout, il lui avait appris la bonne nouvelle. M. Pendergast, loin d'avoir péri noyé, se portait comme un charme et menait une enquête, fidèle à ses habitudes. Sans doute ne tarderait-il pas à rentrer.

Le lieutenant ne lui avait malheureusement pas précisé où se trouvaient Constance et Proctor, sans qu'elle sache s'il était au courant de leur retraite, ou bien s'il entendait lui cacher la vérité.

Peu avant son départ pour Albany, Constance avait annoncé à Mme Trask son intention de s'installer dans les souterrains. Un endroit où elle-même ne s'était jamais aventurée. Tout indiquait que Constance avait changé d'avis car les valises qui auraient dû se trouver dans sa chambre avaient disparu. Proctor s'était évanoui dans la nature, lui aussi. Le désordre qui régnait dans sa tanière confirmait un départ précipité. Les tiroirs étaient grands ouverts et le sol jonché de cintres, ce qui ne ressemblait pas à un homme aussi ordonné et méticuleux.

Nul doute que M. Pendergast lui fournirait des explications à son retour. Depuis tant d'années qu'elle travaillait pour lui, il lui avait bien fait comprendre que les allées et venues des uns et des autres ne la concernaient en rien.

Les vitrines du salon époussetées, elle pénétra dans la bibliothèque, que le chaud soleil de novembre épargnait. Les volets étaient fermés et les rideaux tirés, comme de juste, et l'unique lampe Tiffany qui brillait dans la pièce peinait à en chasser la pénombre. Mme Trask virevolta de droite et de gauche avec son plumeau, bien que la pièce fût immaculée. Elle y faisait la poussière quotidiennement depuis son retour, de sorte que sa présence répondait davantage à une habitude qu'à une nécessité.

Elle s'était accoutumée aux absences fréquentes de M. Pendergast, c'est vrai, mais celles de Constance et de Proctor étaient nettement plus rares. La maison paraissait plus grande et plus vide que jamais, l'atmosphère y était lugubre et Mme Trask en éprouvait un certain malaise. Lorsqu'elle se retirait le soir, elle ne se contentait plus de s'enfermer dans sa chambre, elle verrouillait également la porte conduisant au quartier des domestiques.

Si encore elle avait eu les numéros de M. Pendergast et de Proctor, elle aurait pu les joindre, mais ce n'était pas le cas. Quant à Constance, elle avait toujours refusé de s'embarrasser d'un portable. Elle se promit, dès leur retour à tous, de…

Un coup frappé à la porte d'entrée interrompit le cours de ses pensées.

Elle se pétrifia, son plumeau à la main. Rares étaient les visiteurs au 891 Riverside Drive. Si l'on exceptait le passage récent du lieutenant D'Agosta, qu'elle avait elle-même contacté, elle avait gardé le souvenir de deux visites seulement au cours de l'année écoulée. La première avait été particulièrement dramatique, et la seconde avait poussé M. Pendergast à se rendre à Exmouth où tout le monde l'avait cru noyé.

La gouvernante attendit.

Quelques secondes venaient de s'écouler lorsqu'on frappa à nouveau. Si fort cette fois que le bruit traversa toute la maison.

Ouvrir la porte ne faisait pas partie de ses attributions, c'est vrai, mais elle se doutait qu'en l'absence des autres M. Pendergast aurait compté sur elle pour accueillir les visiteurs éventuels. Et puis on était le matin, il faisait beau, ses chances de se trouver nez à nez avec un cambrioleur ou un malfrat étaient infimes.

Elle sortit de la bibliothèque, traversa le salon de réception et le réfectoire, puis se rendit dans le grand hall où l'attendait la porte d'entrée monumentale qu'aucun judas ne trouait.

Elle hésitait encore lorsque l'on frappa de nouveau. Elle tressaillit violemment.

Consciente d'être ridicule, elle prit longuement sa respiration, tira les verrous, tourna la clé, et ouvrit la lourde porte.

Elle découvrit sur le perron une silhouette masculine. L'homme se trouvait dans un état de décrépitude avancée. Sa chemise toute tachée était en lambeaux, l'intérieur du col noir de crasse, de larges auréoles de transpiration dessinaient des demi-lunes au niveau des aisselles. En dépit de l'hiver, il n'avait pas de manteau. Sans parler de son pantalon, plus piteux encore que sa chemise, si c'était possible. Un ourlet décousu pendait lamentablement sur un pied d'une saleté repoussante et l'autre jambe du pantalon était arrachée à hauteur du mollet. De grosses taches de sang séché maculaient l'ensemble, mais c'était le visage décharné du visiteur qui bouleversa le plus Mme Trask. Ses cheveux tout collés formaient une casquette sur son crâne, et l'épaisse couche de poussière, de boue et de sang qui recouvrait ses traits empêchait de savoir s'il était blanc ou noir. Sa barbe tout emmêlée dessinait des pointes, mais le plus inquiétant de tout était ses yeux : deux charbons ardents perdus au fond d'orbites creuses violacées.

Elle allait claquer la porte au nez de son mystérieux visiteur lorsqu'elle comprit soudain que le spectre qui se tenait devant elle n'était autre que Proctor.

— Dieu du ciel ! Monsieur Proctor ! s'exclama-t-elle en ouvrant largement la porte. Que vous est-il arrivé ?

Il esquissa un pas hésitant, puis un autre, et tomba à genoux.

Elle se précipita afin de l'aider à se relever. Il se trouvait dans un tel état d'épuisement qu'il ne tenait plus sur ses jambes.

— Que vous est-il arrivé ? répéta-t-elle en l'aidant à gagner la salle à manger. Où étiez-vous ?

— C'est une longue histoire, répondit-il dans un souffle à peine audible. Pouvez-vous m'aider à monter dans ma chambre ? J'ai besoin de m'allonger.

— Bien sûr. Je vais vous préparer du bouillon.

— Constance… ? murmura-t-il.

— Elle n'est pas ici, mais j'ai cru comprendre que le lieutenant D'Agosta savait où elle se trouve. Vous devriez lui poser la question.

— Je n'y manquerai pas.

— En attendant, j'ai une excellente nouvelle, mais peut-être êtes-vous déjà au courant ? M. Pendergast est vivant ! Il ne s'est pas noyé, finalement. Il est repassé brièvement il y a une semaine avant de repartir, si j'ai bien compris.

Les deux charbons ardents brillèrent d'un éclat plus soutenu encore.

— C'est bien. Tant mieux. J'appellerai le lieutenant D'Agosta demain à la première heure.

Ils traversaient le grand salon lorsque Proctor s'immobilisa.

— Madame Trask ?

— Oui ?

— Si ça ne vous ennuie pas, je crois que je vais me reposer ici.

— Laissez-moi au moins vous conduire jusqu'au canapé de la bibliothèque. Vous y serez plus…

Elle ne put achever sa phrase. Le bras de Proctor qui s'accrochait à elle retomba et il glissa lentement sur les dalles de marbre où il resta allongé, sans connaissance.

Une semaine plus tard

1er décembre

Pendergast posa le lourd volume qu'il était occupé à lire (*Gödel, Escher, Bach*, l'essai brillant et parfois abscons de Douglas Hofstadter) et son regard s'attarda sur Constance Greene. Assise en face de lui, les chevilles discrètement croisées sur un repose-pieds en cuir, elle dégustait à petites gorgées un thé Mélange Hédiard agrémenté de lait et de sucre, les yeux perdus dans le feu qui se consumait au fond de l'âtre.

— Savez-vous ce que je viens de réaliser, Constance? lui demanda-t-il.

Elle haussa les sourcils dans sa direction.

— La dernière fois que nous nous trouvions ensemble dans cette pièce, Percival Lake a sonné à notre porte.

— Vous avez raison. Mais c'est une autre histoire, comme le veut l'expression.

Elle trempa les lèvres dans sa tasse en reprenant sa contemplation du feu.

Mme Trask et Proctor apparurent silencieusement sur le seuil de la pièce. La gouvernante, remise de ses émotions, avait retrouvé sa maisonnée avec bonheur. Quant à Proctor, il avait de nouveau son allure stoïque. C'est tout juste s'il boitait encore légèrement d'une jambe, séquelle d'une morsure de lion suivie d'une randonnée de trois cents kilomètres dans le désert.

— Excusez-moi, monsieur, déclara Mme Trask à l'attention de Pendergast. Je voudrais savoir si vous aviez besoin de quelque chose avant l'heure du dîner.

— Rien de particulier, merci. Vous-même, Constance?

— Tout va bien, je vous remercie, répondit-elle.

Mme Trask leur adressa un sourire, exécuta une révérence et s'éloigna. Proctor, plus indéchiffrable que jamais, hocha la tête à son tour et regagna la cuisine à la suite de la gouvernante. Pendergast feignit de se replonger dans la lecture de son livre tout en continuant d'observer Constance.

Au terme d'une semaine passée dans une clinique privée de Floride à se remettre des blessures infligées par Flavia, elle avait retrouvé la demeure de Riverside Drive le jour même. Pour s'être parlé, assez longuement au cours de la semaine écoulée, ils avaient pu se narrer leurs mésaventures respectives et dissiper les malentendus qui s'étaient installés entre eux, mais Constance n'avait pas retrouvé un comportement normal depuis son départ d'Halcyon. Elle se montrait agitée et sombre depuis le début de soirée : elle s'était assise devant son clavecin avant de l'abandonner au milieu d'une partition, puis elle s'était saisie d'un recueil de poésies dont elle n'avait pas tourné une page en l'espace d'une demi-heure, le regard lointain.

Pendergast posa son livre sur ses genoux.

— Que vous arrive-t-il, Constance? l'interrogea-t-il enfin.

Elle releva la tête.

— Rien du tout, je me sens parfaitement bien.

— Je vous en prie. Je vous connais trop bien. Serait-ce une parole que j'aurais prononcée, ou que je n'aurais pas dite?

Elle fit non de la tête.

— Je ne me pardonnerai jamais de vous avoir laissée sans défense à Exmouth.

— Qu'y pouviez-vous? Vous avez failli vous noyer. Vous le savez, j'ai trouvé le moyen… comme dirais-je?… de m'occuper pendant votre absence.

Pendergast grimaça intérieurement.

Constance s'agita dans son fauteuil.

— C'est Diogène.

— Que voulez-vous dire ?

— Je ne peux m'empêcher de penser à lui, de me demander où il se trouve, dans quel état d'esprit il est. Saura-t-il retrouver le bon chemin, ou bien recommencera-t-il ?

— Seul le temps nous apportera la réponse à cette question. En souhaitant pour nous qu'il privilégie la première solution. J'ai engagé ma parole auprès d'Howard Longstreet.

Elle saisit sa tasse de thé et la reposa aussitôt sans y avoir touché.

— Je le haïssais et n'éprouvais que mépris à son endroit. J'en arrive pourtant à me dire que je me suis montrée trop cruelle avec lui, tout en connaissant ses défauts. En dépit de... de ce qu'il m'a fait. Et de ce qu'il vous a fait.

Pendergast envisagea plusieurs réponses avant de juger que le silence serait préférable.

— C'est vous qui l'avez rendu ainsi, poursuivit-elle d'une voix sourde, hypnotisée par les flammes. Il m'a relaté les circonstances de l'Événement.

— Oui, se contenta de répondre Pendergast. Je me suis rendu coupable d'une erreur imbécile et puérile dont je me repens aujourd'hui encore. Si j'avais su ce qui l'attendait, jamais je ne l'aurais poussé à s'aventurer dans cet endroit.

— Ce n'est pas ce qui me dérange le plus. Je me dis que, malgré tout, il a *essayé* de s'arracher de l'enfer dans lequel il s'est enfermé pendant tant d'années. En créant Halcyon, il souhaitait construire une retraite sûre qui lui permettrait d'échapper au monde. Il a surtout imaginé son refuge de façon que le monde devienne plus sûr *sans lui*. Et puis il a commis l'erreur de tomber amoureux de moi. De mon côté, je me suis laissé consumer par mon désir de vengeance.

Elle chercha Pendergast du regard.

— Voyez-vous, Aloysius, vous et moi formons les deux faces d'une même médaille. Vous avez contribué, partiellement en tout cas, à métamorphoser Diogène en monstre. Et voilà que je me suis appliquée à détruire le personnage modèle qu'il souhaitait tant devenir.

— Pensez-vous vraiment qu'il était sincère? l'interrogea Pendergast d'une voix douce. Pensez-vous vraiment qu'il vous aimait? Qu'il avait définitivement renoncé à la part d'ombre qui mutile son âme?

Constance poussa un long soupir.

— Il y avait *réellement* renoncé, du mieux qu'il le pouvait. Je ne crois pas qu'il s'en libérera jamais totalement. En réponse à votre question, oui, il m'aimait. Il m'a guérie et m'a sauvé la vie. Il l'aurait fait même si j'avais refusé de vivre à Halcyon. Ces quelques journées passées ensemble... Il ne m'aurait pas parlé de la sorte, nous n'aurions pas eu de telles relations, s'il n'avait pas été profondément amoureux.

— Je comprends, dit Pendergast avec l'ombre d'une hésitation. Excusez ma brutalité, mais... à quel type de relations faites-vous précisément allusion?

Constance se figea dans son fauteuil. Et c'est d'une toute petite voix qu'elle finit par répondre.

— Aloysius, j'espère que vous comprendrez si je vous demande solennellement de ne jamais, *jamais* me reposer cette question.

— Bien sûr. Je vous prie d'excuser mon indiscrétion. Je n'ai nulle envie de m'immiscer dans vos affaires, ou de vous mortifier d'aucune façon.

— Alors c'est oublié.

À ceci près que ce n'était pas le cas, à en juger par l'agitation qui s'était à nouveau emparée de Constance. Elle se replongea dans la contemplation du feu et la conversation s'éteignit. Plusieurs minutes s'étaient écoulées lorsqu'elle reporta son attention sur son compagnon.

— Diogène m'a fait une confidence, peu avant votre arrivée.

— Je vous écoute.

— Il m'a fait remarquer que mon fils… notre fils, à lui et moi… pouvait aspirer à davantage que son statut d'icône, de dix-neuvième Rinpoche et objet de dévotion des moines d'un monastère reculé. C'est un petit garçon qui a besoin de ses parents, et non pas uniquement d'adorateurs prosternés à ses pieds.

— Vous lui avez déjà rendu visite par le passé, remarqua Pendergast.

— Oui. Eh bien, savez-vous que les moines refusent de me dire quel est son véritable prénom ? Ils prétendent qu'il s'agit d'un secret réservé aux seuls initiés, que personne ne doit prononcer à voix haute.

Elle secoua la tête.

— C'est mon fils. Je l'aime… et je ne connais même pas son nom.

— Un amour qui n'ose dire son nom, laissa tomber Pendergast.

Elle le fusilla du regard.

— Vous pensez donc que c'est le moment de faire de l'esprit ?

— Non, Constance.

Sa respiration s'était accélérée.

— J'ai pris ma décision. J'entends le rejoindre.

— Lui rendre visite, voulez-vous dire ?

— Non. Vivre à ses côtés. Au monastère.

Pendergast mit lentement son livre de côté.

— Vous souhaitez quitter Riverside Drive ?

— Pourquoi pas ?

— Parce que… parce que nous avons…

Déconcerté, Pendergast peinait à trouver ses mots.

Constance se leva d'un bloc.

— Qu'avons-nous exactement, Aloysius ?

— Je tiens profondément à vous.

— Et moi, je… je vous aime. Mais vous m'avez clairement fait comprendre, ce soir terrible à l'Auberge du Capitaine Hull, que cet amour n'était pas réciproque.

Pendergast fit mine de se lever à son tour avant de se rasseoir. Il passa une main tremblante sur son front.

— Je… je vous aime aussi, Constance, mais comprenez-moi. Je ne peux pas m'autoriser à vous aimer de la sorte.

— Pourquoi donc?

— Je vous en prie, Constance.

— Pourquoi, pour l'amour du ciel?

— Parce que ce serait mal à bien des égards. Croyez-moi, Constance. Je suis un homme et j'éprouve les mêmes sentiments que vous, mais je suis votre tuteur. Il serait inconvenant…

Elle éclata d'un rire amer.

— Inconvenant? Depuis quand vous souciez-vous des convenances?

— Je n'y puis rien si j'ai été élevé ainsi, si l'on m'a inculqué les valeurs morales qui sont les miennes. Et puis, il y a la différence d'âge…

— Faites-vous allusion au *siècle* qui nous sépare?

— Pas le moins du monde. Vous êtes jeune et je suis…

— Je ne suis pas jeune. Je suis une femme qui a vécu bien plus longtemps que vous ne vivrez jamais. Je me suis appliquée à museler les besoins et les désirs que ressent n'importe qui. Ne le comprenez-vous pas, Aloysius? ajouta-t-elle d'une voix douce, presque suppliante.

— Bien sûr, mais…

Pendergast, bouleversé, ne parvenait pas à canaliser le cours de ses pensées.

— Je ne suis pas très doué pour ce genre de confession. Je crains que si… si nous nous lancions dans la relation que vous suggérez, cela tourne mal. Je ne serais plus celui que vous admirez et respectez, celui qui veille sur vous et vous protège…

Un long silence accueillit son aveu.

— Tout est dit, murmura Constance. Je ne puis rester ici davantage. Sachant ce qui est, ce que nous nous sommes dit, continuer à vivre sous le même toit que vous me serait intolérable.

Elle prit longuement sa respiration, la poitrine agitée d'un spasme.

— J'ai un vol Air France à destination de Delhi ce soir à minuit. Je me suis renseignée tout à l'heure. Si vous avez la gentillesse de procéder aux arrangements nécessaires, je demanderai à Proctor de me conduire à JFK.

Pendergast en resta éberlué.

— Mais enfin, Constance ! Cette décision est si soudaine...

Elle l'interrompit d'une voix tremblante.

— Merci de vous occuper de tout. Je monte rassembler mes affaires.

*

Une heure plus tard, Constance et Pendergast attendaient sous le porche que Proctor les rejoigne avec la voiture. Elle avait choisi un manteau en vigogne et portait à l'épaule le sac à main Birkin de chez Hermès que l'inspecteur lui avait offert. Des phares glissèrent le long de la façade de la maison et la Rolls s'immobilisa devant eux. Proctor, le visage impénétrable, descendit de l'auto, chargea les bagages de Constance dans le coffre et lui ouvrit la portière arrière.

Elle se retourna vers Pendergast.

— J'aurais tant à vous dire, j'aime autant m'en dispenser. Au revoir, Aloysius.

Pendergast aurait aimé partager avec elle un millier de pensées, lui aussi, mais les mots lui manquaient. Il avait l'étrange sentiment d'être amputé d'une partie de lui-même, sans être capable de réagir pour autant. C'était un peu comme s'il avait mis en marche un moteur qui s'était emballé.

— Constance, parvint-il à prononcer. N'y a-t-il rien que je puisse dire ou faire ?...

— Êtes-vous capable de m'aimer comme je le souhaiterais ? De la façon dont j'ai besoin que vous m'aimiez ?

Il resta muet.

— Alors, vous avez répondu à votre propre question.

— Constance, tenta-t-il à nouveau.

Elle posa un doigt sur sa bouche, puis déposa un baiser sur ses lèvres et s'engouffra à l'arrière de la Rolls, sans un mot.

Proctor referma la portière, prit place derrière le volant, et le lourd véhicule s'ébranla sur l'allée. Pendergast suivit la Rolls jusqu'à Riverside Drive et regarda la voiture se fondre au milieu de la circulation, jusqu'à ce que ses feux se perdent dans la masse de ceux des autres véhicules. Alors, tandis qu'il restait planté sur le trottoir, tout de noir vêtu, telle une ombre, quelques flocons s'échappèrent du ciel, qui recouvrirent sa chevelure blafarde. La neige se mit à tomber plus drue sans qu'il songe à bouger, et sa silhouette finit par s'estomper dans le blizzard de cette nuit d'hiver.

DES MÊMES AUTEURS
CHEZ LE MÊME ÉDITEUR

DESCENTE EN ENFER

Rien ne peut arrêter...

Au moment où l'inspecteur Aloysius Pendergast, du FBI, est sur le point de retrouver sa femme, Hélène, elle est kidnappée sous ses yeux dans Central Park.

... un homme qui n'a plus rien à perdre.

Décidé à la retrouver coûte que coûte, Pendergast se lance alors, jusqu'au Mexique, à la poursuite des ravisseurs. Mais la situation lui échappe. Commence alors un cauchemar éveillé, dont il sort peu à peu en enquêtant sur une série de crimes.

Surtout s'il se nomme Pendergast !

Celui qui les a commis – Pendergast en est persuadé – lui adresse un message codé. À lui de le décrypter pour percer à jour la mystérieuse organisation responsable de la disparition d'Hélène...

« Surprises et rebondissements rythment ce suspense
dont on tourne les pages sans jamais deviner ce qui va suivre. »
Bookreporter.com

ISBN 978-2-8098-1127-8 / H 51-0107-6 / 560 pages / 23,95 €

LABYRINTHE FATAL

Certaines vengeances...

New York. Soirée paisible au 891 Riverside Drive, la résidence secrète d'Aloysius Pendergast, jusqu'à ce qu'un inconnu sonne à la porte. Le temps d'ouvrir, il a disparu. Mais au sol gît un corps ! Celui d'un proche...

... sont tels des poisons...

L'autopsie révèle une surprise de taille. Dans l'estomac du défunt se trouve une turquoise issue d'un gisement de Californie. Pendergast décide de partir à la recherche de la mine d'où provient la mystérieuse pierre.

... qui libèrent lentement leur venin !

Mais, sur place, on lui a tendu un piège. Une nouvelle fois, Pendergast va devoir regarder la mort en face...

« Des premières pages d'anthologie.
Ensuite tout s'enchaîne à cent à l'heure ! »
goodreads.com

ISBN 978-2-8098-1694-5 / H 87-4097-2 / 484 pages / 23,95 €

MORTEL SABBAT

Bienvenue dans la région de Salem,
célèbre pour ses sorcières…

En compagnie de Constance Greene, sa protégée, l'inspecteur Pendergast, du FBI, se rend à Exmouth, village de pêcheurs situé au nord de Salem, dans le Massachusetts, pour enquêter sur la disparition de précieux nectars.

… son squelette mystérieux…

En examinant la cave pillée, Pendergast découvre, derrière les rayonnages, une niche secrète ayant abrité un corps. Le vol des bouteilles de vin ne serait donc qu'un leurre destiné à masquer la disparition du squelette…

… et ses marécages que l'on dit hantés!

Peu après leur arrivée, un historien qui effectuait des recherches sur le naufrage d'un navire à la fin du XIXe siècle est assassiné. Son corps mutilé et recouvert de symboles sataniques est retrouvé dans les marécages… Tous les ingrédients sont réunis pour un Pendergast grand cru!

« Les fans de Pendergast attendaient ce roman
avec impatience. Ceux qui ne le connaissent pas encore
ne pourront qu'être séduits! »
Library Journal

ISBN 978-2-8098-1882-6 / H 83-1375-6-1 / 374 pages / 24 €

Cet ouvrage a été composé
Par Atlant'Communication au Bernard (Vendée)

Impression réalisée par
CPI France
en avril 2017
pour le compte des Éditions de l'Archipel
département éditorial
de la S.A.S. Écriture-Communication.

Imprimé en France
N° d'impression : 3022789
Dépôt légal : mai 2017